LE DONJON DE NAHEULBEUK
La Couette de l'Oubli

JOHN LANG

LE DONJON DE NAHEULBEUK
La Couette de l'Oubli

Texte et cartes
© John Lang, 2008

Site officiel de l'auteur :
http://www.penofchaos.com/donjon/

Illustrations :
© Marion Poinsot, 2008
© Éditions Octobre, 2008

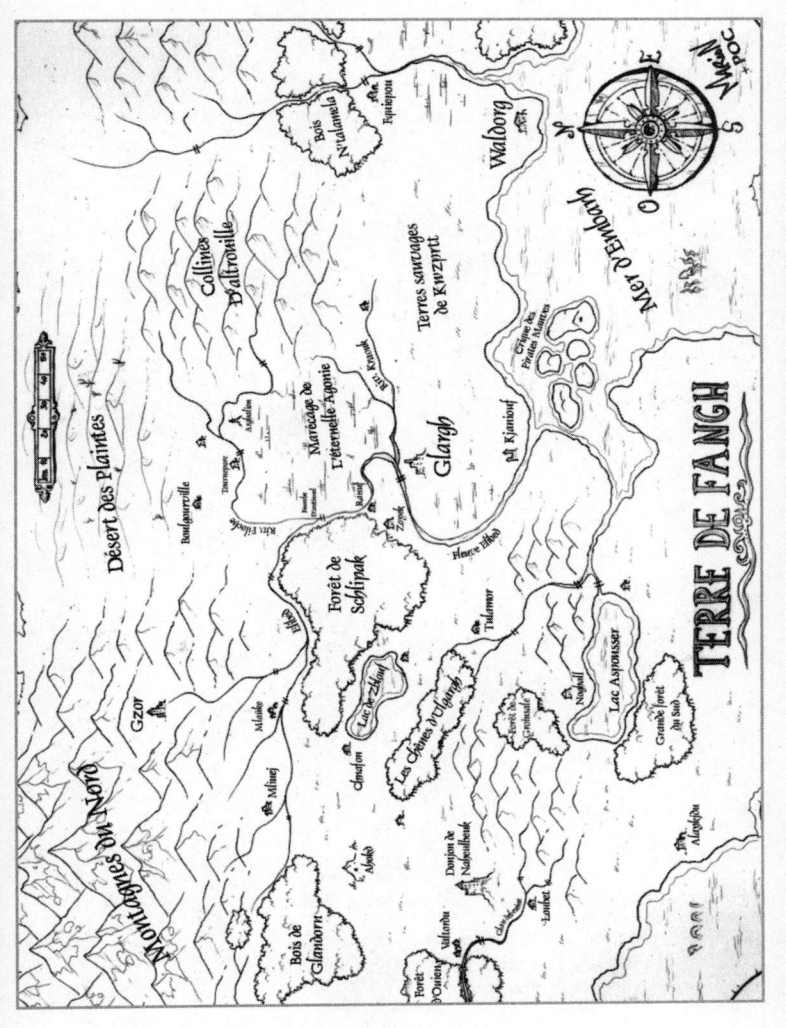

Prologue

Extrait des « Chroniques des Aventuriers Célèbres en Terre de Fangh », par Glibzergh Moudubras.

[...] *En l'année 1498 du Calendrier de Waldorg, on raconte l'émergence d'une compagnie sans véritable nom, qui fit parler d'elle à la suite d'une quantité impressionnante de faits d'armes particulièrement audacieux. Chipia l'érudite les décrivit comme « de redoutables bretteurs aussi habiles qu'imprévisibles », alors que l'ensorceleuse Nak'hua Thorp en parlait dans son journal comme d'un « ramassis d'incapables particulièrement doués pour la fuite et les erreurs de jugement ». Le chroniqueur Siegmund Krönfeld quant à lui refusa d'y consacrer le moindre article. Il est donc difficile d'y voir clair, et c'est ainsi que leur légende a perduré, vacillant comme la flamme entre le mépris, le doute et la vénération.*

Sortis de nulle part, ils apparurent au deuxième jour de la Décade des Moissons Tardives, à la porte du Donjon de Naheulbeuk. Un rôdeur, une elfe, un barbare, un nain, un ogre, une magicienne et un voleur, qui bravèrent en un temps record les dangers multiples de cet établissement donjonnique renommé dont personne n'était jamais sorti, semble-t-il. Après avoir déjoué de nombreux pièges, ils s'emparèrent d'une collection de statuettes prophétiques à la suite d'une bataille contre le redoutable maître des lieux, le tout-puissant Zangdar. Puis ils furent ensuite signalés à Valtordu, dans le village de Chnafon, et dans plusieurs bourgades de petite taille. Plusieurs témoins affirmèrent qu'ils « avaient coutume de semer la panique et le désordre ». On leur attribue la disparition du comte Archein von Drekkenov, aussi connu comme le Vampire Hémophile, et le suicide incompréhensible du célèbre Song-Fu, sage centenaire qui avait pourtant dédié sa vie à l'assistance aux aventuriers. Ils auraient également défait les redoutables Hommes-Poireaux, les sauvages Mangeurs de Chair humaine de la forêt de Schlipak, le Chemin de l'Oubli, le terrible bandit Tarken et ses compagnons, ainsi que la fameuse énigme de Lorelenilia de Nilnerolinor, reine des Elfes Lunelbar. Certains racontent qu'ils auraient bravé le château de Gzor, mais sans en apporter la preuve. Cette dernière anecdote tient probablement du canular.

Et ainsi donc, sur une période courte d'une dizaine de jours, la compagnie « sans nom », jusqu'alors inconnue et insoupçonnée, se fabriqua cette solide légende teintée de mystère. Ils firent parler d'eux à travers une bonne partie du territoire. Il était difficile de savoir quel était leur but, quelles étaient leurs aspirations, et qui serait à même de les arrêter. C'était en tout cas ce qu'on pensait jusqu'à ce jour, dans une taverne renommée de Boulgourville, où démarra la sinistre affaire de la « Couette de l'Oubli », dont on parle encore dans les manuels d'histoire de Fangh. […]

I

Une soirée comme un lundi

Ah, les tavernes...

Dans tous les univers et à toutes époques il y fait bon vivre, manger, boire, vomir, s'envoyer des mandales, cancaner, ou subtiliser les effets personnels des nigauds. Dans l'univers dont il est question un peu plus loin, elles sont encore mieux que cela : incontournables. On ne peut envisager la vie sans tavernes. D'ailleurs, ceux qui ont essayé ont connu, outre l'ennui profond, le mépris de leurs semblables.

Or à l'époque qui nous intéresse, en l'an 1498 du calendrier de Waldorg, il advenait également qu'une taverne ne présente aucun intérêt autre que celui d'attirer les traîne-sandales de la région et de leur permettre de disputer des parties de dés. Elle servait aussi d'abri aux voyageurs aventureux, ceux dont les vêtements tachés de boue et les tatouages à base d'ophidiens vengeurs indiquent une profession incertaine, mais qui font marcher le commerce. Ce sont plusieurs voyageurs de ce type, d'humeur maussade, qui regardaient avec un certain détachement leur écuelle vide, dans un établissement d'hostellerie assez proche de la description susmentionnée.

De mystère, il n'était pas encore question, à l'heure dite. L'astre blanchâtre était déjà parti folâtrer depuis un moment de l'autre côté de la planète, les poules avaient cessé de picorer, et les hérissons nyctalopes s'amusaient avec insouciance sur les routes en attendant le passage des carrioles qui testeraient ainsi la théorie de l'évolution. Dans le fond d'un godet malpropre, une bière tiédissait.

— Superbe idée cette statuette, vraiment ! lança le Nain avec agacement, sans voir qu'une blatte s'approchait de son gobelet.
— Va crever !
La discussion prit fin aussi vite qu'elle avait commencé. Le Ranger dardait un œil méchant sur l'individu barbu qui cherchait déjà un moyen de contre-attaquer. Il fulminait, fumait, ahanait, maudissait, pestait, et aurait sans doute troubligrondé si le verbe avait existé.
— Alors, déjà, je vous rappelle que je me suis fait berner autant que les autres ! ajouta l'aventurier en tordant sa fourchette pour la douzième fois.
Ce qui était vrai, de fait.
— Non mais... Tout allait bien jusqu'à ce qu'on vienne nous racketter nos pièces d'or ! soliloqua l'Elfe.
L'Ogre mâcha un morceau de nappe, et son œil surentraîné vit la blatte se déplacer en direction de la boisson défraîchie. Un plan d'une extrême simplicité s'imposa donc. La Magicienne, quant à elle, recomptait pour la troisième fois son pécule.
— Tout allait bien ? Tout allait bien ! s'exclama le Ranger. Mais où est-ce que tu étais ? Je suis mort tabassé par une taupe-garou dans le Château de Gzor, nous avons parcouru deux cent dix kilomètres dans la brousse, on a visité un donjon pourri, on a enduré les

blagues du Nain, on a supporté tes conneries et l'odeur des pieds du Barbare, on a fait suicider le vieux Song-Fu, et tout ça pour quoi ?

— Cent soixante-six pièces d'or et six pièces d'argent, lui répondit la Magicienne.

— Tout juste, ajouta le Nain qui s'y connaissait, le bougre. Eh ben, c'est la plus grande arnaque de tous les temps !

Il voulut s'emparer du restant de sa bière quand une grosse main verte vint s'abattre sur la table. L'onde de choc propulsa deux assiettes vides vers le plancher, et la déflagration fit sursauter toute la salle. Le Nain, dont l'instinct de survie avait été sollicité, se retrouva sur le dos dans sa chaise renversée. Dix-huit paires d'yeux furieux observèrent alors l'Ogre qui léchait la paume de sa main, appréciant visiblement le goût alcoolisé des blattes juteuses du Poney qui Tousse, l'autre nom de la Taverne de Boulgourville.

L'Elfe se détourna et tira la langue, mimant efficacement un lama qui régurgite. On s'habituait difficilement aux habitudes alimentaires des ogres, même après une semaine d'aventure.

— Tu pourrais prévenir, merde ! grogna le Nain.

— Cruichak gloubo, répondit doctement la créature.

— Il dit que c'est croustillant à l'extérieur, et fondant au milieu.

Le Ranger soupira et adressa un signe étrange à la Magicienne, qui pouvait vouloir dire *on n'a pas besoin de traduction pour toutes les informations sans intérêt que nous donne cet abruti*. Il tordit sa fourchette une fois de trop, et se retrouva donc avec deux couverts trop courts, dont un sans manche et un sans pics. Il fut pris d'une grande lassitude.

La situation n'était pas brillante, si l'on peut dire. Une guerrière créancière, puis les employés des taxes de la *Caisse des Donjons*, et enfin la *Guilde des Voleurs et*

Malandrins avaient réclamé et obtenu une partie des bénéfices de la quête qu'ils venaient de terminer. Récupérer la *statuette de Gladeulfeurha* n'avait pas été une mince affaire pour commencer, puis d'invraisemblables complications avaient transformé cette banale excursion en odyssée rurale et forestière, amenant le groupe à parcourir une partie de la Terre de Fangh dans le seul but de récupérer un salaire durement gagné, celui-là même dont on venait de les spolier. Il faut préciser que les membres de l'équipe se supportaient déjà difficilement, le commanditaire de l'expédition n'ayant pas pris soin de vérifier la compatibilité de caractère de certains, ou les aptitudes à diriger des autres. Il avait payé son dû et avait regagné son repaire, accompagné d'un gnome des forêts du Nord.

Pour noircir le tableau, un individu inquiétant surgi de nulle part venait de leur dire qu'ils avaient participé à l'élaboration d'un plan retors ourdi par Gontran Théogal, le mage qui les avait envoyés au casse-pipe. La statuette de Gladeulfeurha, bien que verte et moche, faisait partie d'un ensemble prophétique comptant une douzaine d'unités, et quiconque pourrait les réunir serait à même d'ouvrir la *Porte de Zaral Bak*, sous réserve d'appliquer aux ingrédients un rituel complexe. Alors bien évidemment, on s'en fichait tant qu'on ignorait que ladite porte cachait en fait le retour de Dlul sur la Terre de Fangh, et l'anéantissement de toute vie par absorption dans la Grande Couette de l'Oubli Éternel de Dlul, lequel se targuait d'être le dieu du Sommeil et de l'Ennui, et ce depuis l'aube de l'existence des fourmis. Pourtant, tout cela était annoncé dans les *Tablettes de Skeloss l'Omniscient*, au détail près qu'elles étaient gravées en vontorzien supérieur et enfouies dans le fond du troisième sous-sol du musée de Waldorg, ce qui en compliquait fichtrement la lecture.

Gontran Théogal s'était fait dérober une des statuettes de sa collection juste avant de recevoir la dernière des mains du Ranger, larcin commis par d'anonymes aventuriers qui avaient pillé sa résidence. La vie est parfois cocasse. Ainsi la douzième statuette se trouvait finalement être la onzième, et la prophétie allait devoir attendre encore un peu que soient réunis les ingrédients du rituel. En y réfléchissant, on pouvait dire que c'était le point positif de l'affaire.

L'étrange individu, qui semblait savoir beaucoup de choses, était reparti comme il était venu, non sans les avoir copieusement insultés. Il avait ajouté que c'était à eux de retrouver la statuette et de s'assurer que Gontran ne mette pas la main dessus. Au moment où tout le monde voulait rentrer chez soi et oublier cette histoire en mangeant son bouillon au gras de bœuf, cette nouvelle avait jeté un froid sur la compagnie, en même temps qu'un grand voile d'incertitude quant à la marche à suivre pour s'assurer une vie meilleure, ou au moins éviter de mourir avant la fin de la semaine.

— Putain… Cent soixante-six pièces d'or et six pièces d'argent pour une semaine d'aventure !
Le Nain, qui s'était relevé, n'arrivait pas à s'en remettre. Il tira sur les cordons de sa bourse, comme pour s'assurer que quelques pièces supplémentaires n'allaient pas s'échapper en ricanant.
— En plus, on n'a même pas gagné de niveau, constata le rôdeur. Y a sans doute un truc qu'on n'a pas fait comme il faut.
La Magicienne râla en direction du Barbare :
— Et toi, qu'est-ce que ça t'inspire ? On t'a pas entendu depuis au moins vingt minutes ! Qu'est-ce que tu en penses ?
Celui-ci fit un tour d'horizon des œillades qu'on lui lançait, avant de se risquer à rétorquer.

— Ouais.

La puissance de l'affirmation n'entama pas la pugnacité de l'érudite.

— Ouais quoi ? T'as pas envie d'exprimer tes idées ?

— C'est pas tous les jours qu'on te demande ton avis, ajouta le Ranger en soupirant.

— Et ça vaut mieux pour la santé des gens !

Le musculeux guerrier appuya un regard mauvais en direction de l'Elfe, qui venait de signaler une fois de plus son manque d'adhésion au mode de vie et aux techniques de communication des nomades des plaines. Il faut savoir qu'entre la mandale et la beigne, ils choisissent souvent la torgnole.

— On m'empêche toujours de frapper les gens, finit par lâcher le belliqueux.

— Pff, lâcha l'Elfe en s'affalant sur la table.

Elle écrasa ainsi sa poitrine sur le panneau de bois, provoquant un gonflement significatif de sa tunique, et collectant par la même occasion quatre-vingts pour cent de l'attention des mâles de la taverne.

— Ça fait moins d'une pièce d'or de l'heure ! C'est minable, annonça le Nain.

Il avait de la suite dans les idées, depuis tout petit. Enfin, depuis plus petit qu'il ne l'était.

Après un temps d'adaptation, le Ranger décida de regarder ailleurs que sous le menton de sa sylvestre camarade. Puis il se rendit compte qu'il était toujours énervé.

— Mais finalement, c'est quoi l'intérêt d'une aventure ? On est à peine plus riche à la fin qu'au début, on a des cicatrices, et en guise de prestige on se fait engueuler par des vieux cons !

— Ouais, confirma le Barbare.

— Je ne suis pas d'accord, observa le Nain, c'est parce que vous êtes des nases ! Regardez Goltor l'intrépide par exemple. Une vie entière d'aventures, et à la fin, il était super connu et très riche. Et on a même donné son nom à une montagne ! Ah !

— Le problème, c'est que nous on est au début, marmonna l'érudite Magicienne.

— C'est normal de passer par des moments difficiles. Et puis au moins, on s'occupe !

Le Ranger toisa l'Elfe, laquelle avait déjà retrouvé son agaçante joie de vivre.

— Ouais… Enfin les humains ne sont pas comme les elfes, ils ne passent pas leur temps à glander dans les arbres.

— Mais non ! Nous avons des tas de loisirs, et puis on s'entraîne à l'arc, et puis on fait du commerce, et puis…

— Vous fabriquez du shampooing ? lâcha le Nain. Hey, ça c'est tout de même prestigieux ! Ha ha !

— C'est toujours mieux que d'user des pioches en cassant des cailloux dans le noir !

— Ouais mais nous on ramasse de l'or ! Et c'est grâce à nous qu'on a des pièces d'or ! Et des superbes haches bien brillantes !

— Ouais mais nous…

— Calmez-vous, les débiles, trancha le Barbare. J'ai mal au crâne.

Il serrait son poing droit, comme pour dire que quelqu'un d'autre aurait bientôt le même souci. Il avait pris l'habitude d'être le conciliateur des débats interethniques, en spécialité châtaigne.

— Faudrait peut-être arrêter de boire ce picrate, préconisa la Magicienne en désignant son gobelet vide.

— Humpf.

— On peut parler maintenant ? Vous avez fini ?

La voix venait de derrière le chapeau défraîchi de la Magicienne. C'était le vieil inconnu, qui portait un plateau.

— Ah, c'est vous ? s'étonna l'aventurier. Mais… On a cru que vous étiez parti.

— Non, j'étais juste au bar, j'ai commandé des frites.

Profitant d'un instant de flottement, le vieux tira une chaise et s'installa près de l'Elfe, en risquant un œil vers son décolleté. Il posa son plateau et y piocha de la nourriture, avant d'enchaîner en mâchant :

— Alors, qu'est-che que vous jalez faire ?
— Heu…
— Ben…
— Hem…
— On n'a pas encore eu le temps d'y réfléchir, risqua l'érudite.
— Cha m'étonne pas que vous vous fachiez pigeonner chi vous mettez toujours quinje ans à réfléchir.

Le vieux piocha d'autres frites, pendant que les aventuriers digéraient l'information.

— Pour commencer, faut bien conchidérer que vous jêtes grave dans le pétrin.

La nouvelle ne fit pas sensation, tant il est vrai que c'était plutôt l'habitude au sein de la compagnie. L'Ogre, qui n'avait plus de nourriture pour s'occuper, indiqua qu'il n'avait rien compris :

— Gluk ?

Le type louche fixa la créature un court instant. Il essaya de lire dans son regard si l'onomatopée en question avait quelque chance de déboucher sur une action violente et si sa vie était en danger. Puis l'Ogre discerna les frites.

Le Nain tenta un déglaçage d'ambiance :

— Qu'est-ce que vous voulez dire au juste ? On a plus de problèmes que d'habitude ?

Le vioque, qui ne mâchait plus, se pencha sur la table, et afficha un visage grave avant de leur asséner la terrible vérité.

— Mais évidemment ! Vous croyez que les gens vont vous laisser tranquilles après ce que vous avez fait ? Une complicité d'activation de prophétie destructive, ça va vous mettre à dos toutes les administrations du pays !

Sans parler des sectes, des groupuscules de surveillance, des chasseurs de primes, des paladins, et même des autres sorciers maléfiques qui tentent d'accélérer la fin du monde et qui ne vont pas supporter que quelqu'un d'autre s'en charge.

— Quoi ? C'est quoi ces conneries ? protesta le Ranger en surmontant son abasourdissement.

— Et puis, comment tous ces gens vont savoir que c'est nous ? fit justement remarquer la Magicienne.

— À votre avis ? Et moi, comment j'ai pu être au courant ? Ah !

L'ancien repiocha des frites, et devina à l'air ahuri de ses voisins de table qu'ils n'en avaient aucune idée. L'Ogre, qui louchait sur le plateau, conçut alors un plan d'une extrême simplicité.

— La Caisse des Donjons ! Hé, ça ne vous dit rien ?

— Ouais, c'est les blaireaux qui ont prélevé vingt-cinq pour cent de nos bénéfices ! rugit le Nain.

La compagnie approuva, avec force jurons et coups sur la table.

Le doyen se renfrogna et tenta de calmer l'assistance :

— Blaireaux, blaireaux… Disons plutôt, des gens qui font leur travail.

— Des exploiteurs ! Des bouchers de la bourse ! s'insurgea le Ranger.

— Des crevards de merde ! renchérit le Nain.

— Des… Des globzoules ! vitupéra la Magicienne.

— Heu… Ouais ! conclut le Barbare, qui ne savait plus trop où on en était.

Le vieux n'était pas très à l'aise, et tentait d'endiguer l'échauffement des esprits en moulinant des bras. D'un geste rapide et précis, l'Ogre profita de l'occasion et tendit la main par-dessus la table. Il préleva une poignée de frites dans le plateau de l'ancêtre, ce qui compte tenu de la grandeur de sa main fit disparaître les trois quarts du contenu du cornet. Constatant le larcin et craignant pour sa personne, le propriétaire dudit cornet lui adressa un signe de tête du genre *je vous en prie faites comme chez vous, mon cher.*

L'Elfe prit alors une importante décision :

— Bon, eh bien moi, je vais aux toilettes !

Elle se leva, et traversa la salle, offrant ainsi aux mâles une adorable distraction. Cette créature presque humaine, dont les talents restaient encore à découvrir, offrait au quotidien une chevelure dorée, de grands yeux clairs et innocents, de longues jambes nerveuses, une chute de reins revigorante et un buste rond et ferme, augmenté récemment par l'acquisition de son deuxième niveau. Chez les sylvains, on ne plaisantait pas avec le charisme. Elle s'habillait de vêtements courts et verts, ce qui était de bon goût et permettait d'en profiter.

— Alors quand même, faut voir que nous on avait rien demandé à personne, continua la Magicienne pour qui le spectacle n'avait aucun intérêt.

La blondinette disparut du champ de vision du Ranger, qui retrouva le fil de ses pensées :

— Comment cela est-il possible ? Je veux dire... On sort d'un donjon avec une statuette, et voilà, tout le monde est au courant, et c'est la fin du monde. On aurait pu nous prévenir !

— C'est très simple, expliqua l'ancien. Zangdar occupe le Donjon de Naheulbeuk, il doit donc signaler les visites d'aventuriers et les faits importants se rapportant à la gestion de son établissement. Il a déclaré le vol de la statuette à l'administration centrale de la Caisse des Donjons, qui a constaté qu'un problème allait survenir puisque les onze autres statuettes se trouvaient réunies par ailleurs, dans le Donjon de Gontran Théogal, qui est lui-même un sorcier maléfique répertorié. Il faut savoir qu'en outre, des tas de gens espionnent la Caisse, pour essayer de savoir où se passent les choses intéressantes en Terre de Fangh.

— Ah, dit alors le Barbare, montrant ainsi qu'il s'intéressait quelque peu à l'histoire.

— Des tas de gens ? s'inquiéta la Magicienne.

Tulgar énuméra :

— Il y a les cultistes, les guildes de voleurs, les indics qui vendent des informations aux oracles, et même certains aventuriers roublards.

— Eh ben, bougonna le rôdeur, c'est un vrai fromage à trous, votre histoire.

— Mais il y a un détail que tout le monde ignore, à part vous et moi, c'est que Gontran s'est fait lui-même dérober une des statuettes dans son donjon. Vous n'en avez parlé à personne d'autre ?

— Non non, bafouilla l'érudite.

— Bah, on n'a pas eu le temps, compléta le Nain. Ça s'est passé très vite tout ça !

— Excellent, conclut Tulgar. Je pense qu'il ne va pas s'en vanter, il a sans doute une raison personnelle de ne pas en informer l'administration. Ainsi donc, nous avons des cartes en main, que les autres n'ont pas !

Se trouvant un peu moins perdu que les autres, le Ranger fronça les sourcils un moment.

— Y a un truc qui cloche, lâcha-t-il enfin. Le mec de la Caisse des Donjons est déjà passé tout à l'heure, il a pris le pognon et il n'a pas parlé du reste.

— C'est vrai ça, c'est bizarre, constata la Magicienne en fronçant également les sourcils, même si ça ne se voyait pas trop sous le chapeau.

Le Nain tendit un doigt accusateur et sale en direction du vieux qui arborait une figure désabusée :

— On essaie encore de nous berner ! J'en ai marre !

— Vous êtes un peu pénibles, observa l'ancêtre. Qu'est-ce que vous allez imaginer ? L'administration de la Caisse n'a rien à voir avec l'épicerie du village. Le *Département des Soucis Prophétiques* ne se trouve pas au même étage que la *Perception des Gains d'Aventure*, et je parierai que l'encaisseur que vous avez vu n'était même pas au courant du problème !

Le courtaud relança la polémique d'un ton toujours plus vindicatif :

— Et comme par hasard, c'est le type qui récolte les pièces d'or qui arrive le premier ! Ha, ha !

— Ça faut bien dire, quand y a du pognon à prendre, ils sont jamais les derniers, affirma le doyen en se versant un verre.

Le Ranger s'inquiéta :

— Alors c'est pour ça qu'on n'a pas gagné de niveau ? C'est à cause de la prophétie ?

— À votre avis ?

Une agréable voix vint alors troubler la réflexion du groupe, alors que l'Elfe reprenait sa place autour de la table :

— Y a des gens qui ont dessiné des choses poilues dans les toilettes, c'est vraiment moche !

Puis, voyant qu'on la regardait avec les yeux écarquillés :

— J'ai raté quelque chose ?

Le vieux, qui en avait un peu sa claque, dut expliquer à nouveau le fonctionnement de la Caisse des Donjons, ce qui tombait bien, car les autres, à l'exception de la Magicienne, n'avaient compris qu'à moitié. Le redoutable guerrier des plaines de Kwzprtt, quant à lui, avait décroché depuis longtemps, et ça lui importait peu puisque la situation présente ne requérait pas qu'on manie l'épée. Il disparut dans la contemplation de son collier en dents de loup, une bête féroce qu'il avait tuée lui-même à l'âge de sept ans à l'aide d'une marmite en fonte. Ce Barbare était fidèle à l'image de son clan, bien qu'un peu jeune : grand et bien bâti, ses longs cheveux sombres encadrant son visage carré, il n'avait que rarement froid et sentait fort des pieds, tant il aimait garder en toutes saisons ses grandes bottes de cuir souples et fourrées. Il combattait à l'épée et appliquait quotidiennement les principes de Crôm, le dieu de la Baston et des mandales. Mais voici qu'on s'éloigne du sujet.

— L'aventure, c'est plus compliqué que je ne pensais, constata finalement le Ranger. Et donc maintenant, on devrait voir arriver un clampin de la Caisse des Donjons, qui va venir nous arrêter parce qu'on a participé à l'accomplissement d'une prophétie pourrie, alors qu'on n'était même pas au courant !

— Ah mais si, on était au courant, ajouta le Nain. C'est juste qu'on n'en avait rien à battre.

Il chercha des yeux un autre pichet de bière, sans voir les éclairs de feu tourbillonner dans les yeux de son compagnon de route.

— On ne savait pas que ça concernait la fin du monde, corrigea la Magicienne, qui avait un peu honte et dont les joues étaient devenues roses.

C'était normalement son rôle de s'intéresser aux choses compliquées dans le groupe, avec les choses magiques, les pratiques de sorcellerie, les détails historiques, la cartographie, les langages, l'écriture et les objets bizarres.

— La situation ressemble à ça, confirma le vieux. Sauf que vous n'allez pas voir arriver le clampin de la Caisse des Donjons.

— Ah ! fit le Nain. Et pourquoi ? Ils sont tombés à court de crevards ?

— Non, parce que c'est moi qu'ils ont envoyé.

BULLETIN CÉRÉBRAL DU RANGER

Et voilà, je le savais. Quand je suis entré à l'auberge, je me suis dit « mon gars, ça serait quand même incroyable qu'on récupère le fric et qu'on puisse retourner chez nous, comme si c'était une aventure normale ». Sinon, elle est pas mal comme auberge. J'ai mangé une saucisse-purée et un clafoutis. Après, y a eu tout ce bordel avec les gens qui voulaient récupérer une part de notre argent... Alors bon, pour la guerrière on n'avait pas le choix, elle est niveau huit. Mais finalement je me demande si on aurait pas dû écouter le Barbare, et serrer la tête au mec de la guilde des voleurs entre deux tables. Et le type des donjons aussi... pourquoi pas. L'Elfe s'est penchée sur la table, et ça c'était bien.

BULLETIN CÉRÉBRAL DE LA MAGICIENNE

J'ai vraiment fait attention pendant l'aventure, à tout ce qui pouvait mettre en danger ma nouvelle réputation d'aventurière. Finalement, je m'en suis pas mal sortie, parce qu'il n'y a aucun témoin pour les gens qui sont morts par erreur. En plus, c'était la faute du Barbare. Mais là, avec cette histoire de prophétie, j'ai vraiment la honte. Si ça se trouve, on va nous mettre en prison ! Il paraît qu'on n'a pas le droit de lire des livres en prison, surtout des livres de magie. En plus, si on est pratiquant de la sorcellerie, qui sait ? Ils peuvent nous coudre la bouche pour empêcher qu'on lance les sorts. Et parfois, ils nous envoient au bûcher, ça coûte moins cher, il paraît. Il faudra que je m'arrange pour garder ma robe de protection, si on me fait le coup.

— Je m'appelle Tulgar Iajnek, et je serai bientôt à la retraite.

L'ancien s'adressait désormais à un auditoire attentif. Il s'envoya un verre de vin derrière la cravate et grimaça, car il était plutôt rupeux (un mélange de rugueux et de râpeux).

Après avoir hésité à prendre la fuite, les membres de la compagnie avaient échangé quelques regards paniqués en apprenant qui était cet individu louche qui leur tenait le crachoir depuis vingt minutes. Le Barbare, quant à lui, avait ruminé un instant une stratégie qui consistait à : filer un coup de tête dans le nez du vieux, lui savater le bide, casser deux ou trois bouteilles d'alcool sur le comptoir, y mettre le feu, occire les serveurs et le patron et partir en courant après avoir volé un jambon. Mais il se doutait que quelque chose allait foirer.

— Je travaille depuis longtemps dans l'administration... continua le vieux. J'en ai vu des aventuriers, au cours de ma vie. Quand j'étais plus jeune, je venais les arrêter avec deux ou trois milices, on les taquinait un peu, et puis on leur piquait leurs fringues et on les abandonnait dans les marécages. On leur cassait un bras ou une jambe, et puis comme ça, ils oubliaient de recommencer.

— Eh ben... fit le Ranger qui reconsidérait son choix de partir très loin.

— Ils avaient sûrement fait quelque chose de vraiment méchant, ces aventuriers ? s'enquit l'Elfe en tortillonnant ses cheveux dans ses doigts ciselés.

— C'est sûr... Il fallait donner l'exemple ! Mais quand on vieillit, on change. Quand j'ai vu les petits gars ramener votre dossier, je me suis bien marré ! Mais je me suis dit que je tenais ma dernière mission, et puis j'ai insisté pour venir.

La Magicienne était plus blanche que d'habitude, ce qui faisait ressortir sa tignasse rousse. Elle décida de se donner un peu de contenance :

— Eh bien... c'est sympa !

— Alors, vous avez décidé que c'était pas génial de nous tabasser dans les marécages ? enchaîna le Nain.

Tulgar était un peu plus chaud maintenant, il reprit de plus belle en se servant un autre verre.

— Exactement. J'aime autant vous dire que les autres, ils vous prévoyaient un sacré comité de soutien... Ha ha. Y en a qui voulaient vous faire écarteler par des mammouths ! Vous imaginez ? Personnellement, je me suis dit que des baroudeurs assez tartes pour accepter une mission pareille, ils n'allaient pas le faire exprès pour accélérer la fin du monde, pas vrai ? C'est pas votre genre, hein, pas vrai ?

Le Nain tournait vivement la tête latéralement, pour observer les réactions de ses acolytes, et savoir s'il était de bon ton de foutre un coup de hache au vieux con qui disait que leur groupe était tarte. Mais la Magicienne lui fit « non » avec la bouche et en faisant les gros yeux.

— Pas vrai ?

Quelques membres du groupe opinèrent en cherchant du regard la sortie.

L'ancien s'octroya une bonne rasade de vin pour appuyer son propos :

— Et donc, je n'ai pas prévenu la milice, et me voilà.

— C'est quand même sympa, observa la Magicienne.

Il y eut un moment de flottement et de silence gênant.

— Et alors ça veut dire qu'on peut partir ? lança le Nain en essuyant sa barbe.

Tulgar lui lança un regard sévère, à base de petits poignards effilés.

— Ah non ! Je vous ai déjà dit que c'était à vous de réparer tout ça !

L'Ogre rota pour faire diversion.

— Mais je ne comprends pas, s'emporta le Ranger. Pourquoi vous n'envoyez pas votre milice arrêter les sorciers maléfiques ? Comme ça, vous pouvez récupérer toutes les statuettes, vous les rangez dans une cave, et on en parle plus !

— Parfaitement ! ajouta le Nain.

Le vieux pianota quelques secondes sur la table en soupirant.

— Hélas… Le contrat stipule que nous ne pouvons pas intervenir dans les affaires de ces gens-là.

— Le contrat ? s'exclamèrent trois aventuriers surpris dans un parfait ensemble.

— Eh oui ! Tout le système repose sur le contrat d'affiliation passé entre les responsables d'établissements maléfiques et la Caisse des Donjons. Nous gérons les affaires de tout le monde, mais nous ne pouvons pas intervenir auprès des maîtres de donjons, c'est dans le contrat.

— Par contre, vous avez le droit de racketter les aventuriers et de leur casser la gueule ! signala le Nain en ajustant son casque.

— Hé, c'est vrai ça ! s'insurgea le Ranger. C'est un peu l'arnaque !

Un parfum de rébellion flottait autour de la table. L'ancien répliqua :

— C'est la Caisse des Donjons, pas la *Caisse des Aventuriers*.

— Et y a personne qui s'occupe des aventuriers ? objecta la Magicienne.

Le fonctionnaire leur adressa un geste fataliste et versa la suite du pichet dans son verre.

Les aventuriers en Terre de Fangh gagnent de l'expérience et des compétences à partir du moment où ils combattent des ennemis (la notion est un peu vague), des animaux sauvages dangereux, où ils se livrent à des quêtes ou participent à des expéditions. Des esprits éthérés, unis sous la houlette d'un comité consultatif, affilié à la Caisse des Donjons, surveillent leurs faits et gestes et les actes déclarés à leur crédit par les responsables d'établissements donjonniques, à l'aide des formulaires adéquats et pénibles à remplir. Le comité note les points d'expérience récoltés et s'assure qu'en arrivant à certains paliers, les aventuriers passent au niveau suivant et débloquent leurs nouvelles compétences. C'est affreusement compliqué, en fait.

BULLETIN CÉRÉBRAL DE L'ELFE

Nous avons passé la soirée dans cette auberge qui sentait l'huile chaude et un peu trop vieille. Je n'irai plus jamais dans leurs toilettes, car des gens avaient dessiné partout des choses anormales, et c'était vraiment horrible. Heureusement, on pouvait manger de la salade. Un humain très gentil et un peu usé nous a expliqué comment fonctionne le système de la caisse des châteaux, et il nous a dit aussi qu'il ne voulait pas nous casser les jambes. En plus, on a compris pourquoi on avait perdu tout notre argent et que la prophétie des statuettes pouvait créer des problèmes à tout le monde. Les autres avaient l'air un peu fâchés. Mais on dirait que je vais devoir encore supporter cet affreux nabot pendant un moment !

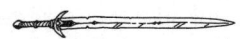

BULLETIN CÉRÉBRAL DU BARBARE

Une taverne. Du bon vin. Un vieux con a parlé beaucoup, longtemps. Mal à la tête. Personne à buter. Voler un jambon ? Attention, peut-être des gardes à la sortie. Pas gagné beaucoup d'or. Pas facile d'acheter une nouvelle épée.

Tulgar les abandonna finalement à son septième verre de vin. Il précisa qu'il raconterait à son chef de service que la compagnie était introuvable, afin qu'ils disposent d'un répit pour s'organiser. Et puis aussi, que c'était pas mal de trouver un nom pour une compagnie d'aventuriers, parce que sinon cela faisait pignouf.

Dans l'auberge du Poney qui Tousse, le volume sonore avait baissé, la plupart des consommateurs ayant quitté les lieux. On chuchotait presque autour de la table.

— Bon alors, qu'est-ce qu'on va faire ? demanda l'Elfe.

Le Barbare ne répondit pas, car il dormait sur son napperon. L'Ogre observait le vol de trois grosses mouches. Le Nain, par habitude et par fierté, ne répondait pas aux injonctions de l'Elfe. Les deux autres échangèrent un regard blasé.

— On a qu'à se barrer chacun dans son coin, chuchota le Ranger en se penchant sur la table. Ils ne vont jamais nous retrouver.

— C'est vrai, continua la magotte en s'approchant. Mais dans ce cas, il est possible que cet enfoiré de Gontran récupère la dernière statuette, et qu'il accomplisse le rituel.

— Mais on s'en fout, non ? murmura le Nain. Ni vu ni connu, hé hé.

L'Elfe se concentrait depuis plusieurs minutes pour mélanger les multiples concepts qu'elle avait dû retenir au cours de cette longue soirée. Un commentaire lui vint alors spontanément :

— Si machin accomplit le rituel, tout va disparaître ?

— Hum, confirma l'érudite, c'est possible. Je ne sais pas précisément en quoi consiste la Grande Couette de l'Oubli Éternel de Dlul, mais le vieux avait l'air de trouver ça plutôt dramatique.

— Alors ça sert à quoi d'échapper au danger si on meurt juste après ?

L'effrayante simplicité de la conclusion de l'Elfe fit réfléchir les compagnons. Personne ne s'imaginait repartir sur les routes, après l'infernale semaine vécue au sein du groupe. D'un autre côté, personne n'avait non plus réfléchi à la possibilité de voyager seul ou d'affronter les dangers de la Terre de Fangh sans être accompagné d'une compagnie d'aventuriers, si mauvaise soit-elle. Le hasard avait en effet voulu qu'ils soient tous des débutants chevronnés dans le monde de la quête donjonnique. Malgré leurs problèmes relationnels, une certaine symbiose de groupe avait réussi à s'établir.

— Y a des aventuriers de niveau quinze un peu partout sur le territoire, disserta le Ranger. Je ne comprends pas pourquoi on devrait s'occuper de cette prophétie.
— On est quand même plutôt des débutants, précisa la Magicienne.
Une voix qui sentait le graillon et la chopine rance déchira l'ambiance :
— Je peux débarrasser ? Vous avez fini ?
Le patron de l'établissement, qui dansait d'un pied sur l'autre en tripatouillant son chiffon sale, s'était approché de la tablée et tentait ainsi de leur faire comprendre qu'il était tard, qu'il était temps de payer la note et d'aller se coucher, parce que hein bon quand même, *y en a qui bossent et puis c'est pas vous qui vous levez à six heures le lendemain et ensuite il faut encore que je range les chaises*.

Le Nain allait protester, mais il fut pris de vitesse par le Ranger. Il fallait toujours parler avant le courtaud quand on s'adressait à un patron d'auberge, c'était une règle élémentaire de survie. Pendant la semaine, de nombreuses altercations avec les tenanciers de cambuses diverses avaient contraint le groupe à dormir dehors au milieu des moustiques et des coyotes, à la suite de scandales déclenchés par l'irascible barbu.

— Oui oui, nous allons payer. Il est temps d'aller se coucher, pas vrai ? Ha ha.

On bouscula le Barbare pour le faire émerger.

— Faudra aussi régler l'ardoise du vieux qu'a traîné à vot' table, il a dit que c'était pour vous, ajouta le patron.

— Quoi ? rugit le Nain avant que quiconque ait pu réagir. Cet infâme fils de truite pourrie !

— Mais bien sûr, aucun problème ! intervint la Magicienne en essayant de parler plus fort que son compère enragé.

Elle se leva et entreprit de délier sa bourse pour détourner l'attention. Le Ranger fit quelques grimaces pour enjoindre au courtaud de fermer son clapet.

Le gargotier surveilla le Nain vitupérant avec la plus grande méfiance, tout en dépliant la douloureuse et annonça le tarif des consommations. Le Barbare, les yeux à peine ouverts, demanda en bâillant s'il fallait sortir son épée, mais on lui signala que non. La note fut ainsi payée, et l'on prit la direction du dortoir en évitant la boucherie, ce qui était une belle victoire tout de même, en cette fin de journée chargée.

La discussion n'étant pas terminée, une relative confusion régna dans la chambrée. Un conflit séparait ceux qui voulaient dormir et ceux qui voulaient régler un certain nombre de questions avant de passer la nuit. Finalement, le clan des fatigués l'emporta sur un pile ou face. Le placement des paillasses était également complexe et donnait lieu à de multiples rebondissements. L'Elfe, qui avait les sens aiguisés, voulait dormir le plus loin possible de l'Ogre, du Nain et du Barbare, mais pas trop près du Ranger qui avait parfois les mains baladeuses. Le Nain voulait rester loin de tout le monde, il nourrissait une paranoïa concernant le vol nocturne des pièces d'or. La Magicienne refusait de coucher près du Barbare, pour cause de malodorance pédestre, et du Ranger qui ronflait. Ce dernier par ailleurs suffoquait s'il dormait trop près de l'Ogre, et se grattait s'il s'installait trop près du Nain. La grosse créature ne pouvait pas fermer l'œil trop loin des autres, réflexe primal venant de son enfance dans les grottes.

II

Des poignards dans la nuit

L'ombre dansa un moment dans la lueur de la lune, secouée de soubresauts. Dans cette ruelle sombre, le peu de lumière filtrant à travers le dessin des toitures rendait la silhouette encore plus fantomatique. Elle semblait faite de la matière même de la nuit, avec des nuances de noir et de gris sombre, et une capuche recouvrait sa tête.
Puis l'on entendit le bruit d'une braguette qu'on remonte.
— Alors, c'est fini ? chuchota la voix d'une autre silhouette. Grouille !
— Deux secondes, lança la première. Il faudrait que je me rajuste.
Une troisième ombre se gratta l'oreille à travers sa capuche. Elle pesta un moment contre les contretemps causés par ses collègues.

Furlong, Winfild et Kepps étaient des assassins. Ils étaient les meilleurs. Peut-être pas les plus habiles de la Terre de Fangh, mais au moins les meilleurs de Glargh. Enfin, disons, les élites de leur quartier. Ils étaient vêtus de tout ce qu'on pouvait trouver de mieux comme vêtements d'assassin : du tissu sombre qui ne faisait pas *fritch-froutch* quand on marchait, des chaussures souples et antidérapantes, des poches secrètes, des étuis huilés pour des armes affreusement tranchantes. La mission était simple, le salaire plutôt bon. On passait une bonne soirée.

— Hâtons-nous, les amis, marmonna Kepps.

Furlong sortait juste de la ruelle en tirant sur sa veste noire. Une de ses ceintures pendait un peu trop sur le côté et ça l'agaçait.

— On ne va pas faire notre boulot avec des dégaines de clochard, susurra-t-il pour se justifier.

Malgré l'obscurité, il vit le regard courroucé de ses sbires et comprit qu'il était temps de la boucler. On ne parlait pas, en mission. L'un d'eux fit un geste bien connu de la profession, qui signifiait *on bouge en formation triangulaire, intervalle quatre mètres*. Ils repartirent de façon sournoise vers leur macabre besogne.

Deux chiens fouillaient une poubelle, sous le regard interrogateur d'une chouette posée sur une gouttière. Hormis cette scène, la ville semblait des plus calmes. Nul garde ne paradait en hurlant qu'il était deux heures du matin, et aucun poivrot insomniaque ne chantait de chanson paillarde en s'accompagnant à la cymbale. La venelle croisa une rue plus large, Kepps bougea son bras gauche pour signifier la technique *on s'arrête trente secondes et on examine la situation*. Trente secondes passèrent. Furlong accomplit alors avec son pied et son index le geste correspondant au *déplacement longitudinal par binôme avec avant-garde simple*. Ils continuèrent en suivant cette recommandation, et ce dans la plus grande fourberie.

Parvenu au terme de leur progression, Winfild précisa d'un geste de la tête et du coude qu'il était temps de *se réunir dans un coin sombre pour le dernier point de recentrage avant l'accomplissement de la mission*. Ils s'éclipsèrent avec perfidie sous un rebord de toiture de l'écurie.

— *Six personnes à éliminer*, confirma l'un des assassins en ouvrant une main devant son visage et en présentant son pouce à côté d'icelle.

— *C'est la bonne auberge*, compléta l'autre en désignant du doigt l'enseigne du Poney qui Tousse.

— *Premier étage, dortoir de gauche*, fit le premier en exécutant un geste complexe avec les doigts.

— *Plus personne n'a envie de pisser ?* questionna le troisième en faisant un geste impossible à décrire.

Il y eut un chuintement, et la tête de Furlong tomba dans le crottin.

Lorsqu'on est un bon assassin en mission, on ne crie pas, on ne panique jamais, et il est notoirement reconnu qu'on peut faire face à toutes les situations. C'est donc avec un certain détachement que les deux tueurs virent un individu armé d'un long sabre courbe terminer son mouvement derrière leur défunt camarade. Il leur fallut quelques centièmes de seconde pour se remettre de leur émotion, puis Kepps opéra un déplacement latéral et furtif en tirant sa lame de son étui dans une totale absence de bruit. Il adressa à son partenaire le geste caractéristique qui devait initialiser la séquence *pourrissons la tête de cette ordure*. Winfild lui répondit en lui montrant, du bout de sa dague, les trois autres tueurs de la même bande qui s'approchaient.

Le type au long sabre, visiblement décontenancé par la perte de son effet de surprise, tenta une charge en direction de Kepps et se trouva gêné par la présence soudaine d'un poignard de jet dans son œil gauche. Il s'écroula donc dans un gargouillis.

Les trois spadassins, sur un signe de leur chef, engagèrent la formation d'attaque dite *du hérisson vengeur*. Ils étaient vêtus de nuances de vert et de brun sombre, ce qui dans la nuit donnait exactement la même couleur que du gris. Aussi, et puisqu'il n'est pas évident de leur trouver de forte différence avec notre précédent groupe, nous nous contenterons de signaler qu'ils avaient l'air moins expérimentés. L'un d'entre eux essaya d'utiliser l'arc qu'il s'était accroché en bandoulière, mais ne fut pas assez rapide et se fit promptement trancher le bras. S'ensuivit un certain chaos.

Dans leur grande conscience professionnelle, les spadassins s'affrontèrent néanmoins sans fracas, ni chahut, ni borborygme, ni vacarme d'aucune sorte. Quelques mouvements plus tard, Kepps se retrouva nez à nez avec le dernier tueur, qui tentait de l'étrangler. Il vit du coin de l'œil que Winfild n'avait pas survécu et en conclut qu'il ne restait plus qu'eux deux. Il convenait de faire les présentations avant d'en finir.

— Nous sommes envoyés par le mage Théogal, chuchota-t-il au nez du mystérieux guerrier. Qui êtes-vous ?

— Nous sommes mandatés par l'Archidoyen du Temple du Grand Sommier, susurra l'autre. Tu vas mourir.

— Toi aussi, raclure. C'est notre mission !

— Non, c'est la nôtre. On était là avant !

— N'importe quoi, on vous aurait vus !

— On était cachés !

— Mais nous aussi !

— Tant pis argghh.

— Je argghh.

Ainsi, les assassins défuntèrent dans un silence assourdissant.

BULLETIN CÉRÉBRAL DU NAIN

J'ai dormi dans cette auberge avec les autres, et personne ne m'a rien volé pendant la nuit. J'ai recompté mes pièces d'or au réveil, comme ça j'étais sûr. C'était plutôt calme, pas comme ces nuits en forêt avec tous ces animaux affreux qui font exprès de faire du bruit alors que c'est l'heure de dormir. L'auberge est plutôt bonne, mais elle est constituée pour une bonne moitié de planches de bois, c'est dommage on aurait pu mettre un peu plus de pierres. Au matin, on a pris le petit-déjeuner dans la salle, ça coûte un peu cher, cela dit on mange de bonnes tartines, et puis j'en ai profité pour voler un saucisson qui pendait trop bas, et un gobelet en étain que je vais revendre un bon prix. Le tenancier gueulait à propos de tous les gens crevés à l'entrée de l'auberge, comme quoi ils pouvaient aller se battre ailleurs et qu'ils avaient salopé toute son entrée. M'en fous, je vais me barrer à la première occasion.

La magotte trempait sa tartine en faisant le ménage dans sa tête. Autour de la table, c'était encore assez calme pour pouvoir se concentrer. Et puis, chacun surveillait son bol et ses morceaux de pain, sauf l'Elfe qui mangeait des céréales bonnes pour le transit, et l'Ogre n'aimait pas ça. La Magicienne n'avait pas trop le sens de l'organisation, mais c'était toujours mieux que le reste du groupe. C'est d'ailleurs pour cela qu'elle avait eu des problèmes pour mener à bien ses études à l'université de sorcellerie de Glargh. Dotée d'un certain charisme, elle dissimulait sa chevelure rousse sous un chapeau à large bord et portait avec fierté la *Robe ensorcelée de l'Archimage Tholsadum*, sauf quand il faisait trop chaud. Un accident magique survenu pendant ses études lui avait altéré définitivement la voix, c'est donc avec son habituel timbre éraillé qu'elle lâcha finalement :

— Je pensais que c'était une ville plus calme.

— Mouais, confirma le Ranger qui n'était pas bien éveillé.

— Y a de la marave quand on dort, c'est nul ! soliloqua le chevelu guerrier.

Son vocabulaire n'était pas très étendu, mais il connaissait tous les synonymes du mot *bagarre*.

— Vous avez fouillé les cadavres ? s'enquit le Nain auprès du gargotier, lequel astiquait un plateau. C'était qui ces gens ?

— Les gardes les ont emmenés, maugréa le patron. C'était des gars des sectes, qu'ils ont dit. De la grande ville. Z'ont rien à fiche par ici, si vous voulez mon avis ! Surtout si c'est pour met' du raisiné partout sur mon auberge. C'est quand même incroyable de venir faire tout ce ch'min pour se battre sous mon enseigne. C'est plus comme avant, c'te ville, avant c'était tranquille, et puis on pouvait se lever à sept heures du matin sans nettoyer l'sang des bourgeois des sectes, et puis c'est encore pareil pour tous les marchands qu'ont les poches pleines d'or et qui viennent là boire un verre d'eau alors qu'ils ont les moyens de s'prend' une bière, sans compter qu'juste après ils vont piquer l'client avec leurs fariboles de produits bizarres, et puis n'importe comment, nous on a une bonne petite ville, et les autres bla bla bla bla bla…

Les aventuriers durent attendre une éternité que l'homme décharge sa bile. C'était le genre de gars discret qui n'attend qu'une occasion d'accoucher de son baratin, à la manière de ces vieux perclus de maladies qui en délivrent la liste dans un insoutenable flot de paroles, pour peu qu'on commette l'erreur de leur demander « alors, ça va ? ».

D'un accord tacite, les aventuriers décidèrent de ne plus lui adresser la parole.

— C'est bizarre, des gens qui viennent ici pour se battre, commenta l'Elfe.

— Il faut croire qu'ils avaient quelque chose à faire dans la région, compléta l'érudite.

— Chouakiqhichomp, chaichur, renchérit le Ranger en mastiquant un énorme bout de pain.

L'Ogre regardait pensivement les saucissons pendre près du comptoir. Dans son langage simple, il se dit « c'est beau, un saucisson qui pend ».

Le Nain quitta sa chaise et signala :
— Je vais quand même voir s'ils ont pas laissé deux ou trois bricoles traîner.

Puis il se dandina vers la sortie, précédé de son haleine matinale.

BULLETIN CÉRÉBRAL DU RANGER

J'ai expliqué au groupe qu'il était possible de retrouver la trace de quelqu'un, en démarrant l'enquête à l'endroit où il a été vu pour la dernière fois. L'avantage d'être le chef, c'est que je peux facilement faire passer mes idées. J'ai bien joué sur ce coup-là. Alors, comme la tour de Gontran n'est pas trop loin, nous allons nous rendre sur les lieux et tenter de rattraper les voleurs de la onzième statuette, en utilisant mes compétences de pisteur. Le nabot et la brute pensent qu'on devrait mettre le feu au donjon de Gontran et balancer tous ses machins prophétiques dans les latrines, mais le vieux fonctionnaire nous a conseillé d'éviter l'intérieur de la tour, parce que nous n'avons pas le niveau pour affronter tous ses dangers. Tout cela peut nous rapporter pas mal d'expérience, j'espère juste qu'on ne se précipite pas vers les ennuis.

BULLETIN CÉRÉBRAL DE L'ELFE

J'ai proposé à tout le monde d'aller voir près du château du magicien Théogal, et ils ont accepté ! On pourra interroger les petits animaux qui vivent près du château et savoir dans quelle direction sont partis les voleurs de statuette. Ensuite, je vais suivre leurs traces dans la nature, parce qu'il ne faut pas compter sur l'humain, celui avec sa cape grise. Il n'y connaît rien. Le crétin barbu semble vouloir nous suivre. C'est quand même sympa de repartir avec le groupe, même si le Barbare est bête, et que l'Ogre sent très mauvais. On va sans doute gagner un autre niveau, et je vais encore mieux tirer à l'arc !

BULLETIN CÉRÉBRAL DE LA MAGICIENNE

Après avoir soumis à mes compagnons plusieurs théories, ils ont fini par rejoindre mon point de vue : nous devons nous rendre à la tour de Gontran, qui se trouve à une journée de marche d'ici. La tour se nomme Arghalion, je trouve ça pas mal, c'est un nom qui en jette. Nous devrions pouvoir retrouver des indices pour suivre le groupe d'aventuriers qui a subtilisé la onzième statuette. Enfin, c'est la douzième maintenant. J'espère qu'on sera bientôt assez forts pour pénétrer dans le donjon du mage, et démolir ses plans. Et puis, c'est sans doute plein d'objets magiques. Mais par contre, je n'arrive pas à comprendre pourquoi ce vieil homme nous confie cette mission, au lieu de choisir des gens plus expérimentés.

La matinée se trouvait déjà bien avancée, et le groupe n'était toujours pas parti. Le Nain voulait revendre les deux étoiles de jet qu'il avait arrachées d'un volet près de l'entrée de l'auberge, et quelques babioles. Le Barbare avait toujours son mal de tête, et n'avait quasiment rien dit de la matinée. Les autres essayaient de ranger leurs affaires pour augmenter leurs chances de se déplacer silencieusement, mais ça ne semblait pas en bonne voie. Ils vendirent donc à un camelot itinérant un fatras d'objets qui encombraient leurs sacs depuis des jours, à savoir les *Six Fourchettes du Calamar Catcheur*, la corde elfique de deux mètres, les *Moufles à Trois Doigts du Mendiant Lépreux de Zoyek*, un gobelet en étain, les étoiles de jet, des clés dont on ignorait l'usage, deux pierres précieuses trouvées sur un cadavre de liche, une coupe en argent, une épée cassée et la gourde usagée pleine de vin pourri appartenant aux orques du premier niveau du Donjon de Naheulbeuk. Le Nain refusa de céder la peluche qui faisait un bruit amusant lorsqu'on pressait son abdomen, et le Ranger préféra garder son harmonica, au cas où le groupe tomberait à nouveau sur Zangdar, car ce sorcier était allergique à la musique mal jouée.

— Et qu'est-ce qu'on va faire des autres statuettes ? demanda l'Elfe.

— On ne peut pas les vendre ici, déclara la Magicienne. Il faut rejoindre une grande ville, dans laquelle des experts pourront nous en donner le meilleur prix.

Le chevelu des steppes, qui avait porté le sac depuis le Donjon de Naheulbeuk, manifesta son mécontentement :

— Fait chier. En plus ça sert à rien !

— Si on arrive à les vendre à des collectionneurs, précisa le Ranger, on pourra récupérer une partie du salaire qu'on s'est fait piquer par les autres. Et ça augmentera tes chances d'acheter une belle épée !

— Mouais, répondit le bourrin en s'emparant du sac.

Il aimait bien les épées.

L'idée était à creuser. Certains membres du groupe n'avaient jamais vu de grande ville ; ils pensaient aux mille merveilles qu'elles devaient offrir. On racontait qu'on pouvait y acheter les objets les plus puissants, et y croiser des aventuriers redoutables, qui narraient leurs faits d'armes dans les auberges lorsque le soir venait. Mais tout cela, bien sûr, ne servait à rien si on n'avait pas de quoi payer.

— La *Compagnie aux Statuettes*, clama soudain le Ranger en prenant un air théâtral. Voilà comment on devrait s'appeler !

Le reste de l'équipe n'avait pas l'air convaincu.

— Ce n'est pas super, avoua la Magicienne un peu gênée.

— C'est carrément pourri, déclara le Nain qui n'avait de toute façon jamais envie de faire plaisir à quiconque. Vraiment merdique !

Il fallut expliquer à l'Ogre, lequel n'avait pas l'air de s'intéresser au concept. Il n'était pas emballé de toute façon. La Magicienne présenta sa petite analyse personnelle :

— J'ai l'impression qu'on va nous prendre pour des marchands de statuettes, avec un nom pareil. Ou alors, qu'on présente un théâtre de marionnettes. En plus, y a sans doute des types qui vont vouloir nous tuer pour les voler. Et puis, une fois qu'on les aura vendues, le nom ne voudra plus rien dire.

— Et donc, c'est merdique, conclut le Nain.

— Bon, abdiqua le Ranger. Je vais penser à autre chose.

Vint l'heure du repas.

— Si on part maintenant, précisa l'érudite, on arrivera de toute façon de nuit, et ça ne sera pas facile de trouver des pistes. Autant faire le voyage en deux fois.

Il fut décidé de faire quelques emplettes, et d'aller pique-niquer. Le plan pour la journée consistait à rejoindre la rivière en marchant vers le sud, et à dormir sur place.

Le Nain émit ses habituelles réserves :

— Je vous préviens, moi je ne dors pas dans la forêt ! J'ai déjà donné la semaine dernière !

— Y a pas de forêt à cet endroit, répliqua le Ranger en lui montrant la carte. Et avec un peu de chance, on trouvera un village près du pont.

Arghalion, la tour de Gontran, se trouvait quelque part de l'autre côté, au milieu du virage de la rivière. Il fallait pour y parvenir longer le Marécage de l'Éternelle Agonie, mais personne n'avait encore envie d'y penser. Les noms comme ça sont de toute façon prévus pour donner envie d'aller ailleurs.

Après une visite rapide de Boulgourville, il apparut qu'il n'y avait rien d'intéressant à se procurer, hormis du casse-croûte. Le marchand d'armes et d'équipement semblait avoir choisi son matériel dans un catalogue de dînette, l'échoppe qui prétendait fournir des objets magiques était tenue par une vieille folle qui confondait « flèche d'acide » et « remède pour le mal de bide », et ne vendait guère plus que des bibelots, des colifichets et des épices. La commerçante accepta cependant de racheter l'un des cadeaux elfiques, débarrassant ainsi la compagnie des Skis Nautiques de la Dame Dullak. La reine des Elfes Lunelbar avait offert à la compagnie un certain nombre d'objets, en récompense de la résolution d'une énigme, au cours de leur traversée de la forêt de Schlipak. La plupart de ces articles ne semblaient avoir qu'une valeur historique.

— On fait une connerie, je pense, objecta la Magicienne en recomptant les trente pièces d'or.

— C'est elfique, donc c'est de la daube ! rétorqua le Nain. Et puis, j'en avais marre de les trimbaler !

— Les autres objets elfiques valaient bien plus cher que ça, renchérit le pseudo-chef du groupe. La cousine Aztoona a récupéré les Chaussons de Danse pour une valeur de mille cinq cents pièces d'or !

— Et la Boîte à Sucres des Cinq Chamanes, deux mille pièces !

41

— Ouaip... Là je suis plutôt sceptique, avoua le Ranger. Mais bon, tant pis pour elle... On a eu la couronne en échange.

Il ricana.

— Mouais, grogna le Nain. De toute façon personne ici n'est capable de donner un prix correct à ces skis nautiques, et moi j'en ai ma claque.

— Bon alors, on bouge ? gronda le Barbare.

La Magicienne jeta son sac de livres sur son épaule, et lança :

— Allez ! De toute façon ces skis n'avaient rien de magique ! On n'a sans doute pas perdu grand-chose.

L'Elfe pleurait en silence, elle ne supportait pas qu'on vende un cadeau, et surtout un cadeau venant d'une reine elfique qui se lavait les cheveux avec Loreliane Exelsior, parfum framboise.

La compagnie souffrait d'un léger manque de culture concernant les articles légendaires en Terre de Fangh, conséquence de leur faible niveau. La Boîte à Sucres des Cinq Chamanes était un objet de grande valeur, pour peu qu'on veuille se lancer dans le commerce des denrées alimentaires, car elle dupliquait la nourriture. Il y avait d'ailleurs fort à parier qu'Aztoona en tirerait trois mille pièces d'or. C'est la raison pour laquelle on ne peut habituellement acheter et vendre de tels objets que dans les grandes villes, en s'adressant à des spécialistes. Les Skis Nautiques, sans avoir de réels pouvoirs magiques, étaient des objets de quête permettant à leur possesseur – pour peu qu'il soit de sexe masculin – d'obtenir en échange la main de la Dame Dullak, et de devenir par la même occasion propriétaire de deux cents hectares de terres, d'un château avec ses dépendances, et d'un élevage de lamantins. Sans compter que la Dame en question avait un physique à faire des catalogues de maillots de bain.

Les aventuriers malins se procurent habituellement des catalogues d'évaluation des articles légendaires les plus courants. Mais, patience, ça viendra.

Le groupe, sans avoir la moindre idée de la fortune qui venait de lui filer sous le nez, prit la route menant vers le sud. La Magicienne n'avait pas proposé d'utiliser la Couronne de Pronfyo pour téléporter le groupe, en raison d'effets secondaires apparus lors du dernier voyage. On avait décidé qu'il était préférable de la garder pour éviter les longs déplacements, car il n'était pas très agréable de se retrouver avec des membres surnuméraires. Le nabot, déjà nerveux, devenait tout rouge à chaque fois qu'on parlait de téléportation.

Le temps se couvrait, et l'air était assez frais. La décade des moissons tardives allait sous peu permettre à la nature de s'hydrater par le biais de douches quotidiennes, et aux vendeurs de capes huilées de relancer leur activité.

Le Ranger marchait en tête du groupe. Ce n'était pas vraiment par habitude, mais comme on était près d'un village, il supposait qu'il n'y avait aucun danger, et qu'il n'était donc pas nécessaire de placer le Barbare et le Nain en avant-garde. Précéder les autres quand c'était possible le confortait dans sa position de chef de l'escouade.

Il renvoyait l'image d'un humain de taille moyenne, brun, et dont les yeux de couleur indéfinissable possédaient un éclat proche de celui de l'acier. Une épée courte battait fièrement son flanc, assez souvent d'ailleurs puisqu'il ne la sortait du fourreau qu'en de rares occasions. Des vêtements de couleur sombre, dans les tons vert-brun-gris, et un sac à dos usé de baroudeur lui permettaient de prétendre à la profession de ranger, ou rôdeur, ces aventuriers mystérieux qui savent se fondre dans la nature et qui ont parcouru le monde en quête de gloire. Le morceau de papier gras coincé sous sa semelle gauche, et qui le suivait à chaque pas depuis la sortie de la ville, compromettait quelque peu son apparence.

Il manifesta soudain ses pensées, se retournant vers les autres :

— La Compagnie des Fiers-à-Bras !

— Hein ? firent-ils plus ou moins, en évitant de lui rentrer dedans.

— Notre nom, ça devrait être la Compagnie des Fiers-à-Bras ! insista-t-il.

— Pourquoi les fiers-à-bras ? voulut savoir l'Elfe.

— C'est faisandé, protesta le Nain. Et pourquoi pas les fiers à repasser ?

Il rit un moment de sa blague, qui laissa les autres de marbre puisqu'en général on ne l'écoutait pas.

— Personnellement, j'utilise plutôt ma tête, révéla la Magicienne. Je ne me reconnais pas vraiment dans cette appellation.

La représentante du beau peuple suivait ses propres réflexions et voulait en savoir plus :

— En quoi nos bras sont-ils fiers ? Ça ne veut rien dire.

— C'est une expression, exposa le Ranger. C'est pour dire qu'on est fiers et que heu...

— Et qu'on a des bras, compléta le courtaud dans un ricanement.

Un regard d'acier le fusilla, sans lui causer outre mesure de problème de conscience.

— Mais tout le monde a des bras, non ?

Le Ranger était agacé à présent, et soupira :

— Oui, mais c'est une EXPRESSION.

— En plus, je ne suis pas fière, murmura l'Elfe.

Ils marchèrent un moment dans le silence. L'Ogre chantait une ritournelle de son pays, dans laquelle il était question d'égorger des gens, mais ce n'était pas gênant puisqu'il chantait dans son propre langage.

— Les Fiers de Hache ! hurla soudain le Nain en levant son arme de prédilection. Ha ha !

Mais personne n'avait compris, il recommença :

— Les Fiers de Hache ! Déjà c'est marrant, parce que ça fait un jeu de mots, et en plus c'est la classe parce que les haches, c'est pas comme les bras, y en a pas chez tout le monde !

— Ouais, soupira le Ranger. D'ailleurs, moi j'en ai pas.

— Moi non plus.

— Ni moi.

— Et moi, j'ai un arc !

— Alors, finalement, y a que toi qui as une hache, conclut la Magicienne.

Le Ranger en profita pour se venger :

— Et donc, c'est nase.

— Ah… maugréa le Nain en examinant sa hache, qui était pourtant brillante et fort bien aiguisée.

Il manquait à l'Elfe une information :

— Et puis c'est quoi, un jeu de mots ?

— Bouarf, lui répondit-on.

BULLETIN CÉRÉBRAL DE L'OGRE

Gof, gof. Gloubo, eto zatal akiita Gluk. Zogbaak ! Akala miamiam.

BULLETIN CÉRÉBRAL DU NAIN

Par le Grand Forgeron, on marche encore dans la verdure ! Ce qui serait sympa, en fait, c'est de vivre des aventures dans les montagnes, on pourrait voyager dans les cailloux, ou bien dans des tunnels, en s'éclairant avec des lampes à huile, qui sentent bon l'huile. Mais personne ne veut vivre dans les montagnes, à part les Nains, et les gobelins et les orques et les ours et les trucs du chaos. En fait, ça serait mieux de vivre des aventures avec seulement des Nains. Bordel, qu'est-ce que je fais avec ces ploucs ! En plus, ils ont même pas de hache. Et puis je suis vraiment le meilleur pour les jeux de mots, dommage ils n'ont encore rien compris.

« Ah, si j'avais une hache Durandil ! »

III

Préparation au désordre

— Qu'on amène les informateurs.
— L'Archidoyen du Temple du Grand Sommier, Sa Somnolence Yulric VII, sollicite dès à présent qu'on approche de son Illustre Grabat les deux informateurs, Bertrand Sudote et Gilles Kalnipo, afin de recevoir de par Lui-même les révélations qui pourront conduire à la connaissance de la situation plutôt complexe dans laquelle se trouve à présent plongé notre bien-aimé Temple du Grand Sommier !
L'Archidoyen bâilla. Son conseiller reprenait son souffle, en dévisageant les deux informateurs qui s'avançaient suite à son interpellation. L'un d'eux, petit et maigre, se pencha pour lui chuchoter :
— Vous ne deviez pas dire nos noms…
Le conseiller leva un sourcil puis manifesta l'étendue de son désarroi :
— Ah.

En ce début d'après-midi à Glargh, une brochette de dignitaires contemplait la scène. Cette confrérie se trouvait rassemblée dans une grande nef, plutôt fraîche et plongée dans une semi-pénombre, que l'on nommait tour à tour Grande Salle de la Sieste ou Épicentre de la Torpeur, et qui occupait la majeure partie de l'édifice religieux. Aucune lumière directe ne venait troubler l'œil du grand maître des lieux, aucune agression ne pouvait ternir sa Vertueuse Léthargie. Vêtus des Saints *Pyjamas of Desolation*, et pour les plus gradés d'entre eux, affublés des *Bonnets de Nuit of Death*, les acolytes se réunissaient là sur ordre de leur chef spirituel.

On attendait d'en savoir plus. L'Archidoyen bâilla :

— Parleeeeeez...

Le conseiller lui fit écho :

— L'Archidoyen du Temple du Grand Sommier, Sa Somnolence Yulric VII, vous prie de vous exprimer.

Les informateurs étaient plutôt nerveux, et chacun attendait que l'autre prenne la parole. Le moins maigre se décida :

— Eh bien... Nous avons des nouvelles de votre mission.

— La mission de Boulgourville, précisa l'autre.

— Le nom de code, s'impatienta le conseiller. Vous devez connaître le nom de code !

— Oui, oui, Votre Anesthésie, bien sûr ! C'est l'opération *Marmotte Vicieuse*.

— Voilà ! Continuez !

L'Archidoyen détourna lentement son regard des informateurs, pour examiner son conseiller. Quelque chose ne lui plaisait pas, et il le fit savoir en levant sa main dans un geste d'une grande mollesse :

— Je sens de l'agitation en toi, mon bon disciple.

L'intéressé rougit, même si cela ne se voyait pas trop à la lueur des chandelles. Il balbutia :

— Ah, heu... Vraiment ?

— Certes. Tu n'ignores pas que cela est mauvais, n'est-ce pas ?

— Mais... Bien sûr que non, Votre Somnolence ! Je vais me calmer de suite ! Et prestement !

— Non, pas prestement, cela est mauvais.

— Heu... Bien, bien.

— Calme-toi simplement, et que l'on continue. Je suis las.

L'Archidoyen reposa sa main sur le *Coussin d'Arnhauk*, une relique de grand prix, avant de signaler d'un signe de tête négligent qu'il était temps pour les informateurs de parler, ou bien ce serait l'heure du châtiment.

Le conseiller résuma les faits :

— L'opération consistait à faire disparaître les membres d'une compagnie d'aventuriers impies, qui d'après nos sources participent à l'activation de la prophétie de la Porte de Zaral Bak, et auraient collecté récemment la dernière statuette pour la remettre à l'Ordre de Swimaf.

Il n'était pas nécessaire d'en dire plus. Tout le monde savait que les fameuses *sources* provenaient de l'espionnage, souvent le résultat d'enquêtes sournoises menées dans les couloirs de la Caisse des Donjons. Mais on n'en parlait jamais, ça cassait l'ambiance.

Un murmure parcourut l'assistance.

— Les spadassins ont rencontré à Boulgourville une certaine résistance, commença l'informateur le plus maigre.

Le conseiller leur fit signe de continuer, en prenant garde de ne pas faire de geste brusque. Prendre part au Culte de Dlul impliquait qu'on ne s'énerve pas.

Les deux indics avaient pour habitude de travailler avec des gens bien moins léthargiques, qui vous tranchaient un doigt pour des raisons futiles. Ils firent donc leur rapport avec une certaine appréhension :

— Les messages transmis par les moineaux voyageurs sont malheureusement clairs…

— Il semblerait que la mission ne se soit pas déroulée comme prévu : les assassins ont été retrouvés morts dans la rue principale… ce matin.

— Un groupe de six aventuriers, comprenant une grande créature, a été vu peu après devant le magasin d'objets magiques de la vieille Ezabelle.

— Nous pouvons donc en conclure que le groupe n'a subi aucune perte et que la mission est, comment dire…
— Un échec total.
— Voilà.
— C'est pas notre faute hein.
— Et ça fait quarante pièces d'or.
— S'il vous plaît.
— Votre Dormition Magnifique.

Le conseiller gardait péniblement son calme, et Yulric VII glissait lentement sur le côté sur son trône molletonné. Il en fallait plus pour entamer sa mollesse.

— Eh bien, commença le conseiller, nous avons sous-estimé cette compagnie. Des gens visiblement mal renseignés ont dit qu'ils débutaient dans le métier. Il me semble que les spadassins n'étaient pas des plus mauvais, n'est-ce pas monsieur Gullir ?

L'apostrophé, qui portait le pyjama rouge de l'intendance, opina :

— Quatre tueurs de haut niveau, de la Corporation des Poignards Sournois de la Nuit…

— Bien, continua l'homme de main de l'Archidoyen. Cette troupe d'aventuriers est dangereuse. Qu'en pense donc Sa Somnolence Yulric VII, Archi…

— Mouih, souffla l'individu désormais complètement avachi en lui coupant la parole.

Le conseiller, qui avait l'habitude, persévéra :

— Il nous faut récupérer cette statuette, avant qu'elle ne soit livrée à l'Ordonnateur de la Béatitude de Swimaf. Il ne peut en aucun cas ouvrir la porte de Zaral Bak ! C'est au Temple du Grand Sommier que revient l'honneur d'investir le monde de la Couette de l'Ennui Éternel ! Il ne faut pas que… oui, Votre Somnolence ?

— Je te trouve encore une fois fort énervé, mon chambellan.

— Mais… heu… c'est que…

Un dignitaire de l'assistance, opportuniste, signala le front de l'excité :

— Si fait, cher ami, il y a cette veine qui semble saillir de votre tempe.

— Mon Dlul ! s'écria avec apathie un type coiffé d'un bonnet jaune.

L'un des informateurs percevait au même moment les quarante piécettes auprès de l'intendant. Puis, faisant signe à son camarade, il prit le chemin de la sortie :

— Bon, ben nous, on y va…

— En vous souhaitant une bonne journée.

Le Gardien des Édredons, en pyjama vert, se trouvait sur leur passage et les questionna :

— N'avez-vous rien d'autre à nous dire ? Ce fut assez bref, par la Paupière de Dlul !

L'indic émacié marqua un temps d'arrêt. Comme il était près de la sortie, il décida qu'il pouvait en dire un peu plus sans prendre trop de risques :

— Eh bien… Hier soir, les gars de Boulgourville ont vu Gontran Théogal entrer et sortir de l'auberge…

— Alors que vos aventuriers s'y trouvaient… précisa son comparse.

— Ce qui fait que, normalement… La statuette machin, elle a déjà changé de propriétaire.

— Voilà, hein. Bon c'est dommage mais on doit y aller.

— Merciaurevoirbonneaprèsmidi.

Ils disparurent donc en essayant de ne pas regarder derrière eux.

Le conseiller, profondément choqué, tenait sa main devant sa bouche ouverte. L'assistance murmurait, en regardant Sa Somnolence qui venait de se redresser sur son trône à baldaquin. Il cligna des yeux. Il gratta son auguste menton. Il griffa légèrement le Coussin d'Arnhauk d'un index grassouillet. Puis il parla :

— Voilà qui est un peu énervant, en fait.

Gontran Théogal regardait par sa fenêtre secrète et observait trois aventuriers à la mine patibulaire, lesquels jaugeaient la tour du haut de leurs destriers. L'un d'entre eux semblait être un sorcier, vêtu d'une robe jaune aussi discrète qu'un costume de poussin. Le deuxième était un demi-elfe, du genre rôdeur, avec un grand arc en bandoulière et une fine épée au côté. Le troisième, en armure complète, donnait dans le genre paladin mal rasé, et arborait une collection d'armes diverses fixées à sa selle, ainsi qu'une grande lance à la main, ornée d'un fanion rose.

Le maître des lieux, vêtu des amples vêtements violets conformes à sa profession, soliloquait :

— Quoi ? Encore ! Comment est-ce possible ?

Les aventuriers à cheval étaient en général un mauvais signe. Ils étaient, au choix, assez riches pour se payer un cheval, et donc d'un niveau plutôt élevé, ou alors assez habiles pour en voler, et donc à redouter.

Gluby, le gnome, l'observait en silence en attendant des explications. Il parlait rarement.

— Trois aventuriers s'approchent de la tour, rapporta son maître. Je vais essayer de voir ce qu'ils mijotent.

Il déploya son stéthoreille, un engin ensorcelé bien pratique pour écouter les conversations. Dans le club fermé des maîtres de donjons, on gardait jalousement les secrets de sa fabrication, et la plupart des pilleurs de tours n'en connaissaient pas l'existence. Les voix quelque peu déformées des cavaliers lui parvinrent.

— … pas encore l'heure du rendez-vous, grogna le mal rasé.

— J'espère qu'ils ont eu le message, grinça le semi-elfe qui semblait nerveux.

— Mais oui, affirma le mage en calmant sa monture.

— Morduk et Yolina ne vont pas rater un coup comme ça, ajouta le bretteur cuirassé.

Le sorcier en robe jaune saisit un de ses grimoires et marmonna tout en tournant les pages :

— Certes, certes. Mais désormais, les oracles ont annoncé l'histoire de la prophétie, et d'autres oreilles que les nôtres ont dû les entendre... Il est clair qu'avant demain, cet édifice maudit sera cerné par les baroudeurs !

— C'est un coup de bol qu'on ait traîné pas loin, souligna le paladin qui agitait son bras gauche, et semblait avoir un problème avec l'articulation de son armure.

— Il faut qu'on soit les premiers, lança l'archer. On sauve le monde, et hop, à nous l'expérience, et c'est la fête.

— Et comme ça, j'ai mon niveau 10, ricana le type en armure. Hé hé !

— Bon alors, on les attend, ou pas ?

Gontran reposa brutalement son stéthoreille et s'emporta :

— Fumiers d'oracles !

Il se pencha vers Gluby, lequel grattait son aisselle avec son pied gauche, et vociféra de plus belle :

— Les oracles ont annoncé qu'on avait réuni les accessoires de Gladeulfeurha ! Ils envoient des compagnies d'aventuriers pour les récupérer ! Ils veulent nous saboter la prophétie !

Le gnome leva vers lui ses grands yeux interrogatifs :

— Douili ?

Le mage traversa la pièce et attrapa sa grande mallette de voyage, en continuant ses explications :

— On n'a même pas toutes les statuettes, en plus, c'est trop tôt pour lancer le rituel ! Il faut déménager ! Prépare ton baluchon, vite fait, on va sortir par les écuries secrètes.

Tout en parlant, il remplit sa mallette avec du matériel, s'approcha d'un mur, et appuya sur le nez d'un bas-relief chevalin. Un placard secret apparut. Onze exemplaires de la statuette de Gladeulfeurha se tenaient là, sur des étagères. Elles étaient vertes, et moches.

Gluby sortit en courant pour apprêter ses affaires.

— Profites-en pendant que tu as tes deux jambes, marmonna Gontran.

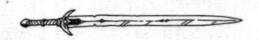

— Je n'aime pas trop ces nuages, ronchonna la Magicienne en assurant la fermeture de sa sacoche de livres précieux.

La compagnie marchait depuis une bonne heure, sur un sentier de terre battue. Le paysage était relativement plat, à peine broussailleux, et ne proposait que de rares bosquets. Pour le moment, ça convenait à peu près à tout le monde. Le ciel jusqu'ici s'était montré blanchâtre, mais devenait plus épais et plus gris à mesure qu'ils avançaient. Le Nain n'avait pas râlé depuis trois minutes, quand une ronce avait déchiré sa manche. Il était temps pour lui de se plaindre un peu :

— Il n'y a pas grand-chose pour s'abriter par ici, 'chier.

Le rôdeur, qui marchait toujours devant, fit remarquer que c'était moins dangereux comme ça, vu qu'aucun ennemi ne pouvait les surprendre.

— Ils peuvent toujours se cacher dans ces gros buissons là-bas, au bord de la route, signala l'Elfe.

Tout en marchant et en considérant cette possibilité, l'aventurier aux yeux d'acier se laissa rattraper par le reste du groupe, afin de se placer stratégiquement près du Barbare.

— Mon peuple vit dans une plaine comme celle-là, lui confia le chevelu, qui parlait rarement pendant les déplacements. C'est la grande plaine de Krhid.

— C'est très intéressant, commenta le Ranger de façon perfide.

Il ignorait que cela constituerait pour le Barbare une invitation à s'exprimer :

— On chasse les grands animaux à la lance, et on fait la course avec les fauves qui veulent voler la viande. Les femmes font des bottes avec la peau. Le soir, on mange et on dort.

Certains pouffèrent en silence. Ils prenaient garde de ne pas rire ouvertement des discours encyclopédiques du guerrier, qui avait la beigne facile.

— Ça ne laisse pas beaucoup de place pour la lecture, tout ça, soupira néanmoins la Magicienne.

Un regard chargé de toute la férocité d'un ours blessé lui conseilla de ne pas aborder une nouvelle fois le sujet de l'érudition.

De fait, cinq malandrins étaient effectivement postés dans les gros buissons au bord de la route. Ils attendaient le passage d'un marchand ou de quelque proie facile, pour s'amuser un peu et récupérer, à l'occasion, de quoi s'acheter quelques godets de piquette ou se payer une fille facile. Accroupi dans le taillis, un petit trapu adressa un signe à un grand rougeaud, une manière silencieuse de savoir si l'on avait intérêt à sortir du couvert et à charger les passants. Le costaud borgne qui faisait office de chef fit « non » de la tête, il exécutait le geste d'étirer ses cheveux vers le haut, pour faire remarquer qu'un des voyageurs avait un chapeau pointu de jeteur de sorts. Puis il écarta les bras en grand en ouvrant la bouche, pour symboliser la potentielle boule de feu qui les attendait. Le petit trapu soupira et tenta d'étirer sa jambe, qui commençait à faire mal. Il fallait attendre encore.

— Qu'est-ce qu'on va faire si on rattrape les autres aventuriers, demanda l'Elfe inopinément. Est-ce qu'on doit préparer un plan ?

— Bah… Il faut déjà savoir combien ils sont, proposa le Ranger. Et puis quel est leur niveau, et avoir des détails sur leurs compétences.

— Et s'ils ont un sorcier avec eux, continua l'enchanteresse.

Le quasi-dirigeant, toujours content d'intéresser l'auditoire, continua sur sa lancée :

— Ensuite, on peut parlementer pour leur expliquer le problème et récupérer la statuette qui ne précipitera pas la fin du monde. Ou bien, on leur échange contre une autre statuette. On peut aussi leur voler dans leur sommeil, et ne rien leur expliquer du tout.

— On n'a plus de voleur avec nous, signala l'érudite.

Le courtaud sauta sur l'occasion :

— Et puis tes compétences à toi, on a vu ce que ça donnait !

Le Ranger se renfrogna. Il avait testé ses dons de voleur un soir à la taverne de Chnafon. Il considérait qu'avec sa dextérité et son habileté au déplacement silencieux, c'était gagné d'avance, mais il n'avait récupéré aucune bourse et s'était fait démolir l'œil.

— C'était juste pas de chance, protesta-t-il avec agacement.

— En tout cas, pour un sujet aussi important que la statuette, on n'essaiera pas ce coup-là, conseilla la magotte.

— Ou alors, on rattrape les aventuriers, et on les pulvérise !

— Ouais !

Les solutions du Nain et du Barbare étant toujours les mêmes, elles ne soulevaient plus de débat depuis bien longtemps. Chacun rumina une solution dans son coin.

— Aglouk dipa ?

La Magicienne entreprit d'expliquer à l'Ogre les différents aspects du problème. En général, on lui détaillait peu de chose. Il comprenait ce qui se passait la plupart du temps, en regardant la tête des autres, et en tirait ses propres conclusions. Il ne comprenait que très peu le langage des humains, et personne ne saisissait un mot du sien à part les phrases qui revenaient le plus souvent, et qui concernaient en général l'ingestion de quelque chose, ou de quelqu'un. C'est qu'il avait un grand corps massif à nourrir, et peu de préoccupations terrestres hormis le besoin de manger, de se promener, d'arracher des membres et de rire des situations les plus dramatiques.

— De toute façon, râla le Nain, ça ne sert à rien de faire des plans parce que rien ne se passe jamais comme on avait prévu.

— Na na na na na naaa, chantonna l'Elfe en passant la main dans ses adorables cheveux.

Elle avait oublié qu'elle avait posé une question, et ne s'intéressait plus à la réponse depuis un moment.

Une pluie drue et froide intercepta le groupe quelques minutes plus tard. Le groupe fit une pause, le temps pour chacun d'aller chercher dans son sac des vêtements plus adaptés. La représentante du beau peuple ne fit quant à elle aucun effort pour se protéger de l'eau, qu'elle considérait comme un bienfait. Les mâles du groupe regardaient du coin de l'œil avec quelle insistance ses vêtements collaient à sa peau et révélaient ses formes. Perdu dans ses observations mammaires, le Barbare déchira sa besace en essayant d'y faire tenir son épée, qui était deux fois trop longue. Il fit comme si de rien n'était.

— Ça pourrait être pire, grimaça le Nain. Il pourrait pleuvoir !

— Quand on se téléporte, on évite la pluie, sermonna la Magicienne.

Elle sauta de côté pour éviter un coup de pied, et manqua de s'étaler dans un buisson épineux.

— Na na na naaaaaaaa, fit l'Elfe en sautillant dans les flaques, quelques mètres en avant.

BULLETIN CÉRÉBRAL DU RANGER

Je trouve que ma cape est très efficace contre la pluie, je suis bien content d'avoir récupéré ça chez le fripier. C'est étrange, parce que tous les autres sont trempés, et je suis à peine humide. L'eau glisse dessus, et puis voilà. Nous avons marché pendant deux heures depuis Boulgourville, dont une heure sous la pluie. La pluie finalement c'est sympa, surtout avec l'Elfe qui danse devant nous, car on peut voir sa culotte elfique à travers sa jupe, celle avec la ficelle. Ce serait mieux bien sûr si elle arrêtait de chanter ses comptines stupides. Je pense que nous allons dans la bonne direction, mais l'autre tarée au chapeau refuse de vérifier avec son géolocateur truc, elle a peur qu'il ne soit mouillé. Enfin, tout était assez calme jusqu'à ce qu'une créature nous barre la route.

— Ne bougez pas, grinça le rôdeur du coin de la bouche.
— Je fais ce que je veux, rétorqua le Nain.

À quelque distance au bord du chemin se tenait à présent une grande bête à cornes. Elle avait posé une patte sur le sentier, sans doute en guise de défi, et avait tourné vers le groupe son mufle suintant. Sombre et voûtée, elle mesurait bien deux mètres au garrot, et ses cornes auraient pu embrocher quatre humains. La pluie, devenue plus fine, ruisselait sur son pelage gras.

— Bon sang, c'est balaise, chuchota la Magicienne.
— Encore plus gros que la taupe-garou, jaugea l'aventurier à cape grise.

Le courtaud, malgré ses airs bravaches, ne bougeait pas. Il évaluait la possibilité de porter un coup de hache au monstre, en calculant la longueur de son bras, en ajoutant le manche de la hache, et en retranchant la longueur des cornes. Il manquait à peu près un mètre. L'Ogre cherchait des yeux une branche assez grosse et solide pour servir d'arme contre le mastodonte.

— Gronf, renâcla la bête.

— Ce n'est pas un monstre, c'est un bœuf sauvage, dit l'Elfe en essorant ses cheveux. On appelle ça *Bos primigenius* ! Il se nourrit de végétaux qui poussent dans la plaine !

— Un Aurochs !

Le Barbare venait de recoller les morceaux, et tendit son doigt musculeux vers l'animal :

— C'est ça qu'on chasse avec des lances, dans la plaine de Krhid.

La compagnie contempla l'animal un petit moment, ne sachant que faire. De son côté, le bovidé géant les regardait fixement.

— Et je suppose que tu n'as pas de lance avec toi, souffla le Ranger.

— Non.

— Chiotte.

La bête tourna son mufle vers la branche la plus proche d'un arbuste, qu'elle arracha d'un grand coup de langue brune, et qu'elle mâcha ensuite en regardant le Nain qui venait de bouger sur le côté.

— Si vous voulez mon avis, proposa l'érudite, il faut plus qu'un coup de lance pour abattre une bestiole de cette taille.

— Ouaip, confirma le chevelu. Quand on chasse, on est aussi nombreux que les doigts des mains.

— Ah.

Le musculeux des steppes continua son exposé :

— Sauf pour Throd le Massif, c'était un gars de mon clan. Il partait tout seul, et il balançait une enclume entre les cornes. C'était marrant.

— C'est toujours pratique une enclume, témoigna le Nain. Mais j'en ai pas sur moi.

Le Ranger fit le geste de visser son index sur sa tempe. L'Elfe ne semblait pas le moins du monde affectée par la présence du monstre, et protesta :

— Alors, qu'est-ce que vous faites ? On ne va pas rester là quand même ?

— On pourrait faire un détour d'un ou deux kilomètres, proposa le rôdeur. On passe à côté du chemin en utilisant le couvert des buissons, et on fait gaffe au vent pour éviter qu'il nous détecte.

— Il nous a déjà vus, nota la Magicienne.

— Puisque je vous dis que ce n'est pas un monstre, insista l'Elfe.

Le Nain se gratta la barbe et enchaîna :

— Moi j'ai une bonne idée ! Avec ma pioche, je peux creuser une grande fosse comme on fait pour les ours géants des montagnes ! Ensuite on jette des pierres au monstre pour l'énerver, il court et tombe dans la fosse, après on peut le découper en morceaux et on va au village pour vendre la viande et la peau, et avec les cornes on fait des manches de couteaux, et on mange un gros steak.

— Miamiam goultok aztho, soliloqua l'Ogre.

La magotte soupira. Le Ranger se pinça l'arête du nez en fermant les yeux, et opposa son avis en gardant son calme :

— Mis à part le fait que ça prendrait deux jours, je te signale quand même qu'on n'a rien pour transporter une tonne de viande, qu'on n'est pas partis à la chasse, et qu'on doit empêcher le monde de sombrer dans la Couette de Dlul.

— On peut construire une charrette, répliqua le Nain avec son habituel sens de l'à-propos.

Ignorant les propositions grotesques du barbu des montagnes, l'érudite tournait les pages d'un petit livre de sorts en s'abritant sous son chapeau. Elle rapporta l'étendue de ses recherches :
— Je dois atteindre le niveau cinq pour contrôler les grands mammifères. Ça m'étonnerait que le contrôle mental des rongeurs aboutisse à quelque chose sur un Aurochs. La dispersion astrale a quatre-vingt-dix-sept pour cent de chances d'échouer, la malédiction du bras droit ne fonctionne que sur les bipèdes. Sinon j'ai l'éclair en chaîne, mais ça va tout juste l'énerver à mon avis, car j'ai besoin d'un magnificateur de puissance et du niveau quatre pour arriver à…
— Vous venez ?
L'Elfe était loin devant, déjà. Elle avançait d'un bon pas vers le grand bovidé, qui mâchait toujours en génocidant les arbustes. Le groupe horrifié la vit approcher à dix mètres, puis à cinq, puis à trois, et elle fut à portée de cornes. Elle leva sa main pour gratter l'encolure massive. Le Nain résuma la pensée générale :
— Ah, la conne.

La bête secoua mollement sa tête pour échapper aux chatouilles. Elle vit la chose verte surmontée d'une tête jaune, et devina qu'elle n'était pas de nature végétale. C'était sans doute un représentant de ce peuple étrange qui mangeait les feuilles des arbres et construisait ses maisons dans les branches. Les membres de son troupeau n'avaient jamais de problèmes avec eux. Plus loin, elle distinguait des silhouettes floues dont certaines qui sentaient fort, mais elles ne semblaient pas vouloir avancer.
— T'es un beau grand monsieur vache, hein ! C'est à qui les grandes oreilles, hein ?
N'étant pas d'humeur à se laisser tripoter le museau par une chose verte qui avait un cri agaçant, l'Aurochs secoua sa tête et fit quelques pas dans les buissons,

massacrant par la même occasion deux fourmilières, trois nids et dix mètres carrés de végétation. Ses pattes avaient la taille de grosses assiettes.

— Attention, les petits oiseaux, lui cria la chose verte.

— Cruish, firent les oisillons tombés du nid en disparaissant sous un sabot.

La compagnie, après avoir accepté le fait que le monstre du sentier était parti, qu'il n'était pas enclin à les piétiner et qu'ils avaient été ridicules, accepta de suivre l'Elfe et d'avancer en direction du pont sur la rivière Filoche. Le Nain boudait, car personne n'avait voulu suivre son plan. Le Barbare marchait en regardant ses pieds, et se demandait s'il ne fallait pas se trouver une lance. La Magicienne et le Ranger écoutaient sans broncher les commentaires de la blonde sylvestre, en cherchant un moyen de la faire taire.

— Chez nous, on ne chasse pas les animaux, on est comme des copains ! Enfin, surtout les herbivores ! Parce que des fois, on a quand même des problèmes avec les ours ou les loups, les panthères et les tigres ou les gros dinosaures qui mangent les autres. C'est pas tellement grave, mon oncle Yalonil arrive à leur faire peur avec des enchantements. Mais la plupart du temps, ils ne peuvent pas nous voir, parce qu'on est camouflés dans les arbres et qu'on marche sans faire de bruit ! C'est pour ça qu'on n'a pas des armures de cuir ou des cottes de mailles, en plus c'est lourd et c'est compliqué à entretenir, et les cheveux longs se coincent dans les anneaux. Et puis le métal vert, ça n'existe pas.

Ayant déjà entendu ces histoires plus de mille fois au cours de la semaine précédente, les membres de la troupe soupiraient en imaginant une bonne assiette de soupe, un grimoire tout neuf ou un étalage de marchand d'armes.

BULLETIN CÉRÉBRAL DU NAIN

L'autre nase devient vraiment pénible. C'est vrai qu'elle a fait fuir un taureau géant en lui grattant l'oreille, mais c'est pas une excuse. Elle fait toujours son intéressante, dès qu'on croise un animal ou qu'on fout les pieds dans la forêt. Faut parler avec les belettes, faire des tresses aux poneys, et on n'a pas le droit de jeter des haches aux écureuils bichus trucus mes genoux. Ce genre de pratique stupide enlève toute la crédibilité des vieilles coutumes des peuples intelligents, comme nous autres les Nains. Et je parie même que ça lui fait gagner des points d'expérience ! La misère. J'aurai peut-être l'occasion de la pousser dans un précipice avant qu'elle n'atteigne son niveau trois. Quoique, faudrait d'abord voir si elle gagne encore un bonnet de soutif avec son histoire de charisme. En plus, y a pas de précipice dans les plaines. Zut.

« Gouzi gouzi, monsieur vache ! »

IV

Nuit câline

Ils arrivèrent en vue de la rivière Filoche, et non loin du pont qui devait leur permettre de la traverser. Comme l'avait prédit la Magicienne, un village les attendait. Il ne figurait pas sur la carte, tout comme Boulgourville, et se révélait un peu plus grand.

Une centaine de mètres avant le bourg, ils entendirent un bruit de course dans leur dos, se retournèrent, et virent un homme courir vers eux. Le torse nu, il portait à la main une grande épée, et une besace en travers du dos. De longs cheveux noirs et emmêlés, de grandes bottes de cuir souple, ainsi qu'un collier en griffes d'ours ne laissaient pas de doute sur ses qualifications. C'était un barbare.

Il se déplaçait sur le sentier et ne semblait pas vouloir leur donner de coups d'épée. Ils s'écartèrent donc pour le laisser passer. Il les gratifia d'un « salut » au passage, et ils purent bénéficier de la bonne odeur de sueur qu'il laissait derrière lui.

Puis il continua vers le village.

— C'est comme ça qu'on voyage, normalement, fit remarquer le chevelu de la compagnie.

— Pff, soufflèrent les autres.

— On t'a déjà dit que c'était trop fatigant, argumenta l'Elfe.

— Grmf, bougonna l'homme des steppes.

L'entrée du patelin était marquée par une fière pancarte, qui annonçait qu'on était les bienvenus à Tourneporc. Plusieurs fermes aux alentours rappelaient de manière olfactive qu'on savait élever les gorets, et une statue en forme de jambon stylisé ornait l'entrée de la rue principale. Le village épousait la rive du cours d'eau, lequel était moins large à cet endroit, et les maisons semblaient avoir été construites autour du pont.

Trois individus en soutane violette vinrent à la rencontre des aventuriers. Il était plutôt étrange d'être reçu par des cultistes, si l'on considérait la ruralité de l'endroit. Leurs visages disparaissaient dans leurs capuches, que l'un d'entre eux fit tomber en approchant, dévoilant un visage émacié et jaunâtre, doté d'un sourire faussement amical :

— Embrassez la vraie foi, messeigneurs ! Rejoignez les Aruspices de Niourgl !

— C'est l'assurance d'une vie meilleure, renchérit son comparse !

Le troisième toussa, d'une vilaine toux grasse qui rappelait le bruit d'un sac de graviers qu'on vide dans une marmite de ragoût. Le soubresaut fit tomber quelque chose de sa manche gauche, une chose qui ressemblait à un doigt vert. L'Ogre se demanda si c'était mangeable.

— Fichons le camp, grinça la Magicienne entre ses dents.

— Mais…

— C'est ça, cassons-nous, grogna le Nain.

L'érudite tira le Ranger par la manche, et lança d'une voix plus forte :

— Bonsoir, messieurs, désolée mais nous avons du travail !

— Oui, bonsoir, ajouta l'Elfe qui était polie.

— Zomva, fit l'Ogre.

La compagnie suivit la Magicienne en maugréant, laissant les trois acolytes dans le vent. L'homme au visage jaune insista, de loin, pour qu'ils emportent au moins un prospectus.

— Mais pourquoi on ne peut pas discuter avec eux, s'indigna le rôdeur. Ils ont peut-être des informations ?

— C'est pas très sympa de partir comme ça, approuva l'Elfe.

L'homme des steppes étudiait les bâtiments, plissant les yeux sous son front bas. Il cherchait une enseigne d'établissement à chopine et fit part de ses préoccupations à ses compagnons :

— Moi, j'ai soif.

Le groupe avançait toujours dans la rue principale, que les habitants nommaient « avenue du jarret ».

— Les types n'avaient rien d'intéressant à nous dire, expliqua l'érudite. Ce sont des cultistes, qui veulent nous faire rejoindre leur Église pourrie, c'est tout !

La blonde sylvestre interpréta la révélation à sa manière :

— Ils veulent qu'on soit copains ? C'est génial !

— Si tu connaissais la nature du culte de Niourgl, objecta la magotte, tu ne trouverais pas ça génial !

— C'est un truc de la nature ? Mais au contraire, c'est super !

— Mais non ! C'est un culte voué à la pestilence et aux maladies. Ils vénèrent aussi les insectes et la putréfaction.

— Effectivement, c'est pas terrible, nota le Ranger.

— Mais les insectes, c'est aussi une partie de la nature, et puis…

— Là, hurla le Nain ! Une auberge ! Ha ha !

— Ouais, approuva le chevelu.

Ils oublièrent bien vite les cultistes putrides, pour se diriger vers le débit de boissons. Hormis quelques paysans, ils croisèrent deux costauds en armure, puis un sorcier à gros sourcils et enfin trois baroudeurs au crâne rasé, armés de cimeterres. Ces derniers partageaient une terrine. L'ambiance était bizarre, mais restait sympathique. On leur jetait des regards amusés.

La taverne était, comme tant d'autres, une grosse maison de pierre et de bois qui servait d'hôtel, d'écurie, de restaurant, de bar et peut-être de tripot. Il n'était que cinq heures de l'après-midi, aussi l'endroit était peu fréquenté. Les aventuriers, une fois dans la salle, virent un gros homme richement vêtu discuter avec le patron. Celui-là était plutôt grand et barbu, et portait une affreuse salopette rouge. Un vieux poivrot dormait sur une table, et un chien de couleur fauve rongeait un os gigantesque, qui était peut-être un fémur de stégosaure.

— Mais enfin, ce n'est pas possible, vitupéra le gros homme. Je viens ici depuis des années, il y a toujours une chambre pour les voyageurs de commerce !

— Désolé, mais tout est réservé pour cette nuit, rétorqua le patron en grattant sa barbe.

Il tenait à la main son registre, qui aurait pu servir à faire des frites tant les pages étaient grasses.

— Ce n'est pas de la mauvaise volonté, ajouta-t-il. Depuis ce midi, tout le monde semble avoir décidé de dormir à Tourneporc !

Il avisa les aventuriers, qui attendaient avec impatience la fin de la conversation, et leur adressa un signe de tête :

— Et vous, je parie que vous voulez une chambre pour la nuit, pas vrai ?

Le Ranger s'avança :

— Ben... Disons qu'à la base, c'était l'idée, mais...

— Y a pas de place, trancha le patron. Même pas dans le dortoir, et même pas dans l'écurie.

Le gros homme protesta de plus belle, accaparant l'attention du gérant.

L'Elfe s'était approchée du chien pour lui gratouiller les oreilles. La compagnie discuta de la situation, qui était nouvelle. Habituellement, il y avait toujours de la place dans les auberges de villages miteux. Ou bien le courtaud déclenchait un scandale et ils repartaient en courant.

Le Ranger comptait visiter le bourg pour trouver un autre établissement, mais le Nain et le Barbare refusaient de repartir sans avoir eu leur chopine. La Magicienne avait mal aux pieds. L'Ogre louchait sur un chapelet de saucisses sèches. Finalement, la compagnie prit place en choisissant parmi la quinzaine de tables disponibles et assez propres.

— On boit juste un verre, et on y va, ronchonna le rôdeur.

La Magicienne dut alors expliquer à l'Ogre qu'il avait le droit de commander une saucisse, même si ça ne se buvait pas.

Le patron, après s'être débarrassé du gros négociant, vint prendre les commandes. Il expliqua que la ville était depuis ce matin visitée par une foule de gens.

— Impossible de savoir ce qui se passe, dit-il. Je pose toujours quelques questions, vous savez… Histoire de me renseigner, quoi. Mais les aventuriers, on dirait qu'ils ont un secret, et qu'il faut le garder, sinon c'est la fin du monde !

Il rit un moment de sa bonne blague. Mais dans la compagnie, on ne riait pas.

— Remarquez, y en a qui n'ont pas voulu s'arrêter dans le village, ajouta le gérant. Ils sont partis vers le sud en traversant le pont.

L'Elfe commanda son verre d'eau, la Magicienne et le Ranger un gobelet de vin de qualité moyenne.

— Un litre de bière pour moi ! aboya le Nain.

Puis, voyant que le Ranger fronçait les sourcils :

— Dans un grand verre !

Le Barbare suivit son exemple et choisit le même remède contre la soif.

— C'est bizarre, ces aventuriers partout, nota la magotte en sirotant son vin.
— Yep, maugréa le rôdeur.
Le courtaud était caché derrière sa grande chope. Il avait posé son casque sur ses genoux. Il ne laissait plus son protège-caboche traîner par terre depuis l'incident de Chnafon, où une grande brute l'avait utilisé comme vomissoir. Le casque, c'était important pour un Nain. Il gagnait quelques centimètres grâce au bout pointu, et il pouvait s'en servir pour foncer dans les gens comme un bélier. Il ne l'enlevait guère que dans les tavernes, pour aérer un peu son abondante tignasse. Pour l'heure, le débat ne l'intéressait pas, plongé qu'il était dans sa dégustation, à propos de laquelle il fit partager ses observations en essuyant la mousse captive de sa moustache :
— Cette bière n'est pas dégueulasse, ça change.
— On discutait de quelque chose de plus crucial, à l'instant, exposa la Magicienne.
— N'empêche que c'est de la bonne bière.
— La bière arrive de Mliuej par bateau ! cria le patron qui avait tout entendu.
Un sourire éclaira le visage du Nain :
— Voilà ! Voilà quelque chose d'intelligent ! On s'intéresse enfin à des vrais produits chez les humains. La bière de Mliuej, c'est la meilleure du monde ! Hé hé !
— Merci, lança le gérant tout en essuyant ses verres.
Le Ranger échangea quelques œillades désespérées avec la Magicienne et l'Elfe.

Après avoir éclusé les godets, la compagnie éprouva quelques difficultés à extraire le Nain du débit de boissons. Le Ranger proposa sournoisement de dormir dans la forêt, ce qui décida le barbu à quitter son siège.
La visite de la ville permit de trouver deux autres auberges, également complètes, et un atelier de forgeron qui vendait ses produits ainsi que quelques rebuts. À la surprise générale, le Nain dépensa quinze pièces d'or

pour acquérir une arme d'occasion qui traînait dans la poussière. Il était habituellement si peu enclin à sortir des pièces de son escarcelle qu'une moisissure s'était installée à l'intérieur.

— Ouais ! beugla-t-il en sortant du magasin. Une véritable hache de jet Durandil ! Trop la classe !

Le Ranger fut sur lui en une demi-seconde, la bave aux lèvres :

— Quoi ? C'est une Durandil ?

Depuis toujours, il désirait posséder une épée Durandil. Ces armes naines avaient une réputation si grande qu'elle avait atteint le petit village paumé de Loubet, dont il était natif. Leur prix était malheureusement bien au-delà des bourses du commun des mortels, aussi on n'en trouvait que dans les plus grandes armureries. Il fallait économiser un bon pécule pour acquérir la moindre dague.

Le Nain demeurait immobile, les yeux rivés sur son acquisition qu'il manipulait avec respect. La hache de jet semblait effectivement de belle facture, mais elle était usée, un peu rouillée et émoussée. La marque avait quasiment disparu du fer. Le rôdeur regardait par-dessus son épaule, et le Barbare les avait rejoints, parce qu'il était toujours intéressé par les armes. Un mercenaire qui traînait dans la rue s'approcha, suivi par un voleur bi-classé spadassin.

— J'ai fait une affaire, expliqua le barbu. Même en occasion, ça vaut deux cents pièces d'or au moins ! Et quatre cents si c'est neuf !

— Waouh.

— Le forgeron n'y connaît rien, c'est évident !

— Fais voir !

— Hey je peux la prendre dis ?

— Trop fort la poignée en cuir.

— Regarde le bout pointu là.

— Le fer possède une courbure parfaite !

— C'est super bien équilibré.

— Ici ça se dévisse pour mettre une pierre à affûter.

— Dommage, c'est pas une épée.

— Avec ma nouvelle compétence d'entretien des armes, conclut le Nain, je vais pouvoir la remettre en état !

Les demoiselles attendaient avec impatience que se terminent ces analyses puériles. La Magicienne bougonna :

— On pourra peut-être chercher un endroit où dormir, quand vous aurez fini ?

— C'est n'importe quoi, compléta la blonde. Tout ça pour une hache ridicule !

Le courtaud fit quelques pas pour brandir sous son nez l'objet de la discussion :

— Tu sais ce que c'est ? C'est une hache de jet, mémé ! Ça veut dire que tu ne seras plus la seule à utiliser une arme à distance ! Et toc !

L'Elfe pinça les lèvres et lui tourna le dos en marmonnant quelque chose d'incompréhensible. Le Ranger fut soudain moins enthousiaste :

— Heu… Tu comptes vraiment la lancer ?

— Bah ouais, certifia le barbu, les yeux brillants. C'est fait pour ça !

Les armes à distance n'avaient pas bonne réputation dans la compagnie. Pour le moment, l'arc de l'Elfe avait posé autant de problèmes qu'il n'en avait résolu, et on prenait garde de bien se trouver derrière à chaque utilisation.

— Est-ce que tu as la compétence pour les armes de jet ? s'enquit la Magicienne.

— Pas la peine ! assura triomphalement le Nain. Une arme Durandil donne un bonus non magique de +2 ! Et puis j'ai ça dans le sang.

— J'ai l'impression qu'on va l'avoir dans le sang nous aussi, prédit le rôdeur.

— Il faut t'entraîner, préconisa le Barbare.

La visite de la ville reprit son cours, mais il fallait sans cesse attendre le Nain qui voulait essayer sa nouvelle arme sur n'importe quoi. Ayant abîmé plusieurs volets et deux portes de maison, il essaya les cibles mobiles. Il manqua deux fois un chien, fit fuir une poule et parvint à blesser un porcelet évadé de son enclos, sous les regards amusés d'une troupe de maraudeurs vêtus de pourpre et d'orange.

— T'es vraiment nul, constata l'Elfe.
— T'es pas meilleure que moi, poufiasse. En plus ton arc magique, il sert à rien !
— Mais quand j'aurai mon niveau six, tu vas voir !
— C'est pas demain la veille, ha ha ha.
— Mon arc, il vaut six mille pièces d'or !
— Va mourir !
— Il faut se tirer maintenant, trancha la Magicienne. On va finir par blesser des gens d'une autre compagnie.

Cette perspective fit frémir le pseudo-chef du groupe, qui ramena sa capuche sur son visage et lança un regard courroucé au barbu des montagnes. Les nombreux aventuriers qui parcouraient la ville avaient fière allure, et auraient sans doute été fort désobligés de recevoir une hache dans le dos. Certains d'entre eux exposaient avec arrogance de magnifiques lances, ou de gigantesques haches de bataille. D'autres, montés sur leurs destriers, jetaient à la ronde des regards nobles et orgueilleux. Des débutants de niveau deux ne pouvaient se mesurer à eux.

Une fois le Nain calmé, ce fut au tour du chevelu de créer des problèmes. Il avait repéré deux jeunes femmes barbares, fort bien de leur personne et fort peu vêtues, et désirait savoir à quel clan elles appartenaient. Sans arrière-pensées. Mais ces dernières étaient bien armées, et ne donnaient pas l'impression de vouloir communiquer. Le Ranger ne voulait pas avoir de problèmes avec des gens comme ça, il utilisa toute sa force de persuasion pour éloigner la brute des deux combattantes.

À la nuit tombée, et toujours sans logement, ils décidèrent de s'installer clandestinement dans une grange à la sortie de la ville. Ils avaient peu de chances d'y être attaqués, et au pire ils risquaient l'altercation avec un paysan. L'information leur avait été donnée par un patron d'auberge qui n'avait plus de lits à leur proposer.

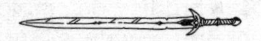

BULLETIN CÉRÉBRAL DE L'ELFE

Ce soir, on dort dans la paille. Ça gratte et ça s'emmêle dans les cheveux, c'est un peu la misère. Sinon, j'ai passé une bonne journée, jusqu'à cette histoire avec la hache du nabot. Je ne savais pas que les Nains pouvaient aussi utiliser des armes à distance. Il n'arrête pas de faire son malin, en disant qu'il vise mieux que moi. Ce n'est pas possible, car je suis du peuple de la forêt ! On tire à l'arc depuis plusieurs générations, alors je ne vois pas comment un nabot pourrait faire mieux, surtout avec une hache rouillée toute moche ! En plus il essaie de tuer des animaux gentils.

Ils furent réveillés par des cris, et un grand fracas venant du centre du patelin. En regardant par les interstices des planches de la grange, ils virent que la panique s'était emparée de la ville. Plusieurs feux éclairaient le ciel de lueurs orangées, les villageois tentaient de les éteindre au milieu d'énormes nuages de fumée. En plus de tout cela, les aventuriers croisés pendant la journée s'affrontaient, qui à cheval, qui à pied, d'autres en pyjamas et certains même presque nus, tirés de leur sommeil. Il était clair qu'ils ne savaient pas pourquoi ils se battaient, mais ils y mettaient du cœur.

— Qu'est-ce que c'est que ce foutoir ? murmura le Ranger en se frottant les yeux.

— Avec tous ces aventuriers au même endroit, fallait bien que ça pète, proposa la Magicienne en bâillant.

— Oh ! là, là ! geignit l'Elfe.

Hormis le Barbare qui dormait toujours, ils regardaient tous le spectacle à l'abri. Ils contemplèrent les maraudeurs pourpres et orange, occupés à massacrer les prédicateurs de Niourgl. Un groupe d'archers tirait des flèches, à l'abri derrière une charrette. Deux mages s'affrontaient à mains nues, ayant peut-être épuisé leur stock de sortilèges, et roulaient par terre. Une femme en armure, visiblement blessée, vint en courant dans la direction de leur grange, avec l'intention de s'y abriter. Elle fut stoppée par une flèche d'acide de forte puissance, qu'un sorcier lui tira dans le dos depuis une fenêtre, et s'écroula dans le fossé.

— Ouf, souffla le rôdeur.

— Ils font pas semblant, hein, commenta le Nain.

— Glok, ajouta l'Ogre.

— Faut croire que quelque chose les a fâchés, murmura l'Elfe.

Puis des aventuriers commencèrent à quitter la ville, en débâcle. Les deux barbaresses, serrées sur le même cheval, passèrent au grand galop devant la grange. Les lueurs orangées du brasier se reflétaient sur leurs cuisses nues et galbées. Elles n'avaient pas fini de s'habiller.

— Eh ben, bredouilla le Nain qui n'en croyait pas ses yeux.

Le Ranger ne dit rien, mais il avait la bouche un peu sèche.

Ils virent ensuite passer à la lueur des feux un magicien boiteux, dont une partie des cheveux avait brûlé, et les archers, qui avaient perdu deux camarades et dont le carquois était vide. Puis ce fut tour à tour un spadassin à la tunique déchirée, deux voleurs, un guerrier à cheval porteur d'une hache brisée, un paladin de Braav' dont l'armure fumait et dont la bannière ressemblait à une chaussette sale, une compagnie hétéroclite charriant un elfe sur un brancard, une guerrière intacte, quatre elfes noirs dépeignés, et un mage en caleçon qui n'avait plus que sa barbe et son bâton pour témoigner de sa profession.

Dans le village, on s'activait à combattre les flammes. Des chaînes s'organisaient autour des puits, des villageois pleuraient, des enfants hurlaient, et les gardes municipaux couraient un peu partout pour essayer de faire régner l'ordre.

— Il faudrait les aider, proposa l'Elfe.
— Ce serait sympa, effectivement, convint le Ranger.

Personne ne bougea. Puis ils virent trois gardes raccompagner un guerrier à la sortie de la ville et le pousser du bout de leurs lances. Des villageois vindicatifs entouraient également l'homme, lui jetaient des pierres et le menaçaient de leurs fourches. Il partit en courant et en évitant les projectiles.

— Je ne pense pas que ce soit une bonne idée, en fait, se ravisa le rôdeur.
— Ouais, et puis c'est pas nos maisons, ajouta le Nain.

Il s'étira un peu, et conclut :
— Bah moi, je vais me recoucher.

L'Ogre s'en retourna pareillement. Il semblait avoir compris vaguement ce qui s'était passé, car il n'avait posé aucune question. Il gratifia la grange d'un bâillement pachydermique et s'affala dans le foin.

Les trois autres restèrent un moment collés aux planches, à regarder les activités du village. Puis, voyant qu'il ne se passait plus rien d'important dehors, ils regagnèrent leur couche de paille pour y finir la nuit.

— C'est horrible, chuchota l'Elfe une fois installée. Toute cette violence !

— Je ne sais pas ce qui a pu se passer, avoua la Magicienne.

Le rôdeur, tout en retirant les brins de paille de sa couverture, remarqua :

— En tout cas, on a eu de la chance de ne pas dormir à l'auberge.

Les autres n'en pensaient pas moins, mais gardèrent pour eux leurs réflexions. Ils écoutèrent un moment les échos de l'agitation du village. Les crépitements des flammes ajoutaient au tableau sonore une dimension apaisante.

— Tout de même, reprit l'érudite à voix basse, ça doit avoir un rapport avec la présence de tous ces aventuriers.

— C'est louche, confirma le rôdeur. Il faudrait vraiment interroger quelqu'un.

Quelques hurlements plus forts que la moyenne s'échappèrent du vacarme extérieur. Sans doute quelqu'un qui venait de se brûler.

— Cette odeur de pieds, ça m'empêche de respirer, grimaça l'Elfe.

— Pourtant, j'ai jeté les bottes du Barbare au fond de la grange.

— Fermez-la maintenant, grogna le Nain.

Ils sombrèrent peu à peu dans la torpeur, tandis que les pauvres hères sauvaient leurs foyers. Et ce fut le matin.

BULLETIN CÉRÉBRAL DU BARBARE

Bien dormi. La paille, c'est plus mou que les cailloux, et ça gratte moins que les chardons dans la plaine. J'ai faim. Faut racheter du jambon.

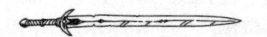

BULLETIN CÉRÉBRAL DU RANGER

Les événements de la nuit sont vraiment surprenants. Je n'avais encore jamais entendu parler de ce genre de bataille, enfin, en tout cas je n'en ai jamais vu dans mon village. C'était tranquille hier, et puis paf ! C'est la guerre. Mais il ne se passe pas grand-chose à Loubet, et on n'a que rarement des aventuriers. D'ailleurs c'est dommage, parce que les deux filles barbares là… C'est quand même agréable à regarder. Mais je pense qu'elles sont au moins niveau cinq. Enfin, grâce à moi, on a choisi l'option de coucher dans cette grange, et ça nous a évité d'affronter tous ces dégénérés. Il fait à peine jour, on devrait partir maintenant, parce que les pedzouilles du village sont un peu fâchés. Mais cette fois, ce n'est pas notre faute.

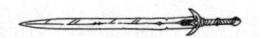

Dans la clarté grise d'une matinée brumeuse, le rôdeur fit un pas hors de la grange et observa les alentours. La rivière Filoche suivait son cours, à une cinquantaine de mètres de leur refuge. Quelques enclos bordés de fermettes marquaient la sortie du village jusqu'au pont. Une forte odeur de feu flottait encore, se mêlant au parfum du lisier, et des cendres voletaient çà et là, tapissant la végétation et la poussière du sentier. Mais l'incendie semblait avoir été contenu vers le centre du bourg. Quelques villageois étaient toujours affairés à entasser leurs biens hors des maisons brûlées, et les gardes avaient visiblement déserté leur poste.

Le Nain, qui s'impatientait à la porte, brailla :
— Alors, on peut sortir ?
— Mais chut ! Je vérifie !

Après un deuxième tour d'horizon, le Ranger fit signe à la compagnie de lui emboîter le pas.
— Le pont est ici, y a plus qu'à suivre le sentier, indiqua la Magicienne.
— J'ai faim, grogna le Barbare.
— On mangera plus tard, merde, expliqua le pseudo-chef pour la quatrième fois.
— Gnolo takoul, protesta l'Ogre.
— Argl, fit une voix qui provenait du fossé.

Les aventuriers échangèrent quelques coups d'œil interrogatifs. L'Elfe s'approcha et constata que quelqu'un était allongé sur le dos dans l'eau croupie, elle se baissa pour l'examiner :
— C'est la dame en armure ! Elle est blessée.
— Restez à couvert, insista le Ranger en avançant à son tour.

Les autres, ne sachant pas trop ce que cela impliquait, suivirent le mouvement sans prendre de précautions particulières. Le Nain grommela qu'il n'avait pas d'ordres à recevoir.

La femme en armure avait roulé sur le dos dans les herbes hautes et la fange qui bordaient le sentier. Elle avait certainement été charismatique, mais l'attaque de la flèche d'acide avait mangé une moitié de son visage et une grande partie de ses cheveux, et son armure avait fondu par endroits. Du sang avait coulé des jointures du plastron, et l'un de ses bras semblait très endommagé.

Comme personne n'osait parler, la Magicienne se décida :
— Vous avez mal ?

La femme lui jeta un regard chargé d'incompréhension.

— Argl, prfttt, bafouilla-t-elle en crachant un peu de matières diverses.

— Je suis du peuple de la forêt, chuchota l'Elfe qui se voulait rassurante. J'ai des compétences en chirurgie.

Elle se pencha vers la souffreteuse pour l'examiner. Le Barbare et le Ranger constatèrent qu'elle n'avait pas serré sa tunique, et que ses avantages avaient une chance de s'échapper dans cette position. Ils oublièrent un moment toutes leurs préoccupations.

Le courtaud ricanait en dansant d'un pied sur l'autre :

— Les compétences en chirurgie, on attend toujours d'en voir la couleur !

La Magicienne lui jeta un regard furieux :

— Au moins, elle fait quelque chose d'utile ! Pas comme toi !

— Moi je surveille, c'est utile aussi.

— Je ne peux rien faire, constata l'Elfe qui n'avait pas suivi la conversation. Avec toute cette ferraille autour, je n'ai aucun moyen de la soigner !

— Argurmur prfft, cracha la femme en agitant son bras valide.

La blonde se redressa, ce qui permit au Ranger de retrouver le fil de ses pensées :

— Je suppose qu'elle est trop faible pour bouger, mais qu'elle n'est pas assez touchée pour mourir.

— Elle a une bonne épée, commenta le Barbare.

Il ramassa l'arme dans les hautes herbes.

— Arrvler margumur prfft, bredouilla la blessée en agitant à nouveau son bras.

L'Ogre se pencha sur elle à son tour :

— Aglouk ?

Tout en ajustant son chapeau, la Magicienne analysa la situation :

— Elle essaie de nous dire quelque chose.

— Elle parle une autre langue, peut-être, spécula le Ranger.
— Pas que je connaisse en tout cas, attesta l'érudite.
— Ne vous inquiétez pas, nous allons vous sauver, annonça l'Elfe.

La combattante impuissante la fixa, dans l'espoir d'une autre révélation. Elle agita la tête comme pour se dégager. Le rôdeur se grattait furieusement le cuir chevelu :

— Ah zut, qu'est-ce qu'on peut faire ?
— Elle en a plus pour longtemps, on devrait se tirer, maugréa le Nain.

Le chevelu des steppes avait fait quelques pas et faisait des moulinets avec l'arme de la femme.

— Ouaip, c'est une bonne épée !

La donzelle meurtrie toussa violemment, ce qui donna lieu à un fracas de plaques d'armure. Un gros caillot de sang s'échappa de sa bouche et coula sur sa joue. Puis elle reprit son souffle, sous les regards des aventuriers qui attendaient qu'il se passe quelque chose. Elle articula enfin :

— Enlevez... Mon armure... Ça brûle !
— Ah ! C'était ça ! s'exclama triomphalement le Ranger.
— Mais bien sûr !
— C'est l'acide contenu dans l'armure qui lui attaque le corps !
— Et elle ne peut pas s'en débarrasser.
— Elle perd des points de vie au fur et à mesure que le temps passe !
— Ça doit être vachement douloureux !

Le Nain, qui s'était éloigné, revenait à présent :

— Quoi ? Elle veut qu'on enlève ses vêtements ?
— J'ai mal, putain ! brailla la combattante.

Elle barbotait dans l'eau sale, et, dans sa position grotesque, ressemblait à une tortue en conserve.

— Nous allons vous aider, dit l'Elfe en se penchant sur elle et en lui souriant.

Quand l'Elfe se penchait vers quelqu'un en souriant, cela faisait toujours son petit effet. On pouvait voir dans ses grands yeux toute la sympathie que pouvait offrir le peuple des bois, à défaut de sagesse. Elle était sincère, mais malheureusement un peu tête en l'air. C'est pourquoi elle marchait à présent sur la main blessée de la femme, qui grimaçait de douleur.

— Kaloun ardo goz, gronda l'Ogre.

Personne n'avait compris son propos, mais le ton qu'il employait était sans équivoque : il se passait quelque chose. Il montrait d'un doigt boudiné le village, et la rue dans laquelle quatre gardes et trois villageois discutaient avec véhémence en les observant.

— Damned ! On nous a repérés ! gémit le Ranger en cherchant des yeux un abri.

— Et les gardes sont de retour, ajouta la Magicienne.

— Je souffre ! Aidez-moi, supplia la femme dans le fossé.

— Ça va aller, souffla l'Elfe en lui tapotant la joue.

Le chevelu des steppes avait dégainé sa propre lame, tout en gardant l'autre à la main gauche. Il prétendait pouvoir utiliser deux armes à la fois, depuis qu'il avait eu son deuxième niveau. Il beugla en direction du village :

— Allez, je vous attends !

— Ils vont venir nous chercher des noises, grinça le Nain. Hey, j'ai une hache de jet maintenant, ha ha !

— Mais vous êtes dingues ! brailla le rôdeur.

La Magicienne observa que deux autres gardes descendaient la rue. Elle s'assura que ses sacoches étaient bien fermées, en prévision d'une course imminente.

— Ce n'est pas une bonne idée d'affronter tout le village, confia-t-elle au Ranger.

— T'as raison, il faut se tirer, préconisa celui-ci.

— On ne va pas encore fuir devant des pécores, tout de même, râla le Nain.

81

— C'est lâche, précisa le Barbare.

— Y a des gardes avec eux, et ils sont nombreux ! On n'a aucune chance, anticipa le rôdeur en se dirigeant vers le pont.

— Ah, merde, bougonna le chevelu des plaines.

— J'ai mal heu, ronchonna la blessée.

La Magicienne se dirigeait également vers le pont, suivie par l'Ogre qui voyait avec désespoir s'éloigner les jambons. Une ville qui élevait des cochons à longueur d'année, c'était dommage de la quitter si vite.

— Mais j'ai ma hache de jet, insista le Nain en trépignant.

— Une compagnie d'aventuriers ne doit pas se battre contre des paysans ! argumenta le Ranger, déjà loin.

Le courtaud se résigna, et pour marquer son énervement, shoota dans un seau à granulés qui traînait près de l'enclos. Il détestait avoir tort.

L'Elfe, constatant que tout le monde partait, retira sa main du front de la blessée, et pleurnicha :

— Et qu'est-ce qu'on fait pour la dame ?

— Qu'elle aille se faire cuire une gaufre, grogna le Nain en détalant vers le pont.

— T'es vraiment qu'un crevard ! sanglota l'archère en jupette.

Puis elle soupira et bondit à la suite de ses compagnons.

— Bonne chance, lança-t-elle tout de même à la femme en armure.

— Connasse, bredouilla l'autre en glaviotant du sang.

BULLETIN CÉRÉBRAL DE LA MAGICIENNE

Nous voilà encore à courir la campagne, au lieu de nous téléporter. C'est à se demander pourquoi la magie existe.

Nous avons traversé le pont de la rivière Filoche, et nous entrons sur la rive sud, en direction de la tour d'Arghalion. Un peu plus bas se trouve le Marécage de l'Éternelle Agonie, mais nous n'y allons pas. Je pense que nous aurions dû faire un effort pour sauver la femme en armure, car ce genre d'action donne des points d'expérience en général. Et puis, elle avait peut-être des informations à propos des événements de la nuit. Quand je pense qu'on n'avait rien fait de mal… Par la faute des autres malades on a failli se faire écharper par les villageois. Et la combattante cuirassée, je pense qu'elle n'avait rien fait de mal non plus. Tiens, mais… Le Barbare est parti avec son épée !

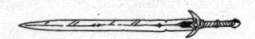

Gontran Théogal, à l'abri du *Sanctuaire de Swimaf*, prenait son petit-déjeuner. Comme chaque matin, il relisait la prophétie, inscrite sur une copie de tablette de Skeloss qu'il emmenait partout avec lui :

Vint le temps où Dlul s'exila lui-même sur un malentendu, en passant la porte de Zaral Bak qui conduit au Plan de la Torpeur. Dans les tréfonds du grand Temple de Gladeulfeurha, les plus habiles Feignasses fabriquèrent en secret douze statuettes, qui furent envoyées à travers la Terre de Fangh.

Il fut prédit que le retour de Dlul enroulerait le monde dans la Grande Couette de l'Oubli Éternel, havre du Merveilleux Sommeil et de l'Exquise Dormition.

Seul un Gnome des Forêts du Nord unijambiste, dansant à la pleine lune au milieu des douze statuettes enroulées dans du jambon, ouvrira la porte de Zaral Bak et permettra l'accomplissement de la prophétie.

L'Artisan du retour de Dlul recevra de Sa main force et pouvoir, pourra commander les cent rois du monde des pensants, et sera le maître absolu d...

Il manquait la suite du texte, car le reste de la tablette était cassé. Mais peu de gens s'intéressaient aux détails à la fin de la prophétie. Gontran n'était pas particulièrement féru de religion, mais il avait manœuvré et intrigué depuis des années pour se placer à la tête de l'Ordre de la Béatitude de Swimaf, un groupement d'adeptes de Dlul qui s'était séparé du mouvement principal, le bien connu Temple du Grand Sommier. Le but du mage était d'asservir le monde au nom de Dlul, utilisant la crédulité des fidèles pour les manipuler à son avantage.

Le maître d'Arghalion avait fui sa tour la veille, et avait chevauché pour rejoindre le Sanctuaire de Swimaf, en compagnie du gnome Gluby. Il ne lui restait plus qu'à retrouver sa douzième statuette, qui était en fait la fausse onzième, volée par des inconnus dans sa propre tour, du temps où il essayait de récupérer la vraie douzième statuette qui manquait à sa collection.

Ensuite, il faudrait attendre la pleine lune, trouver du jambon et couper une jambe à Gluby. Cela n'était pas le plus difficile. Il y avait si longtemps qu'il tentait de réunir les statuettes, c'était devenu une obsession permanente. Depuis la disparition de son père, tragiquement décédé en glissant dans la baignoire, il avait découvert l'existence de six statuettes et de la tablette de Skeloss, qui faisaient partie de l'héritage. Il fut fasciné par la prophétie de Zaral Bak. Il avait alors quinze ans, et n'avait cessé depuis lors de chercher les exemplaires manquants à sa collection.

— Mais qui sont donc ces maudits aventuriers qui viennent me piquer mes bibelots ! râla-t-il pour la centième fois, en tartinant une biscotte.

La biscotte se brisa. Il lui fallait attendre le retour de ses oiseaux-espions pour en savoir plus. Mais le temps passait vite.

Gluby faisait le poirier sur la table et tirait la langue. C'était dans cette position qu'il aimait gober les mouches au petit-déjeuner.

Gontran Théogal et Gluby

Dans le quartier sud de Glargh, quatre silhouettes discutaient à l'abri des regards autour d'une petite table ronde, dans le coin le plus sombre d'une auberge. On pouvait d'ailleurs contempler le même genre de scène dans une bonne centaine d'auberges de la même ville, mais les propos échangés ne concernaient pas forcément notre histoire.

Glargh est probablement la plus grande cité de la Terre de Fangh. Il n'est pas possible d'en connaître le nombre d'habitants précis, faute d'administration centrale suffisamment organisée. On y trouve plus de cent temples différents, et dix fois plus de débits de boissons. Tous les peuples et toutes les croyances y sont représentés, même celles des elfes, avec leurs coutumes et leurs loisirs bizarres. Elle fut anciennement capitale de la Terre de Fangh avant de se faire doubler par Waldorg, cité du sud-est plus orgueilleuse et mieux administrée. Les Menzzoriens, les Moriacs, la Dynastie de Vontorz, l'Empire Kundar et les elfes Meuldors participèrent à la grandeur de Glargh et à son histoire. Certains disent qu'elle est aussi ancienne que les montagnes. La ville a eu autant de dirigeants différents qu'il peut y avoir de vautours sur une carcasse d'éléphant, allant du barbare de base aux cultistes lubriques de la déesse Lafoune, en passant par les fous de guerre avides de puissance et les rois obèses et fainéants. À l'époque qui nous intéresse, elle se trouvait sous la tutelle d'une confrérie de moines brasseurs, habiles aussi bien dans le commerce et l'intrigue que dans la fermentation des levures.

Pour revenir à cette auberge, l'une des quatre silhouettes reposa sa pinte de liquide ambré, dans un claquement de langue appréciateur.

— La bière au petit-déjeuner, c'est un peu raide.

Il y avait là Bertrand et Gilles, deux informateurs qui venaient monnayer des informations déjà vendues la veille au Temple du Grand Sommier. Chez les informateurs, on essaie souvent de rentabiliser les sorties, même si cela doit causer des troubles sociaux. Il faut bien vivre.

Leurs interlocuteurs étaient deux hommes replets et barbus, affublés de soutanes violettes. L'un d'eux ne parlait pas et hochait la tête de temps en temps, il regrettait d'avoir été tiré du lit. L'autre, qui découpait une brioche, semblait être son supérieur. Il portait un symbole étrange en sautoir, au bout d'une chaîne dorée.

— Tout de même, dit-il, cinquante pièces d'or pour un peu de blabla, c'est un peu exagéré.

— Ce n'est pas un renseignement que je vendrais à moins cher, susurra Gilles.

— Cela concerne la Couette Éternelle de Dilule, ajouta Bertrand.

— C'est Dlul, corrigea l'homme en soutane.

Son compère hocha la tête et sirota son thé.

— Quoi qu'il en soit, l'information est assez importante pour les gens de votre religion, c'est ce qu'on nous a dit.

Le dignitaire reposa un morceau de brioche, qu'il avait tout d'abord escompté manger. Il se fit plus méfiant :

— Qui vous l'a dit ?

Bertrand et Gilles échangèrent un regard qui, dans leur branche, signifiait « Holà, il faut qu'on trouve un truc ». Gilles enchaîna :

— Peux pas le dire. Secret professionnel.

— Ouaip.

Le soutané le plus loquace poussa son acolyte du coude, ce qui eut pour conséquence de lui renverser du thé brûlant sur les genoux. Il lui demanda ce qu'il en pensait. L'autre hocha la tête en grimaçant, reposa son thé. Il sortit de sa soutane une escarcelle et commença le compte des pièces.

— Nous allons vous payer, ronchonna le supérieur. Envoyez l'info.

— Voilà qui est fort sage, souffla Bertrand.

Puis il entreprit de liquider sa bière.

Gilles, le plus maigre, et le meilleur bonimenteur, leur narra l'histoire des statuettes de Gontran, en insistant sur la description des aventuriers renégats qui collectaient les bibelots pour lui. Il évita soigneusement de mentionner l'épisode au Temple du Grand Sommier, sachant qu'une information déjà vendue ne pouvait pas être payée au tarif syndical en vigueur. Les yeux de l'homme en soutane s'agrandissaient. Finalement, il s'approcha pour chuchoter :

— Ce type… Il a les *douze* statuettes de cette prophétie-là ? Vous en êtes *certains* ?

— Nous avons vu ce que nous avons vu.

— Et nous savons ce que nous savons, ajouta Bertrand dont la chope était vide.

— Par le Grand Établi ! Par toutes les mains d'Oboulos ! Ce n'est pas possible !

Quelques convives dans la salle de l'auberge les regardaient à présent, avertis par les éclats de voix. Le dignitaire tenta de recouvrer son calme.

— On va vous laisser, maintenant, susurra Bertrand. Je pense qu'on attire l'attention.

— S'il est possible d'encaisser, quémanda son comparse en tendant la main.

Une fois la somme récoltée, les indicateurs s'éclipsèrent en oubliant de payer l'addition.

Le supérieur des soutanés se tenait la tête dans les mains, pendant que son voisin rangeait son escarcelle. Il agrippa soudain sa manche et chuchota :

— Nous devons prévenir le Grand Turbineur ! Il y a urgence !

L'autre hocha la tête, il n'avait pas l'air rassuré.

— Quand je pense à tout le mal qu'on se donne pour affirmer la suprématie d'Oboulos, soliloqua le dignitaire en prenant garde de ne pas parler trop fort. On va passer pour quoi, si tout le monde disparaît dans la Couette de Dlul ?

L'assistant cogita quelques secondes, puis se décida :

— Pour des gros cons, si je puis me permettre.

Le meneur soupira et contempla le morceau de brioche. Il n'avait plus faim. Il savait qu'il risquait de n'avoir plus jamais faim. Il jeta un regard circonspect à l'assistant :

— Dis-moi, tu ne leur as pas fait faire une fiche ?

L'autre hocha la tête, mais négativement pour changer.

— Mais c'est quoi cette journée ? Et comment on va faire pour les notes de frais ? Tu vas m'expliquer, monsieur malin ?

— Désolé, j'étais sous le coup de l'émotion, monsieur.

Les deux hommes en soutane contemplèrent la table sans mot dire, pendant presque une minute. Ils pensaient aux problèmes qui s'en venaient, et à la possibilité de partir très loin.

Puis le supérieur se redressa. C'était pour ça qu'il était supérieur, il avait de la ressource. Il lâcha dans un souffle :

— Il faut réunir l'Assemblée ! Allons-y !

Dans la rue, les deux informateurs s'arrêtèrent sous un porche, et l'un d'eux déplia un morceau de parchemin qu'il avait sorti de son manteau. Ils exultaient.

— Trop fort, claironna Bertrand. Whou-hou !

— La classe, attesta son compagnon en consultant sa liste.

Il sortit un petit crayon et biffa une ligne.

— L'Assemblée des Acharnés d'Oboulos, c'est fait.

— Qui sont les prochains ?

— Nous avons rendez-vous dans quinze minutes avec trois types de la Confession réformée de Slanoush.

— Terrible !

— C'est au square des Chouettes Clouées... Il faut y aller maintenant ! On n'a plus trop le temps.

— Il faut espérer qu'on pourra en faire encore trois ou quatre avant qu'ils ne reçoivent des infos des oracles...

— Ouaip !

Ils se glissèrent alors dans la rue. Sur leur visage pouvait se lire l'expression d'une grande satisfaction, celle du travail bien fait.

V

Arghalion

— La Compagnie des Mangeurs de Sandwiches, voilà ce qu'il propose, traduisit la Magicienne.
— Je ne me reconnais pas tellement dans ce nom, ronchonna le Ranger. En plus, les sandwiches, c'est vraiment pour dépanner.
— Et moi, je mange surtout des tomates, avoua l'Elfe.
— C'est nase, conclut le Barbare.
— Gnolo, grommela l'Ogre qui était pourtant satisfait de son idée.

Voilà presque une heure qu'ils marchaient dans la direction approximative de la tour d'Arghalion. Les indications récoltées pour s'y rendre n'étaient pas très claires, mais il semblait difficile de ne *pas* trouver l'édifice, qui d'après le vieux Tulgar émergeait d'un paysage plat et relativement désert.

Ayant abordé à nouveau la question du nom à donner à leur groupe, on confrontait les idées. Tout en marchant, chacun y allait de ses suggestions et de ses commentaires. Pour l'heure avaient déjà été proposés quatorze noms, parmi lesquels on comptait les Amis des Poneys, les Enchanteurs de l'Ouest, les Bretteurs Violents, la Horde Sauvage, le Club Saucisse, la Compagnie Grandiloquente, les Habiles Forgerons et le très étrange Elethanatar, que la représentante du peuple des bois avait proposé mais qu'elle n'avait pas pu traduire.

Ils virent un individu au bord de ce qui se prétendait être le sentier. Il était assis sur une souche et semblait se livrer à quelque observation. De loin, difficile de savoir.

— Il ne semble pas être en embuscade, remarqua le Ranger.

— Et vu la couleur de ses vêtements, je dirai qu'il n'essaie pas de passer inaperçu, ajouta la Magicienne.

On ne distinguait pas trop les détails, mais le personnage était vêtu de rouge éclatant et de jaune vif.

— Allez, on avance, grogna le Barbare déjà dix mètres devant.

Ils arrivèrent près de l'homme, qui les regardait s'approcher avec méfiance. Son habit était en fait une robe de mage, et il avait posé son bâton sur le sol. Il tenait son pied sur son genou et avait enlevé sa chaussure, un soulier écarlate et recourbé vers le haut.

— Bien le bonjour, fier ami à la riante livrée d'enchanteur, s'exclama le rôdeur sur un ton amical.

Le Nain était inquiet car quelque chose lui avait échappé, il tenta d'en savoir plus :

— Tu vas lui livrer des rillettes ?

Le mage leva un sourcil. Il continua de masser son pied, mais répondit néanmoins sans montrer de joie particulière :

— Bonjour, Arh.

Voyant qu'un silence s'installait, l'Elfe s'approcha :

— Il fait beau pour la saison, hein ?

— Mouais, bougonna le mage. Arh.

Le Barbare se tenait sur le côté, prêt à toute éventualité. Quelques jours auparavant, il avait déjà sauvé ses compagnons d'un potentiel sorcier qui les avait menacés avec son bâton, mais n'en avait retiré aucune sorte de gratitude de la part du groupe. Cette fois, il attendait donc une manifestation d'hostilité plus marquée pour dégainer ses armes. Le rôdeur continua la conversation :

— Qu'est-ce que vous faites de beau dans le coin ?

— Je monte un stand de crêpes, rétorqua l'homme aux couleurs vives en se penchant sur son pied.

Ils remarquèrent son accent de l'Est assez prononcé.

L'Ogre avait compris qu'on parlait de nourriture. Il inspecta les alentours pour voir où se trouvaient les crêpes. Le Nain commençait à s'impatienter :

— Hey, il se fout de notre gueule, je rêve !

— Du calme, implora l'érudite en s'interposant.

— C'est de la merde, ce sentier, gronda l'ensorceleur. Mes chaussures sont foutues, et je me suis pris au moins cinquante épines dans le pied ! Arh.

Il regardait maintenant la Magicienne avec un intérêt certain. Celle-ci s'approcha à son tour :

— Hey ! Je vous reconnais, vous étiez dans le village qui a brûlé cette nuit, non ?

— Ah, vous aussi ?

— Ben, oui.

— C'est que je ne vous ai pas vus.

— Nous avons pris soin d'éviter les ennuis, expliqua le Ranger.

— En fait, on était cachés dans une cabane, avoua l'Elfe qui n'avait jamais honte de rien.

Trois membres du groupe la gratifièrent d'un regard assassin.

S'adressant toujours à la Magicienne, l'homme se leva, mais sur un pied seulement, et se présenta :

— Je suis Cham von Schrapwitz, de la tour de Blizdand à Waldorg. Magicien du feu de haut niveau.

L'érudite présenta leur groupe à son tour :

— Nous sommes la compagnie de…

— Les Fiers de Hache, affirma le Nain. Nous sommes les Fiers de Hache !

— On ne s'appelle pas comme ça, grinça le rôdeur entre ses dents.

Il serrait les poings et une envie de botter du derrière de Nain commençait à se faire sentir.

— Je crains de ne pas vous connaître, mais c'est un nom intéressant, admit le sorcier coloré.

— Je le savais ! Cria le courtaud en levant sa hache. Ha ha !

— Sauf que ce n'est pas *vraiment* notre nom, insista le Ranger.

— En plus, moi j'ai surtout des épées, ajouta le chevelu.

— Arh.

Le type considéra la petite troupe avec curiosité et nota la présence de l'Ogre qui semblait chercher quelque chose. Il pensa qu'il lui fallait remettre sa chaussure gauche pour regagner un peu de dignité. La Magicienne en profita pour le questionner :

— Vous savez ce qui s'est passé au village, peut-être ?

— Un foutu merdier, oui, maugréa le mage en enfilant sa chaussure. Mon cheval est mort dans l'incendie de l'auberge et les deux crétins qui me servaient de compagnons ont disparu, j'ai aussi perdu une partie de mon équipement. Et l'autre con, avec qui je me suis battu je ne sais même pas pourquoi, a ruiné ma bague de puissance, je ne peux plus me téléporter ! Me voilà donc à marcher dans les épines comme le dernier des clochards, non mais vraiment... Je sais pourquoi je ne voyage jamais à pied ! Arh !

Les aventuriers l'écoutèrent poliment. Mais ils n'en savaient pas plus. Le rôdeur insista :

— On ne sait pas comment tout a commencé ?

Cham se renfrogna :

— C'est un genre de malentendu... Arh.

Voyant que l'auditoire attendait la suite, il enchaîna :

— Vu que tout le monde était rassemblé par hasard pour cette histoire de prophétie, on était à l'auberge là, avec les autres… Le jambon était correct, mais on s'emmerdait un peu, alors on a commencé un concours de sorts avec la table d'à côté. Bon, c'était pas la meilleure chose à faire, à cause des susceptibles… Et puis voilà, tout est parti de travers, l'incendie, les gardes… Une sale nuit !

Le Ranger commençait à paniquer, il lui semblait entrevoir une affreuse possibilité, et il cria plus qu'il ne demanda :

— La prophétie ? Quelle prophétie ?

— Y en a marre de ces histoires de prophéties pourries, protesta le Nain.

— On ne comprend jamais rien, renchérit le Barbare.

— Vous n'êtes pas là pour ça, vous aussi ? s'enquit le mage.

Il y eut un moment de flottement. Avant que quelqu'un ne se lance dans une gaffe, le rôdeur sauta sur l'occasion :

— Eh non ! Ha ha. Nous sommes là pour un genre de quête… Mais rien à voir avec une prophétie ! Ha ha.

— Ah bon ? gazouilla l'Elfe. Moi j'avais compris que…

— Nonnonnon, pas du tout. On va juste voir un peu ce qui se passe heu… dans la région.

Cham s'approcha du rôdeur et lui glissa sur le ton de la confidence :

— Bon, hier tout le monde était là pour la prophétie. Les oracles ont annoncé qu'un gugusse avait réuni les statuettes de Gladeulfeurha, à cause d'une bande de gros débiles qui ont accepté de lui vendre la douzième ! Alors bon, on vient voir dans le coin si y a pas moyen d'empêcher la fin du monde, c'est pas mal pour se faire de l'expérience. Mais comme les infos n'étaient pas très claires, on nage un peu… Arh.

— Ah bon, bafouilla le Ranger en essayant de regarder ailleurs.

Ailleurs, il voyait les autres membres du groupe. La Magicienne était rouge et embarrassée, l'Elfe et le

Barbare essayaient de comprendre, l'Ogre cherchait les crêpes, le Nain râlait à propos des prophéties et n'avait rien écouté.

— On va y aller, nous… suggéra l'érudite en enfonçant un peu plus son chapeau sur sa tignasse rousse.

— Arh.

BULLETIN CÉRÉBRAL DU RANGER

Nous avons quitté le magicien du feu au bord de la route, il voulait attendre ses compagnons encore un peu. Enfin, on lui a proposé de voyager avec nous, mais il a fait une drôle de tête. Je pense plutôt qu'il ne voulait pas nous accompagner, comme la guerrière l'autre jour qui nous a traités de bouseux. Les révélations de cet homme sont assez troublantes, et on dirait que beaucoup de gens sont au courant de cette histoire de prophétie, et surtout les autres aventuriers. J'ai l'impression que quelque chose déconne, et qu'on va plutôt vers les ennuis que vers la consécration. D'un autre côté, c'est un peu le but d'une aventure, sinon autant faire une raclette. Mais moi, il faut absolument que j'évite de mourir.

BULLETIN CÉRÉBRAL DU BARBARE

Encore un sorcier sur la route. Mais je l'ai pas tapé. Il a parlé de crêpes, mais on en a pas eu. Et puis moi, j'ai pas de hache j'ai des épées. J'aimerais bien essayer la hache un jour, mais je dois m'entraîner.

BULLETIN CÉRÉBRAL DE L'ELFE

L'homme en rouge et jaune était gentil, mais il n'est pas venu avec nous, il voulait retrouver ses amis, ça c'est un véritable esprit d'équipe et d'aventure ! Je ne comprends pas pourquoi je n'ai jamais le droit de parler aux gens, et pourquoi les autres disent toujours des choses étranges, qui ne sont pas vraiment la réalité. Pourquoi on doit toujours tout compliquer ! Alors maintenant on n'a pas le droit de dire qu'on va à la tour Daladion, et qu'on s'occupe de la prophétie, et qu'on va sauver le monde en poursuivant les gens qui ont volé la statuette de Dloule. Et après, je ne sais pas ce qu'on doit en faire, mais je suppose que c'est prévu.

Ils marchèrent encore deux heures à faible allure, parfois doublés par des troupes d'aventuriers à cheval qui s'en allaient dans la même direction. La Magicienne nota que cette région semblait intéressante au point de vue aventure, et qu'il faudrait revenir plus tard, quand ils auraient atteint le niveau cinq. Le paysage devenait de plus en plus humide, car au sud se trouvait le Marécage de l'Éternelle Agonie, qui étendait son influence et ses moustiques sur plusieurs kilomètres à la ronde. Ils traversèrent un petit village, ou plutôt quelques maisons de fermiers rassemblées autour d'une épicerie qui faisait aussi coiffeur et bistrot. Mais l'échoppe n'avait plus de provisions à vendre, ni de bière, ni d'équipement intéressant.

Ils aperçurent enfin la tour. Elle émergeait de la lande, au centre d'une grande clairière entourée de quelques bosquets de chênes et de hêtres. Elle semblait en bien meilleur état que le Donjon de Naheulbeuk, et plusieurs corbeaux volaient autour de son sommet. Une brume légère avait envahi le périmètre, distillant une atmosphère glauque et féerique à la fois.

— Mais pourquoi les gens construisent leurs maisons dans des endroits pareils ? demanda l'Elfe.

— Ce ne sont pas des maisons, ce sont des donjons, expliqua la Magicienne. Il faut que ça ait l'air un peu mystérieux, un donjon, sinon personne n'y va.

— Mais nos maisons dans les arbres n'ont pas l'air mystérieuses, et pourtant on y va quand même, insista l'archère.

— Faut voir aussi qu'on n'y vit pas forcément des aventures palpitantes, dans vos cabanes merdiques, grinça le barbu des montagnes.

— Je t'ai pas parlé, sale nabot !

Le Ranger soupira. Le Nain considéra l'insulte comme une invitation à continuer :

— Alors que dans les mines, ben on peut y habiter et en plus y a aussi des aventures. Donc forcément c'est mieux.

Ils approchaient lentement de la tour et distinguaient de plus en plus de détails. Ils remarquèrent qu'une certaine agitation régnait autour des bosquets. Des gens y avaient monté des tentes, il y avait aussi quelques charrettes, et des dizaines d'individus déambulaient ou discutaient dans le périmètre. Lorsqu'ils furent plus près, il apparut que ces gens avaient des dégaines d'aventuriers.

— Mince, qu'est-ce que c'est que ce merdier, marmonna le pseudo-chef du groupe.

Il sentait que la situation allait leur échapper.

— Ce n'est peut-être pas la bonne tour, proposa l'Elfe.

La Magicienne montra du bout de son bâton une belle tablette pyrogravée clouée à un arbre :

— Il n'y a aucun doute, regardez.

ARGHALION
Tour du Mage Gontran Théogal
Ordonnateur de la Béatitude de Swimaf
Niveau 12
Continuez tout droit

— On dirait que d'autres aventuriers ont entendu parler de notre histoire de statuettes, observa le Nain.
— Bravo, rétorqua le rôdeur. C'est exactement ce que disait le magicien du feu.
— M'en fous, j'écoutais pas.
— Mais c'est une catastrophe, gémit l'érudite. Qu'est-ce qu'on va faire ?
— C'était vraiment une *super* idée, commenta le Nain.
Il évita un coup de pied.
Ils restèrent quelques secondes à regarder l'agitation. Un type affublé d'une cape de voyage en profita pour les doubler, il marchait derrière eux depuis un moment et grâce à sa compétence de déplacement silencieux, ils ne l'avaient pas détecté. Il leur fit un signe de la main.
— Aglouk, grogna l'Ogre.
Le Ranger se gratta le menton. Il préleva un peu d'eau dans sa gourde pour se rafraîchir, et formula son étonnement :
— Je ne pensais pas qu'ils viendraient tous à la tour de Gontran, tout de même.
— On s'emmerde, et j'ai faim, bougonna le chevelu des steppes.
— On peut toujours avancer, proposa la Magicienne. Et puis on aura bien des informations sur place.
— Ouais, allons-y, soupira le rôdeur.

À l'entrée du bosquet, un délicieux fumet de grillades leur sauta au visage. Un marchand itinérant avait installé sa charrette et proposait des pains à la saucisse, des frites, des côtelettes et des cruchons de boissons diverses. Quelques aventuriers étaient donc rassemblés là et faisaient la queue pour acheter leur déjeuner, certains consommaient déjà leurs victuailles. On se jetait tout de même des regards méfiants, et les gens ne se mélangeaient pas trop, préférant rester près de leurs camarades. La plupart étaient rassemblés en compagnies. Voyant qu'un genre de voleur passait à proximité avec deux sandwiches, l'Ogre imagina un plan d'une extrême simplicité. Mais la Magicienne, qui connaissait son expression, détourna son attention en lui parlant des côtelettes.

Le Nain considéra la situation :

— Du coup, pour le côté mystérieux, là, c'est un peu foiré.

— Et puis, ces gens laissent traîner des papiers gras dans la nature, c'est dégoûtant, constata l'Elfe en poussant du pied une barquette.

— Je propose de s'infiltrer discrètement, chuchota le Ranger. On fait semblant de faire la queue, et puis on écoute ce qui se raconte.

— Ouais, puis si on fait la queue pour de vrai et qu'on en profite pour grailler et s'enfiler un cruchon, moi ça m'arrange, ajouta le Nain.

Il prit subséquemment sa place dans la file, en bougonnant à propos des prix des saucisses pratiqués par les commerces ambulants.

— C'est toujours comme ça, expliqua le maraudeur qui était devant lui. Quand il y a de la demande, les prix flambent. Et puis l'épicerie du village n'avait rien à bouffer.

— Ah bon, à vous aussi ils vous ont fait le coup ? questionna un clerc de Braav' qui se trouvait encore devant.

— Ouais ! Et je ne suis pas étonné de voir qu'un pignouf ambulant s'est installé ici !

— Ils nous prennent vraiment pour des pigeons !

La compagnie prit place derrière le Nain. Il y avait du beau monde aux alentours, et quelques aventuriers moins cossus. La Magicienne expliqua à l'Ogre qu'il devait attendre son tour, et ne pas passer devant les autres sous prétexte qu'il était visiblement plus grand et plus fort. Chez les Ogres, on pratiquait usuellement la loi du plus bourrin, et on n'aimait pas attendre. Dans les attroupements autour du gril, le Ranger reconnut quelques personnages croisés la veille à Tourneporc. Certains d'entre eux avaient moins fière allure, arborant des brûlures, une épée tordue, une lance cassée ou bien une moitié de bouclier. Visiblement, l'échauffourée de la nuit en avait laissé un certain nombre réfléchir à la nécessité de se poser des questions avant d'entrer en conflit avec des inconnus, et ce sans raison valable. Les aventuriers ne devaient pas se battre entre eux, ni contre les paysans, tout le monde le savait pourtant.

Près d'un gros chêne, à quelques mètres, un petit groupe s'agitait et parlait plus fort que la moyenne. Deux hommes en robe grise tenaient tête à deux guerriers dont un se trouvait très tassé, accompagnés d'un demi-ogre, d'un magicien et d'un elfe noir. L'un des hommes en gris tenait une sacoche de cuir, et l'autre un registre, qu'il consultait à travers son monocle.

— Vous avez le numéro trente-huit, un point c'est tout, clama l'homme au registre.

— Mais notre ami a le numéro sept ! Nous faisons partie de la même compagnie, cria l'un des guerriers.

— Dans ce cas, nous lui attribuons le numéro trente-huit, et il passera en même temps que vous.

— Pff, c'est pas possible, maugréa l'elfe noir.

— Vous êtes bouchés hein ?

L'homme à la sacoche s'approcha de l'autre guerrier et lui brandit un rouleau de parchemin sous le nez :

— Je me tue à vous dire que c'est le règlement. C'est écrit sur ce parchemin, mais vous ne savez pas lire !

— Je ne sais pas lire *ce langage* ! Mais je sais en lire d'autres, dit le magicien.

— De la part d'un érudit, je m'attendrais à un peu plus de sagesse, vous ne pouvez pas raisonner vos compagnons ?

— Nous essayons d'appliquer des principes logiques, revendiqua le mage en relevant son nez.

— Et c'est quoi ces règlements de merde, hein ? rouspéta le petit guerrier.

L'homme au monocle referma son registre, comme pour clore le débat :

— C'est trop facile de couper les files en faisant poireauter l'un de vos camarades à votre place. Vous attendrez votre tour.

— Tout ça pour passer *devant les autres*, hurla son collègue en vérifiant que tout le monde l'entendait dans la clairière.

Un murmure de désapprobation s'éleva, venant des autres compagnies. On n'aimait pas les resquilleurs, et ce dans tous les univers connus.

— Putain, c'est pas vrai, ronchonna l'elfe noir en tournant les talons.

Il fut suivi par ses compagnons vitupérants, qui tiraient sur le bras du demi-ogre pour l'empêcher d'attaquer les hommes en gris.

Ceux-ci discutèrent à voix basse quelques secondes, puis celui au registre s'adressa à la file d'attente du marchand de saucisses. Il parla lentement, comme s'il avait affaire à des attardés :

— Si vous voulez entrer dans la tour, et que vous n'avez pas encore de numéro, on vous en donne un et vous attendez votre tour, d'accord ? Quelqu'un ici n'a pas encore de numéro ?

Personne ne se manifesta.

— Hey, c'est quoi cette blague ? demanda le Nain à son voisin de file.

Le maraudeur se pencha pour le renseigner :

— Comme il y a trop de monde pour entrer dans la tour en même temps, on prend des numéros et ils font entrer un groupe toutes les vingt minutes. Comme ça on évite de déclencher une bataille à l'entrée.

Le Ranger s'incrusta dans la conversation :

— Ah ouais ? C'est qui les mecs en gris ?

— C'est la Caisse des Donjons. Il paraît qu'ils ont des procédures pour ce genre de situation.

— Encore eux, râla le Nain. Je les déteste.

Le clerc de Braav' se retourna :

— Et vous savez quoi ? En plus, il paraît que le maître de la tour n'est même pas là !

— C'est Grumuf qui me l'a dit, lança l'aventurier qui se trouvait devant lui et payait son sandwich.

— Promotion sur les côtelettes ! hurla le marchand.

Le Ranger se tourna vers la Magicienne :

— À ton avis, on prend un numéro ?

Celle-ci tripotait nerveusement son chapeau :

— Au train où ça va, on risque de rentrer dans la tour à la tombée de la nuit, après tous les autres…

— En plus, murmura le Nain, ils sont tous de niveau soixante-quinze, les autres connards.

— C'est pas faux, chuchota le Ranger en regardant passer un cavalier à l'armure brillante.

— Comme il est beau ! s'esbaudit l'Elfe.

L'homme la gratifia d'un sourire en coin du haut de son magnifique cheval gris et lui adressa un petit signe de la main.

— J'ai faim, moi, ronchonna le Barbare. On peut bouffer, et discuter après ?

— Je n'ai aucune envie d'entrer dans la tour avec tous ces fous furieux à l'intérieur, déclara le Ranger.

— C'est pas souvent que t'as des bonnes idées, grinça le courtaud.

Ce fut bientôt leur tour de commander à manger. L'Ogre était heureux d'avoir une bourse avec de l'or depuis le partage de Boulgourville, pour lui c'était une fortune brillante et qui promettait de nombreux festins. Il n'achetait pas d'équipement, car il se servait ordinairement de ses grosses mains ou de morceaux de bois pour effectuer des tâches diverses, comme taper sur des monstres. Il commanda donc seize côtelettes et quatre barquettes de frites. Le Nain profita de l'euphorie du marchand pour essayer d'avoir un tarif de groupe, et obtint à force d'opiniâtreté une remise de deux pour cent. Le cuisinier expliqua ensuite à l'Elfe qu'il n'y avait pas de petits lapins dans les saucisses, et qu'elle pouvait avoir du pain aux céréales.

La compagnie s'éloigna pour manger face à la tour. Les deux lourdes portes à l'entrée étaient ouvertes, et deux groupes d'aventuriers attendaient leur tour à quelques mètres. Un employé de la Caisse des Donjons tenait un sablier, et comme ses collègues affairés sur place travaillait pour la circonscription de l'Est. Il portait également la robe grise symbolisant sa charge, et ses oreilles étaient banales. La circonscription de l'Ouest était en effet régie par les Elfes Sylvains, lesquels se trouvaient basés en forêt de Schlipak. Ceux-ci s'habillaient plutôt de vert, et on leur prêtait la réputation d'être très pénibles.

Ils dégustèrent leurs côtelettes et leurs saucisses dans un silence lourd de reproches. L'un des groupes en attente, de niveau peu élevé si l'on en croyait la pauvreté de leur équipement, pénétra dans la tour après un rapide briefing du chef de groupe.

— Vous voyez, dit le Ranger en mastiquant. Il faut toujours que le chef fasse une mise au point avant d'entrer dans le donjon, sinon c'est n'importe quoi.
— *Sauf* que c'est pas vraiment toi le chef, rétorqua le Nain.

— Ouaip, approuva le Barbare.
— N'empêche.
À l'entrée, une autre compagnie s'approcha pour attendre son tour. L'homme en robe grise consulta sa fiche pour savoir s'ils étaient bien le numéro neuf.

— Holà, les jeunes ! fit une voix dans leur dos.
Le Barbare voulut dégainer l'une de ses épées, mais c'était impossible car il s'était assis sur le fourreau.
Le courtaud bondit sur ses pieds, et la saucisse s'échappa de son sandwich pour atterrir à portée de l'Ogre. Il la considéra perdue pour de bon. Il pesta.
Mais l'homme qui s'approchait n'avait rien de menaçant. Il s'agissait du futur retraité de l'auberge de Boulgourville. Il vérifia que personne ne les espionnait, puis s'assit avec difficulté sur le sol moussu.
— Vous avez vu le bordel, hein ?
— Et comment, chuchota le Ranger. On dirait une kermesse !
— D'ailleurs, on a oublié de vous remercier pour l'invitation, grogna le Nain.
Le vieux Tulgar plissa le visage et gratta sa courte barbe. Il soupira :
— Oui. Ça s'est mal goupillé, toute cette histoire.
L'Elfe ajustait sa tunique, aussi plusieurs secondes s'écoulèrent pendant lesquelles aucun homme ne pouvait parler.
— Alors qu'est-ce qu'on va faire ? se renseigna l'érudite.
— En fait, grimaça Tulgar, vous ne devriez pas être ici.
Le vieil homme ne semblait pas content de se trouver là, lui non plus.
— Quoi ? s'exclamèrent en chœur les membres de la compagnie.
— Mais vous nous avez dit de venir, s'insurgea le Ranger.
— On a marché des kilomètres, renchérit l'Elfe.

— Fait chier, jura le guerrier des steppes.

— J'ai appris des choses depuis. C'est un concours de circonstances assez grotesque.

— Si je vous balance ma Durandil dans la tronche, ça ne va pas être un concours de circonstances, gronda le Nain.

Les membres de la compagnie les plus modérés tentèrent de l'en dissuader.

— N'oubliez pas que vous êtes tous en danger, murmura Tulgar en vérifiant une fois de plus que personne ne les regardait. Si je suis là, c'est pour vous éviter l'écartèlement !

— Ouais, ça va pour cette fois, ronchonna le Nain.

— Vous allez nous expliquer ? questionna l'Elfe.

— Voilà ce que je sais, exposa le vétuste. Je vous ai déjà expliqué que la Caisse des Donjons a eu vent d'un problème en apprenant que les douze statuettes de la prophétie de Zaral Bak allaient être réunies.

— Certes, ponctua la Magicienne.

Le Barbare fronça les sourcils. L'aîné continua :

— Je vous ai dit également qu'ils n'intervenaient pas dans les affaires des responsables d'établissements donjonniques. En revanche, il existe des gens qui nous espionnent et qui peuvent envoyer les aventuriers régler les problèmes graves, en passant des annonces que les aventuriers reçoivent par le biais des oracles. Ce sont les gens qui annoncent les prophéties et lancent des quêtes.

— C'est débile ! s'insurgea le Ranger. Pourquoi la Caisse ne travaille-t-elle pas directement avec ces oracles à la noix ? J'hallucine !

— Les rouages des administrations de tout l'univers sont ainsi faits, assura le fonctionnaire. C'est n'importe quoi, mais ça marche, alors on continue comme ça, parce qu'on a toujours fait comme ça, et que c'est trop difficile de changer.

— On pourrait tout cramer, chuchota narquoisement le Nain.

Mais personne ne l'avait entendu.

— Alors donc, ce sont les oracles qui ont envoyé tous les aventuriers à la tour de Gontran, conclut l'érudite.

— Tout à fait, confirma Tulgar. Et d'après mes renseignements, personne ne sait que la onzième statuette a été dérobée.

— Eh ben si, contredit le rôdeur. Y a forcément nous, et vous, et le mage Théogal.

— Et les mecs qui ont piqué la statuette, ajouta le Nain.

— Oui, mais c'est *tout*. Même la Caisse n'est pas au courant, Gontran n'a toujours pas déclaré le vol. Il mijote quelque chose d'étrange.

Les aventuriers restèrent dubitatifs. La Magicienne soupira. L'Ogre consommait sa neuvième côtelette. L'Elfe souriait à un écureuil, qui lui faisait coucou depuis sa branche. Le Ranger résuma :

— Et alors ?

Le vioque leva les yeux au ciel :

— Eh bien, ça veut dire que vous avez toujours le champ libre pour racheter vos conneries. En plus, tous les autres pignoufs sont ici en train de ravager la tour !

— Mais ils vont forcément s'occuper de Gontran, remarqua la Magicienne. Non ?

— Y en a des chuper balaijes, des pignoufs, mâcha le Nain.

— Le mage Théogal n'est pas un demeuré, précisa l'ancien. Je suis certain qu'il s'est tiré avec ses statuettes, dès qu'il a vu les premiers aventuriers se pointer.

— Et alors ? trancha le Barbare.

— Donc, y a plus rien d'intéressant dans la tour. Vous, par contre, vous savez qu'un des bibelots est en circulation et que Gontran s'est fait la malle.

La compagnie prêta l'oreille aux conseils de Tulgar, pendant que les aventuriers chevronnés se pressaient à l'entrée d'Arghalion. Cela faisait bien rire le Nain, du coup.

Parmi les nombreuses religions de la Terre de Fangh, le culte de Dlul était l'un des plus complexes. Il était formé de trois branches qui ne s'appréciaient guère. Le Temple du Grand Sommier, considéré comme neutre, l'Ordre de la Béatitude de Swimaf, comprenant des gens un peu louches, et la Coterie des Pacificateurs du Bâillement, dont les membres étaient souvent décrits comme affables et justes. Tous ces gens souhaitaient le retour de Dlul, mais pas pour les mêmes raisons. Et ils préféraient que ce soit de leur fait.

Le retour matériel d'un dieu sur la Terre de Fangh n'arrangeait personne de toute façon, hormis les artisans de son apparition. Certains dieux étaient à l'opposé les uns des autres, comme c'était le cas pour Oboulos, dieu du travail, grand ennemi de Dlul. Lafoune, la déesse de la luxure et des plaisirs, pouvait en revanche avoir des accointances avec le dieu du Sommeil, puisque leurs activités se passaient dans un lit. Mais les loisirs de leurs adeptes divergeaient par de nombreux détails.

Il apparut donc qu'il fallait trouver le plus rapidement possible qui était l'auteur du larcin dans la tour de Gontran, et Tulgar était persuadé qu'il s'agissait de membres d'un culte, plutôt que de baltringues guidés par le hasard. En effet, les aventuriers étant pour la plupart des vantards à demi alcooliques, ils auraient déjà démenti les discours des oracles en brandissant la statuette en leur possession, afin de parfaire leur réputation et d'attirer à eux un maximum d'ennuis.

— En résumé, dit l'ancien, vous seriez mieux à Glargh pour enquêter sur cette affaire.

L'étonnement général donna lieu à des explications supplémentaires :

— C'est là qu'on trouve les quartiers généraux d'une bonne partie des sectes et des mouvements religieux en Terre de Fangh.

— Glargh... soliloqua le Ranger. La grande cité !

— Le... Le centre culturel du monde, balbutia l'Elfe.

— La plus grande concentration de bistrots en terre de Fangh, après la ville de Mliuej ! annonça triomphalement le Nain.

Ce à quoi le Barbare ajouta sobrement :

— Crôm.

Un collègue de la Caisse des Donjons apostropha Tulgar en passant près du groupe :

— Alors, mon vieux ? Tout va bien ?

— Superbement, coassa le fonctionnaire endurci.

— On pensait pas te voir ici, ajouta l'autre en regardant l'Ogre avec inquiétude. Des ennuis ?

— Non, je... J'avais rendez-vous avec des... amis.

Le collègue épongea son front et continua comme si les aventuriers n'existaient pas :

— Ah, eh bien nous, on en chie des ronds de serviette ! C'est une journée abominable, y a rien qui va !

— Oui hein, dur dur, témoigna l'ancêtre qui essayait de rester sérieux.

— Si on chope les connards qui ont ramené cette statuette de l'autre bout du pays, ils vont le sentir passer !

La Magicienne baissa la tête en essayant de cacher son visage sous son chapeau. Le Ranger fit signe à l'Elfe qu'il ne fallait surtout pas parler.

Tulgar rit comme s'il s'agissait d'une blague pas drôle mais qu'il fallait rire quand même :

— Oui, hein, ça leur fera passer le goût de recommencer ! Ha ha.

Puis l'homme fit un signe de la main et s'en retourna gérer les affaires courantes.

— On ne va peut-être pas rester là trop longtemps, nous, prescrivit le rôdeur en rassemblant ses affaires.

— Takala, grogna l'Ogre qui avait encore des côtelettes à finir.

Une fois bien établi qu'il n'y avait pas d'autre alternative, la compagnie accepta de prendre la direction de

Glargh. Il était possible de s'y rendre à pied en traversant le Marécage de l'Éternelle Agonie, le plus court chemin à vol d'oiseau. On pouvait aussi suivre la rivière Filoche et le fleuve Elibed, pour éviter le marécage. La suggestion de Tulgar était de prendre un bateau à Tourneporc pour descendre le cours d'eau jusqu'à la grande cité, et en profiter pour récupérer des forces. C'est là que tout se compliqua.

— Un bateau ? vociféra le Nain. Et pourquoi pas un cheval !

— Mais nous n'avons jamais pris de bateau, souligna le Ranger.

— C'est une bonne idée, pépia l'archère en battant des mains. J'adore les bateaux !

— Pas moi, marmonna le guerrier des steppes.

— Et je pourrai travailler sur mes nouveaux sortilèges, soliloqua la Magicienne.

— Ça doit coûter affreusement cher, gronda le barbu.

Le rôdeur précisa qu'aucun d'entre eux n'avait jamais mené un bateau, et qu'il serait sans doute plus dangereux de voyager dans une embarcation que de traverser trois fois le marécage sur un pied en jouant de la grosse caisse.

— C'est là qu'on voit que vous êtes des débutants, dit finalement Tulgar.

Voyant les mines renfrognées, il exposa son plan :

— Il faut tirer parti de toutes les situations. Vous vous rendez à Tourneporc, vous offrez vos services de mercenaires pour protéger une embarcation marchande lors de son voyage. Vous voyagez gratuitement, vous arrivez à Glargh et vous n'êtes même pas dépeignés ! En plus, ça vous fait de l'expérience.

— Mais c'est génial, gazouilla l'Elfe.

— Très ingénieux, remarqua l'érudite.

— Ça sent le coup fourré, maugréa le Nain. Déjà, si l'autre poufiasse est contente, moi ça m'inquiète.

Le Ranger était pensif. Il trouvait l'idée très bonne, mais n'osait pas le dire. Il passait un peu pour une truffe.

La décision fut prise, mais le Nain n'était toujours pas d'accord. Il proposa un vote pour départager la solution du bateau et celle de la traversée du marécage. Il se retrouva seul avec le Barbare, qui n'aimait pas l'eau. Ce dernier se rangea finalement à l'avis du groupe quand on lui précisa que le marécage était surtout constitué d'élément liquide, et de moustiques. Le courtaud, après avoir considéré la perspective d'un voyage en solitaire à travers une contrée hostile et humide, choisit de suivre quand même le groupe. Il tira les cheveux de l'Elfe, par vengeance. Elle lui colla une baffe. Puis le Barbare menaça d'en prendre un pour taper sur l'autre.

Alors qu'ils se préparaient à quitter le périmètre, la porte d'Arghalion s'ouvrit. Cette fois, ce n'était pas pour y faire entrer un groupe d'aventuriers, mais pour quelqu'un qui en sortait. Un sorcier en robe tachée de sang, d'un jaune vif abominable, s'encadra dans l'ouverture. Il tituba quelques mètres, jeta son sac au sol et tomba sur les genoux. Il grimaçait, mais c'était pour une bonne raison, car il lui manquait le bras gauche. Deux aventuriers, qui attendaient pour entrer, vinrent le soutenir. Après le mage, un demi-elfe du genre rôdeur apparut, il marchait à reculons et tenait son épée dans une main, son arc brisé dans l'autre. Ses vêtements déchirés laissaient entrevoir quelques blessures et l'un de ses genoux était bandé, ce qui lui donnait une démarche hésitante. Il ferma la porte derrière lui et se porta vivement au secours de son camarade.

Une fois l'effet de surprise passé, le fonctionnaire de la Caisse des Donjons affecté à l'entrée ainsi que plusieurs baroudeurs qui traînaient là se rassemblèrent autour des deux hommes. Un murmure s'éleva aux alentours, colportant la nouvelle.

— Voilà des survivants qui sortent de la tour, souffla le Ranger.

— La vache, qu'est-ce qu'ils ont pris ! scanda le Nain sans une once de regret.

— Les pauvres gens, sanglota l'Elfe.

La Magicienne reposa son sac au sol, et déclara :

— Je vais voir si on peut apprendre quelque chose.

Elle approcha du rassemblement, laissant ses camarades dans l'expectative. Elle bouscula quelques curieux et fut à même d'espionner les propos des rescapés. Le fonctionnaire discutait avec le demi-elfe, et ils n'étaient pas d'accord :

— Mais enfin, implora l'homme en robe grise, vous allez me donner votre numéro ?

— Je n'ai pas de numéro, je me tue à vous le dire !

— Mais tout le monde a un numéro depuis ce matin.

— Nous sommes rentrés dans la tour *hier après-midi* !

— Mais c'est impensable ! Comment on va s'y retrouver si vous faites tout n'importe comment ?

— Il n'y avait personne hier pour donner des numéros ! Je vous fais remarquer que mes camarades sont morts ou blessés ! J'ai d'autres soucis en tête !

— Je fais mon travail, moi monsieur. Alors si tout le monde fait n'importe quoi...

— Ce n'est pas *mon* problème !

Ils boudèrent quelques secondes. L'érudite essaya de voir le mage, qui était à présent allongé, mais plusieurs personnes faisaient écran. Un type chauve, vêtu de brun sombre, était penché sur lui et lui parlait avec une voix suave.

— Je peux vous soigner, mon brave ami. Mais il me faudrait quelques renseignements en échange... Sur ce que vous avez vu à l'intérieur de la tour...

Un murmure s'éleva dans l'assistance. On attendait des informations.

— D'accord, gémit le sorcier. Je ne compte pas y retourner !

— Je vais vous administrer une potion de vigueur, et une apposition de la main de l'école de Youclidh, qu'en pensez-vous ?

— Vous n'avez pas quelque chose pour les membres arrachés ?

— Hélas.

— Faites donc, je vous en remercie, par l'œil de Jurasque.

Le chauve posa sa main sur le torse du mage et entreprit de chuchoter dans une langue incompréhensible.

De son côté, l'homme en robe grise avait ouvert son registre et tenait un crayon, il posa de nouvelles questions au demi-elfe :

— Bon, nous allons notifier votre présence tout de même. Combien étiez-vous ?

— Cinq.

— Pouvez-vous décliner les noms, classes et niveaux ?

Le demi-elfe soupira :

— Je suis Talkel d'Omblire, demi-elfe rôdeur niveau sept. Mon camarade ici présent se nomme Danjeliss le Tanneur d'Orques. Mage de niveau neuf.

Il marqua une pause pendant que le fonctionnaire griffonnait.

— Il va avoir du mal à tanner, maintenant, observa un fourbe dans l'assistance.

Le demi-elfe jeta un regard mauvais au fourbe. Puis il continua :

— Il y avait également avec nous Morduk l'Irritable, guerrier humain, niveau sept. Yolina Difandel, dite l'Espiègle, elfe voleuse de niveau huit.

— Hey, y a du niveau grave, émit une voix derrière la Magicienne.

— Trop balaise le donj'.

Le demi-elfe commençait à pleurer. L'homme en robe grise transcrivait toujours.

— Également présent, Berg Nancklebuk, humain, paladin de Caddyro, niveau neuf. Notre ami était proche du niveau dix.

Quelques réflexions se firent entendre dans l'assistance :

— Paladin de Caddyro ?
— Ça existe ça ?
— Trop bizarre !
— Niveau dix, c'est toujours un genre de cap à passer.
— Trop dommage.

Caddyro étant l'ancien dieu du Commerce et des Champignons, on était en droit de se poser des questions.

Le demi-elfe rôdeur exposa ensuite, à la demande du fonctionnaire, les détails de leur disparition :

— La belle Yolina fut la première à nous quitter. Par le Grand Tirlik, on ne s'attendait pas à trouver de telles difficultés dans une tour de niveau douze ! Elle a été coupée en deux par une Porte à Chompeur de Gorlak. Coupée en deux !

— Hey les gars, y a des portes à chompeur, s'écria un barbu en armure de cuir en s'adressant à ses compagnons.

— Ouah, c'est fort.
— C'est quoi ?
— Y en avait une aussi quand on a fait la Tour de Suak.

L'énumération de sévices continua, pendant que les gens jasaient :

— Nous avons perdu notre ami Berg dans une oubliette pleine d'acide. Tout ça, c'est à cause de sa maudite armure.

— L'armure, y a rien de pire pour nager, commenta le fourbe.

— Carrément, approuva un maraudeur.
— Berg, oubliette, acide, nota le fonctionnaire.

— Vous savez, je pense que cette tour est sous-évaluée, râla le demi-elfe. C'est au moins du niveau quinze !

— On verra ça, promit l'homme au registre. Et sinon ?

— Morduk est tombé au combat, sur une attaque critique de guerrier maudit. On n'a rien pu faire.

L'habituel concert de commentaires se fit entendre. D'autres aventuriers venaient d'arriver pour glaner des informations.

— Y a du guerrier maudit ?

— Oh non !

— Chouette !

— Ça y est j'ai la flippe !

— Et y a aussi des oubliettes pleines d'acide.

— Moi j'ai un onguent spécial.

Autour des rescapés, l'agitation croissait. Certains parlaient déjà de plier bagage. On ne pouvait pas se lancer dans une tour sous-évaluée quand on était niveau quatre. La Magicienne songea qu'avec son niveau deux, elle serait aussi bien ailleurs.

Talkel le demi-elfe s'approcha de son compagnon d'infortune, après avoir été remercié par l'homme en robe grise pour ses informations. Le mage Danjeliss avait retrouvé un peu de couleur et l'homme chauve avait fini son apposition des mains. Il cherchait à présent quelque chose parmi ses potions.

— Ça va, mon vieux ? s'assura le demi-elfe.

— Difficile, mon ami. Argh. Et il me manque toujours mon bras.

Un bretteur en tunique de cuir souple s'adressa au blessé :

— Consolez-vous, camarade sorcier. Vous auriez pu être un archer !

— Ouais, c'est clair, ajouta une druidesse en robe mauve et au décolleté provocateur.

La révélation ne suscita pas de réaction positive de la part de l'intéressé.

— Que vous est-il arrivé, mon ami ? demanda l'homme chauve en débouchant une potion. Quel monstre hideux sorti des abîmes du chaos a pu ainsi vous arracher votre bras ?

— Un monstre ? s'étonna le demi-elfe.

— Vous vous méprenez, souffla Danjeliss. C'est un sort de Dislocation d'Arkoss…

— On vous a jeté cet affreux sortilège ?

— Non, c'est moi. J'ai voulu démonter une commode piégée à distance, et un miroir que je n'avais pas vu m'a renvoyé l'onde de choc.

Un silence gêné s'installa. Le fonctionnaire griffonna quelque chose en marmonnant :

— Danjeliss, blessure grave auto-infligée par sort de dislocation.

Le barbu en armure de cuir héla ses compagnons :

— Hey les gars, y a aussi des commodes piégées !

— Classe !

La Magicienne s'éloigna pour retrouver ses lurons. Trois hommes et une femme discutaient à côté du rassemblement, comparant les techniques d'approche et des possibilités de désamorçage pour les Portes à Chompeur de Gorlak.

— Si tu passes à travers en courant très vite, ça suffit.

— Non ! Parce qu'en général ils en mettent plusieurs à la suite !

— C'est trop facile sinon.

— Il faut étudier la séquence. Rester là le temps qu'il faut !

— Étudier le terrain.

— Mais non, c'est plus simple avec un leurre.

— Ou alors, on piège le système avec un autodestructeur de piège.

— Alors ça, c'est un coup à crever bêtement, ricana la femme pour clore le débat.

BULLETIN CÉRÉBRAL DE LA MAGICIENNE

Je suis un peu soulagée. J'ai écouté les propos des rescapés de la tour, et visiblement il n'y a pas que nous qui avons des problèmes avec la magie. Un enchanteur de niveau neuf est également capable de se manger son propre sortilège dans la figure. Ah, quand je vais raconter ça aux autres, et ils verront bien que ce n'est pas ma faute si on rame. De toute façon, ils ont aussi des problèmes avec leurs propres disciplines, ce n'est pas vraiment la magie qui nous freine. Et en ce qui concerne Arghalion, on a vraiment bien fait de ne pas y entrer ! J'imagine que nous n'aurions pas franchi le vestibule. Mais cette tour doit être pleine de grimoires intéressants. Enfin, pour le moment, nous allons à Glargh, je vais pouvoir retrouver mes quartiers préférés. Et je dois racheter de la poudre de griffe de Morshleg.

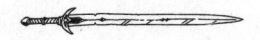

La compagnie fut prête à partir, mais la synergie du nombre retarda le départ d'une bonne demi-heure. Pour commencer, deux archers elfes appartenant à un autre groupe vinrent admirer l'arc long de Yemisold, que l'Elfe transportait en plus de son propre matériel. Ils furent scandalisés d'apprendre qu'elle n'avait pas le niveau nécessaire pour l'utiliser, et que par conséquent c'était un extraordinaire gâchis. L'un d'eux voulut l'acquérir pour cinq cents pièces d'or, mais la Magicienne leur fit remarquer qu'il coûtait dix fois plus. Ils essayèrent néanmoins l'engin, l'un d'eux ayant atteint le niveau requis. L'archer tira l'une de ses plus belles flèches, qui disparut très loin par-dessus les arbres. Ils s'autocongratulèrent et tout le monde put constater l'efficacité de l'arc. Puis les deux elfes disparurent en râlant dans la forêt pour retrouver la flèche hors de prix, et on ne les revit jamais.

Le Nain rencontra pour la première fois des représentants de son peuple en dehors de la mine. C'était une compagnie constituée de quatre courtauds teigneux, engoncés dans des armures complexes et hérissées, et visiblement de niveau élevé. L'un d'eux prétendait être le premier Nain Magicien, il possédait par ailleurs un bâton de mage en fer forgé qui intrigua l'érudite. Ils expliquèrent qu'après avoir essayé plusieurs configurations de groupe avec d'autres peuples, ils avaient fini par trouver ce compromis pour partir à l'aventure sans passer leur temps à se taper dessus.

— Pas besoin de voleur chez nous, expliqua l'un d'eux. J'explose tout ce qui a l'air bizarre avec mon fidèle Gurstaker. Ha ha !

Il s'appuyait sur un énorme marteau à long manche, dont la tête était gravée de symboles étranges et qui semblait briller d'une lueur mauvaise.

— Marteau magique, chuchota la Magicienne à l'oreille du Ranger.

— Et pas besoin de soigneur, ajouta l'un de ses comparses. Avec les armures qu'on se trimbale, y a pas moyen de nous blesser.

— Ouaip !

— Remarquez, c'est pas forcément facile pour bouger, nota le troisième guerrier.

Le Nain présenta la compagnie des *Fiers de Hache*, ce qui donna lieu à un nouveau concert de contestations de la part du Ranger et du reste de l'équipe. Le champion nain au gros marteau fit remarquer que personne dans le groupe n'avait de hache. Un autre signala que le groupe comportait une connasse d'elfe. Ils commencèrent alors un concours d'insultes.

Le rôdeur s'éloigna en voyant passer le vieux Tulgar non loin de là, et lui posa discrètement quelques questions :

— Comment vous faites pour avoir des idées comme ça ?

— Quel genre d'idées ?

— Eh bien... Le truc des mercenaires pour le bateau par exemple.

— Je ne sais pas, disons que... C'est dans les usages.

Le Ranger n'était pas très à l'aise, mais il devait parler à quelqu'un de ses problèmes. Il marqua une pause et continua :

— Parce que nous, notre genre c'est plutôt de voler une embarcation, alors on se fait poursuivre par des gens mécontents. On arrive à s'échapper, et puis ensuite on a des problèmes avec le bateau, qui prend feu ou un truc dans le style. Et finalement, on est au point zéro.

— Je vois, attesta l'ancien. Mais finalement, vous êtes quand même ici, pas vrai ?

— Heu... Oui. Enfin, ça n'a pas toujours été facile !

Le fonctionnaire usé lui expliqua qu'il n'était de toute façon jamais vraiment facile de vivre une aventure. Il essaya de savoir s'il y avait, ou non, un véritable chef de groupe, ce qui n'était visiblement clair dans l'esprit de personne. Au final, il conclut :

— Vous devriez passer plus de temps à réfléchir à des solutions, et moins vous battre avec vos partenaires. C'est seulement ainsi que vous adopterez un vrai profil de guide dans cette équipe.

Le Ranger ne voyait pas trop comment faire, mais il fit mine de savoir. Il remercia le vieux et rejoignit la compagnie, avec un air décidé. Il lui semblait respirer un air plus léger. Les nains cuirassés n'étaient plus là, et l'Elfe pleurait.

— Je les déteste, renifla-t-elle. Ils n'ont pas le droit de dire des choses pareilles !

— C'est pas grave, assura la Magicienne en lui tapotant l'épaule. Tu n'as qu'à penser que ce sont des minables.
— Ouais, ajouta le Barbare qui voulait faire son sympa.
— Mais ce *sont* des minables !
— Hey du calme, grinça le Nain. Ça va bien les pleurnichardes !
— Galudz ar glokoul eto vili, grogna l'Ogre.

L'érudite resta pensive, puis décida qu'il n'était pas nécessaire de traduire. L'Elfe insista, car elle en avait assez de ne jamais rien comprendre.

— Il a dit qu'on devrait partir, mais c'était moins gentil.

Le rôdeur leur désigna le chemin, celui par lequel ils étaient arrivés deux heures plus tôt, et décida d'adopter son nouveau genre :

— Allez, les petits gars, on y va !
— Va chier, riposta le Nain. T'es pas mon père !

Ils partirent néanmoins vers Tourneporc, ville qu'ils avaient quittée le matin même, et pas forcément dans les meilleures conditions. C'était un peu pénible de se coltiner la route une nouvelle fois, et ce sans avoir rien gagné au voyage.

— Tu sais quoi, chuchota la Magicienne au rôdeur.
— Eh bien… Non.
— J'ai l'impression qu'on a un peu de mal à régir notre destinée.

Le Ranger ne répondit rien, mais c'était surtout parce qu'il ne connaissait pas le sens du verbe « régir ».

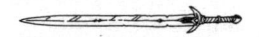

BULLETIN CÉRÉBRAL DU NAIN

C'est vraiment la misère. On se tape la même route que ce matin dans l'autre sens ! Et tout ça par la faute de ce vieux connard. Le mec qui fait genre il nous sauve la vie, mais en fait il nous traîne partout comme des pantins !

Je ne sais pas pourquoi il n'a pas encore pris ma hache dans la tronche. C'est les autres, ils sont trop sympas, après ils vont encore gueuler, ça va faire des problèmes et on va passer une journée chiante comme la forêt. Enfin, dans tout ça je n'ai pas pu tester ma hache de jet sur de vrais ennemis, c'est dommage parce que ça je le sens bien ! Elle est super belle, et puis faut voir le prix. Mais il y a un nouveau truc qui m'intéresse, c'est le marteau de guerre magique, comme j'ai vu chez l'autre de la compagnie machin. Avec ça, déjà on a la super classe, et puis si on peut démolir les portes et les coffres piégés, ça va rapporter un maximum. En plus c'est de l'artisanat bien de chez nous. Allez, c'est parti pour trois heures de route, c'est trop nul…

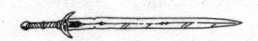

Quelque part dans une ruelle sombre de Glargh, les deux indicateurs marchaient à vive allure.

— Je pense qu'on a vu tout le monde, chuchota Gilles.
— Quel coup de maître, murmura son comparse !
— Mille cinq cents pièces d'or en deux jours !

Ils venaient de vendre leur information à la moitié des grands temples de la ville. La *Confession réformée de Slanoush*, les *Héritiers de Braav'*, les *Pontifes de la Grande Boucherie de Khornettoh* et de nombreux autres cultistes étaient à présent rassemblés dans leurs sanctuaires et dans le plus grand secret pour tenter d'empêcher la disparition de toute vie dans la Couette de Dlul. La plupart d'entre eux prévoyaient également dans leurs plans une partie vengeance, pour retrouver ces aventuriers afin de laver l'affront qui allait être fait à leur dieu.

— C'est là qu'on a laissé les chevaux, signala Bertrand sous l'enseigne d'une écurie de la rue des Taloches.

Ils procédèrent à la récupération des montures, et partirent au grand galop vers la porte Est de la cité.

— Le dernier arrivé à Waldorg est un fils de Gorgauth ! hurla Gilles en piquant des éperons.

Un espion, posté au coin de l'avenue des Grandes Beignes, les regarda passer en ricanant :
— Ils donnent même leur destination. Trop facile !

Le perfide factionnaire inscrivit quelque chose sur un minuscule morceau de parchemin. Puis il extirpa de sous sa veste une petite boîte de carton, dans laquelle somnolait un minuscule faucon au crâne pelé. Il fixa le message à sa patte et le libéra entre deux maisons tordues. Le rapace maladif s'éleva maladroitement vers une mystérieuse destination.

À quelques rues de là, dans la lueur tremblante des chandelles de cérémonie, se tenaient six hommes autour d'une table ronde. La pièce hexagonale était tout en voûtes et recoins étranges, et des sculptures parmi les plus inqualifiables ornaient trois de ses murs. Les autres pans étaient occupés par des bibliothèques chargées d'ouvrages aux reliures tourmentées. Certains de ces volumes arboraient une tranche si complexe et malveillante qu'elle pouvait faire pleurer un Cimmérien. Un escalier diffusant une clarté glaciale remontait vers la surface.

La chauve-souris qui avait élu domicile entre deux piliers fut dérangée par la conversation suivante :
— Messieurs, l'heure est grave.
— Certes.
— Vous avez eu comme moi les informations concernant cette prophétie.
— Certes.
Quelqu'un toussa.

— Le Sanctuaire Magnifique de notre Glorieux Tzinntch ne peut perdre la face, à quelques semaines de la Grande Consécration du Trilobique.

— Bien entendu.

On déplaça une chaise.

— Le Grand Énarque des Puissances a prévu de présider la cérémonie, vous le savez.

— Certes.

— Est-ce qu'on sait qui est au courant ?

— Personne, selon les indicateurs.

— N'est-il pas recommandé de vérifier qu'ils disent la vérité ?

Quelqu'un toussa.

— Nous allons nous en charger. Pour le moment, il faut agir.

— Certes.

— Maître Plaijux, il serait bénéfique à notre conversation que vous arrêtiez de dire *certes* à tout bout de champ, s'il vous plaît.

— C… Oui.

— Poursuivons.

— Les impies doivent être retrouvés.

— Vous avez raison. Ils sont les ennemis de notre Prestigieux Sanctuaire. On ne peut pas rassembler les statuettes de Gladaka sans avoir mûrement réfléchi…

— Gladeulfeurha, Grand Maître Prax.

— Qu'importe. Sans avoir mûrement réfléchi, et sans souhaiter le retour d'un dieu mou qui n'intéresse personne.

— Ou presque.

Quelques secondes de silence nappèrent l'ambiance lourde d'un écho sirupeux.

— Qu'entendez-vous par là, Maître Plaijux ?

L'intéressé claqua de la langue.

— Eh bien… Il est tout de même notoire que le culte de Dlul rassemble de nombreux fidèles, et ce dans trois confessions différentes.

— Ne prononcez pas son nom, s'il vous plaît.
— Certes. Oui. Voilà.

Un convive toussa.

— Quelqu'un veut un croissant ?
— Pensez-vous que ce soit le moment ?

Bruits d'emballages. La chauve-souris maugréa, dans son langage de chauve-souris. Puis les voix reprirent :

— Che qui compte, c'est de pas che laicher faire.
— Chais chur.
— C'est pour cela que nous allons partir au plus vite investir le temple où se réunissent les fidèles de Swimaf.
— Et leur poser quelques questions.
— Et envoyer quelques jommes à la pourchuite des javenturiers.
— N'oublions pas d'espionner le Temple du Grand Matelas.
— Chommier.
— Qu'importe.
— Il faut penser à voir ce qui se passe du côté des Pacificateurs du Bâillement.
— Ils ne font jamais rien de leurs dix doigts, ceux-là.
— On ne chait jamais... Il ne faut négliger jaucune pichte.
— L'affaire est d'importance !

On déplaça plusieurs chaises dans un concert de grincements, la chauve-souris gratta son aile gauche.

— Messieurs, je compte sur vous pour réunir au plus vite nos enchanteurs d'élite.
— Chertes.
— Sortez.

Un corbeau qui avait élu domicile sur le toit du Sanctuaire Magnifique de Tzinntch se lissa les plumes, et croassa. Il prit son envol avec flemme, se laissa tomber dans la rue pour remonter d'un battement d'ailes par-dessus le toit voisin. Il continua vers le nord en survolant deux pâtés de maisons, prenant soin d'éviter les colonnes de fumée plus ou moins épaisses s'échappant des conduits de cheminées. Il n'y avait aucun morceau de pain abandonné dans la rue, et aucune tarte refroidissant sur un rebord de fenêtre. Rien à voler. Le corbeau croassa de nouveau, par dépit. Il entama sa descente et vint se poser sur le fronton d'un édifice imposant, afin de surveiller le Square des Chouettes Clouées. La façade du bâtiment sur lequel il était perché offrait aux regards une grande quantité de statues de personnages nus, dont certains semblaient vouloir se tripoter mutuellement. Une enseigne gravée dans la pierre blanche, au format pachydermique, annonçait :

CONFESSION RÉFORMÉE DE SLANOUSH
Ouvert tous les jours, de 14 heures à l'aube

Et l'on n'en doutait pas une seconde. Les cultistes de Slanoush, le dieu des choses inavouables, du vice, de la perversion, des rêves et des secrets, n'avaient jamais fait dans la discrétion. Pour l'heure, deux d'entre eux discutaient à l'entrée de l'édifice, à l'abri derrière de gros piliers ouvragés.

Le plus large était un guerrier, aux muscles bien dessinés et aux longs cheveux dorés. Il était vêtu de cuir souple et d'un grand nombre de ceinturons, lesquels soutenaient divers fourreaux à poignards, dagues, lames de jet et armes tranchantes d'un genre inconnu. Un médaillon représentant une femme nue ornait son pectoral. Il tenait un fouet barbelé enroulé dans la main droite, et un heaume très léger fait de métal brillant et ouvragé sous le bras gauche.

L'autre cultiste était une femme. Une beauté rousse d'un âge incertain, dont les yeux clairs trahissaient un passé mouvementé. Elle dissimulait, sous une lourde cape bleu nuit, une combinaison moulante de couleur prune, et tenait un genre de sceptre étrange sur lequel elle s'appuyait parfois. Sa cape était entrouverte de façon savante, assez pour permettre aux yeux égarés de tomber dans un vertigineux décolleté.

Le guerrier semblait avoir du mal à en détacher son regard. Il était nerveux, et chercha ses mots :

— Votre Lubricité… Nous n'étions pas au courant.

— Personne n'est au courant. Nous avons acheté ces renseignements ce matin.

— Devons-nous envoyer les guerriers à la tour du mage ?

— Il n'y a pas de doute, chuchota la femme. Tu dois partir dès maintenant.

— Bien ! Il sera fait selon votre plaisir !

— Et n'oublie pas de choisir quelques champions pour aller châtier ces aventuriers stupides. Ils sont sans doute encore dans la région de la rivière Filoche.

La sulfureuse rouquine fit courir ses doigts délicats sur la joue du guerrier.

— Essaie de ne pas mourir bêtement, je t'aime bien.

— Ghl. Fbleeeuuh.

Un troisième adepte jaillit d'une porte dérobée, qui menait aux souterrains du temple sans passer par la grande porte. C'était un homme qui portait la toge violette des dignitaires de second rang, son visage était rouge et il semblait très ennuyé. Il scanda :

— Votre Impudique Magnificence !

La femme fronça ses adorables sourcils et fit avec ses lèvres une moue qui aurait pu faire s'évanouir un capitaine de vaisseau pirate. Elle susurra :

— Oui ?

L'homme fut déstabilisé, mais il travaillait au temple. Il avait l'habitude de la chose, et il enchaîna :

— La prophétie. Les statuettes… Il y aurait des fuites !

— Des fuites ?

— D'autres gens sont au courant pour la prophétie !

La Maîtresse des lieux dégagea ses cheveux afin d'être plus à l'aise pour s'énerver. Elle fit signe à son grouillot de continuer. Celui-ci s'exécuta :
— Oui. Le cousin du type qui tient l'auberge en face, il est aventurier à son compte. Il est dans une compagnie. Alors l'aubergiste a reçu un message d'un pigeon, il paraît qu'un oracle, ou un engin dans ce genre, a envoyé

son cousin avec ses compagnons dans une tour au nord du marécage pour éviter que le monde ne disparaisse dans un édredon de quelque chose. Cela ressemble à notre affaire !

La femme laissa ses yeux s'emplir de braises ardentes. Elle venait de se faire doubler. De plus, les indicateurs avaient sans doute menti. Ils avaient été payés grassement. Elle serra les poings et frappa le sol de son *Sceptre Libidineux*.

— Par les Tétons de la Grande Courtisane ! Encore ces saloperies d'oracles !

— À l'heure actuelle, ajouta le cultiste entogé, il doit y avoir au moins deux cents aventuriers à la tour !

— Évidemment, gronda la rouquine. Si même les patrons d'auberges sont au courant...

Puis elle lança une bordée d'injures dont la teneur ne peut être reproduite dans aucun ouvrage imprimé. Les apôtres de Slanoush en connaissaient un rayon, pour ce qui concernait le langage imagé et les expressions dégoûtantes.

— La Caisse des Donjons doit être mêlée à ça, de près ou de loin, murmura l'homme en toge.

— M'énerve.

Le combattant, qui voyait la situation évoluer, ne savait plus sur quel pied danser. Il se renseigna :

— Et pour les guerriers, on les envoie quand même ?

La dirigeante leur livra le fruit de ses réflexions :

— Cela ne sert à rien pour le moment. Tous les bourrins du nord du pays sont déjà sur place. Et le propriétaire de la tour, s'il a deux grammes d'intelligence, a sans doute foutu le camp avec ses larbins et ses statuettes de Galadrila. Il faut essayer de savoir où il a pu se réfugier. Et châtier les aventuriers, comme prévu !

L'entogé suggéra l'envoi de quelques hommes d'armes au temple de Swimaf le Béat, dont le mage en question semblait être un genre de responsable. Ils pourraient éventuellement le mettre à sac, et interroger les survivants.

La femme fut parcourue d'un frisson. Elle ronronna :
— Ooooh, oui.

Puis elle tourna les talons dans un impressionnant mouvement de cape, et passa la porte de son panthéon afin d'aller s'asseoir dans son boudoir et ruminer ses plans.

Le guerrier resta là. Il adressa un signe de tête à l'homme en toge. Ce dernier lui répondit par une grimace évasive et s'empressa de rejoindre sa supérieure.

Le soldat d'élite de Slanoush le vit partir. Il était peu habitué au jargon politique, et cria :
— Et pour les guerriers, on les envoie quand même ?

VI

Infiltration

La compagnie avait déjà parcouru la moitié du chemin conduisant à Tourneporc. Le Nain avait entrepris de raconter l'un des nombreux faits d'armes des héros de son peuple, et ceci afin d'empêcher l'Elfe de parler des loisirs de ses amis des bois et des différentes variétés de fougères et d'arbustes croisés sur le sentier.

— C'était pas compliqué, narrait le barbu. Quand on voyait Goltor, on savait tout de suite qu'on n'avait pas affaire à n'importe qui. Il avait de la stature ! Il s'en laissait pas conter par des nases ou des vieux qui l'envoyaient n'importe où. Lui c'était le genre à inventer lui-même ses propres quêtes, et il n'avait besoin de personne. D'ailleurs on raconte qu'il n'a jamais fait partie d'aucune compagnie d'aventuriers.

— Peut-être que personne ne le supportait ? soupira le rôdeur.

— Mais non ! C'était parce qu'il inspirait la peur ! Il foutait la trouille aux guerriers humains, alors vous imaginez qu'avec les orques et les gobelins, c'était même pas la peine. Tenez, par exemple, un jour les peaux-vertes ont creusé une brèche sans le faire exprès, et ils ont déboulé dans le quartier est de la mine de Jambfer... C'est chez moi, mais à l'époque j'étais pas né bien sûr. Eh bien, ils ont voulu mettre à sac la taverne, mais Goltor se trouvait là par hasard.

— Par hasard, nota la Magicienne avec un sourire en coin.

— Tout à fait ! Il en aurait tué plus de cinquante en une après-midi, avec pour seule arme une chope à bière ! C'est le genre de gars que personne ne pouvait prendre au dépourvu. Il avait toujours un temps d'avance sur tout le monde. C'est quand même lui l'inventeur du bouclier triangulaire. Ah, j'aurais bien aimé partir à l'aventure avec lui, ça aurait été quelque chose. Pas la catégorie qui se promène à pied dans la forêt ou dans les lichens. Il avait construit un chariot métallique avec des lames sur les roues, qu'on peut encore voir au musée de l'artisanat nain. C'était tiré par des sangliers de combat, et avec ça il pouvait traverser des troupes entières d'ennemis sans s'esquinter un seul doigt de pied ! Surtout qu'il ne lui en restait pas beaucoup, depuis qu'il avait relevé le défi de l'extrême en grimpant au sommet du Mont du Vent Rasoir, pieds nus et en short avec une main attachée dans le dos. Enfin bref, vous imaginez bien que ce type-là, c'est pas pour rien qu'il a une statue dans trois cités naines.

— Oui, on imagine, confirma le Ranger avec désespoir.

— On suppose également que l'histoire n'est pas finie, grommela l'érudite.

— C'est bien vrai, continua le Nain qui n'était pas toujours réceptif au second degré. Je ne vous ai pas raconté comment il a réussi à relever le grand défi du Culot !

— Ça ne m'intéresse pas, dit l'Elfe.

— Eh ben je m'en fiche, ça intéresse les autres, assura le courtaud.

— Bah, commença le Barbare, en fait...

Mais le barbu fut plus rapide :

— Alors c'était en cinq cent cinquante-quatre. À l'époque Goltor avait déménagé dans les mines un peu à l'est de Jambfer. Il était en rogne avec le gérant du stock de minerai, mais bon ça c'est pas forcément intéressant.

Le rôdeur reconnut qu'il avait raison, sur ce point.

— Un puissant seigneur-liche s'était éveillé d'un sommeil de huit cents ans, et avait décidé de renouer avec les vieilles traditions de son époque. Il empalait les gens autour de son château, et récoltait leur sang avec lequel il faisait de la sorcellerie, et levait une armée pour conquérir le monde, et empaler encore plus de gens.

— Chacun ses loisirs, commenta la Magicienne.

L'Elfe, bien que prétendant ne pas écouter, intervint pour poser son habituelle et innocente question :

— Ça consiste en quoi, empaler des gens ?

Le rôdeur était embarrassé. Mais il fallait éviter que le Nain ne lui explique lui-même, sinon elle allait encore se mettre à pleurer. Ce fut la Magicienne qui sauva la situation :

— C'est un genre de rituel… Pas très sympa.

Le barbu opina :

— Ouais, on peut dire ça. Enfin moi je ne suis pas vraiment sûr de savoir, parce que j'ai appris cette histoire par mon père, et je n'ai pas tout compris. Toujours est-il que ce genre de coutume ne plaisait pas à notre héros, j'ai nommé Goltor l'Intrépide. C'était le modèle de guerrier qui sauve les autres. Il fallait trouver une idée pour relever le défi du Culot, qui était un des huit grands défis de la tradition à l'époque. Alors il a parié avec ses potes à la taverne qu'il irait écrire « tapette » sur le bouclier du seigneur-liche Razmor Wushrogg. C'était le méchant dont on a parlé.

La Magicienne était sceptique :

— Mais en quoi est-ce que c'était supposé régler le problème de l'empalement ?

— Effectivement, soutint le rôdeur. Se faire torturer par un seigneur-liche, avec ou sans graffiti au bouclier, ça donne toujours le même résultat.

— Bah, disons qu'à l'époque, ils pensaient que Razmor allait mourir de honte. Parce que chez les Nains, c'est ce qui arrive quand quelqu'un se fait gribouiller son bouclier. C'est un genre de tabouret.

— Un tabou ? notifia l'érudite.

— Et si je crois deviner, continua le rôdeur, il n'est pas mort de honte.

— Bah non, en plus il était déjà mort. Mais ça non plus, personne ne le savait. C'est après que des humains sont venus expliquer que les liches étaient des sorciers morts-vivants. Enfin, ça n'enlève pas grand-chose à l'exploit !

— Parce qu'il a réussi ?

— Évidemment ! Il est entré dans le château à l'aube, avec un petit pot de peinture, et il est ressorti en courant quelques heures plus tard. Il était poursuivi par plusieurs squelettes et le seigneur-liche qui portait son bouclier sur lequel on pouvait lire le graffiti à la peinture rouge. Il y avait plusieurs témoins. Ils ont réussi à les semer, parce que les squelettes, ça ne court pas vite. Ensuite on a fait un grand banquet dans les mines de l'Est, et tout le monde a félicité Goltor, et c'est clair que personne d'autre n'aurait pu réussir. C'était une grande fête dans l'histoire des Nains ! Et ça reste une date prestigieuse dans la lutte contre les forces du mal.

— Sauf qu'ils n'ont pas sauvé les gens, précisa la Magicienne.

— Ouais, bon, de ce côté-là, c'est vrai que c'était pas forcément terrible. Razmor a profité de sa sortie pour mettre à sac trois villages, mais finalement il a été stoppé par des magiciens humains, enfin ça c'est pas très intéressant. Et puis j'ai pas appris l'histoire.

Ils marchèrent quelques secondes en silence pendant que tout le monde digérait l'information.

— C'est toujours pareil les histoires des Nains, gloussa l'Elfe. Ils font les malins, mais au bout du compte, il ne se passe rien !

— Je t'emmerde ! rugit le courtaud. Je te fais remarquer que ta dernière histoire elfique pourrie parlait d'un gars qui fabriquait des peignes !
— Les peignes étaient *magiques* !
— C'était nul quand même !
— C'est vrai que c'était pourri, certifia le Barbare.

Les autres n'intervinrent pas. Ils détestaient les histoires du peuple des bois, mais ne voulaient pas donner raison au barbu, qui en profiterait pour être encore plus désagréable. L'avantage des histoires de nains, c'est qu'au moins, il y avait un peu d'action. L'Ogre râla par principe, parce que la Magicienne ne prenait jamais la peine de lui traduire toutes les histoires compliquées.

Ils cheminèrent ainsi jusqu'en fin d'après-midi. Le stock de pains à la saucisse acheté à la tour d'Arghalion n'était plus qu'histoire ancienne quand ils parvinrent en vue du pont de Tourneporc. La bourgade fumait encore par endroits, et l'on voyait de loin les habitants s'affairer à la remettre en état.

— J'avais oublié cette histoire d'incendie, grogna le Ranger.
— Je pense qu'ils sont toujours fâchés contre les aventuriers, rumina l'érudite.

Le courtaud fit remarquer qu'il avait sa hache de jet.

Le groupe délibéra, à l'abri d'un gros buisson. Il convenait de trouver une solution pour pénétrer dans le village et proposer des services de mercenaires à l'un des bateliers marchands. Ils virent que trois barges de transport étaient attachées aux pontons dans le virage de la rivière, ce qui leur donnait une chance de trouver un convoyeur intéressé.

La Magicienne proposa d'aller voir aux pontons sans passer par le village, et d'attendre le passage des marchands. Mais le Ranger jugea que c'était trop risqué, car un soldat pouvait les voir. Le Nain de son côté voulait attaquer les gardes avec sa hache de jet, et prendre la fille du gouverneur en otage pour les obliger à coopérer. On lui expliqua que le gouverneur de la ville n'avait peut-être pas de fille, ce qui obligeait à reconsidérer l'intégralité du plan. Pendant qu'il échafaudait autre chose, ils étaient tranquilles. L'Elfe proposa d'utiliser un oiseau de la forêt. Elle pourrait lui parler, et lui suggérer d'entrer dans le village et d'aller demander à l'un des marchands de le suivre. Le plan comportait malheureusement quelques points obscurs, comme par exemple la possibilité que le marchand ne comprenne pas le langage des oiseaux, ou l'absence de forêt. Le chevelu des steppes, après tout cela, prétendit que la seule solution serait d'allumer un nouvel incendie dans le côté intact du village, pour entrer par surprise pendant que les gardes éteignaient le feu. Mais cela ne semblait pas satisfaisant. L'Ogre s'endormit au pied d'un arbre.

Considérant les conseils prodigués par le vieux Tulgar, le rôdeur ne se fâcha point, et usa de ses neurones. Il parvint à la conclusion suivante, à son grand étonnement :

— L'un de nous doit se déguiser en villageois, et entrer dans le patelin pour y chercher un marchand. Pendant ce temps, les autres restent ici, en attendant qu'il revienne avec des nouvelles.

Il était habituel de discuter les idées du pseudo-chef de groupe au sein de la compagnie, mais cette fois nul ne trouva d'arguments en défaveur des instructions susmentionnées. Ils étaient sous le coup de la surprise.

— C'est carrément pas mal, commenta l'érudite.

— Mouais, marmotta le Nain qui n'aimait jamais les plans des autres.

Il fallut ensuite régler la question essentielle du volontaire. Le Nain, l'Elfe et l'Ogre ne pouvaient pas passer pour des paysans. La Magicienne n'avait d'autres vêtements que ses robes de sorcier, et on ne faisait pas trop confiance au Barbare, étant donné qu'il risquait de mener la discussion à coups de pied de chaise. De plus, il passait difficilement pour autre chose qu'un guerrier demeuré.

— Le choix est vite fait, conclut la Magicienne en s'adressant au rôdeur. C'est toi qui t'y colles !

L'intéressé pinça les lèvres. Il n'avait pas prévu cette éventualité.

— En plus, ricana le Nain, chez toi y a pas grand-chose à changer pour que tu ressembles à un cul-terreux.

Il accusa un coup de pied en grognant.

— Et puis on va pouvoir te déguiser, gazouilla l'Elfe. C'est super !

Ils se mirent à l'ouvrage, période d'inaction mise à profit par le courtaud pour manger un bonbon Chiantos et balancer ses quolibets sous le nez du Ranger énervé. De son côté, le chevelu décida de s'entraîner à combattre avec ses deux épées, en prenant pour cible un vieux noisetier défraîchi.

Au même moment et à quelques centaines de mètres au nord de Glargh, un vieil homme balançait sa carcasse fatiguée dans la courbure usée d'un fauteuil à bascule. Installé sur la terrasse de sa masure, il contemplait depuis des années et chaque jour le village qu'il avait parcouru plus jeune, alors qu'il exerçait dans la joie et les privations le métier de cultivateur. Il se demanda s'il ne se passait pas quelque chose d'étrange.

Des cavaliers en armes venaient de passer, chevauchant à bride abattue vers un quelconque rendez-vous. C'était la sixième fois cette après-midi. Il héla le fils du voisin, qui passait par là en poussant une brouette de fumier.

— Hey viens donc par en'dlà le petit Luc !

L'adolescent, aux cheveux incroyablement ébouriffés, lâcha sa brouette et s'approcha de l'homme en ajustant son short de lin grossier, tenu par deux ficelles.

— T'aurais-t-y pas entendu dire qu'y avait du tintouin par chez les gars d'la ville ? Toi qu'as toujours l'oreille ailleurs que dans l'troufignard !

Le petit Luc se gratta le nez, et confirma :

— Ben y a ma tante qui lit toujours le papelard de l'aut' mec bizarre au bout d'la rue, çui qui marque les nouvelles du jour sur la porte d'sa baraque.

Le vieux ricana. Mais quand il ricanait, on avait l'impression qu'une moitié de son organisme n'était pas d'accord avec l'autre.

— Ah tiens, toujours vivant c'brindezingue-là ?

— Ben ouais. Pis y paraît que là, dans la ville, y sont en train d'parler d'une histoire de profetission d'fin du monde avec des guerriers et des sorciers magiciens qui font encore des brouettes de salades pas normales dans l'nord du pays.

L'ancien se balança. L'adolescent ne savait pas s'il pouvait partir.

— La fin du monde, soliloqua le défraîchi.

Il tira sur sa pipe, mais elle était éteinte depuis quatre heures. Il soupira :

— C'est toujours pareil. C'est toujours la fin du monde à chaque fois qu'y s'passe des trucs bizarres ! Ça d'vient lassant !

BULLETIN CÉRÉBRAL DE L'ELFE

Nous avons fait du déguisement ! Le Ranger avait besoin d'un costume de paysan, alors nous l'avons complètement transformé ! Il a laissé toutes ses affaires pour partir au village avec quelques pièces d'argent dans ses poches. Vu qu'il n'a pas d'armes, on ne peut pas lui laisser trop d'or sur lui, car il risque de se faire attaquer, avec la tête qu'il a. Nous l'avons tout dépeigné et je lui ai maquillé la figure avec de la terre. Il porte une chemise et un pantalon salis avec de la poussière, et il a enlevé ses bottes aussi, parce que ça ne faisait pas du tout paysan. La Magicienne a mis du fumier dans ses poches pour qu'il sente un peu comme les vrais paysans. Il faisait une drôle de tête.

BULLETIN CÉRÉBRAL DU RANGER

Me voilà parti dans cette mission d'infiltration ! C'est mon rôle de responsable qui commence à être reconnu. J'ai l'air d'un crétin avec ces fringues de bouseux, mais tant pis, comme ça je suis vraiment différent et personne ne saura que je suis un aventurier. Ce n'est pas trop grave si on a l'air bête une fois dans l'année, surtout si c'est pour la bonne cause de la quête. Le Nain s'est pris une claque parce que j'en avais marre qu'il se paie ma fiole, c'est déjà pas facile de se maquiller comme ça. Je me vengerai, si on passe à côté d'une fosse à purin. Le truc agaçant, c'est de marcher pieds nus, c'est assez désagréable, surtout quand on a de la bouse qui passe entre les orteils. Je viens de franchir le pont, j'approche du village, et je vois que notre grange est toujours là. Bon, voilà des paysans, on va voir si ça marche !

Le rôdeur ainsi grimé croisa deux hommes occupés à charrier des choux à l'aide d'une voiture à bras. Il leur fit un signe de la main. Les types le scrutèrent avec méfiance, et l'un d'eux lui répondit d'un signe de tête à peine perceptible.

Il continua, ne sachant trop quoi penser. Il approchait de l'entrée du village, alors que le soleil rougissait en se penchant sur l'horizon. Une odeur de bois brûlé et d'autres choses moins agréables flottait encore dans la lourdeur du soir. Deux gardes étaient postés sur la gauche à l'entrée de la rue principale. L'un d'entre eux aiguisait sa dague avec un galet, et l'autre surveillait un groupe de villageois affairés à l'entassement d'objets à demi brûlés dans un brasier monté plus loin.

Personne ne remarqua le ranger-paysan, à sa grande satisfaction. C'est sans doute son sourire confiant et peu naturel qui attira l'attention d'un troisième garde qu'il n'avait pas vu, et qui était appuyé contre une bicoque à droite.

— Hey, le voyageur ! héla-t-il à l'intention de l'infiltré.

Le Ranger se statufia. Il tenta de se composer une mine de campagnard qui ne savait pas trop ce qu'il faisait là. De l'extérieur, cela ressemblait à une grimace.

Le milicien s'approcha pour venir se poster à portée de hallebarde, en travers de son chemin. Il examina le nouveau venu de haut en bas, et ce par le biais d'un regard inquisiteur bien connu, spécifique aux gardiens de la paix.

— Alors alors… Qu'est-ce qu'il vient faire par ici ? Y vient s'acheter des souliers ?

— Heu, non, balbutia le Ranger. C'est que j'aime pas trop les chaussures.

Le garde fronça les sourcils.

— Y vient pas mendier au moins ? Parce que nous, les crève-la-faim, on n'aime pas les voir traîner par là !

L'un des deux autres factionnaires, qui avait suivi la scène, renchérit avec cette affirmation :

— C'est clair ! Sont toujours à voler et à r'filer des maladies !

La situation prenait une tournure imprévue, mais n'était pas des plus critiques. Au moins, personne ne le confondait avec un aventurier.

Le Ranger n'avait pas encore trouvé de réponse intelligente à donner. Il pinça les lèvres et hocha la tête latéralement.

— On a déjà assez d'embrouilles avec les aventuriers, ajouta le hallebardier. Regardez-moi ce désastre ! Y z'ont foutu le feu partout, c'est vraiment rien qu'des dégueulasses !

Il désigna deux vestiges de maisons un peu plus loin, dont il ne restait plus que quelques pierres et poutres noircies.

Le rôdeur se décida :
— Mais... Heu... Moi je vais juste à la taverne. Pour boire un verre.

Le garde plissa les yeux :
— Vous v'nez pieds nus d'on ne sait où, et tout ça juste pour boire un verre ?

Les deux autres miliciens s'étaient rapprochés. Ils se fendaient la poire :
— C'est qu'il est original, le gars !
— Vrai !

Mais ils le laissèrent passer après s'être assurés qu'il avait de quoi payer quelques consommations. Le rôdeur avança dans la rue principale en essuyant la sueur froide qui avait coulé sur son front. Derrière lui, les gardes riaient fort à quelques plaisanteries douteuses concernant les culs-terreux qui vivaient en marge des populations, et des relations consanguines de leurs familles entretenues par cet éloignement.

Les villageois non armés ne lui prêtèrent quasiment aucune attention. Ils étaient occupés à pleurer leurs maisons, ou à réparer des meubles et des volets endommagés au cours de la bataille nocturne.

Une vieille dame un peu folle le gratifia tout de même de deux coups de balai, car il avait eu le malheur de s'approcher de sa porte. Il accéléra pour s'en éloigner et décida de bien marcher au milieu de la rue. Il commençait à souffrir de la plante des pieds, lorsque trois gamins lui jetèrent des cailloux en l'insultant. Il eut bien du mal à garder son sang-froid, et s'enfuit en grognant et en sautillant.

Dans une ruelle perpendiculaire, l'infiltré distingua l'enseigne d'une auberge qui semblait avoir échappé à l'incendie. Il se dirigea donc d'un pas soulagé vers la porte de *Chez Groin-Groin, spécialités de rillettes.*

L'établissement était plus petit que la moyenne, et sa devanture était ornée d'un grand nombre de représentations porcines. La plus cocasse d'entre elles dépeignait un couple de cochons violets dansant sur un chapelet de saucisses vertes, tendu entre deux jambons orange. On avait du mal à comprendre le choix des couleurs.

Une fois entré, le rôdeur se dirigea vers le comptoir, conscient d'être observé par la quinzaine de consommateurs attablés dans la salle commune. L'odeur de nourriture était si forte qu'il lui semblait nager dans une piscine de saindoux. La tenancière était une forte femme aux sourcils broussailleux et dont l'énorme chignon semblait défier les lois de la gravité. Elle portait une robe abominable et un tablier brodé de fleurs, qu'on avait du mal à distinguer derrière les taches de gras. Elle lui lança un regard furieux, et hurla comme s'il venait d'entrer dans la salle avec un dragon en laisse :

— Bah dis donc ! Faut pas se gêner, bas-du-front ! Où est-ce que t'as vu qu'on filait de la bouffe aux mendiants !

Le Ranger déglutit. Il commençait à se demander si son déguisement n'était pas un peu trop rural.

Il brandit sa bourse en hâte :

— Non, mais j'ai de l'argent ! Je voulais juste… Heu… Boire un coup !

La grosse dame jeta un œil méfiant aux pièces d'argent et le considéra comme un client potentiel, bien qu'un peu sale. Elle reprit sa coupe de jambon, et lui désigna la salle d'un signe de tête :

— Ouais, vous pouvez vous asseoir. Mais essuyez-vous les pieds, on dirait que vous avez marché dans la bouse ! Et allez vous débarbouiller !

Il prit place à une petite table après avoir râpé cruellement ses pieds contre un paillasson aussi dur qu'une brosse métallique. Il s'essuya le visage en se demandant s'il pourrait marcher pour rentrer au bivouac. Un peu de sang coulait de son front, sans doute un de ces cailloux projetés par les gosses.

La patronne lui apporta un pichet de vin et un gobelet. Elle se pencha et murmura près de son oreille :

— Faut pas m'en vouloir pour tout à l'heure. J'ai un peu les nerfs avec l'histoire d'la nuit dernière. Vous savez peut-être pas, mais y a des originaux qui sont venus mettre le feu au village et qu'ont rien trouvé de mieux à faire que de batailler pendant la moitié d'la nuit !

Le Ranger s'écarta un peu, pris de panique. La mégère était si proche de lui qu'il pouvait voir les poils sortir de ses oreilles, et le duvet sombre qui lui servait de moustache. Il n'avait pas trop l'intention de se frotter à ses joues qui sentaient la friture. Il expliqua qu'il était au courant, grâce aux gardes et à l'accueil aimable qui lui avait été fait à l'entrée du village.

La tenancière fut haranguée par un client à l'autre bout de la petite salle, elle décolla l'énorme sein qu'elle avait posé sur son bras et s'éloigna en soupirant. Le Ranger fut donc à même de respirer par le nez.

Il se versa un gobelet de vin et observa discrètement les autres clients. La mission commençait !

À l'abri d'un rassemblement de gros buissons, de l'autre côté du pont, la Magicienne faisait du thé. L'Elfe, assise sur une souche, regardait pensivement les flammes chauffer l'eau, en séchant ses cheveux qu'elle venait de laver dans la rivière. Le Barbare avait enlevé ses précieuses bottes de coureur des steppes et posé ses pieds près du feu. Par bonheur, les flammes n'ont pas de sens olfactif.

Il reluquait les cuisses de l'archère, dénudées par la position de sa jupe, sans prendre conscience du filet de bave qui coulait au coin de sa bouche. Des images étranges hantaient sa conscience.

Le barbu des montagnes avait d'autres préoccupations. Il contemplait sa hache de jet. Après l'avoir frottée pour la troisième fois à la paille de fer, il s'extasiait devant son éclat d'argent légèrement bleuté.

— C'est trop la classe, déclara-t-il comme si ses propos pouvaient intéresser quelqu'un.

Puis il décida de parfaire l'affûtage à l'aide d'une pierre spéciale.

Pour la première fois depuis le commencement de l'aventure, ils se retrouvaient privés du Ranger. Cela créait une ambiance bizarre, et personne n'osait en parler. Ils avaient bien ri en le regardant partir, avec sa dégaine de peigne-cul, mais finalement ils n'avaient trouvé cela drôle que pendant quelques minutes.

— Vous croyez qu'il va s'en sortir ? lâcha finalement l'Elfe.

Personne ne répondit pendant un long moment. Le Nain leva finalement le nez de son ouvrage :

— Vu comme il est branquignole, on peut s'attendre à tout !

Il y eut encore un moment de silence.

— C'est quand même courageux de sa part, convint l'érudite. Je ne pensais pas qu'il allait vraiment le faire.

Le chevelu tisonna le feu à l'aide de son épée. Il grogna.

— Moi ce que je trouve courageux, grinça le Nain, c'est d'avoir accepté de se déguiser en péquenaud. C'est vraiment la honte.

— Et en plus il est parti sans armes, ajouta le Barbare.

Ils parlèrent ensuite de ce voyage en bateau. Il n'était pas rare pour les aventuriers fortunés et aguerris d'emprunter divers modes de transport, car les voyages à pied prenaient un temps considérable et multipliaient souvent les dangers encourus. Cela dit, pour eux tout cela était très nouveau. La Magicienne voulut encore attester des bienfaits de la téléportation de groupe et de la couronne de Pronfyo, mais le Nain proposa de lui jeter sa casserole de thé dans la figure.

— De toute façon, expliqua-t-elle, nous n'avons plus d'objets magiques à sacrifier pour ce voyage. Nous pourrons en acheter à Glargh !

— C'est ça, claironna le barbu. Vous irez acheter vos merdes, et moi j'irai me faire un max de pièces d'or en vendant les trucs qu'on a trouvés ! Ha ha !

Il rit en se frottant les mains au-dessus du feu.

— L'argent de la compagnie doit être partagé, rétorqua l'archère.

— Sinon, c'est trop facile, compléta l'érudite.

— Ah, ouais, bougonna le Nain. J'avais oublié.

Le Barbare tripotait son épée et semblait étrangement préoccupé. Il tisonna encore les braises et se tourna vers la Magicienne :

— C'est comment, les grandes villes ?

Il était visible que ça le travaillait. Habitué à parcourir les steppes et à dormir dans des huttes, il était déjà moyennement à l'aise quand on devait visiter un village de seconde zone. La jeteuse de sorts ne se fit pas prier :

— Imagine que tout ce qui existe en terre de Fangh se trouve représenté au même endroit ! Tous les commerces, toutes les religions, des centaines de restaurants et des milliers de gens qui vivent autant le jour que la nuit. On peut admirer des palais gigantesques, des tours d'une hauteur incroyable, et on peut aussi assister à des compétitions entre des guerriers, visiter les foires aux animaux, et parfois les sorciers se livrent à des duels de magie sur la place publique !

L'Elfe se pencha en avant. Elle adorait ce genre d'histoires. Elle écrasa sa poitrine sur ses genoux et le Barbare oublia sa question. Voyant qu'il perdait son attention, la Magicienne insista :

— C'est aussi le genre d'endroit où tu peux acheter les meilleures armes !

— Ah ! nota le Nain. Ça c'est bien !

— Ouaip, approuva le chevelu. Mais ça doit être plein de connards.

L'érudite reconnut qu'en effet, la population n'était pas forcément facile à vivre.

— Et puis, renchérit-elle, y a aussi beaucoup plus de gardes que dans les villages. On doit faire attention à ce qu'on fait !

Ils regardèrent les flammes pendant quelques secondes, puis le Nain marmonna :

— Et voilà, j'en étais sûr que c'était chiant !

Le rôdeur avait sélectionné dans la populace de l'auberge les gens qui pouvaient être de potentiels contacts pour sa mission.

Pour l'heure, il avait porté son choix sur deux hommes au visage buriné, qui discutaient à voix basse en désossant un poulet rôti. Ils se servaient de larges rasades de vin, ce qui pouvait correspondre à l'idée qu'on se faisait d'un régime alimentaire de batelier.

Deux dames âgées dînant d'un bol de soupe avaient été rapidement éliminées, car elles avaient un petit chien. Il semblait assez improbable qu'on emmène un clébard sur un bateau. Il y avait aussi un vieillard, assoupi dans un fauteuil et qui ne semblait pas être un client, mais peut-être le grand-père de la patronne. Il avait les mêmes poils dans les oreilles.

Un homme mince et fort bien vêtu dînait en compagnie d'une jeune fille timide. Ils ne parlaient pas, mais aucun d'entre eux n'avait une tête à posséder un bateau. Il y avait aussi trois jeunes qui parlaient fort en jouant aux dés, et qui semblaient sortis tout droit d'une bergerie.

Deux ivrognes au teint jaunâtre tenaient des propos incohérents, accoudés au comptoir. Ils donnaient l'impression de connaître la plupart des autres gens, ce qui les classait dans la catégorie des habitués. Un garçon de ferme mangeait avec ses parents dans un coin de la salle, en regardant avec espoir la tablée de jeunes qui s'amusaient.

Considérant que les deux mangeurs de poulet devaient être les propriétaires d'une barge, le Ranger posa son verre, prit une grande inspiration, se leva et fit tomber sa chaise par terre. Le fracas ainsi obtenu lui attira les regards de toute la salle. Tant pis pour la discrétion. Il rougit et reposa la chaise à sa place, sous l'œil inquisiteur de la tenancière.

— C'est qu'il est bien jeune pour boire du picrate, brailla l'un des soûlauds depuis le comptoir. Bwaahaa-hahaah !

Le Ranger lui adressa un signe amical et hypocrite de la main, et s'imagina en train de le noyer dans un lac de sang impur.

Puis il se dirigea vers les urinoirs.

Une fois seul, il respira profondément. Il était temps de se poser les bonnes questions.

BULLETIN CÉRÉBRAL DU RANGER

Est-ce que c'est vraiment le bon moment pour parler à ces bateliers ? Ils ont l'air un peu bourrus. En même temps, si c'était des cailles, ils feraient un autre métier. Mais comment je vais faire pour leur proposer les services d'une équipe de mercenaires ? Je ressemble à un mendiant, je crois que c'est clair maintenant. N'empêche, est-ce que c'est pas mieux de changer le plan ? Et si on volait plutôt une embarcation et qu'on y allait nous-mêmes ? Ah non, le vieux Tulgar a dit que c'était une mauvaise idée. Oui, j'imagine que ça va foirer rapidement. Et c'était la peine de se promener dans cette tenue ? J'ai l'impression de mâcher du crottin quand je respire. Et zut, il faut vraiment que je pisse. Et là faut quand même que j'évite de viser mes pieds, j'ai pas de chaussures.

Après avoir libéré sa vessie, le rôdeur regagna la salle et s'approcha de la table des deux hommes. Il savait qu'il pourrait être difficile, ainsi accoutré, de passer pour un aventurier sérieux. Mais il était trop tard pour reculer. Il murmura en se penchant sur leur table :

— Messieurs, pardonnez mon impertinence, mais…

Les deux hommes le regardaient à présent. L'un d'entre eux avait une cuisse de poulet dans la bouche. Il portait un gros pull bleu déchiré aux coudes, un pantalon grossier et une cicatrice à l'œil droit. Il semblait vouloir le mordre. Le second était un costaud à la barbe et aux cheveux hirsutes, qui avait enfilé plusieurs chemises les unes sur les autres.

— N'êtes-vous pas les propriétaires de ces magnifiques embarcations marchandes attachées au bord de la rivière ?

L'homme à la cuisse de poulet parvint à extraire l'os de sa bouche. Il mâcha en le regardant. Le deuxième se versa un verre de vin sans paraître avoir envie de répondre. Mais il lâcha tout de même :

— Pourquoi, elles sont mal garées ?

Les deux hommes furent secoués d'un rire gras. Le Ranger rougit une nouvelle fois et s'interdit mentalement de partir en courant, tout en feignant de rire de la plaisanterie.

— Mais non, reprit-il à voix basse. C'est que je cherche à entrer en contact avec un batelier !

Le costaud agita son verre de vin et cligna de l'œil :

— Mon petit gars, j'ai jamais foutu les pieds sur une saloperie d'bateau dans toute ma chienne de vie ! Pis j'en ai rien à carrer !

— C'est pas nous que tu cherches, mâchonna l'homme au pull bleu. C'est le maigrichon là-bas. Je l'connais.

Le rôdeur se retourna dans la direction indiquée par l'ongle noirci du taciturne. Il s'agissait de l'homme bien habillé, accompagné de la jeune timorée.

Constatant que la fille les regardait, le rôdeur voulut lui adresser un signe de la main. Mais le costaud hurla dans leur direction :

— Hé, machine ! Y a le pousse-navet ici présent qui cherche un batelier !

Sur cette entrée en matière d'une originalité discutable, le Ranger finit par rejoindre la table des vrais propriétaires de barge. Il dut s'excuser une trentaine de fois pour sa tenue, le manque de finesse de sa prise de contact et l'odeur de fumier qui s'échappait de ses poches de pantalon.

— C'est pour l'infiltration, insista-t-il.

La jeune fille rosit lorsqu'il annonça qu'il était un aventurier déguisé, représentant une compagnie de mercenaires à la recherche d'une embarcation pour rejoindre le fleuve Elibed et rallier la ville de Glargh. Pour la première fois de la soirée, la chance était au rendez-vous, car l'homme paraissait intéressé par les propos du rôdeur. Celui-ci vanta ainsi les mérites de ses coéquipiers auprès du batelier :

— Nous pouvons faire face à... de nombreuses situations ! Notre magicienne est d'une grande habileté, et possède de nombreux livres. Nous disposons également d'une force de frappe indiscutable, avec un barbare des steppes et un nain… des montagnes… il est lourdement armé. Pour ce qui concerne la partie tactique et les décisions, disons que c'est plutôt moi. Et nous avons aussi avec nous une elfe des bois, qui heu… qui tire bien à l'arc.

À ce moment, le Ranger décida qu'il n'était peut-être pas bienvenu de mentionner l'Ogre. Il pensa avec une certaine honte au Nain et à l'Elfe, et à la description quelque peu déformée qu'il venait d'en faire.

Le navigateur était visiblement ravi, autant que surpris.

— Vous êtes un original. Je me nomme Birlak Charland, annonça-t-il en tendant la main.

C'était un homme d'une quarantaine d'années, bien rasé, vêtu de velours rouge et noir et chaussé de grandes bottes de cuir fin. Il se présenta comme le responsable des transports Charland. La demoiselle était sa fille Codie, une brune mince aux grands yeux noirs qui juraient sur sa peau pâle, et qui portait une robe assez simple et sage. La beauté discrète mais indéniable de son visage lumineux n'aidait pas forcément le rôdeur à se mettre à l'aise.

— Voyez-vous, dit le batelier, je trouve votre démarche très sympathique. Figurez-vous qu'en général, les aventuriers vont plutôt voler nos embarcations au lieu de nous proposer un contrat d'escorte ! C'est ridicule, n'est-ce pas ?

— Ha ha, bafouilla le Ranger, elle est bien bonne.

— Non, mais sans rire ! Alors, les gugusses s'éloignent de quelques centaines de mètres, et se retrouvent invariablement coincés dans la berge, ou échoués sur des hauts-fonds. Ou bien ils arrivent à couler la barge, mais ça on n'a jamais compris comment !

Ce dernier détail le fit rire pendant plus d'une minute.

Ils devisèrent ensuite des conditions du contrat, puis vint le moment ou Birlak posa la question fâcheuse :

— Quel est donc le nom de votre compagnie ? N'en ai-je pas entendu parler lors d'un précédent voyage ?

Le Ranger s'octroya mentalement une centaine de coups de pied au derrière. Cette foutue compagnie n'avait toujours pas de nom ! Toutes les propositions énoncées lors des déplacements du groupe avaient été écartées.

L'homme attendait une réponse, le verre à demi levé. La jeune fille le considérait de ses grands yeux. Ce n'était pas le moment de passer pour un pignouf. Alors, il donna le nom qui lui venait naturellement :

— On est... Les Fiers de Hache !

— Oh, dit la fille.

— Ah, interjecta Birlak. Ça sonne bien ! Vous êtes donc spécialistes de la hache ?

Le rôdeur grimé se sentit soudain très las. Il sirota un peu de son gobelet, et ajouta :

— Bah, vous savez, c'est surtout un jeu de mots.

Ils discutèrent encore un moment, mais l'infiltré choisit d'écourter la soirée car les questions concernant la compagnie devenaient un peu trop précises. Il salua ses futurs employeurs et prit la direction du campement.

BULLETIN CÉRÉBRAL DU RANGER

Bon, j'ai réussi ma mission ! Tout ne s'est pas forcément passé comme j'avais prévu, mais en gros, j'ai trouvé le bateau pour nous emmener à Glargh. Et puis l'équipage a l'air sympathique, cela va nous changer des fous dangereux ou des vieux cinglés qu'on croise habituellement en Terre de Fangh. La fille du gars, elle est bien gentille. En sortant du bar, j'ai eu quelques problèmes avec des jeunes du quartier qui m'ont pris pour un mendiant, et qui voulaient que j'imite « la truie qui fouille dans les poubelles », alors j'ai préféré partir en courant. Sans doute une coutume locale, mais je n'ai pas envie de savoir comment ça se termine, surtout qu'ils avaient des bâtons. Ils n'ont pas réussi à me rattraper, il faut dire que j'ai coupé par le faubourg ouest, à travers les enclos à cochons, mais grâce à mon adresse légendaire je ne suis pas tombé entièrement dans la fosse à lisier, j'y ai mis juste une jambe. Le garde qui restait encore à l'entrée du village a rigolé quand je suis passé, ça m'a énervé. Je pense que mon déguisement est vraiment à revoir. Puis j'ai rincé mon pantalon dans la rivière et j'ai traversé le pont. Je suis arrivé triomphant au campement où m'attendaient mes compagnons. Ah, ils vont me prendre au sérieux maintenant ! Et sinon, j'aime bien la fille du batelier.

En arrivant sur le lieu du bivouac, le rôdeur fut surpris de voir qu'une partie de l'équipe dormait, et que seules les filles l'attendaient. Il pensait tout de même que le suspense occasionné par son départ en mission garderait tout le monde éveillé.

Elles étaient donc assises près du feu mourant, enroulées dans leurs couvertures. Le Nain, le Barbare et l'Ogre ronflaient sans vergogne, étalés dans l'herbe et les fougères écrasées. L'érudite, qui restait méfiante en toutes occasions, l'interpella pour savoir si c'était bien lui. L'archère l'avait reconnu avec l'aide de sa vision nocturne.

— Eh oui, me revoilà, lança-t-il en s'extrayant d'un buisson.
— Ouf !
— Génial, gazouilla l'Elfe. J'étais inquiète !
— On dirait que ce n'est pas le cas de TOUT LE MONDE, grogna l'infiltré en haussant la voix, dans l'espoir de provoquer du mouvement chez les dormeurs.

Mais sa tentative échoua. Il prit place sur un morceau de bûche pourrie face au feu, et soupira. Puis il constata que ses covoyageuses attendaient d'en savoir plus.

— Eh bien, alors ?

— Ah oui... J'ai réussi ! On a un bateau pour demain matin !

— Eh bien, ça c'est une bonne nouvelle, déclara la Magicienne.

L'Elfe battit des mains en gloussant :

— Alors on va faire les mercenaires et tout ça ?

— Ouaip !

Puis le rôdeur attrapa l'un de ses pieds meurtris et entreprit d'ôter les épines de ronces qui avaient eu le loisir de s'y loger. La partie droite de son pantalon était trempée et sa jambe était glacée, mais malgré les regards curieux posés sur lui, il n'avait pas l'intention d'en dire plus.

— Comment ça s'est passé ? réclama finalement la jeteuse de sorts.

Il arracha trois épines en grimaçant et gratifia le Barbare avachi d'une œillade mauvaise.

— Je vous raconterai, maugréa-t-il finalement, quand TOUTE L'ÉQUIPE sera là pour écouter !

Un silence pénible s'installa, qu'une chouette mit à profit pour faire entendre son chant mélodieux.

— Et alors, le déguisement il était bien ? insista l'Elfe.

L'intéressé pinça les lèvres :

— On peut dire que ça fonctionne, dans l'ensemble. Mais je ne sais pas si c'est vraiment un costume de paysan !

Il jeta dans le feu trois brindilles, et ajouta :

— Mais ça, je n'ai pas trop envie d'en parler.

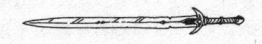

BULLETIN CÉRÉBRAL DE L'ELFE

C'est génial ! On a réussi à trouver un bateau pour descendre la rivière ! Et il paraît que mon déguisement était parfait. Notre ami a réussi sa mission. Je dois dire que c'est quand même une bonne surprise, mais je suis étonnée, parce qu'on n'a quand même pas de chance en général. Il dit que les employeurs sont gentils et qu'il ne faudra pas faire n'importe quoi sur le bateau. Je me demande pourquoi il me dit ça à moi, il faudrait plutôt qu'il en parle au nabot dégoûtant qui a l'habitude de se battre avec tout le monde. Mais comme c'est un gros débile, il dort déjà. J'ai l'impression que le rôdeur n'est pas très content parce que les autres ne sont pas réveillés. En tout cas, je vais me coucher. On va bientôt visiter la grande cité, et je vais dépenser mon or pour acheter des vêtements !

BULLETIN CÉRÉBRAL DU NAIN

Je dormais. Et puis j'ai fait un rêve bizarre. Au début c'était bien, j'étais dans une grande caverne, assis à table, et on mangeait du rôti. J'avais une armure dorée et un super marteau de guerre magique posé sur la table. Je crois que j'étais un peu le roi ou le chef du clan, ou un truc comme ça. On m'apportait de la bière sur un plateau ! Il y avait plein de Nains que je ne connaissais pas. Et puis des paysans humains sont arrivés, assis sur des cochons géants, et ils ont cassé le mur alors que c'est pas possible en vrai. Ils criaient qu'on n'avait pas le droit de manger du rôti, alors qu'on était dans la mine, donc on pouvait le faire parce que c'est chez nous. Je n'ai pas compris. Tout de suite j'ai envoyé ma hache de jet pour tuer un paysan, mais elle a disparu en faisant cot-cot au lieu de se planter. Les cochons géants ont parlé aussi, et ils ont dit que j'allais être puni à cause de ma grand-mère. Ils ont mangé tous mes amis, et des bulles colorées sortaient de leurs oreilles. Les paysans dessinaient des chaussettes sur les murs. J'ai couru pour m'échapper dans un couloir mou et vert, là je n'avais plus mon armure mais seulement mon pyjama, le vieux marron qui a les manches trouées et que j'avais piqué à mon frère Trugun. C'était il y a longtemps. Et j'avais des chaussures en grosses tomates, alors je ne pouvais pas avancer, parce que ça glisse. Les cochons géants me rattrapaient en criant flibidi et ils avaient des yeux comme l'Elfe et ils tiraient des flèches qui partaient dans toutes les directions. Ensuite on était dans la forêt, mon frère Trugun est arrivé, il était géant et il voulait récupérer son pyjama. Il disait que j'avais mis de la tomate partout. J'ai dit que c'était pas ma faute. J'ai voulu sauter par-dessus la rivière mais à chaque fois je tombais dedans alors je sautais encore et je retombais encore. Trugun s'est envolé sur un chariot de mine qui avait des roues en tomates. Les arbres avaient des bouches, j'ai voulu crier pour qu'ils partent, mais ça faisait seulement flibidi. J'ai retrouvé ma hache de jet, mais les cochons étaient partis et les arbres aussi, et j'ai glissé dans un tonneau géant qui était plein de flèches cassées. Et là, je me suis réveillé.

VII

Les mercenaires

Les aventuriers déjeunèrent de bonne heure. Il faisait gris, mais la température était bonne.

Le Ranger, qui avait mal dormi, fut néanmoins le premier debout. Il fallait motiver ses troupes. Il enfila ses chaussettes et ses bottes avec extase, puis il réveilla ses compagnons en les frappant à l'aide d'une branche pourrie. S'ensuivirent plusieurs minutes de protestations.

Autour d'une brioche à moitié sèche, les aventuriers bougons se firent narrer les aventures de la soirée, et la formidable mission d'infiltration qui avait été amputée de quelques détails :

— J'ai vraiment bien joué mon coup ! Les gardes m'ont laissé passer sans problème. Ensuite j'ai repéré un bar assez chic, et j'ai joué le type du coin, mais un peu nouveau quand même puisque personne ne m'avait jamais vu. Ça passait très bien ! La patronne m'a même fait un clin d'œil. Là, j'ai repéré le type avec sa fille, qui mangeait, et je me suis dit « Ah ça, c'est sans doute des gens avec un bateau ». Ils ressemblaient à des marchands. Alors j'ai avancé comme ça à leur table, et puis tac, j'ai dit que j'étais un aventurier en mission et puis j'ai demandé s'ils voulaient des mercenaires et tout ça, et alors ils nous ont engagés !

Le rôdeur observa ses camarades. Certains d'entre eux le scrutaient d'un air méfiant, à commencer par le Nain.

— C'est chouette comme aventure, observa l'érudite sans grande conviction.

— C'est comme dans les vraies histoires, soupira l'Elfe.

— Ch'était chimple en fait, mâchonna le Barbare.

Le Ranger enchaîna, en essayant de ne pas rougir :

— Eh oui, ça prouve que c'était un bon plan.

Il se leva pour préparer son paquetage.

— Mouais, marmonna le courtaud après une bonne minute de réflexion. C'est pas la peine d'en faire une casserole. Et en plus, on va quand même sur une saloperie de bateau, et ça m'énerve.

Puis il lança quelques jurons, car à la suite d'un faux mouvement son morceau de brioche était tombé dans le feu.

La Magicienne rassemblait ses livres et leur commanda de se hâter :

— Il faut se dépêcher, s'ils partent ce matin, ils ne vont pas nous attendre toute la journée !

— Bouarf, grogna le chevelu.

Ils abandonnèrent le bivouac après avoir cherché pendant un long moment le flacon de shampooing de l'Elfe, lequel se trouvait finalement dans son sac. Ils empruntèrent à nouveau le pont sur la rivière en vérifiant qu'aucun factionnaire ou paysan vindicatif n'y montait la garde. Usant de prudence, ils rasèrent les enclos et les murs des fermes pour rejoindre l'embarcadère sans s'approcher de la rue principale. Ils avaient la discrétion d'un colloque de dragons, mais l'heure matinale aidant, ne subirent aucun désagrément.

La barge des transports Charland les attendait, ainsi que leur propriétaire. Celui-ci observait leur approche, les mains sur les hanches. Deux types chargeaient les marchandises sur le pont, roulant leur brouette sur une large passerelle, et la fille de Birlak vérifiait la manœuvre en prenant des notes sur une ardoise.

L'embarcation était de belle taille, large et longue, et faite d'un bois clair. Elle disposait d'une grande cabine en son centre ainsi que de plusieurs trappes sur le pont, menant à des cales qui devaient servir à l'agencement des marchandises. Deux petits pavillons ridicules flottaient à l'arrière.

La grimace que le visage de Birlak arborait depuis qu'il avait vu l'Ogre se transforma en demi-sourire alors qu'ils arrivaient à portée de voix. Il leur fit bon accueil :

— Ah, voilà nos amis ! La compagnie des Fiers de Hache !

Le Ranger serra les dents. Il sentait peser sur ses épaules les regards de ses compagnons. Ceux-ci laissèrent échapper des exclamations de surprise.

— Ouaip, scanda le courtaud en bombant le torse. C'est nous !

Le Barbare regarda derrière lui, pour voir si une autre compagnie arrivait. Mais visiblement, non.

— Et… Ce… Monsieur voyage avec vous également ? demanda leur hôte en fixant la grande créature.

La Magicienne fronça les sourcils. Elle venait de comprendre que certains détails relatifs à la compagnie avaient été volontairement camouflés.

— Oui, c'est notre ami, rétorqua le rôdeur en toussant. Il est… très gentil… et dispose d'une indiscutable force de frappe !

— Aglouk ? Sprotch ? baragouina l'intéressé.

— Non, non non non, protesta l'érudite. Takala sprotch !

Elle venait d'indiquer à son plantureux compagnon qu'il était hors de question d'attaquer leur employeur. Il y eut un instant de flottement. L'Elfe n'avait encore rien dit, mais d'une manière générale, ce n'était pas très grave. Le Nain se grattait la barbe en essayant de comprendre pourquoi la compagnie portait désormais le nom qu'il avait choisi. S'était-il passé quelque chose pendant son sommeil ?

Voyant que le quadragénaire restait dans l'expectative, la traductrice ajouta :

— Il a un langage assez spécial.

— Ah.

De nature plutôt bonhomme, et malgré la goutte de sueur qui perlait sur sa tempe, Birlak les fit néanmoins monter à bord de la barge, afin de leur expliquer les détails du voyage et du travail qui leur était confié. Mais il gardait un œil méfiant sur l'Ogre.

Sa fille vint immédiatement les saluer, causant un certain remue-ménage dans les esprits. Contrairement à la soirée précédente, elle avait laissé de côté sa robe longue et portait à présent un ersatz de panoplie de travail. Cela se présentait comme un short de lin court, surmonté d'une chemise fine et sans manches nouée sous la poitrine. Ses longs cheveux noirs étaient retenus par une natte qui battait jusque sur… enfin, sur le bas de son dos. Elle ne semblait pas avoir froid, puisqu'une bonne partie de sa peau prenait l'air matinal, mais ses joues étaient roses lorsqu'elle s'approcha du rôdeur.

— Vous vous souvenez de moi, je suis Codie !

— Flibijour, balbutia ce dernier.

— Alors vous voilà ! C'est vraiment un plaisir !

Codie serra la main du rôdeur, qui intérieurement venait de s'enfoncer dans un matelas douillet. Le Nain ouvrit la bouche mais sans dire un mot. C'était sans doute le moment pour lui de se manifester, mais il n'eut aucune inspiration.

— Crôm, chuchota le chevelu des steppes.

— Bonjour bonjour, gazouilla l'Elfe avec un grand sourire. Vous avez vraiment des super cheveux !

— Hi hi hi, lui répondit la brunette en rosissant de plus belle.

— Hi hi hi !

La Magicienne observait en soupirant les intervenantes de cette passionnante discussion. Elle se demandait également si elle avait déjà vu le rôdeur avec une expression aussi proche de l'abrutissement.

Mais le patron coupa court aux mondanités, et renvoya sa fille à ses pointages de cargaison. Ce fut l'équivalent d'une dissipation de sortilège pour certains membres de la compagnie.

— Vous aurez tout le temps de faire connaissance pendant le voyage, dit-il. Venez, que je vous explique un peu le programme.

Le courtaud secoua sa grosse tête tandis qu'ils avançaient sur le pont à la suite de Birlak. Le bretteur musculeux, quant à lui, s'approcha du bastingage et considéra le cours de l'eau verdâtre avec une certaine animosité. Les remous inquiétants charriaient au sein de leurs contorsions des débris de végétation pourrie, qui lui semblèrent autant de mauvais présages.

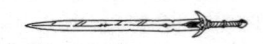

BULLETIN CÉRÉBRAL DU BARBARE

J'aime pas l'eau. Profond. Et les épées, ça flotte pas. Aime bien la fille, par contre. Aime bien.

Arghalion était en piteux état dans la grisaille matinale. La tour autrefois fière et vaillante, qui dominait jadis le paysage en arborant ses pignons pointus, venait de perdre encore un morceau de mur. Un corps à demi démembré avait accompagné les pierres dans leur chute. Du feu s'élevait de quelques meurtrières haut perchées, et de ces ouvertures on entendait parfois filtrer le fracas étouffé d'une explosion ou les cris d'un malheureux.

Mais ce n'était rien, si l'on considérait l'état des aventuriers qui en sortaient à intervalles réguliers, depuis le soir jusqu'à l'aube.

Le périmètre de la tour n'était plus que souffrance, douleur et incompréhension. Des blessés gémissaient, des estropiés rendus fous se roulaient dans l'herbe, et les guérisseurs y allaient de leur commerce en espérant recueillir quelque information cruciale. Les rescapés les moins choqués, serrés autour d'un grand feu de camp, partageaient leurs souvenirs et leur amertume avec les aventuriers moins téméraires qui n'avaient pas voulu braver les pièges de l'édifice, après le fiasco du premier groupe.

Le marchand de saucisses lui-même en avait fait les frais. N'ayant plus rien à vendre, il s'était fait massacrer par un groupe de Nains affamés, lesquels avaient fui en emportant le contenu de sa caisse. Ceux-là étaient probablement les seuls bénéficiaires du siège d'Arghalion. En plus, il n'y avait plus rien à manger sur le site. Cela pouvait tourner à l'émeute à chaque instant.

Les employés de la Caisse des Donjons, malgré le désordre ambiant, consignaient avec patience les détails de chaque escapade.

— J'ai eu la dernière Wyverne, grogna un bretteur elfe noir en s'effondrant contre un arbre. Mais elle a emporté la tête de mon ami Guluck !

— Votre compagnie portait le numéro dix-sept ?

— Oui... Oui, dix-sept.

— Hum. Guluck, voleur niveau cinq, Wyverne, soliloqua l'employé en prenant ses notes.

— Saloperie de Wyverne.

— Bonne journée, monsieur.

— 'chierie.

L'elfe noir s'en alla bouder dans quelque caverne obscure.

À quelques pas de cette scène, deux druides observaient à distance raisonnable l'étrange mutation d'un homme, qui était sorti de la tour avec trois tentacules à la place de la tête. Il tournait en rond, les bras tendus tel un zombi alcoolique apprenant le patinage. Les deux hommes échangeaient leurs diagnostics :

— Dégénérescence chaotique ?

— Non, pas de rougeur sur le dos des mains.

— Ingestion de champignons brouzerta ?

— Pas possible, il y a un délai de trois jours avant l'apparition du premier tentacule.

— Ah oui. Choc en retour sur identification d'objet maudit ?

— Il ne semblait pas posséder ce genre de pouvoir. Ou alors c'est un Pédoncule de Gzor ?

— Ah, c'est une éventualité. Cela dit, l'articulation des genoux n'est pas inversée !

— Zut.

Face à la tour à demi ruinée, un mage boiteux s'appuyait sur son bâton et harcelait un employé de la Caisse, qui n'en menait pas large :

— C'est n'importe quoi ! C'est un scandale !

L'homme en robe grise secouait la tête avec fatalisme :

— Vous avez raison, je le crains. On dirait que la tour n'a pas le niveau indiqué par nos registres... Et puis si les aventuriers se battent entre eux...

— On devrait en interdire l'accès ! Quelque chose ne tourne pas rond !

— Je sais, je sais, mais...

Un maraudeur, qui tenait un chiffon poisseux de sang sur son oreille, s'approcha pour l'interrompre :

— Et en plus on raconte que le proprio s'est barré ?

Le fonctionnaire recula :
— Oui, mais les oracles…
— Je chie sur les oracles, mon vieux ! Vous m'entendez ! Je chie sur les oracles !
— Mais monsieur…

Plus loin, le vénérable Tulgar Iajnek serrait la main d'un jeune collègue au visage marqué par le manque de sommeil. Il s'en voulait de partir comme ça, mais… Ce n'était pas son dossier après tout. Il essayait de lui remonter le moral :
— Vous allez vous en sortir, hein ?
— Oui, oui.
— C'est quand même un beau bastringue…
— Je ne vous le fais pas dire !
— Ça me rappelle la forteresse de Xakal, en 62 !
— Bah, j'étais pas né, soupira le jeunot.
— Dommage.
Puis Tulgar monta dans sa diligence de fonction et salua une dernière fois :
— Il faudra venir à mon pot de départ !
— Oui, oui, bredouilla le novice en agitant la main.
Le véhicule s'ébranla sur un ordre du cocher, laissant à leur misère plus de quarante compagnies d'aventuriers et une douzaine de fonctionnaires fatigués. Le vieux Tulgar étala ses jambes sur la banquette, puis il soupira et sortit son carnet de parchemin de notes et une vieille mine de plomb. Il griffonna entre deux cahots :

Où se cache Gontran Théogal ?
Qui a prévenu les oracles ?
Qui a dérobé cette fichue onzième statuette ?
Zangdar est-il toujours en vie ?

Puis il marqua une pause en pensant à cette étonnante compagnie d'aventuriers qui n'avait pas de nom, et dont le chef ne savait même pas s'il était vraiment le chef.

Il se demanda s'ils avaient réussi à prendre un bateau pour Glargh. Il ajouta sur sa liste de questions :

Allons-nous tous disparaître ?

Il déchira la page, qu'il fourra dans une poche, et entreprit l'écriture du message suivant :

Ma chère Hilda

J'ai de bonnes nouvelles concernant ton fils. Il est en bonne santé, et ne semble pas souffrir de sa vie mouvementée. Je reconnais que tu as bien fait de m'écrire, car j'ai eu l'occasion d'utiliser un peu de mon influence pour lui éviter quelques tracas. Mais j'ai bon espoir qu'il puisse rentrer dans ses foyers pour l'hiver, afin de partager avec vous un succulent rôti près de la cheminée. Il vous racontera toutes ses péripéties.

Je passerai vous voir aussi, car je vais avoir du temps bientôt, pour voyager.

Passe bien le bonjour à ton cher mari.

Ton grand frère, Tulgar

Le vieil homme remisa son calepin dans une poche de sa robe grise et sombra dans un sommeil rythmé par les ornières de la piste cailloutheuse.

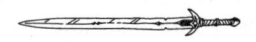

Ils avaient largué les amarres depuis quelques minutes. L'embarcation filait au milieu de la rivière, poussée par le courant. Les deux employés de Birlak stabilisaient la trajectoire de l'engin à l'aide de deux gigantesques perches. Les aventuriers se tenaient rassemblés à l'avant du pont, en attendant qu'on leur ménage un espace en soute pour poser leurs affaires.

— À quel moment on doit vomir ? demanda l'Elfe.

La Magicienne était surprise :

— Vomir ?

— Oui ! Mon grand-père m'a raconté qu'il fallait vomir quand on était sur un bateau.

Les aventuriers échangèrent des regards effarés. On ne leur avait pas parlé de cette coutume.

— C'est pendant les voyages en mer, expliqua l'érudite. C'est à cause des vagues.

Elle avait passé une partie de son enfance dans une ville côtière, et en connaissait donc un rayon sur les histoires de marins.

— On doit vomir à cause des vagues ? s'inquiéta le Ranger.

— Mais je ne comprends rien, aggrava l'archère. Il paraît que c'est beau les vagues ?

— Mais non, c'est le *mouvement* des vagues, ça donne la nausée !

L'Ogre se pencha pour dégoiser :

— Gluk doulouf ?

D'un geste évasif, la Magicienne lui indiqua que la discussion n'avait, encore une fois, aucun intérêt pour lui.

— C'est n'importe quoi, râla le Nain.

— Je n'ai jamais vu la mer, soupira l'accorte blondinette.

Quand elle soupirait, sa poitrine se gonflait, et c'était tout ce qui importait.

— Eh bien, recommanda l'érudite, tu ferais mieux d'en rester là. Ça t'évitera de vomir partout !

— Mais je n'ai pas compris pourquoi…

— Stop, trancha le rôdeur en levant son index. Nous avons des choses plus importantes à examiner !

Le courtaud se déplaça vers le bastingage, en grognant comme à son habitude :

— On fait ce qu'on veut, d'abord.

— J'aime pas vomir, affirma soudain le Barbare qui venait seulement de comprendre l'objet du débat. Ça fait puer les cheveux !

— Et la barbe, rabouta son complice de taille plus modeste.

Le rôdeur se cacha les yeux avec les paumes de sa main, et inspira.

L'Elfe rassembla ses cheveux derrière sa nuque d'un geste précis de ses deux mains jointes, et leur expliqua qu'on n'était pas obligé d'avoir les cheveux sales, si on s'arrangeait pour qu'ils ne pendent pas devant le visage quand on vomissait. Elle mima la scène.

— Ah, ouais, j'essaierai, maugréa la brute.

— Hé ho, rouspéta le quasi-dirigeant, ça vous ennuierait d'écouter quand je parle ?

— C'est vrai que t'es toujours en train de gerber, lança le barbu à sa sylvestre rivale. T'as l'habitude ! T'as toujours un machin de travers !

— C'est parce que vous faites des choses dégueulasses, argumenta-t-elle.

— C'est parce que t'es une truffe, réfuta le Nain.

— Et toi t'as été vomi quand t'étais petit !

— Et toi...

— DU CALME ! vociféra le Ranger en attrapant les concurrents par la manche.

Puis il vit que Codie les regardait depuis l'escalier de la cabine. Elle avait l'air curieuse, et inquiète concernant cet éclat de voix. Il aimait bien Codie. Il contempla une fois de plus ses longues jambes sortant de son petit short en lin. Il pensa qu'il ne voulait pas passer pour un baltringue devant cette fille sympathique. Il baissa la voix pour continuer :

— C'est pas le moment, bon sang de baudruche ! On n'a pas le droit de se battre ici, tout le monde va nous voir !

— Pfff, firent à l'unisson les fauteurs de troubles.

— Il faut qu'on parle de choses plus importantes, ajouta le pseudo-chef en se redressant. On a besoin d'un plan d'action pour prévenir les attaques de bandits !

Birlak avait expliqué quelques minutes plus tôt qu'il avait affrété une cargaison spéciale et plus précieuse que d'habitude, puisqu'il disposait pour se défendre d'un fort parti d'aventuriers renommés. L'ennui, c'est que ce genre de choses finissait toujours par se savoir. Ce n'était pas prévu par le rôdeur, qui pensait faire un voyage tranquille, allongé sur une paillasse ou dans un hamac.

— C'est vrai qu'on risque de se faire dépouiller, s'alarma la Magicienne.

— Pas grave, certifia l'implacable sauvage. On les marave.

— Ouais, grinça le Nain. Et puis j'ai ma hache de jet !

Le Ranger leur désigna la cabine :

— Nous sommes sur un bateau ! Ça change toute la stratégie !

Les aventuriers le dévisagèrent. Puis après quelques secondes de silence, la Magicienne résuma la question générale :

— Oui mais nous n'avons jamais eu la moindre stratégie ?

— Ah ouais, ricana le Nain, c'est bien ce qu'il me semblait.

— C'est pour les pédales, ronchonna le Barbare.

— C'est quoi, une stratégie ?

L'érudite expliqua subséquemment à l'Elfe, à l'aide de mots scrupuleusement choisis, de quoi il retournait. Cet exposé arrangeait bien le Barbare, car il ignorait les subtilités du concept. Mais il décrocha rapidement.

— Voilà, conclut le quasi-dirigeant. On doit se préparer à l'avance quand on sait qu'il va y avoir un combat, pour ne pas partir dans toutes les directions !

— Comme l'autre jour là, avec les Globzoules, précisa le Nain.

— Oui, mais là c'est pas pareil, on dormait.
— Mais quel serait donc ce fameux plan ? s'enquit l'Elfe.

Pendant que l'Ogre examinait la rivière et les oiseaux, les autres entamèrent la réunion stratégique. Il savait que c'était trop compliqué de faire la traduction en temps réel quand on parlait technique, et qu'on lui expliquerait à la fin.

Selon la Magicienne, il fallait éviter tout ce qui pouvait incendier le bateau, ce qui la privait malheureusement de ses boules de feu préférées. Mais on décida qu'en les envoyant depuis le bord de la barge, il n'y avait pas de danger et qu'on pouvait ainsi bouter les flammes dans l'embarcation des ennemis. Et si elles se perdaient dans l'eau, ce n'était pas trop grave.

Le *Tourbillon de Wazzaa* en revanche pouvait donner de bons résultats. Elle avait quelques doutes sur l'éclair en chaîne, qui avait de grandes chances de se propager dans l'élément liquide. L'érudite perdit ensuite douze minutes à expliquer le concept de conductivité à l'ensemble de la compagnie. On écarta une fois de plus le contrôle mental des rongeurs, et on garda la *Gifle de Namzar*, qui avait jusqu'à maintenant donné de bons résultats. L'arsenal magique était prêt.

Le Nain se rendit à l'évidence : il ne pouvait utiliser sa hache de jet. En effet, selon le rôdeur, il y avait quatre-vingts pour cent de chances pour qu'elle termine à l'eau, et elle flotterait sans doute très mal. La fierté du courtaud n'arrivait qu'en troisième position derrière sa radinerie et son intérêt pour le métal, il se contenta donc de cinq minutes de bouderie, en donnant des coups de pied dans un ballot de chiffons. L'Elfe fut encouragée à utiliser son arc, mais jamais contre un adversaire qui serait déjà monté à bord, pour *des raisons évidentes de sécurité*. L'Ogre avait pour mission d'empêcher les bandits de monter à bord en les frappant avec n'importe quel objet suffisamment long. Il ne portait pas d'armes en général et utilisait les ressources présentes au moment de l'affrontement.

Le Ranger indiqua qu'il se dissimulerait quant à lui au milieu des caisses pour superviser la bataille et donner des *conseils stratégiques*, et que les deux bourrins seraient envoyés au front avec le Nain afin qu'il puisse de son côté *faire évoluer la situation en temps réel* et *prévenir tout événement défavorable en prescrivant la retraite*. Mais le Barbare fit remarquer que c'était lâche de s'enfuir, et l'Elfe précisa qu'il était *impossible* de s'enfuir, puisqu'on était sur une embarcation entourée d'eau. Enfin, sauf pour elle qui savait nager, mais il fallait pour cela qu'elle prenne le temps d'enlever ses vêtements afin de ne pas les abîmer. Certains appréciaient l'idée.

Puis le Nain acheva de se curer la fosse nasale droite et résuma l'essentiel de la réunion :

— En somme, y a rien qui change par rapport à d'habitude ?

— Les pirates de rivière ne sont pas très organisés en général, exposa Birlak après les avoir rassemblés devant la cabine. Mais il y a certains emplacements dangereux sur notre parcours, qui sont fréquemment utilisés par les bandits pour monter des traquenards.

Il désigna le parchemin déroulé qu'il avait fixé à la cloison :

— À cet endroit par exemple, le cours de l'eau ne permet de passer qu'à deux mètres de la berge à cause d'un affleurement de rochers. Et ici, la rivière est beaucoup moins large. Dans le passage un peu plus loin, on traverse un sous-bois propice à l'embuscade.

— Mais pourquoi on passe par ces endroits si c'est dangereux ? questionna le Nain.

La Magicienne lui jeta un regard noir :
— C'est une *rivière*, et nous sommes *dessus*.
Il fronça les sourcils, et bougonna :
— C'est nul ! Bouarf !
Le batelier marqua une pause et regarda le courtaud comme s'il avait porté une robe à fleurs. Puis il retrouva le fil de son récit :
— En tout cas, il existe un avantage à voyager sur l'eau. Les bandits ne prennent jamais trop de risques, car d'une manière générale ils ne savent pas nager !
La nouvelle ne fit évidemment pas sensation. L'Elfe arborait son plus grand sourire, pendant que les autres regardaient leurs chaussures, leurs ongles ou l'apparition providentielle d'un oiseau piscivore cherchant sa nourriture dans l'eau verdâtre.
— Bon, bon, bafouilla le Ranger. Ça ira, on va s'adapter !

Birlak leur expliqua dans la foulée l'intérêt d'une bouée de sauvetage, les différents systèmes utilisés pour propulser l'embarcation, leur montra comment réaliser les nœuds les plus simples, ainsi que le fonctionnement des toilettes embarquées. Les membres de la compagnie les moins patients n'écoutèrent que la partie qui concernait la cuisine. Ils savaient que la Magicienne prenait des notes, de toute façon. Parfois, celle-ci donnait également un coup de pied discret à quelqu'un qui faisait mine de s'éloigner.
— J'allais oublier, précisa finalement leur employeur : on ne boit jamais d'alcool à bord. *Pour des raisons évidentes de sécurité.*
— Bien sûr, confirma le Ranger.
— C'est normal, observa l'érudite.
— C'est tant mieux, pépia l'Elfe.
Le chevelu gardait la bouche ouverte. Il était visible que quelque chose le chagrinait mais qu'il ne pouvait pas matérialiser sa pensée d'une façon courtoise. Le barbu cuirassé, de son côté, jaugeait ses compagnons

pour s'assurer que c'était bien d'une blague qu'il s'agissait, et savoir si c'était le moment de rire. Mais, constatant qu'ils avaient leurs expressions habituelles, il s'alarma :

— Mais alors, on va mourir de soif ?

C'est à ce moment que Codie se matérialisa, sortant de la cabine avec un plateau de gobelets en terre cuite.

— C'est la pause ! Qui veut du jus de pomme ?

— Moi ! braillèrent à l'unisson les aventuriers de sexe masculin.

BULLETIN CÉRÉBRAL DE LA MAGICIENNE

Tout se passe bien. C'est tellement étrange, que j'en suis à me demander à quel moment nous allons avoir des problèmes. C'est peut-être la présence de l'eau qui calme les esprits belliqueux. Je sais que les autres considèrent également l'Ogre comme une brute, mais celui-ci a le mérite d'écouter ce qu'on lui dit. Enfin, surtout quand c'est moi qui lui dis. J'observe parfois le Barbare, il regarde l'eau comme si elle contenait du poison. À part ça, nous avons organisé une brillante réunion stratégique, je ne pensais pas qu'on y arriverait un jour. Et puis, j'ai appris plein de choses sur la navigation et les nœuds. Celui avec le serpent qui sort du puits et qui fait le tour de la patte du dragon, il était impressionnant mais j'ai dû avoir oublié certains détails. Et quand je pense qu'on a fait boire du jus de pomme au Nain ! Ha ha ha, c'était incroyable de voir la tête qu'il faisait. Je me demande si ce dernier détail a un rapport avec la tenue de travail de la fille du patron. Elle est sympathique, mais un peu bizarre. On dirait l'Elfe à certains moments, mais considérant le fait qu'elle exerce une profession, je pense qu'elle est plus intelligente.

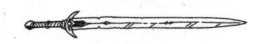

BULLETIN CÉRÉBRAL DE L'ELFE

C'est un merveilleux voyage ! Nous sommes sur l'eau, l'air sent bon, le bateau est joli, et nous avons une copine très gentille avec des cheveux très longs. Elle va me faire visiter sa cabine, et me montrer sa collection de peignes ! En plus le Nain a peur de l'eau alors il ne parle pas beaucoup. Nous avons discuté de stratélique, c'est la discipline qui sert à préparer les combats quand on n'a pas encore d'ennemis. On boit du jus de pomme, j'adore ça ! Mais j'en ai pris un peu trop je crois, j'ai mal au ventre.

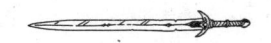

BULLETIN CÉRÉBRAL DU RANGER

Mais sapridiou, pourquoi n'ai-je pas encore gagné mon troisième niveau avec cette histoire de mercenaires et ma mission d'infiltration ? Tout est parfait. J'ai même réussi à calmer le nabot ! C'est la plus belle journée d'aventure de tous les temps. Avec Codie qui s'occupe de nous. Et puis je suis enfin reconnu comme chef du groupe. C'est bien, parce que ça impressionne Codie aussi. Et le bateau, on s'en était fait tout un plat, mais ça n'a rien d'extraordinaire. Enfin, là, ce sont les autres qui s'en occupent, de toute façon. C'est bientôt l'heure de manger et… zut, il faut que j'en parle à la Magicienne… je pense qu'on risque d'avoir des problèmes avec l'affreux goinfre ! Zut et re-zut. Au fait, est-ce que c'est Codie qui nous sert à manger ? Oui, sans doute, c'est super ! Mais… damned ! Pourvu qu'il n'arrive rien, pourvu qu'il n'arrive rien, pourvu qu'il n'arrive rien…

L'Elfe suivit Codie jusque dans sa cabine, en gloussant. C'était un petit espace ménagé sous l'impressionnant poste principal, on y accédait par un escalier de bois plutôt raide. Une odeur de vieille huile flottait dans la coursive, démontrant qu'on n'était sans doute pas loin d'un espace aménagé pour faire la cuisine.

La jeune fille avait décoré sa chambre minuscule avec de vieux cordages accrochés au mur. On ne trouvait à part ça qu'un lit, une étagère avec ses piles de vêtements bien rangés, une petite tablette avec un miroir de métal battu, et une boîte en osier.

— Alors c'est là ta maison ? gazouilla l'Elfe.

— Oui ! J'ai de la chance, j'ai tout cet espace rien que pour moi !

L'archère considéra l'espace en question, qui était plus petit que le placard à jupes qu'elle avait laissé dans la grande maison sylvestre de ses parents, avec sa chambre qui permettait facilement de loger cinquante jeunes filles. Elle comprit qu'il y avait une différence culturelle et qu'il n'était pas très gentil d'en parler. Elle désigna donc le mur :

— Ce serait plus joli avec une ouverture non ?

Codie approuva, et lui expliqua qu'on ne pouvait pas faire de trou pour voir dehors, sinon l'eau rentrait dans le bateau. Puis elle ouvrit la boîte en osier :

— Tiens, tu voulais voir mon nécessaire de coiffure…

L'Elfe examina les peignes et brosses, mais ceux-ci n'étaient pour elle que des rogatons de bas étage, sans style et sans marque. Elle exprima son étonnement :

— Mais comment peux-tu avoir de si beaux cheveux, en utilisant ce genre de matériel d'entretien ? C'est la misère !

Codie fit la moue, puis referma la boîte :

— Ce n'est pas le matériel qui compte, c'est la façon de s'en servir.

Elles contemplèrent encore quelques secondes la cabine, pendant que la jeune fille cherchait visiblement un sujet de conversation. Elle prit son courage à deux mains :

— Dis-moi… Tu as… Comment dire… Quel genre de relation avec le chef du groupe ?

L'Elfe considéra la question avec une partie de son cerveau qui n'avait sans doute jamais servi. Elle déclara finalement :

— Je ne sais pas… Déjà, c'est pas vraiment le chef. Il est assez gentil avec moi certains jours, et puis d'autres fois, il me crie dessus. Il est souvent énervé à cause des autres. Mais c'est mon copain quand même !

— C'est ton copain ?

— Oui, oui, on peut dire que c'est mon copain.

Le visage de Codie s'était fermé. Néanmoins, quelque chose dans l'expression de l'Elfe lui conseillait de pousser son investigation :

— Et heu… Vous dormez ensemble ?

Il y eut une période de flottement.

— On l'a fait au début, mais on a décidé d'arrêter à cause de mon histoire de culotte.

— Ah.

— Il disait qu'il avait froid, mais je ne crois pas qu'il disait la vérité.

La jouvencelle faisait des efforts pour suivre. Mais la blonde était lancée :

— Et puis il m'a raconté des choses incompréhensibles avec la décolleuse d'un certain Biramir, et un trombone.

— Ah.

— En plus, l'Ogre voulait dormir avec nous aussi !

— L'Ogre ?

— Mais il sent mauvais ! Et on n'avait pas la place. Après j'aurais préféré dormir avec le Ménestrel, parce qu'il était gentil et qu'il aimait bien les elfes. Mais il est mort à cause de sa guitare, alors j'ai acheté une couverture. Comme ça c'était plus facile.

— Ah.

— Sinon moi je veux bien dormir avec tout le monde, c'est plus sympa. Enfin sauf le Nain... Et l'Ogre bien sûr.

— Hein ?

— Et le Barbare, il devrait changer ses bottes. Enfin de toute façon, c'est pas possible parce que ça fait toujours des problèmes.

— Ça fait des problèmes avec ton copain ?

— Mais non, parce que c'est tous mes copains ! On doit tout partager dans ce groupe, c'est la règle.

Codie se tenait à l'étagère pour ne pas tomber. Elle ne soupçonnait pas qu'il se passait ce genre de choses dans les compagnies d'aventuriers.

L'Elfe examina une fois de plus sa cabine, et ajouta :

— De toute façon, tu ne peux pas dormir avec plusieurs personnes dans ta maison, c'est trop petit !

Comme la jeune fille ouvrait la bouche pour répondre, Birlak apparut en haut de l'escalier, et leur adressa un sourire :

— Mon poussin, lança-t-il à sa descendance, tu veux bien t'occuper du déjeuner ?

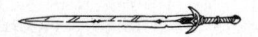

Le Ranger et la Magicienne discutaient à l'arrière de la barge. Adossés à la cloison de la cabine principale, ils appréciaient le paysage en essayant de voir un peu plus clair dans la mélasse de la destinée. Le soleil avait finalement percé les brumes matinales, et il faisait bon pour la saison. L'Ogre avait été placé de manière *stratégique* à l'avant de l'embarcation, les deux autres guerriers sécurisant les flancs. Ainsi personne ne pouvait se parler, ce qui était le meilleur moyen d'éviter les embrouilles. On n'avait pas vu l'Elfe depuis un petit moment.

Le rôdeur exprimait ses doutes :

— Tout de même… Je me demande comment on va faire pour démêler tout ça.

— Je ne sais pas, confia l'érudite. On avisera sur place.

— Mais Glargh est une si grande ville… On ne sait même pas où commencer !

— N'oublie pas que j'ai déjà vécu là-bas quand je faisais mes études. On ne sera pas perdus.

Une ribouline violette, oiseau échassier répandu dans la région, survola l'embarcation. Planant sans un bruit, elle se laissa tomber vers un arbre mort à demi immergé, sur lequel elle se posa. Elle observa ensuite le convoi descendre le courant.

— C'est pas ça, continua le rôdeur. Mais franchement, est-ce qu'on a la moindre chance de retrouver des mecs qui ont volé une statuette, et qui peuvent être absolument n'importe où en Terre de Fangh ?

La Magicienne replaça pour la douzième fois son chapeau qui avait tendance à pencher avec le vent. Elle trouvait que ça lui donnait l'air stupide. Elle enchaîna :

— Si le cambriolage de la tour de Gontran n'était pas le fruit du hasard, c'est qu'il a été commandité par quelqu'un. Quelqu'un qui savait qu'il préparait un sale coup. Le vieux Tulgar pense que cette personne se trouve à Glargh, et si c'est le cas, on pourra la trouver. Après, il sera sans doute facile de coincer les voleurs et d'arranger nos affaires.

— Mais c'est une ville gigantesque ! Comment on va faire pour trouver *une* personne dans tout ça ? Tu vas utiliser la magie ?

— Ah, non. Je n'ai pas le niveau pour les sorts de *détection de la personne recherchée en agglomération*. D'ailleurs, je ne sais même pas si un tel sortilège existe. Ça m'étonnerait.

Le rôdeur soupira :

— Y a quelque chose qui m'échappe.

Une truite brune et tachetée sauta dans un tourbillon, à quelques mètres derrière un enrochement.

— Glargh est une grande ville, mais c'est aussi le plus grand ramassis de traîne-patins qu'on puisse trouver en Terre de Fangh. Il y a des gens qui espionnent les marchands, les prêtres, les dirigeants, les voleurs, et qui savent tout ce qui se passe, et quels sont les accords conclus entre tous ces gens.

— Comment tu sais ça ?

— C'est écrit dans mon *Guide du pistard*.

Elle sortit de sa besace un petit grimoire dont la couverture de cuir gravé représentait une assiette et deux fourchettes.

— Page soixante-quatre. Le chapitre sur les indicateurs et les espions.

Ils ouvrirent le livre, qui proposait une carte sommaire du centre-ville de Glargh. Les repaires de brigands étaient indiqués par des couteaux, et les bars à indicateurs se trouvaient marqués d'un petit masque stylisé.

Une voix bien connue et haut perchée les apostropha :

— Coucou !

Ils s'efforcèrent en se dévissant la tête de repérer l'Elfe, mais elle ne se trouvait ni à droite, ni à gauche sur le pont.

— Je suis sur le toit !

Ils virent au-dessus d'eux la tête de leur camarade, dépassant du toit plat de la cabine.

— Hi hi hi !

— C'est malin, grogna le rôdeur.

— C'est très adulte, ronchonna la Magicienne en tenant son chapeau.

— Hi hi hi !

Le Ranger considéra l'emplacement :

— Je suppose que c'est ce que tu as trouvé de mieux comme poste de surveillance ?

— Mais non, gazouilla l'Elfe. C'est pour prendre un peu le soleil !

L'érudite fronça les sourcils :

— Qu'est-ce que c'est encore que cette idée ?

— Ici on peut s'allonger, c'est super !

Le rôdeur s'assura que personne ne les espionnait, et que personne n'avait vu qu'elle se trouvait là, puis il essaya de chuchoter à voix haute :

— Je te rappelle qu'on est des mercenaires en mission d'escorte ! On n'est pas là pour pioncer !

— On pourrait nous attaquer d'une seconde à l'autre, renchérit la Magicienne avec inquiétude.

— Mais j'y ai pensé ! C'est pour ça que j'ai enlevé tous mes vêtements !

Les deux aventuriers sur le pont échangèrent un regard dans lequel se mêlaient aussi bien l'effarement que l'incompréhension. Comme ils ne voyaient dépasser que la tête de leur amie, c'était quelque chose qui ne leur avait pas sauté aux yeux.

— Comme ça je peux nager si jamais on a un problème avec le bateau, ajouta l'Elfe. Et c'est bien mieux pour bronzer sans avoir de marques !

— Mais… Mais… balbutiait l'enchanteresse.

Le pseudo-chef du groupe, voyant la situation lui échapper, fit le bruit d'un bourdon avec ses lèvres, et laissa son regard errer sur le paysage en essayant de rassembler ses esprits. C'est ainsi qu'il vit les bandits.

Il oublia immédiatement qu'un des membres de sa glorieuse compagnie faisait dorer ses petites fesses galbées sur la cabine. Il se mit à trépigner en criant :

— Alerte ! Aleeeeeerte !

Il hurla au visage de la Magicienne, et celle-ci recula, prise de panique, pour finir par s'étaler sur le pont, coincée dans la robe de l'Archimage Tholsadum qui était un peu grande.

Trois barques venaient en effet d'apparaître sournoisement, tapies qu'elles étaient dans un bras d'eau relié à la rivière, et cachées par d'épais buissons.

Les esquifs regorgeaient de brigands. C'était surtout dû au fait que les barcasses n'étaient pas bien grandes, mais chacune d'elles conduisait quatre malfaiteurs en armes, et un rameur. Ils arrivaient par l'arrière sur le flanc tribord, à droite comme on dit chez les piétons. L'un des hommes, portant un costume rouge, s'était levé à l'avant d'une barque et dirigeait la manœuvre.

— On nous attaque ! vociféra l'un des bateliers en charge de la navigation.

— Aleeeeeerte ! tonitrua le rôdeur une fois de plus !

— Ha ha ! hurla de loin le chef des canailles en brandissant sa rapière.

Un coup de rame un peu trop violent manqua le faire tomber, mais il récupéra son équilibre. Cet équipage vindicatif se trouvait encore à un bon jet de pierre, et se rapprochait bien trop vite.

Birlak, pris de panique, ouvrit presque immédiatement la porte de la cabine. Il considéra les coupe-jarrets, l'aventurier qui les montrait du doigt en trépignant, et la jeteuse de sorts qui était toujours à terre. Fort heureusement il ne vit pas l'Elfe, à plat ventre sur le toit juste au-dessus de lui, qui se demandait ce qu'elle allait pouvoir faire dans cette tenue. Le quadragénaire prit une grande inspiration et donna ses instructions d'une voix mal assurée :

— Eh bien, c'est à vous de jouer on dirait !

Puis il referma la porte et tira le verrou.

Le pseudo-chef du groupe contempla la porte, bouche bée. La Magicienne lui cria tout en se remettant sur pied :

— C'est le moment de mettre en application la stratégie !

Ensuite de quoi, elle releva ses manches avec un air mauvais. Mais les manches retombèrent, car elles étaient aussi trop grandes.

Le Barbare, qui surveillait le flanc tribord et qui avait réagi avec son habituelle vivacité, était arrivé en courant pour faire face aux vauriens. Il avait déjà dégainé une épée, et sortait à présent la deuxième de son fourreau, mais ne pouvait évidemment s'en servir à cette distance. Il respirait fort par le nez, comme le ferait un taureau coincé dans une kermesse.

— Ouais ! Me vl'a, souffla-t-il.

La poursuite s'engagea à mesure que les barques approchaient. Les vandales restaient silencieux, ce qui était sans doute leur style pour essayer d'accentuer la terreur suscitée chez leurs victimes. Leur chef donnait de grands coups de rapière dans le vide.

Le rôdeur considéra l'arrière de la barge où ils se tenaient. On pouvait se planquer derrière les imposantes caisses de bois qui se trouvaient là, c'était déjà bien. Il pensa au Nain, qui surveillait le flanc bâbord, et se demanda s'il aurait l'idée de venir les aider, ou bien s'il déciderait que ça ne le concernait pas, vu que les ennemis arrivaient par l'autre côté. Il fit deux pas de côté pour vérifier, et fut légèrement soulagé de voir le courtaud qui s'approchait en pestant et en extrayant sa hache de son étui de ceinture. Le Ranger décida de jouer son rôle de chef :

— Plus vite, ils approchent !
— C'est bon, j'ai pas neuf jambes, protesta l'avorton cuirassé.

Il avait déjà eu un grand nombre de jambes, une fois dans sa vie, mais ne désirait pas renouveler l'expérience.

Les deux employés de Birlak s'étaient réfugiés à l'avant pour diriger l'embarcation, et redoublaient d'efforts en s'arc-boutant sur leurs perches. Mais où était l'Ogre ? La plus grande partie du pont avant n'était pas visible, cachée par les entassements de marchandises.

Les barques n'étaient plus qu'à une quinzaine de mètres, et le rôdeur n'avait encore donné aucune instruction pour gérer ses troupes. Il vint se poster entre le Barbare et la jeteuse de sorts. L'un des gredins mettait à présent son arbalète en joue.

— Bordel ! vitupéra le stratège.

Considérant que l'absence de directives se traduisait *forcément* par une invitation à faire n'importe quoi, les aventuriers décidèrent d'agir en suivant leur instinct. L'Elfe se redressa, son arc à la main, pour tirer une flèche.

L'arbalétrier, qui n'avait pas encore choisi sa cible de manière définitive, aperçut l'Elfe en même temps que quelques-uns de ses camarades. Il ouvrit la bouche mais ne trouva rien à dire, et s'interrogea sur sa consommation d'alcool. Le chef des vilains resta quelques secondes immobile, avec sa rapière pointée vers le ciel. Il ne savait pas si ce qu'il voyait était bien réel.

Puis tout se passa très vite.

L'Elfe décocha sa flèche, qui atteignit le rameur du canot de droite entre les omoplates. Par quelque prodige inconcevable, elle avait évité les deux soudards postés à l'avant de l'esquif. Le pauvre type hurla et lâcha ses avirons. Il se leva d'un bond, et entama une série de gestes désordonnés pour tenter d'extraire le projectile de son dos. Bousculant ses camarades au milieu d'un concert de cris, il propulsa l'un d'eux par-dessus bord. Celui-ci refit surface en pataugeant et en crachant de l'eau, et s'accrocha au côté de la barque qui tanguait déjà de fort dangereuse façon. Le chef des bandits, depuis son propre canot, hurlait des injures incompréhensibles en essayant d'observer à la fois la déconfiture de ses hommes et ses victimes qui s'éloignaient.

— Bien joué ! cria la Magicienne.
— Ouais ! grogna le Barbare sur le même ton.

Le Ranger, quant à lui, trouvait que c'était gâché :

— Il fallait viser le chef, bon sang !

— Mais c'est lui que je visais ! cria l'Elfe depuis son promontoire. J'essaie encore !

Le Nain ricana, car la flèche se trouvait à quatre mètres de sa cible originelle. Il regretta de ne pouvoir utiliser sa hache de jet, avec laquelle il aurait certainement fait mouche du premier coup. Il ne savait pas encore que l'Elfe était dépourvue de vêtements, car il n'avait pas regardé derrière lui.

Les bandits du canot de gauche avaient les yeux rivés sur l'archère et son incompréhensible nudité. Celle-ci les narguait depuis le toit de sa bicoque et encochait une nouvelle flèche. L'un des forbans donna une bourrade à l'épaule de l'arbalétrier pour qu'il se décide enfin à tirer, ce qui eut pour conséquence de faire partir le coup n'importe où. Le carreau survola les aventuriers pour aller se perdre dans les broussailles.

— Raté ! brailla le Nain. Ha ha !

— Yaaahhh, cria l'Elfe en décochant sa deuxième flèche.

Les brigands se baissèrent instinctivement, mais cette fois son projectile échoua dans l'eau à plusieurs mètres de leurs canots. Leur chef pointa les aventuriers de sa rapière et hurla sur ses hommes :

— Mais rapprochez-vous ! Et plus vite que ça bande de mauviettes !

Voyant que c'était le moment, la Magicienne incanta sa *malédiction du bras droit*, sort de niveau deux, cinquième arcane de magie, catégorie *malveillance*, ordre des *incantations perfides*, sous-ordre des *sorts invalidants à durée limitée*. Le sort ne toucha pas le dirigeant du groupe, mais une fois de plus le rameur qui se trouvait juste derrière lui, détail qu'on ne pouvait voir de loin. Le canot cessa donc d'aller de l'avant, l'homme ayant perdu l'usage d'un bras ne frappait plus l'eau qu'avec une seule rame.

— C'était quoi ce truc ? demanda le Ranger.

Il avait vu son équipière psalmodier quelque chose et agiter son bâton.

— T'occupe ! lui répondit la jeteuse de sorts, en pensant que son sortilège avait échoué.

La barque de droite s'était séparée de la formation et perdait du terrain, tournant sur elle-même dans le courant. L'homme qui était tombé à l'eau n'avait toujours pas réussi à remonter à bord, et son comparse touché par la flèche se trémoussait de plus belle. L'un des truands avait récupéré l'un des avirons et tentait de repêcher le deuxième avec l'extrémité de son épée. Tout observateur extérieur aurait jugé la manœuvre parfaitement stupide, ce qui était vrai car il perdit l'équilibre et bascula dans la rivière, coulant de manière inéluctable sous le poids de sa cotte de mailles. Les écrevisses le virent descendre par le fond, et agitèrent leurs petites pinces pour fêter l'arrivée du déjeuner.

Sur la barge, on accueillit cette bourde à grand renfort d'éructations joyeuses. L'Elfe tira derechef, et atteignit à sa grande surprise la jambe d'un scélérat dans la barque de gauche.

Le rôdeur pointait du doigt l'embarcation du milieu :

— Le chef ! Il faut viser le chef ! Dans le bateau du centre !

— Mais ! C'est ce que je fais !

— Bon allez, fini de rigoler ! fulmina l'ensorceleuse. Boule de feu !

Elle s'approcha du bastingage pour viser. Le Ranger bondit derrière une pile de caisses.

Le courtaud rugit alors :

— Par le Grand Forgeron !

Il avait finalement tourné la tête, et il venait de voir dans quelle tenue l'Elfe livrait bataille. Il n'entendit pas la mise en garde du Barbare, et c'est au milieu de sa contemplation qu'il reçut le carreau d'arbalète dans l'épaule. Sous le choc et la surprise, il s'élança vers l'avant, trébucha sur un rouleau de cordages et s'assomma contre un baril de clous qui traînait là. Puis il ne bougea plus.

Le chef des bandits, voyant que son embarcation dérivait sur la droite, s'était retourné pour invectiver son rameur. Sa belle formation d'attaque triangulaire n'était plus qu'histoire ancienne. Dans le canot de gauche, en revanche, on criait sa joie d'avoir descendu le Nain, pendant que l'arbalétrier rechargeait son arme et qu'on s'approchait dangereusement de la barge. Plus que cinq ou six mètres !

Le rôdeur, à l'abri derrière sa caisse, ne voyait plus ce qui se passait. Il attendait un signal sonore quelconque, comme par exemple des cris, indiquant que la Magicienne avait tiré sa boule de feu.

Mais rien ne se passait, car celle-ci hésitait.

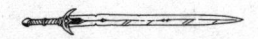

BULLETIN CÉRÉBRAL DE LA MAGICIENNE

Zut de zut ! Le Nain a été touché ! Mais qu'est-ce que je dois faire ? Est-ce que je dois lui porter secours ? Et puis est-ce qu'il est préférable de lancer la boule de feu ? Parce que si je sauve le Nain et qu'ils abordent quand même, ça risque d'être encore pire. Et quel navire dois-je viser ? Celui avec le chef, ou celui avec l'arbalète ? Et pourquoi le chef des bandits fait tourner sa barque au lieu d'essayer de nous rattraper ? On dirait que le nabot est crevé, il ne bouge plus ! Et l'Elfe ne pourra rien faire, elle a déjà assez de travail avec ses flèches. Et le Ranger il… mince, il a disparu ! Qu'est-ce qui se passe ? Bon alors, je fais quoi moi ? Rhaaa !

L'Elfe manqua sa cible une fois de plus. Elle essayait toujours de descendre le vaurien en veste rouge, qui de son côté venait de réaliser que son rameur avait un problème. Elle ne comprenait pas pourquoi les bandits dans l'autre barque la regardaient en faisant une tête bizarre. Le Barbare trépignait sur place, ne pouvant prendre part à l'action, il commençait à se demander s'il n'était pas possible de lancer des objets, juste histoire de faire quelque chose, mais il n'avait rien sous la main.

Alors, l'Ogre arriva.
— Ugluduk bragoul ! beugla-t-il à la Magicienne.

Il bouscula deux caisses pour se placer au plus près du bastingage. Il n'était pas armé, mais il s'était muni d'une des interminables perches utilisées par les bateliers.

L'érudite comprit alors ce qu'il avait en tête, et un sourire mauvais éclaira son visage. Elle se déplaça pour lui laisser de la place et décida d'aider le Nain.

Le Ranger, qui venait de sortir de son abri, lui tomba dessus :
— Mais qu'est-ce que tu fiches !
— Je vais essayer de sauver l'autre nase !
— Quoi ?

Puis le rôdeur vit le courtaud étalé près des marchandises :
— Ah, quelle chiotte !
— Il est peut-être mort, reprit la Magicienne.

Le quasi-dirigeant rengaina son épée et lui désigna l'arrière de la barge :
— Moi, je m'occupe du nabot ! Et toi, vas-y avec ta boule de feu !

Puis ils furent interrompus par des cris de souffrance et le bruit d'un plongeon.

L'Ogre avait décidé d'utiliser la longue perche pour frapper les brigands à plusieurs mètres de distance. Il fouettait l'air de son arme improvisée, et tabassait au passage les malandrins et leur embarcation. Il n'était pas très adroit, mais compensait par une grande force physique, aussi l'un des hommes était déjà tombé à l'eau. L'arbalétrier avait lâché son arme et se tenait l'oreille en hurlant. Ne sachant que faire pour se défendre, les gredins levaient leurs épées et leurs haches dans l'espoir de parer les coups. Ils insultaient également le rameur afin qu'il rebrousse chemin pour s'éloigner de la barge. Cela faisait bien rire la grande créature, qui avait l'impression de claquer des mouches avec une grosse tapette.

La Magicienne le laissa faire et courut vers la poupe du transport, pendant que le rôdeur se portait au chevet du Nain. Elle vit du coin de l'œil une flèche se perdre dans les fougères, très loin sur la rive gauche, et se demanda comment l'Elfe faisait pour viser aussi mal, alors que sa cible était du côté de la rive droite. Enfin, tout dépendait de quel côté on s'en venait, bien évidemment.

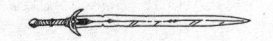

BULLETIN CÉRÉBRAL DE L'ELFE

Encore raté ! Mais pourtant, j'ai compris ce qui ne va pas ! C'est à cause du vent latéral ! Quand je tire, la flèche va toujours sur la droite, parce que le vent pousse la flèche sur le côté. Alors j'essaie de tirer sur la gauche, mais là c'était vraiment trop loin. Mon cousin Legolas m'avait expliqué ça, c'est une histoire d'angle ensuite il faut compter les secondes en jetant un brin d'herbe pour calculer la vitesse du vent. Bon, de toute façon, j'ai pas de brin d'herbe, alors j'essaie encore ! Si j'arrive à tirer sur le chef, il va réfléchir et rentrer chez lui !

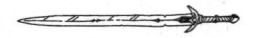

Les bandits du canot de commandement avaient justement réorganisé la propulsion de leur barque, et deux hommes valides avaient pris les rames qu'ils utilisaient comme des pagaies pour revenir à l'assaut. Ils se trouvaient à une dizaine de mètres de leur objectif et s'approchaient à vive allure, en arborant des rictus haineux. Le troisième esquif avait perdu beaucoup de terrain et tentait toujours de récupérer ses passagers. Ces types ne doutaient de rien, décidément.

La Magicienne se concentra quelques secondes. Il fallait oublier le rire gras du chef de la bande, les bruits de bataille, les ricanements de l'Ogre, les injures proférées par le Barbare, les gloussements de l'Elfe, et pour finir la douleur de son orteil, qu'elle venait de cogner dans une caisse. Il fallait ensuite retrouver les mots relatifs au sortilège, qu'elle avait révisé chaque semaine depuis sa sortie de l'université de magie. S'imprégner de la signification profonde des runes. Imaginer l'afflux de puissance magique dans tous ses membres, à travers l'antenne naturelle formée par son bâton. Puis elle incanta la *boule de feu majeure.*

Les flibustiers d'eau douce n'avaient sans doute pas vu beaucoup de sorciers dans leur vie, car ils ne se méfièrent à aucun moment de cette petite bonne femme à tignasse rousse, en robe étrange et chapeau pointu. Ils virent qu'elle agitait son bidule, et ricanèrent. Ils comprirent qu'elle disait quelque chose, et ricanèrent de plus belle. Ils se gaussèrent également quand son chapeau s'envola. Ensuite, ils constatèrent que quelque chose de mouvant venait d'apparaître dans l'air, un genre de lumière. Et la lumière fonça vers eux.

Le chef de la bande, qui se trouvait sur la trajectoire directe de ladite lumière, se jeta sur le côté, car c'était un homme d'action doté de bons réflexes. Lorsqu'il fut à mi-chemin entre la barque et la rivière, il lui vint à l'esprit qu'il nageait très mal et qu'il avait une chance d'y rester.

L'esquif ainsi que son équipage reçurent de plein fouet la *boule de feu majeure avec bonus contre les capes magiques*, sort de niveau deux, troisième arcane de magie, catégorie *pyrotechnie*, ordre des *incantations malsaines*, sous-ordre des *sorts ignites à dommages restreints*. Leurs vêtements, leurs cheveux et une partie du vernis de la barque s'embrasèrent immédiatement, causant à la fois une grande panique et une cacophonie de braillements.

La Magicienne leva son poing vengeur vers le ciel :

— Yaaaahh !

Parmi les victimes de l'Ogre, on comptait déjà quatre dents cassées ainsi que huit doigts brisés, une oreille traumatisée, deux hommes au bouillon et un autre qui était prostré au fond de l'embarcation, une flèche dans la jambe. Il était temps de sonner la retraite.

Le chef des bandits avait avalé trois litres d'eau, dont une bonne partie par le nez. Il barbota un moment et parvint à s'accrocher à une branche basse en toussant comme un vide-ordures. Tout en reprenant son souffle, il jaugea la situation d'un rapide coup d'œil, et tout en crachant de l'eau cria en direction des aventuriers :

— Burglgululés !

BULLETIN CÉRÉBRAL DU RANGER

Tiens, j'ai entendu des cris ! À voir comment ça braille, je suppose que la magotte a réussi son machin avec la boule de feu. Du côté de l'Ogre on dirait que la situation se stabilise aussi, ça gueule moins. Le Nain commence à émerger, il n'était pas mort finalement. Mais c'est bizarre. Il a un pris un carreau d'arbalète à l'arrière de l'épaule, alors que... bon, normalement il aurait dû la prendre de face. Et puis il a l'air d'avoir reçu un sacré coup sur la tête ! Qui a bien pu lui infliger ça ? Il va encore gueuler parce que son casque est abîmé. Allez, encore deux ou trois gifles, je vais lui filer un coup de gnôle, et j'y vais ! Je dois m'assurer que la situation est sous contrôle. Ah, et puis surtout, quand on aura gagné, il faudra dire à l'Elfe qu'elle se rhabille aussi. C'est dommage, mais c'est comme ça.

VIII

Le repos des guerriers

Lorsqu'ils furent certains que la bataille était terminée, les aventuriers poussèrent un cri de victoire. L'Elfe reçut l'urgente instruction de mettre de l'ordre dans sa tenue et elle se rhabilla donc, sous les yeux ahuris des hommes de Birlak. Ceux-ci continuaient de diriger l'embarcation à l'avant, et la seule chose qu'ils avaient pu voir de l'échauffourée se résumait à l'arrière-train de l'archère et à ses tirs de flèches. Les autres détails du combat leur avaient été cachés par la cabine principale.

La barge des Transports Charland finit par s'éloigner des gredins déconfits, de leur canot enflammé et de leurs problèmes de natation.

Après quelques secondes de silence relatif, la porte de la cabine s'ouvrit à demi, et Birlak sortit la tête pour observer le pont. Il vit les aventuriers, adressant des signes obscènes à leurs ennemis, lesquels avaient pourtant d'autres préoccupations. Il distingua la colonne de fumée noire.

— Eh bien, claironna-t-il en avançant, j'ai l'impression que vous leur avez donné une bonne leçon !

Le Nain était à présent éveillé et assis, s'appuyant contre une caisse. Il massait son front d'une main, son casque posé sur les genoux. Du sang coulait le long de son bras du côté de l'épaule blessée.

— Mais vous avez été touché ! s'indigna le quadragénaire en se baissant à son chevet.

Le courtaud faisait grise mine, mais répliqua néanmoins :

— Bah, c'est rien ! J'ai encore un paquet de points de vie !

— On devrait lui enlever la flèche, ajouta la Magicienne.

Le Ranger voulut ajouter quelque chose, mais Codie sortit de la cabine au même moment. Il oublia ce qu'il voulait dire.

— Waouh ! s'écria-t-elle. Vous avez repoussé tous ces maudits brigands !

— Eh oui, gazouilla l'Elfe depuis le toit.

Elle brandissait son arc avec fierté. Par bonheur, elle avait enfilé sa jupe et sa tunique avant de se manifester.

— C'est vrai qu'on a bien joué, crâna le rôdeur.

— Aglouk, ajouta l'Ogre en levant son gros poing.

— Pas de quartier pour les canailles ! renchérit la jeteuse de sorts.

— Nous allons soigner votre ami, proposa Birlak en vérifiant d'un coup d'œil sa cargaison. Puis nous nous arrêterons pour déjeuner. Il faut encore mettre de la distance entre nous et ces malandrins !

La nouvelle de l'imminence du repas fut la cause d'une grande agitation. Il fallut trouver une occupation à l'Ogre, que l'on envoya dans une cale pour déplacer des marchandises. Le Nain fut placé de telle sorte que l'Elfe, aidée de la Magicienne, puisse réaliser l'extraction du carreau d'arbalète. Fort heureusement la conscience quasi professionnelle de l'Elfe dans les moments pénibles ou dangereux lui faisait oublier son antipathie envers les Nains. Le blessé râlait, mais ne pouvait pas s'opérer lui-même, il était donc forcé à l'immobilité, surtout qu'on l'avait menacé de donner son dessert à l'Ogre. La fille du marchand rejoignit l'équipe pour lui éponger le front à l'aide d'un linge tiède, interrompant du même coup ses jérémiades.

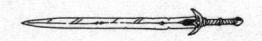

BULLETIN CÉRÉBRAL DU NAIN

Mince alors, j'ai pas eu de bol sur ce coup-là. J'ai pas eu le temps de combattre, et on avait déjà gagné. En plus, je ne peux pas utiliser ma super hache de jet. Je ne sais pas ce qui s'est passé, je me souviens de l'Elfe, quand j'ai regardé derrière moi. Elle avait enlevé ses vêtements pour tirer des flèches. Elle fait vraiment n'importe quoi celle-là. C'est vrai qu'elle n'est pas foutue pareil que les femmes de chez nous. Faut reconnaître, y a quelque chose qui m'oblige à regarder, même si c'est bizarre. Avec ses deux gros machins là... Et puis, elle n'a pas beaucoup de poils, j'avais vu ça l'autre jour, avec son histoire de baignade. Ils tirent sur la flèche ! Houla ! Non, faut que j'évite de gueuler, après ça va faire passer les Nains pour des tapettes. Alors pensons à autre chose... Ah oui, l'Elfe qui tire à l'arc. Bon, qu'est-ce qui s'est passé au juste ? J'ai regardé, et puis après, j'ai reçu un genre de choc. Et je me suis réveillé avec une flèche dans le dos, et la caboche en feu ! Tiens, y a la fille de machin qui me frotte la tête avec son chiffon. J'aime bien ça. Je me demande... Est-ce que par hasard elle tire à l'arc elle aussi ?

Ils s'arrêtèrent finalement, pour ancrer l'embarcation dans un virage, une zone calme sur la rivière. Selon les bateliers, c'était beaucoup moins dangereux que de s'accrocher sur la berge et c'était le meilleur moyen de prévenir les attaques surprises. Ils improvisèrent des tables à l'aide de quelques caisses empilées, et le déjeuner fut mis à disposition. Les rations n'étaient pas forcément calculées pour les Ogres, on frisa donc la catastrophe lorsque celui-ci s'empara d'un plat de poulet destiné à l'équipage et qui n'était pour lui qu'une assiette individuelle. La Magicienne agita deux saucisses sous son nez, pour leur permettre de récupérer la nourriture et d'en distribuer les portions.

Tout en savourant sa *poêlée de lardons sur tranche de pain noir*, le Ranger expliquait à Birlak, ainsi qu'à sa fille subjuguée, les bienfaits de la stratégie, et l'utilité d'être un bon chef pour diriger les troupes au cœur de la bataille.

Quelque part et très loin au sud-est, les deux indicateurs Gilles et Bertrand déjeunaient également, dans un petit relais de voyageurs à l'entrée de la grande cité de Waldorg. Ils avaient chevauché la veille, et sans se presser, depuis Glargh en utilisant le détour du sud, qui était le plus utilisé. Personne ou presque ne prenait la route directe, à travers les plaines sauvages de Kwzprtt. On risquait d'y rencontrer des villages de barbares, des troupeaux d'Aurochs, des dragons fouisseurs, des vers des sables, des ouklafs géants, des fourmis dévorag, des golems abandonnés, des cactus carnivores, des nids de blattes géantes, des lions, des tigres à dents de sabre, et parfois des squelettes de dinosaures animés par quelque nécromant farceur, et vindicatifs par nature. Ce n'était pas un chemin très recommandable, en fait.

Aussi les deux hommes avaient préféré longer la côte par le chemin de Glargh à la cité côtière de Kjaniouf, puis de cette dernière jusqu'à Waldorg. Ils venaient mettre à l'abri leur magot, les mille cinq cents pièces d'or escroquées aux cultes des temples de Glargh les plus en vue. Waldorg était une bonne ville pour se faire oublier.

Gilles leva son gobelet de vin aux épices :

— Allez, moi ça me donne envie de trinquer encore une fois !

— Tu l'as dit !

— Buvons… Aux bonnes affaires !

— Aux bonnes affaires !

L'établissement comptait de nombreux consommateurs, et parmi eux un type vêtu de noir et rouge, qui scrutait la salle depuis le comptoir et que nos voyageurs n'avaient pas vu jusqu'à présent. L'homme repoussa son pichet et franchit en quelques pas la distance qui les séparait. Il semblait sportif et bien bâti mais il était difficile de deviner sa profession, ses vêtements amples pouvaient dissimuler aussi bien des armes que des outils de voleur ou des parchemins. Il se pencha sur leur table :

— Vous êtes bien les célèbres indicateurs de Glargh ? Bertrand Sudote et Gilles Kalnipo ?

Pris au dépourvu, et devant l'aspect inhabituel de la question, ceux-ci bredouillèrent :

— Eh ben… Hum… Ça dépend.

— C'est pas forcément nous.

— On n'a pas l'habitude de donner nos noms.

— Et puis on n'est pas trop célèbres.

— Hon hon.

Il faut dire qu'en général, ils n'aimaient pas trop qu'on les reconnaisse, c'était plutôt mauvais dans le métier. L'indicateur était le quidam de base, qu'on ne voyait pas dans la foule et qui pouvait se glisser n'importe où sans déclencher les vivats de ses admirateurs, qui étaient de toute façon plus rares que ses ennemis. Il était trop tard de toute façon, car leur réaction ne laissait aucune équivoque quant à leur identité.

L'énigmatique gaillard haussa un sourcil, ce qui ne voulait pas dire grand-chose. Il se redressa, et déclara :

— J'ai un message pour vous.
— Ah bon ? s'inquiéta Bertrand. De la part de qui ?
Une goutte de sueur âcre perlait sur sa nuque.
— De moi-même.
— Tiens donc ?
— Je suis le messager de la Vengeance de Khornettoh.

C'était fâcheux. Les Pontifes de la Grande Boucherie de Khornettoh n'étaient rien de moins que l'engeance la plus violente parmi tous les cultes barbares représentés en Terre de Fangh. Ce n'était peut-être pas une si bonne idée d'avoir monté cette escroquerie de l'information. Telle fut la dernière réflexion des deux indicateurs. Ils n'eurent pas assez de milli-secondes pour mettre en application ce que leur instinct de survie leur commandait de faire : quitter leur chaise, et courir vers la porte le plus rapidement possible, sans jamais regarder derrière eux, et en laissant là leurs sacoches pleines d'or.

Le spadassin, dans un mouvement difficilement compréhensible tant il était rapide, avait dégainé deux longues dagues depuis les étuis dissimulés dans ses manches. Il trancha les deux gorges d'un même élan, puis planta ses armes dans deux yeux paralysés par la surprise. Au moment où les autres clients criaient pour manifester leur stupeur, il s'était déjà baissé d'un geste souple pour s'emparer des sacoches sous la table. Alors que certains avaient à peine amorcé le geste de se lever pour tenter quelque chose, il avait parcouru la distance qui le séparait de la porte. Il disparut ainsi dans la clarté de l'avenue commerçante du faubourg de Waldorg.

La porte battante se referma en grinçant.

Dans le restaurant, deux victimes à la gorge lacérée achevaient de soubresauter en tombant de leur chaise, au milieu des exclamations. Quelques consommateurs se rapprochaient pour en savoir plus.

Le patron tenait toujours à la main le pichet qu'il comptait remplir au tonneau. Il n'était pas aux premières loges, et n'avait absolument rien compris. Il avait vu un type sortir en courant, et s'avança pour constater l'état du désastre par-dessus son plan de travail.

— Bon sang d'patacaisse de foutrache ! grogna-t-il en découvrant la boucherie.

Le vieux Padrough, qui buvait son litre de vin tous les midis au comptoir, n'avait pas tressailli. Il reposa son godet et ânonna d'une voix pâteuse :

— Chuis sûr que c'est un putain d'ambidesque ce gars-là !

— Qu'est-ce que tu racontes, l'ancien ?

L'ivrogne fit un geste malhabile des deux mains, symbolisant de façon grotesque le mouvement d'attaque de l'assassin. Puis il s'expliqua :

— J'ai tout vu j'vous dis ! Il attaque avec les deux mains ! C'est un vrai ouarieur ça ! Un ambidesque !

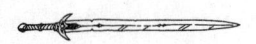

La rivière suivait son inéluctable destin d'eau qui coule. Une corneille se posa sur une branche.

Au terme d'une collation bien méritée, le rôdeur reposa son ramequin de riz au lait, préalablement vidé de son contenu. Il savait que Codie l'avait cuisiné, il s'assura qu'elle n'était pas trop loin pour y aller de son commentaire :

— Vraiment, c'est un régal !

— C'est drôlement bon, renchérit l'Elfe.

— La dernière fois que j'ai mangé du riz au lait, compléta l'aventurier, j'avais quinze ans et demi !

La jeune fille rougissait sous les compliments. Elle vint s'asseoir près du chef du groupe, ou du moins celui qui se faisait passer pour tel. Elle cligna d'un œil malicieux :

— C'est un plaisir de cuisiner pour la compagnie des redoutables Fiers de Hache !

— Eh bé, voilà, hé hé, commenta le Ranger.

Il ne savait plus trop où il en était. C'était la première fois qu'il pouvait parler seul à cette fille, et il ne sortait de sa bouche que d'inutiles onomatopées.

La Magicienne observait leur manège et les couvait d'un regard critique.

BULLETIN CÉRÉBRAL DE LA MAGICIENNE

Tiens, c'est tout de même curieux, ça. Je viens de remarquer que le Ranger a l'air bête à chaque fois que la fille de Birlak s'approche de lui à moins de trois mètres. D'un autre côté, cette gamine semble devenir complètement gourde pour peu qu'il prononce trois mots. Il y aurait comme un genre de comportement bizarre lié à leur proximité ? Je me demande si... Non, franchement, ça ne serait pas le moment. Ce genre de rapprochement social serait catastrophique dans le cadre de notre mission. Bon allez, c'est pas tout ça, mais je vais réviser mes sorts ! Et puis, pourquoi les Fiers de Hache ?

De son côté, le Barbare boudait depuis l'attaque. Il ne cessait de faire des commentaires négatifs à propos des techniques de combat à distance et de *ces connards de bandits de mes deux qui ne montaient jamais sur le bateau*. Il avait rengainé ses deux épées sans même avoir eu l'occasion de s'échauffer le biceps. Et puis tous ces gens qui étaient contents d'avoir gagné, ça l'énervait. Il pensait qu'on n'avait pas vraiment remporté un combat quand on n'avait pas vu les entrailles de l'ennemi répandues sur le sol. Fuir devant l'ennemi ne faisait pas partie des coutumes de son peuple.

Il trouvait en la personne du Nain un réceptacle à doléances plus attentif que d'habitude. C'est que celui-ci marinait dans le même état d'esprit, aggravé bien sûr par son bandage à l'épaule et sa bosse sur le front.

— Il me faut des lances, comme pour la chasse, annonça le chevelu.

— Ouais, mais après ça fait comme les haches de jet ! Tu vises l'ennemi, et puis si tu rates ton coup, elle tombe à la flotte et tu l'as perdue !

— C'est pas grave, si j'en ai plusieurs.

Le courtaud considéra cette inéluctable vérité non sans une pointe de regret. Il ne pouvait pas jeter des haches de jet Durandil avec la même désinvolture. C'était quand même pas donné !

— Ouais, soupira-t-il. C'est vrai que c'est vachement moins cher que les haches.

— Et puis je peux les fabriquer moi-même !

— Ah bon ?

— Ouaip. Il faut juste récupérer des branches, et tailler la pointe avec du feu.

— Bon d'accord c'est facile, mais ça doit faire des dégâts tout minables !

Le musculeux guerrier lui adressa une grimace mauvaise :

— Si on tire vraiment fort, ça fait mal comme les flèches !

Le barbu des mines considéra son verre de jus de pomme avec un ennui profond. Il essaya d'imaginer une technique pour fabriquer des haches de jet avec des branches, mais il conclut que c'était impossible. Il se vengea donc sur les autres, comme à son habitude :

— De toute façon, les flèches c'est pourri ! C'est un truc d'elfe.

Birlak avait vainement tenté de comprendre comment la bataille avait tourné en leur faveur, en questionnant les aventuriers pour obtenir le récit de leurs exploits. Devant l'avalanche de versions différentes, il avait laissé tomber. Il imagina qu'avec toute cette action, il n'était pas facile pour les mercenaires d'y voir clair. Il avait compris qu'il y avait une histoire de boule de feu, que l'archère avait fait des ravages en tirant plusieurs centaines de flèches, ce qui était plutôt bizarre vu la taille de son carquois. Il y avait sans doute également un problème avec le vocabulaire, car elle avait parlé « d'enlever ses vêtements sur le toit à cause du bronzage », et cela lui semblait tout de même assez improbable. Le précieux chargement était toujours là, c'est ce qui lui importait.

À l'issue du déjeuner, il octroya au Nain une prime de risque de cinq pièces d'or pour avoir été blessé *dans l'exercice de ses fonctions*. Le barbu déclara qu'il aimait les bateaux, et que cet homme était son meilleur ami. Puis il gémit qu'il avait encore mal au crâne, et que ce serait bien si Codie pouvait refaire le coup du linge.

Ils levèrent l'ancre et s'apprêtèrent à reprendre leur périple. Le Barbare, qui avait l'entêtement d'un tigre affamé, insista pour se faire débarquer sur la berge près d'un bosquet, et s'absenta quinze minutes. Alors que l'équipage s'impatientait, il revint chargé d'un fagot d'épaisses branches sèches.

— J'vais faire des lances, expliqua-t-il en couvant l'assistance d'un regard méchant. Parce que c'est toujours les mêmes qui maravent !

Ce qui était assez gonflé tout de même, considérant que le Barbare avait à lui seul anéanti une bonne moitié des ennemis rencontrés depuis le début de l'aventure, depuis l'escapade du Donjon de Naheulbeuk. Mais personne ne voulait lancer un débat sur le sujet.

Et l'embarcation fut à nouveau dirigée dans le courant.

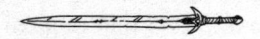

Trois guerriers-prêtres de Dlul, accompagnés d'un paladin, arrivaient au même instant sur le site de la tour d'Arghalion, à bord de leur *Charrette-Sommier de Combat Néfaste*. Ce n'était pas un spectacle courant, car les troupes affiliées au Temple du Grand Sommier sortaient rarement de leur repaire, de toute évidence par flemme.

Les prêtres étaient vêtus de la robe crème et du plastron noir afférents à leur fonction, et armés des redoutables *Marteaux d'Anesthésie de Skeloss*. Le paladin protégeait son intégrité physique dans une armure complète, elle-même enfilée sur son *gambijama*. C'est grâce à ce vêtement particulier, mélange d'un gambison et d'un pyjama, qu'il pouvait s'endormir dans les situations les plus périlleuses.

Il était d'ailleurs assoupi sur la charrette-sommier, auprès d'un des prêtres. Ils préparaient leur mission dans la plus grande passivité grâce à l'*Édredon de Récupération*. Leurs compagnons éveillés dirigeaient en bâillant la carriole et ses trois chevaux maladifs.

Expédiés sur les lieux suite à la réunion du conseil présidée par Sa Somnolence l'Archidoyen Yulric VII, le voyage depuis Glargh leur avait pris deux fois plus de temps qu'à n'importe quel autre équipage, puisqu'ils devaient s'arrêter fréquemment pour prier Dlul au cours d'une *Sieste Rituelle de Bienséance*.

— Eh ben, grommela l'un des cultistes, c'est pas trop tôt.

— M'étonnes, ronchonna l'autre en tirant sur les rênes.

Le soubresaut de la charrette fit ouvrir un œil au paladin, lequel se dressa péniblement sur son séant. Il étudia l'environnement.

Le site d'Arghalion offrait encore le même climat de déprime et le même désordre, alors qu'une bonne moitié des aventuriers avaient déjà plié bagage au cours de la matinée. Les rescapés déconfits, croisant les prêtres de Dlul sur la route du retour, leur avaient vivement conseillé de se diriger vers un autre donjon ou de rentrer chez eux. Il n'y avait plus rien de valable à l'intérieur, et la plupart des monstres et pièges avaient été défaits par les vagues successives de compagnies cherchant à mettre la main sur les statuettes de la prophétie.

Des papiers gras et des pièces d'équipement hors d'usage jonchaient le sol, ou se trouvaient entassés au pied des arbres. Des cendres volaient encore au-dessus des rares aventuriers qui attendaient avec espoir la sortie d'un camarade porté disparu. Il semblait effectivement ne plus y avoir aucun intérêt à rester là. Puis le paladin remarqua le groupe hétéroclite qui se pressait un peu plus loin autour de quelques hommes en robe grise, et qui semblaient discuter avec véhémence. Il y avait là une trentaine d'individus.

— Frère Danlgaz, questionna le héros, ne vois-je pas là-bas quelques représentants de cette horrible congrégation des Aruspices de Niourgl ?

— Si fait, Maître Nissok, concéda le moine en fronçant les sourcils. Et je crois que les hommes en rouge et noir sont les étranges guerriers qui prêtent serment au dieu du sang.

Le frère Dupattai, qui tenait les rênes, ajouta :

— Et que font donc ici ces débauchés du culte de Lafoune ?

— Et... Par le Grand Édredon... les Acharnés d'Oboulos sont également de la partie !

— Ainsi que les Héritiers de Braav'...

— Et les dégénérés du Sanctuaire de Tzinntch en noir, conclut le paladin.

Les trois hommes échangèrent des regards éloquents. Le frère Danlgaz résuma leurs pensées :

— Je sens venir une tartine de gros ennuis.

On réveilla le frère Tairrinh, puis la petite troupe s'approcha de l'assemblée en traînant les pieds, pour essayer d'en savoir plus.

IX

L'éveil des sectes

Les employés de la Caisse des Donjons se trouvaient visiblement cernés par tous ces cultistes, hommes et femmes envoyés par les dignitaires des grandes religions de la Terre de Fangh pour tenter d'en savoir plus sur cette histoire de prophétie. Il y avait là un problème de taille, en cela que la plupart de ces groupes étaient persuadés d'être les seuls au courant de la remise de la statuette et demandaient des explications, menaçaient d'en venir aux mains, d'invoquer truc ou machin et de déchaîner les foudres de la colère de tel démon plurimillénaire. Ils ne s'attendaient pas à trouver la tour vide, avec un tas d'aventuriers battant la campagne en annonçant la fin du monde, et des oracles qui racontaient n'importe quoi. Ils nageaient dans la mélasse de l'incompréhension, tels les cormorans moyens découvrant la nappe de goudron sur une plage mazoutée.

— Ça suffit ! hurla le fonctionnaire au registre, prouvant ainsi qu'il faisait autorité.

Il remisa son monocle dans une petite poche, car la colère avait tendance à le faire tomber de son œil. Puis il écarta les bras pour se faire de la place :

— Il n'y a plus de visite de la tour ! Fini ! Terminé ! Tout a été vidé pendant la nuit, et personne n'a trouvé la moindre statuette !

— Le propriétaire n'était pas là, précisa l'un de ses collègues comme si c'était nécessaire.

Un prêtre de Lafoune les accusa d'un index rageur :

— On nous a certifié du contraire, mildouille de stupre !

— Ouais ! renchérit un bretteur de Khornettoh.

— Des informateurs nous ont vendu le secret ! grognèrent en même temps un Pourrisseur de Niourgl et une Ensorceleuse de Tzinntch.

— Ouais, à nous aussi, maugréa le bretteur.

L'homme au registre déclara :

— Vous êtes en retard ! Et de plus, il est évident que vous vous êtes fait berner !

— Maudits informateurs, grinça une voix. Qu'ils croupissent dans un vomissoir !

Un collègue plus jeune désigna la tour qui fumait encore :

— Les guildes d'aventuriers ont eu l'information par les oracles, on vous l'a déjà dit.

— Et nous avons du travail.

— C'est un scandale ! clama l'un des Héritiers de Braav' en levant sa bannière. La justice doit perdurer !

— Ça ne veut rien dire, pouffa le chef des apôtres de Niourgl. C'est pas une histoire de justice.

L'Héritier de Braav' lui aurait bien lancé un regard méchant, mais il ne savait pas comment faire. Quand on sert le seul dieu loyal-bon représenté en Terre de Fangh, on se doit de rester à tout instant aussi naïf que gentil. C'est la tradition. Afin de se donner de la contenance, il fit donc un bruit de moustique géant avec ses lèvres. Les cultistes se rassemblèrent en petits groupes afin de délibérer.

L'un des bretteurs de Khornettoh, dont le visage s'ornait d'une étrange barbiche, s'approcha de l'homme au monocle et lui glissa sur le ton de la confidence :

— Nous cherchons également des aventuriers renégats... Vous les auriez vus, peut-être ?

Le fonctionnaire le fixa, ne sachant pas s'il devait lui rire au nez ou le gifler. Cependant, considérant le fait qu'il servait le dieu du sang, il crut bon de ne choisir aucune de ces possibilités.

— Des aventuriers ? rétorqua-t-il néanmoins. Vous me demandez si on a vu des *aventuriers* ?

— Des aventuriers *renégats*, précisa le combattant.

— Écoutez-moi, mon brave : nous avons eu ici presque deux cents aventuriers pendant deux jours, dont certains sont actuellement au stade du tas de cendres, et d'autres qui battent la campagne à l'état de zombi ou d'homme-tronc, et quelques-uns qui ont des tentacules à la place de la tête... Dites-moi comment, par toutes les mamelles de la Grande Otarie, j'aurais pu reconnaître des *renégats* dans tout ça ?

Le bretteur resta songeur. L'un de ses comparses, au crâne rasé teint en rouge, s'approcha à son tour pour améliorer la description :

— Ils ont un ogre avec eux, un vrai. Il y a aussi un nain, et une magicienne en robe pourpre, une elfe court vêtue, un rôdeur et un guerrier des steppes.

Le bretteur à barbiche ajouta :

— C'est à cause d'eux que tout est arrivé, si vous voulez en savoir plus.

L'homme au registre soupira. L'un de ses collègues plus jeune, qui avait tout entendu, s'incrusta dans la discussion :

— Je crois que je les ai vus, mais ils ne sont pas dans le registre. Ils ont pique-niqué sous l'arbre et ensuite ont mis les voiles sans visiter la tour. Ils ont discuté avec le vieux Tulgar.

— Le vieux Tulgar ?

La discussion se prolongea, car les deux parties se trouvaient avoir moult questions. Le *Département des*

Soucis Prophétiques devait normalement se charger de ces fameux aventuriers, alors par quel hasard étaient-ils encore en circulation ? Le vieux Tulgar Iajnek ne faisait-il pas partie de ce département ? Ce n'était pas le boulot des *Inspecteurs des Donjons*, service auquel appartenaient l'homme au monocle ainsi que ses sous-fifres. Et comment le signalement de cette mystérieuse compagnie était-il arrivé aux membres des grands temples ? Et pourquoi les autres aventuriers n'étaient-ils pas partis à leur recherche ?

Les cultistes voulaient en savoir plus sur leurs éventuels faits d'armes ou actions d'éclat, leurs signes particuliers, et ce qu'ils avaient accompli lorsqu'ils étaient sur place. Ils furent surpris d'apprendre que ce groupe semblait constitué de novices, et qu'ils avaient passé leur temps à manger des pains à la saucisse et à lancer des insultes à un groupe de Nains. Comment diable des bleusailles pouvaient entreprendre une quête de cet acabit et se mettre en tête de précipiter la fin du monde ? Et surtout, pourquoi un sorcier tel que Gontran Théogal, mage de niveau douze, avait-il fait appel à une compagnie aussi bancale ?

Personne n'avait les réponses à ces questions, pour le moment. L'homme au crâne rouge se serait bien arraché les cheveux, mais cela lui était impossible car il manquait de matière.

Les employés de la Caisse des Donjons décidèrent qu'il était temps de rentrer au quartier général pour demander la mise en place d'une *réunion extraordinaire en groupe élargi de comité consultatif restreint*, une dénomination qui ne voulait pas dire grand-chose mais qui faisait toujours bien sur la page de garde des comptes rendus.

Le frère Danlgaz avait suivi ces échanges d'une oreille attentive, feignant de s'intéresser à l'architecture de la tour. Il apparaissait que lui et ses compères du Temple du

Grand Sommier, malgré toute leur bonne volonté, avaient fait un interminable chemin pour rien. C'était fatigant.

Les adeptes de Dlul étaient habitués à l'effort minimal et à l'interminable contemplation de leur moi intérieur par le biais du Sommeil et de l'Ennui. Il n'était que rarement question de se déplacer.

— Alors, l'interrogea le paladin. Qu'est-ce qu'on fait ?

Ils bâillèrent de concert.

— Cela m'épuise à l'avance, Maître Nissok, mais nous devons nous rendre à Tourneporc. C'est par là que sont partis ces fameux aventuriers que nous recherchons.

— *L'avenir appartient à ceux qui ne se lèvent pas*, cita le frère Dupattai. Actes de Dlul, vingt-trois, huit, paragraphe quatre.

— Votre connaissance des Actes est légendaire, frère Dupattai.

— Je vous en suis gré, bâilla l'intéressé.

Le frère Tairrinh désigna leur moyen de transport :

— Alors allons donc profiter des bienfaits de cet Édredon de Récupération, ensuite nous aviserons.

— Certes.

Ils s'éloignèrent donc, et fort à propos, du rassemblement de cultistes. Le ton venait de monter, car un débat sauvage avait pris place entre les Acharnés d'Oboulos et les putrides prêcheurs des Aruspices de Niourgl. Comme toute discussion théologique, le propos qui se révélait d'un ennui mortel pour le quidam n'engendrait pas moins chez les passionnés le plus vif agacement, doublé d'un manque flagrant d'objectivité. La question portait sur la possibilité que le dieu du travail soit inexistant, et que ses préceptes ne soient autres que des racontars de névrosés qui feraient mieux de retourner traire leurs chèvres. Les Acharnés crièrent au scandale et mentionnèrent aux pourrissants la possibilité qu'ils avaient d'utiliser leurs tentacules mutagènes de Niourgl pour se les fourrer dans le derrière. Ce point soulevé, les prêtres de

Lafoune, déesse interdite aux mineurs, vinrent tout naturellement se joindre à la discussion pour ajouter qu'en agissant de la sorte, ils rendraient hommage à leur Pygocole Divinité. Ils insistèrent sur quelques détails pratiques, et se firent insulter. Ils traînèrent dans leur sillage les initiés du Sanctuaire de Tzinntch, qui voyaient dans ce début d'affrontement la possibilité de tester leur dernier sortilège de combat, très justement nommé *Katah Ul deh iä tahgu*, ce qui signifiait en vontorzien supérieur *cent-yeux-arrachés-par-des-pinces-coupantes*.

Puis les quelques rares observateurs de la scène décidèrent qu'il était temps de prendre la fuite et qu'ils seraient plus en sécurité de l'autre côté du continent, car l'un des guerriers avait entamé la danse du *Cauchemar Vivant de Khornettoh*.

On raconte encore dans les auberges qu'une bataille intense et violente fit rage ce jour-là, au pied de la tour dévastée, et que seuls survécurent quatre prêtres endormis dans une charrette. Les conteurs les plus hardis vont même jusqu'à conclure sans la moindre honte, « vous voyez, face au danger, l'important finalement c'est de croire en quelque chose ».

Birlak scrutait la rivière avec inquiétude. À l'avant de la barge, il discutait de la suite des opérations avec le chef de ses mercenaires de location :

— Nous allons arriver dans la partie dangereuse du parcours... Ici la rivière est plus profonde mais aussi beaucoup moins large. On pourrait nous attaquer depuis la berge.

— Eh ben, souffla le rôdeur.

Il n'était pas trop rassuré, du coup, d'être à la proue. Il cherchait une excuse pour retourner à l'arrière.

Le batelier continua :

— Remarquez, il se pourrait que la défaite des précédents vauriens soit déjà connue du voisinage, et que ça fasse réfléchir d'éventuels postulants.

— Mais comment est-ce possible ? Ils n'ont pas installé de réseau de messagers tout de même ?

Le quadragénaire désigna sans rien dire un corbeau posé sur une branche morte, un peu plus loin sur la berge. Le volatile, comme s'il s'était senti visé, s'envola en croassant.

— Vous avez sans doute remarqué le comportement bizarre de certains oiseaux, qui semblent nous surveiller depuis que nous sommes partis ?

Le rôdeur n'avait rien remarqué du tout, mais se donna bonne contenance :

— Oui oui, des oiseaux bizarres. Tout à fait.

Birlak enchaîna :

— On m'a raconté que ces oiseaux sont utilisés comme espions ! Il paraît qu'un chercheur en animancie a développé un code de communication basé sur l'hypnose, et qu'on peut envoyer des oiseaux surveiller les gens, et leur demander de faire un rapport ensuite. C'est une pratique très à la mode !

— Mais c'est ridicule, commenta le Ranger. Y a rien de plus con qu'un piaf. Il faudrait qu'on se méfie des oiseaux maintenant ?

— C'est ce qu'on m'a dit. Mais peut-être que pour vous, c'est sans importance. Vous savez vous débrouiller.

Le rôdeur pensa qu'il était sans doute plus intéressant, pour maintenir l'illusion, de ne pas répondre à cette dernière affirmation.

Derrière eux, le Barbare était assis sur une caisse. Il avait déjà passé une demi-heure à tailler ses branches en pointe, à l'aide de son vieux couteau de brousse.

Les copeaux s'étalaient un peu partout, poussés par le vent. Il était un peu fâché car on lui avait interdit d'allumer un feu sur le pont, pour faire durcir les pointes. Le seul endroit où l'on avait le droit de faire du feu, c'était dans la cuisine parce qu'elle avait reçu un traitement spécial.

BULLETIN CÉRÉBRAL DU BARBARE

Les bateaux, c'est vraiment mauvaise invention. Me rappelle mon père. Il disait que les bateaux, c'était pour les elfes. On peut pas se battre. On doit faire attention à pas tomber. On peut pas faire du feu. On boit pas d'alcool. Et le jus de pomme, c'est pourri. Beaucoup d'eau, partout. Et puis ça n'avance pas aussi vite que quand on court.

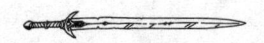

BULLETIN CÉRÉBRAL DE L'ELFE

Je ne comprends pas pourquoi tout le monde veut faire comme moi. Les attaques à distance, c'est réservé aux elfes. Déjà, le Nain qui veut tirer avec sa hache, et maintenant la brute qui veut faire des lances comme dans sa tribu, quand ils vont tuer les Aurochs pour les manger. Et l'autre avec sa cape, il a dit qu'il savait tirer à l'arc aussi ! Si ça continue, plus personne n'ira se battre au *corps à cri*, ou je ne sais plus comment disent les humains. C'est dommage, parce que les flèches, si jamais on rate la cible, on a un problème ensuite quand l'ennemi s'approche. Normalement, je devrais avoir une dague, mais il faudrait savoir comment on s'en sert. Et puis, j'ai bien tiré sur les brigands, mais comment je vais faire maintenant ? Il m'en reste une seule dans mon carquois, et je ne vois aucune boutique. Il ne faudra pas la gâcher ! La Magicienne a dit que j'étais une exitibitriste encore une fois, il faudrait vraiment qu'elle m'explique ce que ça veut dire.

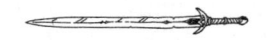

À quelques centaines de mètres en aval, le corbeau-espion se posa sur le gantelet d'un guerrier. Le robuste gaillard portait un plastron de cuir jaune et des épaulières, l'ensemble étant gravé de motifs tourmentés, représentant des corps dont certains se livraient à des actes immoraux. Une longue cape violette contribuait à élargir sa silhouette de vétéran.

Un deuxième homme, vêtu d'un ample vêtement du même jaune et brodé de symboles violets, coiffé d'un étrange casque de cuir, s'approcha du volatile. L'individu, à l'expression hautaine, s'appuyait sur un long bâton dont l'extrémité s'ornait d'une énorme pierre. Il sortit d'une besace un petit morceau de viande, qui disparut dans le bec largement ouvert.

Le corbeau croassa deux fois, puis agita deux fois son aile droite. Il leva une patte, croassa brièvement, et sautilla trois fois. Il ouvrit largement ses ailes et les referma. Il sautilla de nouveau, deux fois, et agita sa tête de droite à gauche. Ensuite, il amorça trois séries de battements brefs de l'aile gauche, et claqua six fois du bec, qu'il tourna vers le ciel en le maintenant ouvert. Il ouvrit une nouvelle fois ses ailes et n'en replia qu'une seule. Puis il picora le gantelet de deux coups brefs, croassa de façon aiguë et finalement reprit sa posture de départ.

— C'est clair, expliqua l'homme au bâton tout en sortant de sa besace un nouveau morceau de viande. La barge se trouve de l'autre côté du virage. Les aventuriers sont là ! Leur chef est à l'avant, et il discute avec un homme entre deux âges. Il y a aussi l'Elfe, l'Ogre et la Magicienne, ainsi qu'un Barbare et un Nain, qui est allongé. Et deux types qui doivent représenter l'équipage du bateau.

— La Magicienne et l'Ogre sont à l'arrière, précisa le guerrier.

— Ah, je ne suis pas d'accord. Ils sont plutôt au milieu de l'embarcation.

— Non, c'est l'arrière. Aile gauche, deux picorages et croa aigu, c'est l'arrière.

— C'est le milieu.

— Pardonnez-moi, Maître Girv, mais c'est l'arrière.

— QU'IMPORTE ! Par les tétons de la grande courtisane ! On ne va pas s'emmerder avec des détails !

Le guerrier bougonna quelque chose, et agita son bras pour faire partir l'oiseau, qui attendait encore une récompense. Le corbeau, toujours fermement attaché à son gantelet, claqua du bec. Le guerrier redoubla d'efforts, et ses gesticulations, associées à son expression fâchée, lui donnaient un air absolument ridicule. Il finit par s'en débarrasser.

Un troisième lascar, svelte et torse nu, apparut entre deux buissons. Les vêtements légers, braies de cuir jaune et bottes de cuir, indiquaient une fonction de reconnaissance ou de messager. Il sortait visiblement d'une course assez intense, et la sueur faisait luire ses muscles fins. Il respira deux grands coups, et annonça :

— Y a... Y a... Y a un problème, Maître Girv !

L'homme au sceptre, qui dirigeait l'escouade d'élite des *Batailleurs de la Confession réformée de Slanoush*, grinça des dents :

— Un problème ? Comment pourrait-il y avoir le moindre problème, nous sommes au milieu de rien !

— Oui, Maître... souffla l'éclaireur. Mais nous ne sommes pas seuls !

Le guerrier taciturne se racla la gorge et décida d'essayer d'enlever, avec sa langue, un morceau de gras de jambon qui restait coincé entre ses dents.

Le commandeur Girv s'approcha du coureur et le fixa de son regard inquisiteur :

— Qui ? Qui ose se mettre en travers de notre glorieuse mission ?

— Les... Les Héritiers de Braav' ! Faciles à reconnaître, avec leurs armures blanches.

Le guerrier pouffa. Quand on était depuis vingt ans dans le métier de la guerre et des interventions musclées, le simple fait d'entendre parler de cette congrégation de pseudo-combattants naïfs suffisait à provoquer l'hilarité.

— Il suffit, Gragan ! trancha le commandeur. Ce n'est *pas* drôle !

— Pardonnez-moi, mais... Les Héritiers de Braav' n'ont jamais été un problème pour personne...

Le guerrier ne pouvait se départir de son large sourire, à la simple pensée de ses précédentes rencontres avec les représentants de cet ordre.

— Oui, mais il y a aussi une escouade de Puruls de Niourgl, ajouta timidement l'éclaireur.

Le dénommé Gragan perdit son sourire, aussi vite qu'une elfe perdrait sa virginité dans un temple de Lafoune. Les Puruls étaient des guerriers sauvages menés par les prêtres de Niourgl, dieu des maladies et d'autres choses encore moins agréables. Ils étaient parfois dotés de capacités surprenantes et transmettaient d'innombrables infections lors des combats.

Le commandeur était surpris :

— Des Puruls, alliés aux traîne-savates de Braav' ? Qu'en est-il de cette magouille ?

L'éclaireur recula malgré lui, et précisa :

— Ils ne sont pas alliés, je pense. Ils arrivent par le nord. Les Héritiers arrivent par l'ouest.

— Combien sont-ils ? adjura Gragan qui s'était approché. Les Puruls, combien sont-ils ?

— Je n'ai pas eu le temps de compter, marmonna le coureur. J'ai fait vite, parce que j'ai vu les... les types en robe noire, qui viennent de l'est.

Girv ouvrit la bouche, de stupeur. Il se frappa le front :

— Les Ensorceleurs de Tzinntch ?

— C'est cela, je me disais aussi que je les connaissais !

Le commandeur tourna le dos à ses hommes et fit deux pas vers le campement.

— Muqueuse de ribaude ! jura-t-il aux buissons environnants. C'est une catastrophe !

Le guerrier sollicita l'éclaireur à nouveau :

— Et je suppose qu'ils ne sont pas en route pour un pique-nique ?

— Troupes en armes, étendards, détachement de commandement... Ils sont en route vers nous, ça j'en suis certain. Mais je ne sais pas pourquoi.

— Maître Girv, implora le guerrier, il faudrait qu'on change notre plan. Ça sent le crottin cette histoire !

Le commandeur fit encore quelques pas vers le campement, puis il se retourna vers l'éclaireur :

— À quelle distance se trouvent-ils ?

— Pas loin. Ils ne sont pas *gruaikkkgllllll* !

Une flèche venait d'apparaître en travers de la gorge du coureur, qui tituba en émettant d'immondes gargouillis.

Gragan dégaina sa grande épée, cherchant des yeux l'archer embusqué. Un bruit feutré se fit entendre, et une flèche frôla sa jambe. Il vit alors que le commandeur n'avait pas demandé son reste et filait déjà vers le camp pour rassembler les troupes. Il courut à sa suite en lançant à son agresseur une série d'insultes, évitant une autre flèche.

Deux archers au visage grimé sortirent alors de derrière leur buisson, et se frappèrent rituellement la paume de la main. Ils étaient vêtus de tenues de camouflage ainsi que de bottes, de bracelets et d'un carquois. Ces accessoires, d'un violet vif, semblaient constituer une ode vivante au mauvais goût.

— J'avais bien vu un type courir devant nous, lança le plus grand.

— Ouais ! Trop fort !

Puis ils jetèrent un œil à la clairière.

— D'où ils sortent ceux-là ?

Le plus petit s'avança et se pencha sur l'éclaireur, qui bougeait encore faiblement.

— Du jaune pâle et du violet... Et le petit médaillon avec la gonzesse à poil... Des gars du temple de Slanoush.

— Mince alors ! On n'est pas seuls sur le coup !

— Tout ça pour des aventuriers ?

Ils se tournèrent alors et découvrirent qu'un type les regardait. Il semblait sortir de la forêt, et avait l'air aussi surpris qu'eux. Il était habillé de vêtements souples et pratiques pour la marche en forêt, mais bizarrement blancs, sauf si l'on considérait le dégradé de brun formé par les traces de boue qui montaient depuis ses pieds jusqu'à son torse. Il n'était armé que d'une dague courte qui pendait à sa ceinture.

— Par la Justice de Braav', clama-t-il. Ami ou ennemi ?

Une flèche frôla son oreille, il tourna les talons et s'enfuit en criant « désolé, je suis vraiment désolé ».

Quelques minutes plus tard, dix hommes en longues robes noires et cagoules assorties parvinrent à la clairière à leur tour. Ils ne firent pas de détail, en voyant les deux archers toujours occupés à se poser des questions, et organisèrent instantanément leur décès dans la souffrance et dans un torrent de *flèches serpentines de malheur adjacent*, sort de niveau quatre, huitième arcane de magie, catégorie *poutrage*, ordre des *incantations directionnelles*, sous-ordre des *projectiles magiques à dommages maximisés*.

Une fois les miasmes magiques dissipés, l'un des hommes en noir s'approcha du couple de cadavres aux chairs tourmentées. Il chassait l'air nauséabond de devant son nez en agitant sa manche.

— Joli, joli, apprécia-t-il. Mais on aurait pu essayer l'*Éventreur de Tlikar*.

Un autre sorcier s'était avancé dans la clairière et observait le périmètre. On entendait pas mal de cris venant de la rivière.

— On a eu raison de se méfier, avec tout ce bruit.

— D'où ils sortent, ces gugusses ? Et y en a d'autres on dirait ?

— Ce n'est pas normal, rapporta un troisième larron. On m'a dit qu'il n'y avait rien dans cette foutue région.

— Ces bottes violettes, c'est d'un mauvais goût !

— Et le type en cuir jaune là… C'est bien du style de Slanoush, ça !

— Bon, dépêchons-nous, il faut intercepter ces aventuriers !

— Tiens, j'entends du bruit de l'autre côté aussi…

— Mais c'est quoi cette région ? s'insurgea un énième encagoulé. On arrive pendant la foire aux boudins ?

La barge des Transports Charland s'approchait de la zone considérée dangereuse. La rivière accentuait son débit, il fallait en conséquence longer la berge pour éviter une série d'affleurements de roches sous la surface. À mesure qu'ils progressaient, ils entendirent des cris, et d'étranges bruits, qui selon la Magicienne « pouvaient être des sortilèges ». C'était un peu inattendu, en cela que d'habitude les gens qui montent les embuscades se tiennent silencieux au moins jusqu'à l'arrivée de leur victime. Mais la vue était cachée par la végétation, abondante à cet endroit, et par les virages du cours d'eau.

Codie s'était réfugiée, à la demande de son père, dans la coursive inférieure. Poupa et Carl, les deux manutentionnaires, redoublaient de vigilance et menaient à l'aide de leur perche une petite guérilla personnelle contre les embûches et les tourbillons.

Les membres de la compagnie se tenaient prêts à tout. Enfin, disons qu'ils s'attendaient à n'importe quoi, sans vraiment savoir ce qu'ils pourraient faire, le cas échéant.

Le Barbare avait approché son stock de lances, et l'Elfe était à nouveau sur le toit, mais elle n'avait pas précisé qu'il ne lui restait qu'une flèche, car elle avait un peu honte. Le rôdeur lui avait interdit d'enlever ses vêtements, pour préserver la bonne image qu'ils donnaient à leur employeur. Il était néanmoins persuadé que la tenue de l'Elfe avait été bénéfique pour le déroulement de la précédente bataille, et s'était promis d'étudier un plan relatif à cette situation pour la suite de leurs aventures.

L'érudite se concentrait. Elle fermait les yeux, récitant mentalement ses sorts. Le courtaud usait le pont de ses centaines de pas nerveux, et grimaçait car son épaule le faisait souffrir quand il faisait des moulinets avec sa hache. Il aurait bien aimé qu'on lui mette encore un linge humide et tiède sur le front. Surtout quand c'était Codie.

Le vacarme s'intensifiait. Ils entendirent un bruit qui faisait *bzouiiing*. Un couinement presque inhumain le suivit de peu. Ils virent également monter une colonne de fumée noire vers l'ouest.

— C'est bizarre, nota Birlak. Normalement, c'est plutôt paumé comme région.

— J'ai l'impression que c'est une grosse bataille, témoigna le Ranger.

Une série de sons agressifs retentirent ensuite, comme si on projetait contre un mur une collection d'amphores de céramique.

— Ah ! sursauta la Magicienne. Ça, je connais !

On lui demanda des précisions.

— Un sortilège de désintégration d'armure ! C'est utilisé pour briser les défenses des guerriers trop bien protégés. J'ai eu la démonstration en troisième année, c'était le vieux Grifoild qui nous donnait les cours ! Vous auriez vu sa tête, à ce type, on était…

— Ça ira ! ronchonna le rôdeur.

— On en a rien à cirer, compléta le Nain.
— En tout cas, ça confirme que ce n'est pas une altercation de paysans, nota l'érudite. Y a du sorcier sur la brèche !

Le courtaud, qui aimait bien avoir le dernier mot, ronchonna :
— Va mourir.

Ils écoutèrent la bataille, dont ils se rapprochaient toujours, et qui semblait prête à leur sauter au visage.
— J'ai l'impression que c'est vraiment sur le bord de la rivière, murmura Birlak.
— Si on arrête de parler, peut-être qu'on va passer inaperçus ?

Le Ranger avait déjà prévu, si jamais quelque chose de dangereux survenait, d'opérer un repli derrière un gros ballot de tissus recouvert d'une bâche goudronnée.

Puis il y eut un méandre tumultueux sur la rivière, à la suite duquel ils furent à même de contempler la scène dans toute son épique splendeur.

Sur la berge ouest en aval, à une centaine de mètres au creux d'un autre virage, se déroulait effectivement un affrontement chaotique et débridé.
— Oh ! là là ! geignit l'Elfe du haut de son toit.

Ils virent un homme se jeter à l'eau, transformé en torche vivante. Ils distinguèrent des costumes noirs, des armures blanches, et des combattants aux couleurs indéfinissables qui se massacraient à l'épée, à coups de hallebarde, à l'aide de sortilèges et d'autres choses incompréhensibles de loin. Les détails devenaient plus nets à mesure qu'ils descendaient le courant. Sur la barge, l'équipage aussi bien que les membres de la compagnie demeuraient silencieux.
— Incroyable, chuchota finalement Birlak.
— On pourrait peut-être essayer de ne pas trop s'approcher, suggéra le Ranger.

— Vous avez raison !

Le quadragénaire donna l'ordre à ses hommes de stopper l'embarcation, qui prenait de la vitesse dans le courant. Ceux-ci balancèrent promptement des grappins sur la berge, afin d'y amarrer le transport. Puis ils attendirent que se termine le combat, puisque personne ne s'intéressait à eux.

BULLETIN CÉRÉBRAL DU RANGER

Eh bien… J'aime mieux être à ma place qu'à la leur ! Qu'est-ce qu'ils se mettent ! Ah tiens, les types en noir là… Ce sont eux qui lancent des sorts. Ils ont sans doute un problème, les voilà qui se cachent derrière un vieux tronc. Et les guerriers blancs là, n'ont pas l'air très futés. Y en a un qui vient de tomber à l'eau en voulant sauver son camarade, c'est pas très malin. Et le mec bizarre là… Il a trois bras, non ? Et là-bas… Oh, bon sang, la belle flèche ! C'est pas comme l'Elfe, tiens… Ah, mais le mec se relève, elle n'était peut-être pas si belle que ça. Il arrive encore à courir avec une flèche dans le torse ? Oui, bon maintenant c'est l'archer qui s'enfuit. Ah, dommage, quelqu'un vient de lui jeter un genre de sortilège. Fichtre ! On dirait que ses bras sont tombés tout seuls !

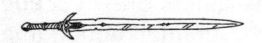

— La vache, chuchota la Magicienne. Un *Démembreur d'Akutruss* ! C'est un spectacle assez rare !
— J'aime autant que ça tombe ailleurs que sur nous, exposa le rôdeur.
— C'est vrai que c'est impressionnant, murmura Birlak.

— Il faudrait du maïs soufflé, souffla le Nain. Vous savez, dans un petit cornet ?

Personne ne voulait quitter le pont pour préparer du maïs soufflé, ils restèrent donc un moment à regarder ces étranges combattants s'entre-déchirer. Birlak attendit qu'il n'y eût plus aucun mouvement pour ordonner le décrochage des amarres, et l'embarcation reprit progressivement son chemin dans le courant.

La Magicienne était dubitative :

— Vous voyez souvent des gens se livrer bataille au bord de la rivière ?

— Mais non, certifia le quadragénaire. Et surtout pas des guerriers de cette classe ! En plus, il n'y a rien d'intéressant dans la région.

— C'est encore un truc bizarre, gémit le Ranger. Je ne sais pas si on a la guigne ou quoi, mais on n'arrête pas de croiser des gens qui font des trucs bizarres.

— Enfin, des gens qui ne sont pas des Elfes, marmonna le Nain. Parce que chez eux, c'est normal.

L'archère, toujours postée sur son toit, ne laissa pas filer cette bonne occasion d'entretenir les haines ancestrales :

— T'as qu'à sauter dans l'eau et mourir, sale nabot !

Celui-ci ricanait en se dandinant, et lui montrait son postérieur.

Ils passèrent devant le champ de bataille, et tous restèrent silencieux tandis que la scène défilait devant eux à la vitesse du courant. Il flottait une odeur de chair brûlée, et d'autres parfums non définissables mais qui feraient mieux de le rester. Les cadavres et les blessés disséminés dans des postures grotesques faisaient apparaître l'ensemble comme un projet de musée de la violence.

Un homme au visage à demi brûlé, qui gisait près du bord, voulut leur parler lorsqu'ils furent près de lui.

Il tendit la main vers eux, mais seul un borborygme s'échappa de ses lèvres tuméfiées.

L'Elfe entreprit de lui remonter le moral, elle hurla depuis sa cabine :

— Il faut tenir le coup ! Quelqu'un viendra sans doute vous sauver !

Le guerrier blessé écarquilla les yeux et les regarda sans comprendre, puis tomba sans connaissance.

— N'importe quoi, murmura le rôdeur.

Puis ils dépassèrent la scène et s'éloignèrent du lieu du carnage. La Magicienne et le Ranger échangèrent un regard éloquent.

Ils faillirent ne pas voir un guerrier de Braav', tombé à l'eau pendant la bataille mais qui se maintenait à la surface en s'accrochant à une grosse racine. Il n'avait plus la force de remonter sur la berge, qui était abrupte à cet endroit.

— Hé ! brailla-t-il. Aidez-moi, par pitié !

Birlak se pencha sur le bastingage et cria :

— Poupa ! Aide le monsieur à monter !

L'intéressé souleva sa perche hors de l'eau, et en approcha l'extrémité du guerrier pour qu'il s'en empare. Celui-ci ôta ses deux mains de la racine, mais manqua la saisie de l'objet salvateur. Il coula instantanément sous le poids de son armure, et les aventuriers virent disparaître dans l'eau profonde une tache blanche suivie d'un cortège de bulles.

— Par les tentacules de Gzor ! jura la Magicienne.

Poupa se tourna vers son patron :

— Raté, monsieur.

— Oui, j'ai vu ! Il n'était pas très adroit celui-là !

Puis le quadragénaire questionna le rôdeur :

— Vous ne savez pas qui sont ces types ?

Redoutant plus que tout les questions sur des sujets qui le dépassaient, l'aventurier fit semblant de réfléchir, puis demanda son avis à la Magicienne. Il se déchargeait ainsi de ses responsabilités, et diminuait ses chances de passer pour une endive.

— Eh bien, je pense que c'est un genre de bataille de cultistes, expliqua-t-elle. Tous ces gens avaient des espèces d'uniformes avec des couleurs bien spécifiques, et tout le monde sait qu'il n'y a que les cultistes pour se livrer à des excentricités pareilles.

— Ouais, ça m'étonne pas, grinça le Nain. Des mecs en blanc dans la forêt, c'est pas super pour le camouflage !

— C'était pas des elfes en tout cas, indiqua l'archère depuis son poste de surveillance.

Birlak était dubitatif :

— Mais que peuvent-ils faire ici ?

L'érudite enchaîna :

— Ils ont sans doute choisi cet endroit paumé pour pouvoir se livrer leur petite guerre tranquillement, sans être vus par la population. Vous savez, ça la fout mal quand les adeptes apprennent que les prêtres se foutent sur la gueule à propos de n'importe quel sujet stupide !

— Mais oui, vous avez raison, approuva leur employeur. C'est tout à fait leur genre !

— C'est des gros nases, grommela le courtaud.

— L'important, souligna le Ranger, c'est qu'ils n'étaient pas là pour nous tendre une embuscade, pas vrai ?

— Grouf, souffla l'Ogre entre ses narines.

Birlak annonça que le moment était bien choisi pour une tournée générale de jus de pomme. Le Nain regarda le Barbare, tira la langue et enfila deux doigts dans sa bouche.

BULLETIN CÉRÉBRAL DE LA MAGICIENNE

Nous l'avons échappé belle… Des sorciers en noir dans une bataille, très très mauvais pour la santé, ça ! Je me demande si ce ne sont pas les fameux Ensorceleurs de Tzinntch, dont on m'a parlé en deuxième année. Il faudrait que je vérifie dans mon Grimoire des Ordres Néfastes si le Démembreur d'Akutruss est une de leurs spécialités. Oui, ça doit être indiqué. Quand je pense que je dois attendre le niveau six pour pouvoir lancer un sort pareil ! Et puis tous ces morts-là… C'est terrible… Enfin, c'est la guerre qui veut ça. Et puis ça les fera peut-être réfléchir pour trouver des occupations plus saines, et qui ne mettent pas en danger la vie des autres. Tiens, ils feraient mieux de partir à l'aventure par exemple.

La zone dangereuse n'était pas encore dépassée sur le cours de la rivière, ils restèrent donc vigilants et convinrent qu'il faudrait attendre encore un peu pour une pause boisson. Ceci arrangeait bien le Nain.

Ils approchèrent à leur grande surprise d'un deuxième carnage, un kilomètre en aval, et qui semblait avoir lieu dans des circonstances identiques. L'action prenait place dans une clairière à une trentaine de mètres de l'eau. Les opposants cette fois semblaient moins nombreux, et lorsqu'ils arrivèrent à hauteur de la bataille, il ne restait sur la berge que deux adversaires debout, ferraillant au milieu d'une vingtaine de corps gémissants.

Le premier portait une armure de métal renforcée de cuir gris, et le deuxième un assortiment de protections rouges et noires dont la matière n'était pas facile à deviner. Il combattait avec adresse, et maniait deux épées recourbées.

Lorsque la barge apparut dans leur champ de vision, les deux hommes reculèrent de deux pas et observèrent son passage.

— Eh ben, qu'est-ce qu'ils fabriquent ? chuchota le Ranger.

Le Chef Suprême des Garnisons d'Oboulos murmura en direction de son ennemi :

— Pardonnez-moi, soldat, mais…

Il reprit son souffle :

— N'est-ce pas là l'embarcation des aventuriers renégats que nous devions intercepter ?

Le fier bretteur de Khornettoh plissa le visage. Il ne savait pas trop s'il devait répondre à son ennemi, car cette opération devait rester secrète. Mais la situation était assez inhabituelle de toute façon, puisque le même secret avait été divulgué à de nombreuses personnes.

Il marmonna donc, après réflexion :

— Si fait, j'en ai bien l'impression !

Ils restèrent ainsi éloignés de deux pas, ne sachant comment ils pourraient agir pour redonner un sens à cette journée pourrie. Ils étaient à l'origine envoyés par leurs responsables pour intercepter quelques aventuriers, et se retrouvaient à combattre un détachement de cultistes concurrents au milieu de nulle part.

Mais le courant était rapide, et la barge des Transports Charland allait de toute façon sortir de la zone. C'était trop tard. Le bretteur vit l'Elfe agiter les bras, et jura entre ses dents :

— Elle nous fait coucou, la sale petite garce !

Ensuite de quoi il se rua sur son adversaire. Tous deux tâchèrent de s'occire à nouveau, dans la plus grande convivialité.

— C'est vraiment bizarre, non ? Tous ces gens qui se chicornent au bord de l'eau…

Le Ranger s'était approché de l'érudite et lui faisait part de ses inquiétudes. Celle-ci avait déjà repris la lecture de son livre, un étrange volume à la couverture noire. Elle n'avait cessé de le feuilleter depuis qu'ils avaient croisé les sorciers noirs.

— C'est vrai, approuva-t-elle sans cesser de lire. En plus, j'avais raison, il y avait des adeptes de Tzinntch tout à l'heure.

— De qui ?

— Les sorciers en noir étaient des Ensorceleurs de Tzinntch. C'est le dieu chaotique de la sorcellerie.

Elle choisit une page de son livre pour le lui faire examiner. Elle comportait une gravure, représentant deux hommes en robe noire à capuche.

— Celui avec le gros machin là, c'est le *Grand Énarque des Puissances*, le grand chef des apôtres de Tzinntch.

Le rôdeur n'en avait pas grand-chose à faire, en définitive. Et puis pour lui, ils se ressemblaient tous, les gens avec des capuches. Mais il opina :

— Ah… Heu… Et toi, tu n'es pas une adoratrice de ce *Ziinche* ?

La Magicienne scandalisée le toisa, comme s'il venait de mettre le feu à son livre, ou qu'il avait vomi dans son sac. Elle protesta :

— Mais non voyons ! Pour quoi faire ? Et puis, c'est *Tzinntch*.

— Bah… Je ne sais pas moi… Tu fais de la sorcellerie non ?

— Pffft ! J'ai pas besoin de ça moi !

— Ah, bon.

Voyant qu'il allait partir, elle le retint par la manche et lui désigna un paragraphe du livre :

— Tu vois, ils expliquent tout ici ! Quand on donne son âme à Tzinntch, on gagne un peu de sa puissance, et c'est beaucoup plus facile d'atteindre un niveau élevé dans la magie.

— Eh ben ! convint le rôdeur en essayant de libérer sa manche.

Mais elle insista en lui collant presque la page sur le visage :

— Par contre, il faut choisir de lui dédier sa vie ! C'est-à-dire qu'on n'a plus le droit d'agir sans l'accord du Sanctuaire Magnifique de Tzinntch, qu'on fait forcément partie du groupe, et qu'on va suivre la ligne de conduite établie par les dirigeants, et faire tout ce qu'ils demandent. Et puis on doit assister aux réunions et aux sacrifices dans les sanctuaires, et donner une partie de ses revenus, et on nous force à manger du poisson tous les midis. Et ça, c'est pas vraiment mon truc !

— Oui, j'imagine, soupira l'aventurier qui s'était résigné. C'est un genre de côté obscur de la force.

— Et puis, tu vois, ça m'évite d'aller me faire tuer dans des luttes stupides avec les autres cultistes !

Codie s'approcha d'eux. Elle sourit au Ranger, qui oublia d'un coup tout ce qu'il venait d'entendre :

— Alors, vous nous avez encore sauvés ?

— Gblidh, bredouilla-t-il.

— Techniquement, nous n'avons pas fait de miracles, précisa la jeteuse de sorts. Ces gens n'en avaient pas après nous, c'est une chance !

— Mon père dit qu'on a franchi la zone dangereuse, parce que vous nous portez la bonne fortune ! On ne risque plus grand-chose maintenant jusqu'à la grande cité de Glargh.

— Ah, c'est bien ça, convint le rôdeur.

Il triturait nerveusement le rebord de sa cape.

Codie était très différente des filles qu'il avait côtoyées jusqu'alors. Et puis, surtout, elle ne le regardait pas comme si c'était un paysan, ne lui donnait pas des coups de bâton et ne lui crachait pas au visage comme les gamines de son patelin. Il avait quitté Loubet depuis presque un mois, et déjà cela lui semblait très, très lointain. Il se sentait bien, mais d'un autre côté, ne savait toujours pas quoi faire pour communiquer de façon efficace avec la mignonnette. Il faudrait déjà pouvoir lui parler sans avoir toujours quelqu'un sur le dos.

S'approchant du trio en épongeant son front, Birlak brisa son rêve. La perspective d'un dialogue avec la jeune fille s'effilocha, tel un pull-over coincé dans l'engrenage d'un char à vapeur. Le quadragénaire désigna le sud :

— Nous allons naviguer jusqu'au petit village de Ranuf, qui sera notre étape pour passer la nuit. C'est un hameau tranquille, sur la rive ouest. Il sera plus sûr de finir le trajet demain matin, et mes hommes sont fatigués.

— Super, commenta le Ranger sans conviction.

La jeune fille, qui était pour le moment son unique centre d'intérêt, s'éloignait déjà vers la cabine.

— À cette occasion, je vous inviterai pour boire une bière au *Clinquant Bouclier*, car vous l'avez bien mérité !

Le Nain, sortant d'on ne sait où, s'approcha si vite qu'on aurait cru qu'il s'était téléporté :

— On va boire une bière ? C'est vrai ?

Birlak se pencha vers lui :

— Pour sûr, l'ami ! Et comment va cette mauvaise blessure ?

— Bah, ça picote un peu ! Mais avec une bonne bière, ça va cicatriser plus vite !

Leur employeur se frotta les mains, et remonta ses manches :

— Je dois faire du tri dans les marchandises. Vous avez quartier libre, je pense qu'on sera tranquilles un bon moment.

— Bien, répondit la Magicienne. Je vais bouquiner un peu.

Elle s'éloigna vers une caisse qui semblait confortable.

Le Nain était toujours là, il attendait, comme si la bière allait tomber du ciel d'une minute à l'autre. Le Ranger resta sur place, les bras ballants.

Birlak l'interrogea :

— Et vous, qu'allez-vous faire, mon ami ?

— Eh ben…

— Si vous voulez, vous pouvez peut-être aider Codie ? Elle va essayer de pêcher le repas du soir.

Le Ranger bondit intérieurement de joie, à une distance approximative de sept cent soixante-deux mètres. Il se vit soudain auréolé de lumière, chevauchant un gigantesque destrier blanc, avec Codie sur les genoux. Il possédait une épée lumineuse, et pourfendait des milliers d'orques, puis le cheval s'élançait par-delà des montagnes et courait sur l'arc-en-ciel jusqu'à la porte d'un gigantesque château d'or et d'argent, dans lequel des milliers de gens l'acclamaient et portaient des pancartes à son effigie. Il était un demi-dieu. Il allait enfin pouvoir parler à Codie. Il retrouva ses esprits, et finalement il était toujours sur le pont de la barge, face au quadragénaire qui le fixait :

— Alors, qu'en dites-vous ?

— Mais oui, pourquoi pas ?

BULLETIN CÉRÉBRAL DU RANGER

Je vais aller voir Codie ! Je dois aider Codie ! C'est super, je vais pêcher le repas du soir avec Codie ! Ah, c'est vraiment une bonne idée ça ! Et puis comme ça je ne vois pas la tronche des autres, ça va me changer un peu. C'est vrai ça, depuis qu'on a battu les bandits, ils n'arrêtent pas de crâner, avec des « mercenaire par-ci, mercenaire par-là », et puis l'autre taré qui fabrique des lances, et la givrée des bois qui pense qu'elle sait tirer à l'arc, tout ça parce qu'elle a touché un gars. Bon, je dois leur laisser un peu d'autonomie tout de même. En espérant qu'ils ne fassent pas de conneries. C'est la classe, je vais pouvoir parler à Codie. C'est trop bien ! Et heu… En quoi ça consiste en fait, pêcher le repas du soir ?

Ainsi donc, l'après-midi s'écoula lentement, sur le courant de la rivière Filoche. La Magicienne étudia le troisième chapitre de son recueil de sorts, pour essayer d'en savoir plus sur son prochain passage de niveau. Le Barbare sombra dans un sommeil agité, allongé sur le stock de toile huilée. L'Elfe resta sur le toit de la cabine, elle comptait les oiseaux et les écureuils qui s'amusaient dans les arbres.

Le rôdeur fut installé à l'arrière de la barge avec Codie pour pêcher le broucar, un prédateur aquatique à la forte dentition. On attrapait ce dernier en agitant au bout d'une canne un petit morceau de métal armé de crochets, qui tournait dans l'eau en émettant des signaux lumineux par réflexion. La méthode était rustique mais efficace, si l'on savait utiliser sa canne et qu'on ne faisait pas n'importe quoi.

C'est ainsi que la jeune fille récolta trois broucars de belle taille, et le Ranger rien du tout. Il accrocha son leurre dans les branches, dans les souches et les racines de la berge, au fond de l'eau, et même dans son épaule. Il passa une bonne partie de son temps à démêler la ficelle. Il se fit également mordre au pouce par le plus gros des poissons de Codie, en essayant de l'aider à décrocher le prédateur de son appât factice. Mais ce n'était pas ce qui l'ennuyait le plus. Ses opportunités de discussion s'étaient évanouies au moment où le Nain avait décidé de se joindre à l'équipe. Ne désirant pas participer, il n'avait rien trouvé de mieux à faire que les regarder, et lancer des quolibets à chaque fois que le rôdeur avait un problème avec son matériel. Un observateur futé aurait remarqué que le courtaud s'était placé derrière Codie, laquelle devait fréquemment se pencher, et dandinait sa chute de reins en même temps que sa canne.

Dépité et honteux, le rôdeur donna en fin de compte sa canne à l'Ogre et décida d'aller faire une sieste. Le courtaud s'en retourna polir pour la septième fois le fer de sa hache de jet Durandil, des fois qu'il reste de la rouille.

Ils rejoignirent le grand fleuve Elibed, et passèrent sous le gigantesque Pont de la Fourche d'Antinuel, qui fut construit naguère par les Elfes Meuldor. L'ouvrage était d'importance, mais il était facile d'y voir l'influence artistique du beau peuple. En effet, sur chaque extrémité du pont, deux monumentales têtes de poneys sculptées, à la crinière tressée, regardaient l'horizon et accueillaient les voyageurs. Ils tenaient en bouche une carotte géante, détail saugrenu et toujours incompris qui avait longtemps fait les choux gras des historiens de la Terre de Fangh.

Le fleuve était impressionnant pour les aventuriers, qui n'avaient pour la plupart jamais vu autant d'eau. Il était au moins vingt fois plus large que la rivière, et son cours pachydermique déchirait la plaine, à la manière d'une griffe d'ours qui se serait joué d'un costume de papier crépon. Il était évidemment difficile de tendre une embuscade à partir de là, car la moindre embarcation pouvait être vue de loin.

Ils longèrent la sombre lisière de la forêt de Schlipak qui s'étendait à l'ouest sur sa gigantesque colline. C'était une forêt maudite, qui avait poussé il y a très longtemps sur les cadavres de tous les peuples engagés dans la légendaire bataille de *Zoug Amag Zlong*, et qu'ils avaient eu le loisir de traverser quelques jours plus tôt. Personne n'avait envie d'en parler. Entre les cours d'histoire naturelle de l'archère, les soucis du chemin de l'oubli, la rencontre avec les Elfes Lunelbar et les problèmes d'orientation, cette forêt leur avait laissé l'arrière-goût d'une omelette périmée.

À l'est, la lande humide laissait entrevoir les premiers ajoncs du Marécage de l'Éternelle Agonie, temple naturel de l'humidité glauque et du bourbier suintant, qui était un véritable paradis pour les chasseurs de moustiques et les pêcheurs de sangsues. Malheureusement, personne ne voulait exercer ces activités, ce qui expliquait sans doute la prolifération des parasites.

Ils parvinrent en début de soirée à la marina du village de Ranuf, une bourgade minuscule mais qui semblait sympathique. Ses maisons basses aux toits de chaume habillaient la rive ouest du fleuve sur une centaine de mètres, et l'absence de fortifications laissait présager d'un climat paisible et agréable. Des barques de pêche étaient rangées près d'un abri flottant, et deux hommes triaient leurs poissons dans l'une d'elles. Ils les saluèrent alors qu'ils approchaient du ponton.

— Eh ben, tu vois, lança le barbu des montagnes au Ranger. Ils ont attrapé quelque chose eux aussi, ça doit être une histoire de technique !

La Magicienne fit appel au Barbare pour les séparer, car le rôdeur voulait utiliser les yeux du Nain comme appât, et projetait de les extraire avec ses mains nues.

Gontran Théogal, à l'abri d'une salle secrète du Sanctuaire de Swimaf, faisait les cent pas. Il jetait de brefs coups d'œil au tableau noir sur lequel il avait inscrit une série de noms, barrés pour certains, et à moitié effacés pour d'autres.

C'était sur ce même tableau qu'il avait travaillé pendant de longues années pour mettre au point des recettes, et étudier la théorie de nouveaux sortilèges. Il considérait d'habitude qu'il lui portait chance et inspiration. Mais cette fois, c'était l'impasse.

Deux jours qu'il retournait ciel et terre, par le biais de ses corbeaux-espions et de quelques hommes de main de confiance. Deux jours qu'il s'escrimait à comprendre ce qui avait bien pu se passer. Il avait surveillé les dignitaires des temples, ses concurrents et ses ennemis. Il avait soudoyé des adeptes sans amour-propre. Il avait usé deux craies sur ce fichu tableau porte-bonheur.

Comment diable avait-on pu lui dérober cette statuette qu'il gardait comme la prunelle de ses yeux ? Et pourquoi ne pas avoir pris les autres en même temps ? Il gardait tout dans le même placard, le placard le plus secret de son bureau.

La tour d'Arghalion avait été renforcée, truffée de pièges et bourrée de monstres pendant les six derniers mois. Il avait fait monter la garde par du personnel qualifié. Il avait augmenté la solde des orques, et il avait même triplé les rations de viande. Il avait également acheté à prix prohibitif des Portes à Chompeur de Gorlak, qui avaient broyé dès leur installation son ingénieur gobelin. La tour de Gontran n'était plus de niveau douze, comme il était indiqué dans les registres, elle était de niveau seize. Arghalion avait été, quelque temps avant sa récente destruction, presque aussi dangereuse que le

Château de Gzor. Le mage avait pris garde de n'en rien dire à la Caisse des Donjons, et de faire disparaître discrètement les preuves de ces agissements.

Tout cela, dans le but de pouvoir effectuer en douce le rituel de la porte de Zaral Bak, d'accéder à la puissance suprême. Et maintenant, tout le monde était au courant, sa tour avait été dévastée, et il faudrait attendre la prochaine pleine lune. Et retrouver cette maudite statuette !

— Mais qui, bon sang ? Mais qui, par tous les Yeux du Sombre Katatak, est assez habile pour me faire un coup pareil ?

Il avait écarté d'entrée de jeu les compagnies d'aventuriers. Ceux-ci ne pouvaient s'empêcher de ramasser n'importe quoi, et à force de s'attaquer à tout ce qui bouge, auraient été immédiatement détectés par les gardes. Les aventuriers laissaient derrière eux des papiers gras, et ils se vantaient systématiquement de leurs exploits. Il aurait eu vent de leur méfait dès l'instant où ils auraient foulé le parquet d'une taverne ou le bureau d'une guilde.

Un assassin, peut-être deux, mais pas plus. On n'avait pas retrouvé de cadavre dans la tour, mais il était difficile, avec l'augmentation des effectifs, de savoir s'il manquait ou non quelqu'un. Il existait des assassins redoutables et silencieux, vêtus de noir et affublés de cagoules, qui pratiquaient les arts guerriers du Grand Est, par-delà les frontières de la Terre de Fangh. Il en avait entendu parler. On racontait qu'ils pouvaient tuer un homme avec un doigt, marcher sur les murs, cracher des clous dans les yeux, lancer des étoiles de métal sur une pièce d'or en vol, s'accrocher au plafond, respirer sous l'eau, crocheter n'importe quel dispositif et disparaître dans un nuage de fumée. Un assassin comme cela, ou quelque habile voleur-mage mandaté par quelqu'un, qui aurait pu se faufiler, et venir subtiliser chez lui l'exemplaire de sa précieuse collection. Il n'y avait que trois ou quatre voleurs-mages qualifiés en Terre de Fangh, il faudrait continuer l'enquête.

Gontran soupira. Il tira sa chaise et s'assit à sa table de travail. Elle était encombrée de grimoires, de parchemins, de fioles cassées et d'objets hétéroclites en cours d'étude. Il balaya tout cela d'un revers de manche en grognant. Puis il tapota sur la surface de bois, et rumina ses pensées.

Sur la commode à ingrédients, Gluby le gnome se tenait sur une main, un pied dans la bouche, et grattait la plante de son autre pied de sa main libre. C'était le type de relaxation qu'il pratiquait quand son maître était occupé. Les gnomes des forêts du Nord étaient les plus grands spécialistes connus de la contorsion et des acrobaties grotesques. Ils étaient cependant si rares que peu de gens avaient eu le loisir d'apprécier leurs talents. Certains voleurs les entraînaient pour travailler à leur place, et parfois des forains en utilisaient pour agrémenter leurs cirques.

— Tu vas finir par te casser quelque chose, Gluby !

L'être semi-caoutchouteux lui fit la grimace, et répondit dans son dialecte particulier :

— Frisk !

Le mage soupira de nouveau, et fit claquer sa langue plusieurs fois. Puis il confia à la créature :

— Tu sais quoi ? C'est le bordel, voilà ! J'y étais presque, et tous mes plans sont en train de se casser la figure !

Gluby lâcha son pied et fit avec son corps la forme d'un « Y ».

— Mais bien sûr, toi tu t'en fiches...

Le gnome, toujours renversé, fit descendre ses jambes en un grand écart parfait, et se pinça le nez de sa main libre.

— Chlibidiba ! gazouilla-t-il.

Gontran se retint de lui jeter un grimoire à la figure. Il ne fallait en aucune façon blesser le petit contorsionniste, qui était l'un des ingrédients de la prophétie les plus difficiles à trouver. Il avait passé trois ans à écumer les foires pour trouver celui-là. Et après tout ce temps, il n'arrivait à comprendre ni sa psychologie ni son langage. Mais ce n'était pas très important.

— Bon allez, souffla-t-il finalement. Viens avec moi, on va chercher les derniers rapports de ces satanés piafs !

Gluby se laissa tomber au sol, exécuta une double pirouette, et lui emboîta le pas.

Au même moment, le vieux Tulgar, toujours vêtu de sa robe grise, descendait d'une diligence de la Caisse des Donjons, traînant sa sacoche de voyage. Il respira l'air vicié de Glargh, et apprécia l'ambiance de la place Maraud.

Le fonctionnaire usé aimait bien cette ville, malgré ses dangers, son désordre et l'odeur indescriptible qui se dégageait de ses ruelles tortueuses. Il avait décidé de s'y installer lorsqu'il toucherait son pécule de retraite.

Adressant un signe de la main au cocher, il le salua :

— Merci pour la balade, Firmin ! Je ferai suivre les notes de frais.

— Pas de quoi, m'sieur Tulgar.

La diligence s'ébranla sur les pavés mal joints, en direction de l'écurie administrative la plus proche.

Tulgar étudia sa montre mécanique, un cadeau de son cousin et œuvre d'un orfèvre nain, qui coûtait donc les yeux de la tête. Il était six heures du soir. Le soleil ne serait couché que dans plus d'une heure, on pouvait donc encore circuler dans les rues en toute quiétude. Il avait grande envie de se dégourdir les jambes, après toutes ces heures passées dans la diligence.

L'ancien se dirigea vers un petit pub pour se désaltérer, mais il se souvint de la lettre qu'il devait poster à sa sœur Hilda. Il changea donc d'avis et descendit la rue du Ramponneau. Il traversa le square des Chouettes Clouées, dominé par l'inquiétante magnificence du temple de Slanoush, puis parcourut la rue du Marteau pour se rendre au tout nouveau relais Chronotroll de la rue des Glavioteurs. Il songea qu'il serait intéressant de penser à créer un vrai système postal, un jour. Les compagnies de livraison étaient nombreuses, mais pour le moment elles n'étaient pas bien sûres. Il n'y avait guère que cette compagnie, utilisant des trolls chaussés de bottes de vitesse, pour garantir l'arrivée d'une lettre ou d'un paquet. Ils étaient en général plus méchants et mieux armés que les bandits.

Tulgar croisa trois silhouettes encapuchonnées, qui cheminaient en hâte vers le square. D'après les couleurs de leurs vêtements, ils étaient cultistes du proche temple de Slanoush. Ils râlaient et discutaient d'un important sujet dont semblait dépendre leur intégrité physique.

Il fut tenté de les suivre, puis se résigna en pensant que ce n'était plus de son âge. Il y avait des moyens bien plus pratiques de comprendre ce qui se passait à Glargh, quand on avait sur soi quelques piécettes ou qu'on était employé de la Caisse des Donjons.

C'est ainsi qu'il continua vers le relais Chronotroll, et qu'il leur confia sa lettre pour la somme rondelette de cinq pièces d'or. Le village de Loubet se trouvait fort loin, et le personnel de livraison de la compagnie n'y allait pas souvent. Il valait mieux avoir quelque chose d'intéressant à raconter, pour dépenser une telle somme dans un courrier. Mais il fallait qu'il rassure sa sœur.

Tulgar flâna ensuite dans la rue du Charretier, et retrouva l'enseigne familière de la taverne du *Chapon Guerrier*, qu'il connaissait autant pour la qualité de sa boisson que pour la valeur des indicateurs qui la fréquentaient. Il poussa la lourde porte et fut accueilli par Gn'iuyaka, le demi-ogre chargé de la sécurité :

— Bonsoir m'sieur Iajnek ! Ça faisait une paie qu'on ne vous avait pas vu !

— Merci à toi Gn'i ! Je vois que tu ne m'as pas oublié !

Le demi-ogre se plaqua au mur, afin de laisser le fonctionnaire pénétrer dans l'établissement par l'étroit corridor.

— Et passez une bonne soirée, m'sieur Iajnek !

La salle était éclairée par des lampes magiques qui diffusaient une lumière bleue. On pouvait se payer ce genre de luxe quand on tenait un établissement aussi bien fréquenté que celui-ci. Les murs étaient décorés d'armes et de boucliers, et d'œuvres d'art étranges et acérées. Elles distillaient une ambiance à la fois mystérieuse et épique, ce qui était nécessaire, car en Terre de Fangh tout commençait et tout finissait dans les tavernes. Un jeune homme jouait à la guitare des standards elfiques, sur un tabouret près du bar, et s'escrimait sur les accords de *An anfrey an an'rahn*.

Tulgar adressa un signe discret au tavernier, un grand chauve à lunettes qui disputait une partie de dés avec deux marchands. Il étudia les différentes tablées, avant de se diriger vers celle qui lui semblait la plus propice. Deux types vêtus de sombre y partageaient un pichet d'hydromel. L'un d'entre eux l'apostropha lorsqu'il fut près d'eux :

— Ça alors, c'est vous ?

— Salut, Nazer. Je dérange ?

— Mais non, vous êtes toujours le bienvenu !

Le futur retraité tira une chaise et prit place entre les deux hommes.

Le dénommé Nazer était un fouinard au nez allongé, sans autre signe distinctif et d'un âge incertain mais qui semblait avoir toujours été là, assis à cette table. C'était le genre de lascar qui avait toujours l'air d'être à sa place, où qu'il soit. Il faisait partie du décor, mais on ne voyait pas qu'il était là. Et on ne voyait pas non plus quand il n'était pas là. Le parfait petit espion urbain. Il avait posé près de lui son sabre, une arme unique à la poignée ouvragée, et qui portait son nom.

— Vous connaissez mon collègue ? demanda-t-il en désignant son compagnon de table.

Celui-ci était plus costaud et trapu, et avait une allure de moine, sans la bonhomie. Il aurait pu être brasseur.

— Nous nous sommes déjà croisés, affirma l'ancien. Monsieur Lakrik ?

— Oui, c'est bien moi. Mais vous pouvez m'appeler Yboidh.

— Parfait, alors ce sera Yboidh.

Le fonctionnaire observa les alentours, puis continua :

— Il faudrait qu'on parle un peu.

— Du genre de choses *dont on parle ici* ? précisa Nazer.

C'était un code reconnu dans la profession, qui n'avait pas grande signification, mais qui permettait d'entrer dans le vif du sujet.

Ils marquèrent une pause pendant que Nathalys, la patronne, enregistrait sa commande de vin aux épices et d'une tartine gratinée.

Tulgar chuchota en posant sa bourse sur la table :

— Le genre de choses *dont on parle ici*, tout à fait.

Nazer et Yboidh échangèrent un regard éloquent. Il semblait y avoir de la matière.

— Nous étions justement occupés à parler de *ces choses-là*, commença le fouinard.

— Vous tombez bien, parce que c'est un sacré bordel, ajouta le faux moine en lorgnant vers la bourse.

Ils dispensèrent ensuite leurs informations, alors que le jeune guitariste entonnait sans grande conviction la chanson de la *Compagnie du Chien Rugissant*.

— Le monde souterrain de Glargh est dans tous ses états, commença Yboidh. Déjà, il y a l'histoire de la prophétie annoncée par les oracles, et tous ces baroudeurs qui sont partis vers le Nord, vers la tour de Taralion.

L'ancien leur expliqua qu'il était déjà au courant et qu'ils pouvaient passer à autre chose, et que par ailleurs, le nom de la tour était Arghalion, et qu'elle était déjà en miettes.

— Bon, d'accord, assura Nazer. Mais pour ce qui est des cultistes, vous savez aussi ?

Tulgar haussa un sourcil :

— Les cultistes, lesquels ? Les mecs de chez Slanoush ? J'en ai vu courir dans la rue.

Le fouinard s'approcha et empoigna la table comme si elle avait décidé de prendre la fuite :

— Non, *tous* les cultistes ! Il y a du patacaisse depuis hier. Deux indicateurs véreux, qui soit dit en passant ridiculisent la profession, ont vendu *les mêmes informations* à tous les chefs des temples les plus frappés ! Comme c'était hyper secret, on est forcément tous au courant.

— Alors du coup, enchaîna Yboidh, ils ont lancé des troupes vers le Nord, sur la piste d'un groupe d'aventuriers fameux et redoutables, qui d'après ce que j'ai compris auraient remis à un sorcier maléfique toute une collection de statuettes pour plonger la Terre de Fangh dans le Gouffre de l'Ennui du Bannissement de la Terreur Éternelle du Repos Maudit de Dlul, le dieu du s…

Le fonctionnaire, qui avait blêmi, le coupa :

— Ils ont envoyé des troupes ? Mais pour quoi faire ?

— Bah, déjà, pour venger leurs dieux. Et ensuite, pour essayer de comprendre comment il est possible d'arrêter ça.

Le faux moine renchérit :

— Mais ils ont envoyé des troupes aussi vers la tour de Gladalion, pour arrêter le sorcier machin.

Tulgar trouvait cela très très fâcheux. Il remercia Nathalys qui venait d'apporter son vin aux épices, et descendit la moitié de son gobelet d'un trait, pour se calmer.

Il ne voyait plus trop comment il allait pouvoir aider les aventuriers crétins, dès lors qu'ils avaient une dizaine de troupes de fous furieux à leurs trousses, et qu'ils étaient perdus en territoire sauvage. Ils avaient traversé la Terre de Fangh, mais il y avait sans doute des limites à leur chance. C'était décourageant.

— Et là, c'est pas le plus incroyable, déclara Nazer. Y a des bruits qui commencent à courir…

Il lorgna vers l'escarcelle du vétuste :

— Des bruits qui coûtent *un peu cher*, si vous voyez ce que je veux dire. C'est du première main.

L'ancien soupira :

— C'est bon, je rallonge de cinq.

Yboidh frotta ses mains replètes, et son compère au long nez lui fit signe de continuer à sa place. Il s'exécuta :

— Voilà le truc qu'on vient d'apprendre… Vous savez, tous ces types ils font comme nous, ils s'envoient des messages codés avec des oiseaux dressés.

— Je sais, je sais… On les utilise aussi, précisa l'ancêtre.

— Eh bien, y en a tout plein qui sont revenus cette après-midi, des oiseaux.

— Tout plein d'oiseaux qui appartenaient aux cultistes, précisa Nazer.

— Et les piafs, c'est pas toujours très clair ce qu'ils racontent, mais quand ils reviennent sans personne avec eux…

Tulgar s'impatientait :

— Les oiseaux sont revenus, et alors ?

— Bref, on commence à penser que les cultistes, ils ont été massacrés.

— D'ailleurs c'est quasiment certain.

Le fonctionnaire en resta bouche bée. Oui, c'était évident, il s'était encore passé quelque chose. Quelque événement bizarre qui avait peut-être permis à ces jeunes abrutis de s'en sortir. Ou peut-être pas. Mais en tout cas, il y avait du louche. Il commençait à imaginer des possibilités diverses.

On lui apporta sa tartine gratinée, qu'il considéra malgré tout comme un bon présage.

— Et puis, y a un autre truc intéressant, chuchota l'indic au visage rond.

— Allez-ji, mâcha Tulgar.

Dans sa hâte, il se brûlait la langue.

— Le temple de Swimaf a été incendié, et tout le personnel a été massacré. On dit que c'est une histoire avec leur chef, qui aurait un rapport avec la prophétie.

— Bien chûr, commenta l'ancien. Ch'est lui qui a commandé les ch'tatuettes. Ch'est un des trois cultes de Dlul.

— Ah, vous savez ça aussi ?

— Ouaip. Mais je ne chavais pas qu'on avait boujillé leur temple, enfin, cha me chemble logique.

— Les agresseurs étaient des cultistes, qui cherchaient quelque chose au temple de Swimaf. Ils couraient tous après le même renseignement, d'ailleurs il paraît que ça s'est drôlement battu là-bas.

— Un vrai carnage. Y avait des salopards de chez Khornettoh.

Les trois hommes grimacèrent. Ils savaient de quoi ces hommes étaient capables sur un champ de bataille. En général, il fallait retrouver les morceaux pour comprendre qui avait participé.

— Je ne suis pas très étonné, déclara Tulgar en finissant sa bouchée. Mais s'ils sont tous morts, ça ne va pas me servir à grand-chose, ce renseignement.

Les deux espions urbains échangèrent quelques regards. Il manquait une information dans tout cela, et leur petit manège ne sut échapper au fonctionnaire. C'était sans doute prévu d'ailleurs.

— Bon allez, lâcha celui-ci. C'est bon, je rallonge encore de cinq. Vous allez me ruiner, vous savez ? Alors, qu'est-ce qu'ils cherchaient au juste ?

Le fouinard se pencha si près de la table qu'il aurait pu la lécher :

— Ils voulaient savoir où se trouve un certain lieu. Un lieu secret, où aurait pu se cacher le sorcier qui veut faire ses machins prophétiques. Mais personne n'a eu l'information.

Tulgar ricana :

— Ça existe encore les lieux secrets, avec des types comme vous à tous les coins de rues ?

Ils s'esclaffèrent en silence.

— Non, mais sans rire, ils cherchaient quoi ?

Le faux moine reposa son verre vide, et déclara d'une façon particulièrement mystérieuse et solennelle :

— L'emplacement du Sanctuaire de Swimaf.

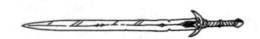

Dans les bas-fonds de Glargh, c'était bientôt l'heure tant attendue de l'obscurité. L'heure pour les bien-pensants de rentrer chez eux, de faire leur vaisselle et d'aller coucher leurs bambins, de jouer aux cartes avec leurs voisins de palier, mais sans crier trop fort quand on perd. Pour les autres, ceux qu'on appelait *le monde souterrain*, c'était l'heure de s'occuper sérieusement de leurs affaires. Voleurs, assassins, victimes, filles de joie, filles en peine, racoleurs, libertins, voyants, parieurs, pervers, gladiateurs clandestins, conteurs d'histoires cochonnes, receleurs, marchands de sortilèges interdits, mercenaires, collectionneurs de chats crevés, maniaques, dépravés, soudards, allumeuses, et tous ces gens qui se prenaient pour des vampires, avec leurs grands manteaux noirs, leurs tatouages, leurs bagues pointues et leurs bottes pleines de boucles brillantes. Et j'allais oublier les joueurs de jeux de rôles, qui commandaient leurs pizzas pour la nuit.

C'était aussi l'heure de s'activer pour les cultistes, hormis ceux de Dlul qui ne s'activaient jamais. Mais la nuit serait longue, fâcheuse et déprimante pour la plupart d'entre eux.

Ils savaient maintenant que leurs troupes ne reviendraient pas. Ils savaient que, quelque part dans le Nord, des affrontements avaient eu lieu, et que tous les autres temples étaient aussi sur les dents. Il était malheureusement impossible de comprendre les rapports des oiseaux-espions, qui semblaient vouloir tout mélanger et qui ne permettaient pas de tirer de véritables conclusions. Une seule chose était certaine, il y avait eu énormément de violence dans la matinée. Il fallait attendre le retour des survivants.

Ils s'interrogeaient sur ces fameux aventuriers. Quels étaient leurs pouvoirs ? Combien étaient-ils finalement ? Et où se trouvaient-ils ? Œuvraient-ils pour le compte du maître d'Arghalion ? Quel avantage avaient-ils à voir le monde disparaître dans la Couette de l'Oubli ? Et pourquoi personne n'arrivait à les arrêter ? Et où se trouvait donc le mage Théogal ? Ils dressaient des plans, prenaient des notes, organisaient des réunions cauteleuses, des conférences secrètes et des séminaires sournois. Ils se demandaient si les adeptes des autres temples, ces fumiers, n'avaient pas ourdi quelque machination pour contrer leurs propres combines. Ils échangeaient parfois de l'argent et de l'information, par le biais de taupes interposées ou de traîne-savates de la basse ville.

Et en fin de compte, personne ne savait rien, et tout le monde racontait n'importe quoi, pensait avoir tout compris, ou du moins faisait semblant.

Un peu comme des journalistes.

La compagnie s'éloigna du transport fluvial après avoir soudoyé trois gardes miliciens pour surveiller la cargaison sous la supervision de Carl et Poupa, qui reposaient leurs bras fatigués par le voyage. Quand on parle de *gardes* à ce niveau-là de ruralité, il faut bien comprendre qu'il s'agit de paysans, qui remplacent à mi-temps leur bonnet par un vieux casque et leur fourche par une lance émoussée. Ils agrafent un insigne à leur tunique, et le tour est joué. Ils se donnent aussi parfois des titres ronflants, tels que *capirol*, *sargent*, ou même *clipitaine*. Ils assurent malgré tout la sécurité dans ce genre de village minuscule, et cela leur permet d'arrondir les fins de mois, et d'éviter de passer leurs journées à planter des choux. Il faut dire qu'en général, le danger potentiel que courent les habitants tient plus de l'évasion bovine que de l'attaque de pillards.

Birlak en tête, les mercenaires de fortune se dirigèrent vers le *Clinquant Bouclier*, l'auberge la moins miteuse du village de Ranuf, et pour tout dire la seule. Le Ranger gardait à l'œil le Nain, pour éviter qu'il ne fasse n'importe quoi et n'attire une nouvelle fois l'animosité des villageois. Le barbu était en effet survolté par le retour sur la terre ferme et la perspective d'une bière gratuite. Le Barbare, quant à lui, était toujours aussi maussade, et n'arrêtait pas de se plaindre du manque d'action. Il avait tout de même emporté deux lances, pour le cas où.

— C'est vrai qu'au final, c'est plutôt pépère, confia la Magicienne au rôdeur.

— Mais l'aventure, rétorqua ce dernier, ça ne veut pas forcément dire qu'on doit risquer sa vie toutes les cinq minutes.

Ils parlaient bas pour ne pas être entendus des autres. Codie marchait près de son père avec l'Elfe, qui faisait diversion en leur vantant les mérites des peignes et brosses issus des ateliers de coiffage elfiques. Le quadragénaire aurait bien souhaité être ailleurs.

— Tout de même, chuchota la Magicienne, c'est un peu la glande.

— Mais tu as quand même jeté des sorts, non ? C'est mieux que certaines journées où on n'a rien fait du tout, à part courser les écureuils !

Elle dut admettre que le Ranger avait raison.

— Moi, j'aime bien la navigation, ajouta-t-il en lorgnant sur le postérieur de Codie.

Le courtaud posa quelques problèmes à l'entrée de la taverne, quand il menaça le pauvre villageois qui l'avait « regardé de travers ».

— C'est toujours la même chose, gronda-t-il. Sous prétexte qu'on n'est pas humain, on vous reluque comme si vous étiez pas pareil que les autres !

— Mais... Monsieur, gémissait l'homme en reculant.

— Ouais, bah on voit bien que t'as jamais été dans une taverne où on refuse de servir de la bière aux Nains ! C'est arrivé à mon ancêtre Gurdil ! C'est une honte !

— C'est pas moi... J'ai rien fait !

— Holà, s'interposa le rôdeur. Laisse donc ce pauvre paysan tranquille, il n'a pas l'air bien méchant.

Mais le barbu ne s'en laissa pas conter :

— Je suis un guerrier moi ! Les paysans, je les déchire !

— Ouglaf sprotch ? grogna l'Ogre qui s'était approché du croquant.

Celui-ci fut encore plus terrorisé.

— Non ! hurla l'érudite. Pas ennemi ! Takala sprotch !

Le villageois détala sans demander son reste. Le chevelu des steppes empoigna l'une de ses lances et questionna le Nain :

— On le dégomme ?

Ils furent heureusement stoppés par le Ranger, qui les fusilla de son regard le plus convaincant, celui qu'on réserve habituellement aux gens qui collent des contraventions sur les chariots mal garés.

Birlak, un peu troublé par cette altercation, rappela qu'il était temps d'aller boire ce verre pour se détendre, et que cette longue journée riche en péripéties leur avait certainement mis les nerfs à vif. Il précisa qu'ils ne devaient pas s'absenter trop longtemps, car ils devaient rejoindre l'embarcation pour en surveiller le chargement et manger leur broucar. Ils entrèrent donc, suivis par le Nain qui râlait encore après les mauvaises manières des gens du coin.

Ils se dirigèrent ainsi vers une grande table et s'installèrent, ce qui n'était jamais simple vu que certains membres de la compagnie refusaient la proximité de certains de leurs camarades. Le Ranger voulait aussi se placer près de Codie, mais d'une façon discrète. Il se débrouilla si mal qu'il se retrouva de l'autre côté de la table et plongea dans sa huitième déprime de la journée.

Le courtaud lança ainsi la conversation :

— Les habitants de ce bled pourri sont vraiment des gros connards !

Le patron, qui venait prendre les commandes et se trouvait derrière lui, n'apprécia pas la remarque, et grogna :

— Pardon ?

Birlak usa de sa diplomatie pour éviter qu'ils ne soient virés de l'établissement.

BULLETIN CÉRÉBRAL DU RANGER

Soirée pourrie. Le Nain nous a cassé l'ambiance, et en plus, j'étais loin de Codie. La bière avait le goût du moisi et d'un vieux savon. L'Elfe a raconté des histoires de peignes. Et puis j'étais loin de Codie. Vivement qu'on rentre au bateau, et que je dorme pour oublier tout ça. Et comment on dort dans le bateau d'ailleurs ?

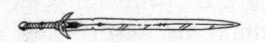

BULLETIN CÉRÉBRAL DU NAIN

J'ai passé une bonne soirée. Déjà, on a failli se battre avec un pauvre type, ensuite on a failli se friter avec le patron, mais bon c'est dommage à cause du vieux qui nous invite, on n'a pas pu. Enfin, c'est pas grave on a eu les bières gratuites, elle était dégueu, mais quand c'est gratuit c'est toujours meilleur, c'est ce que disait mon oncle Raludil. Il existe un goût spécial pour toutes les choses qu'on ne paie pas, c'est le bon goût du gratuit. Après une journée sur cet affreux bateau en bois, ça fait du bien de traîner un peu sur le plancher des lâches. Ou alors c'est le plancher des haches ? Et zut, cette expression humaine ne veut rien dire de toute façon. Et puis dans l'auberge, y a pas de plancher, c'est du carrelage en grès. J'ai cherché à savoir où se trouvait ce fameux clinquant bouclier, mais je n'ai vu qu'un vieil écu tout pourri, c'est bien du travail d'humain ça. Au premier coup de hache, y a la moitié du bouzin qui s'envole. J'aurais bien aimé une petite baston d'auberge, c'est toujours ça de pris pour se détendre. Et puis, par le Grand Forgeron, j'ai toujours pas essayé ma Durandil à lancer ! Le prochain qui me cherche, je la lui plante entre les deux yeux !

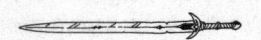

La compagnie se désaltéra une demi-heure au *Clinquant Bouclier*, sous le regard courroucé du patron. Birlak les félicita encore une fois pour leurs actions d'éclat de la journée, ce qui plongea le Barbare dans une intense réflexion, car il ne se souvenait pas d'avoir fait quoi que ce soit d'intéressant. Il pensa donc que l'eau lui faisait perdre la mémoire, et que c'était une raison supplémentaire de s'en méfier. À moins que ça ne soit l'abus de jus de fruits.

Ils quittèrent l'auberge, et rentrèrent à la marina sans qu'aucun autre événement marquant ne survienne. Les miliciens paysans empochèrent leur pécule, et ne signalèrent aucun trouble dans le voisinage. Les aventuriers et l'équipage dînèrent donc en toute quiétude de broucars grillés aux légumes, un plat qui tenait un peu de la gastronomie elfique d'après le Nain. Il manquait selon lui du saucisson, du jambon, du pâté, des côtes de porc, du gigot, des rillettes, et d'après l'Ogre il manquait également des groins de porc confits, une recette que ce dernier avait eu le loisir de découvrir lors d'un bivouac en forêt de Schlipak, et qu'il était le seul à apprécier à sa juste valeur.

Vint le moment d'aller dormir, et les choses se compliquèrent lorsque Birlak leur expliqua l'utilisation du hamac, qui était traditionnellement le type de couchage utilisé sur les bateaux. Il en avait fait installer plusieurs dans la soute qui leur servait de cabine.
Les dispositifs étaient trop hauts pour le Nain, et pas assez solides pour l'Ogre. L'Elfe était la seule à connaître ce type de lit, car les gens de son peuple s'en servaient pour faire la sieste dans les arbres. Après plusieurs chutes et de nombreux jurons, les aventuriers à l'exception de l'Elfe décidèrent de dormir par terre, et de ne pas écouter les moqueries de l'archère. Le barbu montagnard se promit de mettre le feu dès le lendemain matin à ces saloperies de hamacs.

BULLETIN CÉRÉBRAL DE L'ELFE

J'ai bien rigolé ce soir ! Le nabot a mis cinq bonnes minutes à monter dans le hamac, et il est tombé au bout de dix secondes. Ensuite il a essayé encore plein de fois, et c'était très drôle. C'est à croire que toute la maladresse de sa race est concentrée dans une seule personne. Et puis il a dit des choses grossières, mais je ne me souviens pas des détails, et c'est tant mieux. Le rôdeur et la Magicienne sont tombés deux fois chacun, et puis ils ont abandonné. C'est tout de même facile de dormir dans un hamac, je ne comprendrai jamais tous ces gens, qui n'ont pas le sens de l'équilibre. C'est pour ça que les Elfes sont les meilleurs, c'est certain. Nous avons un physique incroyable qui nous permet de réagir mieux que les autres à tous les types de situation. Mais l'important, c'est de rester modeste, c'est ce que disait toujours mon cousin Legolas. Enfin, je ne sais pas vraiment ce qu'il voulait dire par là.

Birlak et Codie

X

Glargh

Ils se levèrent tôt le lendemain matin, dans un concert de ronchonnades et de bougonnitudes. Ils partirent à l'aube. Il convenait d'atteindre Glargh avant l'heure du déjeuner, pour éviter certains problèmes de désorganisation au port.

Nul brigand n'avait tenté d'attaquer leur embarcation pendant la nuit, en profitant du manque d'enthousiasme des miliciens ruraux pour tout ce qui touchait aux actions guerrières. Il était probable que la déconfiture des pirates d'eau douce de la veille avait déjà fait son chemin.

Les aventuriers rencontrèrent de menus problèmes nocturnes avec les moustiques et des complications intestinales dues à la consommation inhabituelle de jus de pomme. Mais au réveil, tout le monde pensait à la fin du voyage, et aux possibilités qui s'offraient à eux dans la grande cité. À les voir discuter armement, grimoires ou bottes ensorcelées, on pouvait penser qu'ils avaient oublié les enjeux de leur quête, et pour certains même la teneur de leur mission.

Birlak était en pleine forme, et calculait déjà les retombées financières des comptes de sa vente, alors qu'ils appareillaient.

— Je pense que je vais recommander à tous mes collègues de louer la bonne escorte de la compagnie des Fiers de Hache, lança-t-il avec satisfaction.

— Bah, c'est pas trop la peine, l'assura le rôdeur.
— On va changer de nom, de toute façon, ajouta l'érudite avec un regard entendu.
— C'est dommage, témoigna le quadragénaire. Ça sonnait bien.
Par chance, le Nain n'était pas à portée de voix. Il éprouvait une grande satisfaction depuis qu'on avait retenu sa trouvaille comme nom officiel de la compagnie, même si on lui avait précisé que c'était un accident. Il fallait éviter de relancer le débat.

Les aventuriers montèrent la garde un moment sur le pont de la barge, pour faire bonne figure, puis abandonnèrent leur poste par ennui. Il ne se passerait sûrement rien jusqu'à l'arrivée. Le Nain disparut un moment, et l'on entendit une série de chocs venant de la soute. Alors que Birlak était sur le point d'aller voir de quoi il retournait, le courtaud remonta, l'air un peu embarrassé.
— Faudrait voir ce qui se passe en bas, y a de la flotte dans la soute.
— De l'eau ? s'inquiéta leur employeur. Comment ça ?
Il descendit, suivi du Ranger et de la Magicienne.
Une rapide enquête ainsi qu'une série d'explications confuses de la part du barbu montagnard démontrèrent que ce dernier avait eu la bonne idée de s'entraîner à la hache de jet sur une cible, dessinée à la craie sur la cloison de la soute.
Il se justifia ainsi :
— Bah ouais, ça risque rien comme ça, elle peut pas tomber par-dessus bord !
La Magicienne était rouge de honte, et rassembla en hâte leurs affaires avant qu'elles ne prennent l'eau.
Pâle et décontenancé, Birlak fit appeler Codie et Poupa, afin de réparer les voies d'eau et d'assécher la soute, ce qui les occupa pendant une bonne heure. Le Ranger, qui avait prévu de discuter avec la jeune fille avant d'arriver à Glargh, dut renoncer à son projet.

On expliqua pendant ce temps au Nain que les murs de la soute étaient en fait la coque du bateau, qu'elle servait à les séparer de l'eau, et qu'on ne devait pas y faire des trous avec des objets pointus ou tranchants.

— C'est bête, en fait, conclut le courtaud. Ma hache Durandil, elle fait les deux !

Mais, voyant que tout le monde avait l'air sérieux et grave, il décida qu'il était sans doute mieux de ne pas insister, et d'abandonner l'entraînement pour le moment. Et puis la Magicienne lui avait précisé que l'eau pouvait monter plus haut que les chevilles, noyer tout le monde et faire rouiller les armes.

Une fois l'embarcation hors de danger, Birlak attrapa le Ranger et lui chuchota :

— Dites-moi, cher ami… Votre guerrier Nain, il a eu des problèmes à la naissance ?

Il était maintenant difficile au rôdeur de faire passer le courtaud pour le personnage fort et brave qu'il avait présenté lors de leur rencontre à Tourneporc. Mais il s'en sortit de la façon suivante :

— C'est un problème culturel, dit-il enfin. Les Nains ne voient que très rarement de l'eau, et ne fabriquent pas de bateaux. Et puis, ils digèrent mal le jus de pomme.

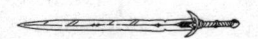

Ils atteignirent la cité vers onze heures, après avoir passé le fameux *virage de Glargh*, un méandre du fleuve qui s'élargissait et qui avait donc une faible profondeur, et nécessitait un regain d'attention de la part des navigateurs. La confluence de la rivière Kraouk redonnait ensuite un coup de fouet au courant fluvial.

La partie riveraine de Glargh était aménagée de nombreuses digues, œuvres d'ingénieurs divers et qui ressemblaient à un jeu de construction gobelin. Les amoncellements de rocs posés hâtivement par les barbares côtoyaient les pontons flottants réalisés jadis par les elfes Meuldor, et les structures chaotiques de pierre et d'acier montées par les hordes d'ouvriers esclaves peaux-vertes, du temps de la chute de Gzor. L'ensemble transpirait un mélange de force et de vétusté.

Les aventuriers n'en croyaient pas leurs yeux, et même le Nain n'osait plus parler. Il se trouvait là un rassemblement d'une douzaine d'énormes navires de guerre, noirs et menaçants, autour desquels s'affairaient un grand nombre d'hommes en armes et du personnel d'entretien. De gigantesques trébuchets, sur des tours, étaient tournés vers le large et attendaient leurs victimes. Des fanions s'agitaient par dizaines.

La flotte ancrée dans le port de guerre comptait aussi deux navires blanc et gris, aux voiles teintées de vert et de plus petite taille. À leur bord, on pouvait voir une poignée d'elfes qui glandaient dans leurs transats. Ils n'étaient visiblement pas trop préoccupés par l'agitation autour d'eux.

Glargh était une cité qui avait eu des heures plus glorieuses, mais restait une proie de choix pour une armée d'envahisseurs, ou une horde de pillards. Il convenait d'en surveiller les abords. Enfin, sauf si on était un elfe, évidemment.

Au milieu de ces installations, principalement dédiées à la défense de la ville depuis l'invasion des Pirates Mauves en 1265, se trouvait l'entrée du port Ilshidur. C'était un fabuleux comptoir marchand. Birlak y fit entrer la barge après avoir discuté d'un tarif avec un employé du port, signé quatre bordereaux, apposé quelques tampons et lâché un ultime dessous-de-table avec une grimace. Telle était la règle, pour pouvoir bénéficier des facilités commerciales de port Ilshidur, et surtout ne pas retrouver son embarcation en deux morceaux lorsque venait le petit matin.

Ils se frayèrent un chemin à travers les autres bateaux jusqu'au quai Dake, où l'on pouvait trouver les plates-formes de déchargement. Ils passèrent devant les enclos aquatiques des lamantulhus, ces animaux géants qu'on utilisait pour remorquer les bateaux à contre-courant, grâce à des harnais spéciaux. Enfin, ils accostèrent et se retrouvèrent tous sur le quai, au milieu des chariots, des caisses et des grues mécaniques.

— Voilà, soupira leur employeur. C'est ici que nous devons vous laisser. C'était un très beau voyage, riche en péripéties, et je suis heureux de l'avoir fait en votre rassurante compagnie. Et vous avez été…
Il vit le Nain, puis termina sa phrase :
— … presque parfaits.
Ils se congratulèrent les uns les autres. Le Ranger reçut les cinquante pièces d'or en paiement de leur prestation de mercenaires, ainsi qu'une gourde qui, il s'en doutait, contenait sans doute du jus de pomme. Il se promit de la vider dans le plus proche bac à fleurs.
— Ouais, avec nous, y a jamais de problèmes, scanda le courtaud sans éprouver aucune honte.
— On leur en a bien fait voir, à ces bandits ! appuya la Magicienne.
— Ils en ont bavé des cercles du bonnet, ajouta l'Elfe qui était la seule à utiliser cette expression, qu'elle croyait avoir entendue dans une taverne.
Le Barbare, qui piaffait d'impatience une heure plus tôt, ne parvenait plus à fermer la bouche, tant son étonnement était grand. La découverte de cette gigantesque fourmilière humaine lui posait des problèmes existentiels. Il ne s'intéressait donc pas du tout à la conversation. L'Ogre de son côté reniflait, et scrutait les centaines de marchandises aux alentours, dans l'espoir d'y voir quelques jambons ou un stock de lard fumé.

Birlak vantait aux autres aventuriers les mérites de port Ilshidur, et leur donnait les adresses des meilleures tavernes de la cité. Voyant qu'il était seul et qu'il regardait les bateaux, Codie s'approcha du rôdeur. Elle était rouge de confusion et semblait d'un coup maladroite, mais ses yeux noirs pétillaient lorsqu'elle lui parla :

— Alors, vous êtes content de cette mission ?
— Arghli, bredouilla le Ranger.
— C'était peut-être un peu trop calme par rapport à ce que vous faites d'habitude ?
— Bouarf…
— C'est super d'être aventurier. On doit en voir des choses !
— Bah…
— Et puis tout cet esprit d'équipe avec vos amis, c'est formidable.
— Oui, c'est sûr…

Le Ranger ne savait pas trop où il en était. Depuis le temps qu'il voulait parler à Codie, il n'arrivait plus à trouver ce qu'il comptait lui dire. Et voilà qu'il en avait l'occasion. Il s'imagina lui prendre la main, et ils se mettaient à courir tous les deux dans les rues en riant à perdre haleine, laissant sur place les aventuriers, le bateau, les marchandises et toutes ces conneries prophétiques. Ils se trouvaient ensuite à traverser les plaines sur un cheval blanc, en poursuivant des chèvres, ce qui n'avait aucun sens. L'instant d'après, ils partageaient un trône dans une gigantesque salle ornée de tentures. Elle portait des robes de princesse, avec des fleurs dans les cheveux.

De retour dans la vie réelle, rien ne se passa. Il vit la poitrine de la jeune fille se soulever et crut distinguer dans son regard quelque intérêt pour lui. Il chercha quelque chose à prononcer. Il y avait probablement un truc intelligent à dire, dans un moment pareil. Il vit du coin de l'œil que Birlak se tournait vers eux, et perdit ses moyens.

Il tendit machinalement sa main, qu'elle serra, et bafouilla :

— Bon, Eh bien, on se reverra peut-être !
— Heu, oui, peut-être.
— Un jour, on ne sait jamais.
— Oui oui.
— Ça peut arriver.
— C'est vrai.

Le quadragénaire posa sa main sur l'épaule de sa fille :

— Allez, les jeunes, c'est pas tout ça mais on a du travail !

Les marchands remontèrent à bord de leur barge, en adressant à la compagnie des signes d'adieu.

Le Ranger resta sur place, les bras ballants, et regarda s'éloigner Codie, avec son short et ses jambes, et ses longs cheveux. Il se sentait impuissant face à l'inéluctable marche du destin. La Magicienne lui attrapa la manche et le tira en arrière, car les autres attendaient déjà pour partir à l'assaut des mille ruelles et des mille échoppes qui faisaient la réputation de Glargh. Ils s'avancèrent au milieu de l'agitation et des montagnes de choses diverses que déchargeaient les transporteurs.

— C'est la classe, grinça le Nain. J'ai eu l'adresse d'un magasin qui fait de la Durandil !

— On va pouvoir *enfin* vendre les statuettes de Zangdar, annonça l'érudite.

— Et on ira dans le quartier des Elfes ?

Personne ne répondit.

Le rôdeur cligna des yeux plusieurs fois, et tenta de se concentrer.

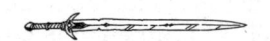

BULLETIN CÉRÉBRAL DU RANGER

Codie est partie ! Bon sang, je n'ai même pas réussi à lui parler. Elle aurait peut-être voulu rejoindre la compagnie ? Ah oui, mais en fait, elle n'a pas de compétences d'aventurière. Enfin, je m'en fiche, c'était histoire qu'elle reste un peu avec nous. J'aurais pu tenter de… Enfin, c'est pas possible que ce voyage soit passé si vite ! Quand je pense qu'on a réussi à s'ennuyer, non, vraiment c'est pas possible. Il y a quelque chose qui ne va pas. Mais pourquoi est-ce que je n'arrive jamais à parler correctement quand elle s'approche ? Codie est partie maintenant. Et puis zut, on doit partir nous aussi, c'est vrai. Je ne vais pas rester toute la journée devant ce bateau, j'ai un rôle de chef à jouer. Il faut faire quoi au juste ? Je crois que c'était… trouver des indices sur les gens qui ont cambriolé la tour de Gontran Théogal, oui c'est ça. Mais comment on va faire ? Il y a tellement de gens et tellement de maisons ici, même si l'indice était caché dans le port de commerce, ça nous prendrait une semaine. Quel salaud ce Gontran. Maudit sorcier de mes deux, avec toutes ses machinations pourries ! C'est sa faute si Codie est partie ! Il va me le payer !

Au moment où le pseudo-chef du groupe faisait tomber leur maigre salaire dans l'escarcelle dédiée aux dépenses collectives, une voix éthérée leur parla, par le biais d'un message télépathique. Ils s'arrêtèrent. Ils croyaient l'entendre, mais elle n'existait pas. Le résultat était le même, sauf que les gens qui s'affairaient autour d'eux dans leurs déballages de marchandises ne la percevaient pas, et cela évitait les problèmes. La voix disait :

— *Le Ranger gagne un niveau.*

L'intéressé regarda d'un air ahuri ses compagnons époustouflés. Il ouvrit la bouche pour parler, mais la voix continua :

— *La Magicienne gagne un niveau.*
— Hé ! s'écria le rôdeur. Vous entendez ?
— Bah mince alors ! souffla le courtaud.

L'enchanteresse avait joint les mains en une prière muette.

— *Le Barbare gagne un niveau.*
— Crôm !
— Je suis niveau trois, hurla le Ranger.

Deux types qui transportaient une caisse le gratifièrent d'un commentaire insultant. La voix continua néanmoins, car les choses du monde physique n'avaient pas de prise sur elle :

— *L'Elfe gagne un niveau.*
— Moi aussi ? Mais c'est génial !
— Chut !
— *L'Ogre gagne un niveau.*
— Eh ben, lâcha le Nain.
— On lui expliquera, chuchota la Magicienne en voyant l'air interloqué de la grande créature.

Le Ranger n'en pouvait plus, et sautillait sur place :
— On a tous gagné un niveau, c'est trop fort !

Ils s'autocongratulèrent dans l'allégresse.

— Hé minute, rugit le Nain. J'ai pas eu mon tour encore !

Les aventuriers attendirent quelques secondes dans un silence poli, mais ils avaient tant de choses à se raconter que la Magicienne brisa l'attente :

— Vous vous rendez compte ? Toutes ces possibilités qui s'offrent à nous !

— Je crois que j'ai gagné des compétences dans le déplacement silencieux, annonça le rôdeur.

— Je me sens plus intelligente, claironna l'érudite.

— Moi je crois que je vais bouger plus vite ! renchérit le guerrier des steppes.

Le courtaud ronchonna :
— Mais vous allez vous taire, oui ?

Il faisait les cent pas et donnait l'impression d'attendre qu'on lui jette des pièces d'or. Lors du dernier passage de niveau, celui-ci s'était retrouvé floué et n'avait eu sa gratification que plusieurs jours après, en achevant l'horrible homme-lézard mutant dans les tréfonds du château de Gzor.

— Je pense que c'est grâce à la mission d'escorte, exposa le Ranger en se pavanant. On a certainement gagné un max de points d'expérience d'un coup !

— Eh oui, convint la jeteuse de sorts. Parfois les points d'expérience sont bloqués par paquets, jusqu'à ce qu'on termine une action d'éclat.

— C'est génial ! C'est génial ! répétait inlassablement l'Elfe.

— Mais dites-moi que c'est pas vrai ! fulmina le Nain en cherchant des yeux quelque chose à casser. Ils sont encore en train de me rouler !

La Magicienne s'approcha et tenta de le raisonner :
— Écoute, c'est peut-être...
— *Le Nain gagne un niveau.*

La voix venait de se faire entendre à nouveau. Le comité intervenait à toute heure pour indiquer aux aventuriers qu'un événement marquant se déroulait dans leur carrière. Les esprits éthérés constituant cette assemblée ne dormaient jamais, et rien ne leur échappait. C'était sans doute l'institution qui fonctionnait le mieux en Terre de Fangh, probablement parce que leur personnel était constitué d'âmes de gens décédés qui se seraient ennuyés ferme s'ils n'avaient pas choisi cette occupation posthume.

— OUAIS ! hurla le Nain en bondissant. Ouais, ouais ouais ouais ! C'est trop la classe, par tous les marteaux du Grand Forgeron ! Par les dix mille poils de la barbe de Goltor l'intrépide ! Je suis niveau trois !

Il improvisa un ridicule pas de danse et chuta dans un rouleau de cordages mais se releva sans même perdre son expression béate. Le reste de la compagnie ne lui en tint pas rigueur, tant ils étaient tous occupés à célébrer cette grande nouvelle à travers de houleux échanges culturels sur les bienfaits de leurs nouvelles compétences. Mais la voix les envahit une fois de plus :

— *Le comité de la Caisse des Donjons assigné à l'étude des attributions de niveaux vous souhaite une bonne journée et vous adresse ses félicitations les plus clinquantes.*

— Ouais, c'est classe ! scanda le Nain tout fort, ce qui lui valut des regards étonnés de la part des gens qui traînaient alentour.

L'érudite s'approcha d'un gros homme qui observait leur manège depuis quelques instants avec une grande curiosité. Elle lui indiqua qu'il s'agissait d'un passage de niveau de groupe.

— Ah, bien ! se rassura-t-il. Des jeunes motivés, tout ça ! Je boirai un coup à votre santé !

Puis il s'en retourna travailler.

Les aventuriers examinèrent les attributions de points d'expérience décrits par le *Manuel de l'expérience de Graapilik* de la Magicienne, annexe au très célèbre *Code des aventuriers* du même auteur. Bizarrement, plus personne ne lui en voulait de promener ses sacoches de livres, une habitude qui lui valait habituellement de nombreux quolibets.

Le Nain courait plus vite en armure, pouvait porter de plus lourdes charges et améliorait son capital de points de santé. Il fut heureux d'apprendre qu'en cas de chute dans un élément liquide, il lui faudrait une minute de plus pour mourir par noyade. Il disposait d'une aptitude supplémentaire à la forge, pour améliorer les armes tranchantes. Lors du dernier passage de niveau il avait déjà gagné la compétence pour améliorer les armes contondantes, catégorie qui regroupait les marteaux et les masses, mais n'avait pas eu l'occasion d'utiliser ses dons, puisque personne dans la compagnie n'utilisait de telles armes. Il lui était également possible à partir du niveau trois de fabriquer lui-même des armes de base, et ses dégâts sur une attaque à la hache s'augmentaient d'un point de bonus sur les armures de basse qualité.

Le Ranger était devenu plus intelligent, d'après le manuel. Il n'était pas évident de le prouver au premier abord, mais l'on se promit de creuser la question. Il avait amélioré sa compétence au déplacement silencieux, un sujet considéré comme épineux puisqu'il n'avait encore jamais été prouvé qu'il fût capable de mettre cette capacité en pratique. Il pouvait reconnaître les traces d'animaux dans la forêt, et faire un feu avec du bois humide. Il était capable de tirer à l'arc sans tuer les gens qui se trouvaient derrière lui, ce qu'on considérait comme le premier degré de l'aptitude. Ce détail ne plaisait qu'à moitié à l'Elfe. Le rôdeur avait également la possibilité d'utiliser un bouclier en combat rapproché avec une épée à une main, par temps sec. Il est vrai que les spécifications du manuel étaient parfois un peu obscures et manquaient de justifications, car personne ne pouvait expliquer ce qui se passerait s'il pratiquait la même chose par temps de pluie. Enfin, et là c'était plus discutable, il avait augmenté son charisme. Il rougit lorsque la Magicienne et l'Elfe le détaillèrent pour comprendre de quelle partie du corps il s'agissait. Le Nain hurla de rire en précisant que c'était une compétence de fiotte. Malheureusement, rien ne figurait concernant les compétences à diriger des compagnies d'aventuriers, mais le Nain précisa que ce n'était pas grave, vu qu'il n'était pas *vraiment* le chef.

L'érudite fut scandalisée de voir que l'Ogre n'avait gagné que force, vitesse d'attaque et initiative au combat.

Elle espérait qu'il serait capable d'exercer des dons plus subtils, car ses compétences en *cuisine rurale* et *pose de papier peint* n'avaient pour le moment pas été optimisées, pas plus que les énigmatiques *chant* et *danse* qui n'avaient sans doute d'intérêt que pour les autres ogres. Néanmoins ils découvrirent que les caractéristiques nouvelles débloquaient la compétence *chasse en milieu hostile*. Ils devraient pouvoir en profiter pour s'offrir un beau gueuleton de gibier.

Quand on s'intéressa au cas de l'Elfe, les regards convergèrent vers son décolleté. La belle avait en effet gagné un *bonnet supplémentaire de soutien-gorge* afférent à l'amélioration de son charisme, mais elle fut soulagée de savoir que les prochains gains de niveaux ne toucheraient plus cette partie de son anatomie. Elle dut ouvrir un nouveau bouton à sa tunique, pour respirer plus aisément. Les hommes du groupe quant à eux se sentaient fiévreux et tentaient vainement de regarder ailleurs. Selon le manuel, l'Elfe tirait mieux à l'arc, et occasionnait également un point de dégât supplémentaire sur l'attaque à distance à la flèche en bois, ainsi qu'une possibilité accrue de défense à la dague. Elle savait trouver les plantes médicinales en forêt de conifères, et *opérer les lésions majeures sur créature humanoïde*. C'était inquiétant pour ceux du groupe qui avaient déjà eu l'usage de ses compétences en chirurgie. Elle comprenait le langage des girafes et des toucans, des animaux dont personne n'avait jamais entendu parler. Ses compagnons découvrirent pour finir une compétence étrange, la *compréhension des cultures non elfiques*, qui demeurait obscure et qu'ils se promirent d'examiner à tête reposée.

Pour ce qui était du chevelu des steppes, il n'y avait point de mystère, on restait dans le brutal et le terre à terre. Son point d'intelligence avait été gagné au niveau précédent, et par ailleurs n'avait pas changé son comportement, mais uniquement la longueur de ses phrases. Il restait assez vif d'esprit pour un représentant de son peuple, car il avait tout de même résolu deux énigmes lors de leur visite du Donjon de Naheulbeuk. Certaines mauvaises langues parlaient d'une chance insolente. Le Barbare frappait encore plus fort, courait encore plus vite et se fatiguerait moins lors de ses futurs combats, s'autorisait l'usage du bouclier de taille intermédiaire, de l'épée à deux mains, ainsi que le maniement des lances de chasse. Ceci était une excellente nouvelle puisqu'il en trimbalait à présent une ribambelle, et l'on s'inquiéta du fait qu'il ait eu l'idée d'en utiliser avant de posséder les connaissances nécessaires. Il lui faudrait de toute façon s'entraîner, mais c'était une activité qu'il aimait bien. En matière de nouveauté, il recevait également la surprenante compétence *interprétation des cris d'animaux prédateurs*.

La Magicienne termina le compte rendu par ses propres améliorations : un point d'intelligence, et des points supplémentaires de mana, l'énergie utilisée dans les pratiques de sorcellerie et d'invocation. C'était beaucoup moins impressionnant sur le papier que pour les autres aventuriers, mais il s'ensuivait un déluge d'avantages non négligeables, car le reste concernait les sortilèges. Le *contrôle mental des rongeurs* et la *malédiction du bras droit*, des sorts acquis au niveau précédent, n'avaient pas déchaîné les passions et il n'était pas simple de leur trouver une utilité dans le feu de l'action. On parlait maintenant de dégâts supplémentaires sur la boule de feu majeure et l'éclair en chaîne, d'une *flèche d'acide pénétrante*, d'une possibilité de *contrôle mental des mammifères de moins de quarante-trois kilos*, d'un *advanced dispel magic*, d'une *glaciation des pieds*, du *chemin mortel de Guldur*, et de la mystérieuse *inversion des polarités flakiennes*. Elle tourna vainement les pages de son livre pour comprendre en quoi consistait ce dernier sortilège, mais renonça sous la pression des autres membres de la compagnie qui désiraient faire leurs courses et profiter de cette après-midi pleine de promesses.

Il était donc midi passé quand ils se décidèrent à quitter le quai Dake, après avoir gêné pendant une heure les pauvres bougres qui travaillaient là pour organiser le transport et l'échange de leur camelote. Mais les marchands évitaient de venir déranger des aventuriers, car ils savaient que certains avaient le sang chaud, et qu'une boule de feu, c'était vite arrivé.

Le rôdeur sécha ses larmes de bonheur, et rassembla ses compagnons :
— Nous avons du temps, dit-il finalement. Personne ne va nous retrouver ici, et il faut vraiment qu'on améliore notre équipement. On n'est plus des rigolos maintenant !
— Ah bon ? gazouilla l'Elfe. Moi j'aime bien rigoler pourtant.
Le Nain, qui ne perdait pas le sens des réalités, grogna :
— Et puis, ça va être l'heure de bouffer.
— Crôm, souffla le Barbare.
Il venait de voir passer trois filles transportant des paniers, et l'une d'elles lui avait fait un clin d'œil. C'était sans doute l'effet de sa musculature qui se développait avec l'expérience. C'était une forme de charisme, après tout. Tant qu'il gardait ses bottes, cela pouvait donner l'illusion qu'il était fréquentable.
— Bon alors, on bouge ? gronda le courtaud.
— Je dois vous prévenir, exposa l'érudite. Il faut absolument éviter de se séparer dans cette ville, ou bien on ne se retrouvera jamais !
— Quoi ? lâchèrent ensemble plusieurs aventuriers.
La Magicienne précisa :
— Eh oui, la ville est si bizarrement agencée que des gens ont parfois perdu des amis ou des membres de leur famille pendant plusieurs années ! Il faut que je retrouve

mon plan du centre, celui que j'avais quand j'étais à l'université.

— Tu veux dire que c'est *encore* toi qui vas nous guider ? s'inquiéta le rôdeur.

— Mince alors, c'est la flippe, scanda le barbu. Imaginez, on pourrait paumer l'Elfe !

Il ricana sous son casque, sous le regard furibond de l'intéressée.

— Pas de panique, maugréa l'enchanteresse en fouillant dans ses affaires. Je vous rassure tout de suite, on n'a pas besoin de faire attention aux points cardinaux, il suffit de suivre les rues.

Elle extirpa péniblement un vieux parchemin, auparavant coincé entre deux pages de livre. Il était couvert de petits rectangles, et le titre à gauche annonçait *Glargh centre*.

Ses camarades examinèrent le plan, et tentèrent d'y comprendre quelque chose.

— Moi, il faut que j'aille dans la rue des Cogneurs, postula le courtaud. C'est ce que le vieux m'a dit.

— Et moi, je veux voir le quartier Meuldor, réclama l'Elfe.

— Je veux trouver des nouvelles armes ! ronchonna le chevelu des steppes.

— J'aimerais bien voir un vrai magasin d'équipement, renchérit le Ranger. Un truc avec des gants de combat, et du matériel pour les types un peu polyvalents comme moi. Et puis j'ai le droit de prendre un bouclier !

Le Nain ricana de nouveau. Il n'était pas difficile de comprendre qu'il venait d'imaginer le Ranger avec un bouclier, lui qui avait déjà du mal à s'en sortir avec une simple épée.

Pendant ce temps, la Magicienne cherchait des yeux les différents emplacements, et conclut :

— Ça tombe bien, parce qu'il nous faut également visiter les échoppes magiques, et trouver un moyen de revendre ces statuettes prophétiques récupérées chez Zangdar.

— Faudra pas se faire arnaquer ce coup-là, grogna le Nain.

L'érudite rangea son livre et pinça les lèvres :

— C'est pour ça qu'on va commencer par acheter un bouquin comme celui de ma cousine : le catalogue d'évaluation des prix.

— Génial ! approuva le rôdeur. Ça c'est une bonne idée, en route !

Ils avaient en effet rencontré quelques jours plus tôt la cousine Aztoona, parente de la jeteuse de sorts, qui pratiquait elle aussi la magie et qui s'était reconvertie dans le commerce itinérant d'objets enchantés. Elle disposait d'un livre fabuleux qui donnait des indices de prix pour s'y retrouver dans toute cette jungle d'équipements étranges. Elle leur avait d'ailleurs vendu la couronne de téléportation de l'Archimage Pronfyo, en échange d'un certain nombre de babioles et de pierres précieuses. Bien sûr, elle avait profité de son avantage pour récupérer le double de la valeur de la couronne.

La compagnie se fraya un chemin hors de la zone de transit portuaire, et déboucha dans la rue du Grand Incendie, qui menait au centre de la ville.

L'Elfe ouvrit des yeux si grands qu'on aurait pu y faire nager des dauphins. Elle pépia :

— Et voilà, y a plus qu'à faire les boutiques, c'est génial !

— Golo, chanta l'Ogre en désignant un vendeur de brochettes.

La vie d'un aventurier moyen se déroule en trois mouvements, répétés à l'infini. Il y a le temps qu'il passe à la taverne, à chercher du boulot ou récupérer des points de vie par le biais du repos et de la restauration. Dans la journée, il doit mettre sa vie en danger, en poursuivant des quêtes qui, malgré les prétextes divers et les racontars des oracles, n'ont pas d'autre but que de gagner de l'expérience et de s'en mettre plein les poches. Et tout ça, en définitive, pour en venir au troisième temps, celui des emplettes.

C'est le moment de grâce par excellence, celui qui fait briller les yeux, qui fait sautiller les elfettes et qui démange la bourse. Un moment qui prend toute sa saveur lorsqu'on se trouve dans les rues du centre-ville de Glargh.

Il n'y a pas meilleure place pour remplacer une épée moyenne par une lame de qualité, commander l'enchantement de son armure, acheter des passe-partout interdits à la vente, découvrir le quatrième volume perdu d'une série de grimoires sur la magie thermodynamique sous l'empire Kundar, chiner dans les capes et les bottes, marchander le tarif des dagues de jet, se fournir en poudre d'os de morshleg, obtenir des bagues de puissance, se payer une coiffure guerrière, brocanter des potions, s'offrir des jambières à pointes ou négocier un rabais sur les *flèches barbelées de Poffidh*, qui donnent un bonus de quatre aux dégâts.

C'est pourquoi le Ranger avait déjà oublié Codie, Birlak, les Transports Charland et tous ces gens qui s'entre-tuaient sur les berges de la rivière Filoche. Pour ce qui est des autres, ayant entamé l'aventure au niveau un et sans fortune personnelle, et après avoir passé plus d'une semaine à fréquenter des villages de seconde zone, ils allaient enfin comprendre le véritable intérêt de l'aventure. C'est finalement une activité qui sert à faire marcher le commerce.

Pressés d'en venir aux achats, ils consommèrent de la nourriture à emporter et longèrent la rue du Grand Incendie en semant des frites, pour le plus grand bonheur des corbeaux, des rats et des pigeons. La compagnie ne semblait pas intéresser grand monde au milieu de toute cette agitation, même si certains badauds s'écartaient à leur passage avec une expression inquiète, sans doute à

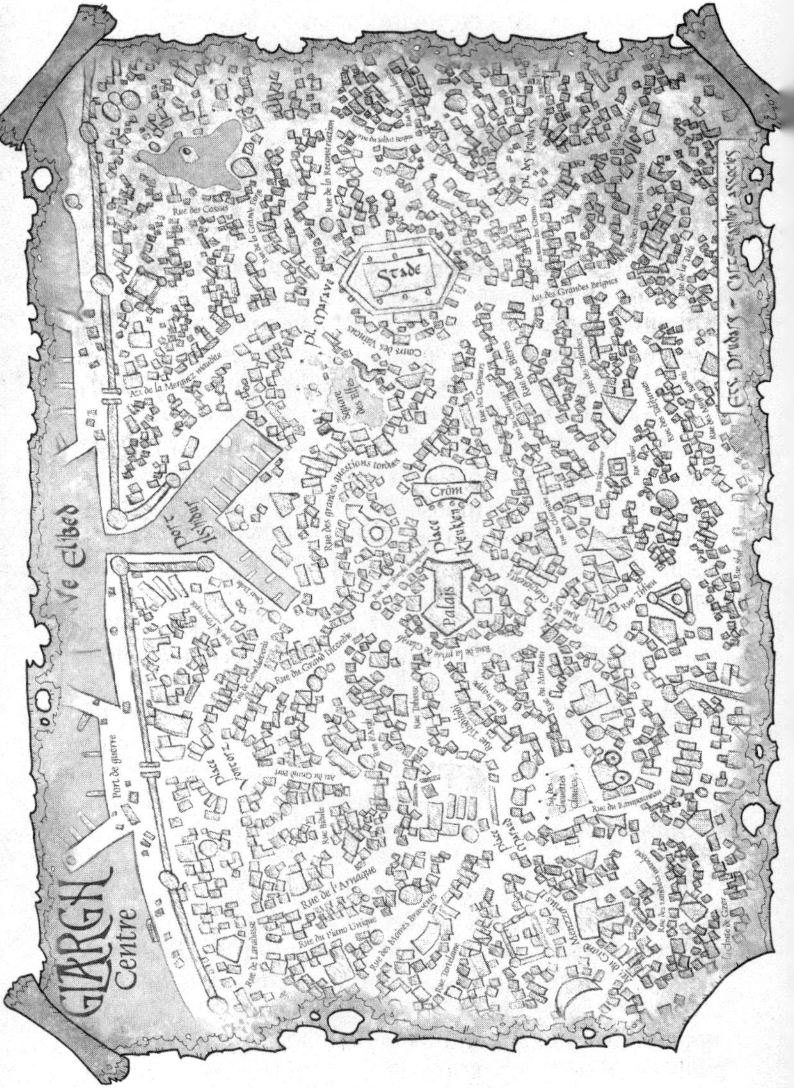
GLARGH
Centre
Port de guerre
Stade
Crôm
Palais
Rue des Cossus
Rue des grandes questions tordues
Rue du Grand Incendie
Rue de l'Arnaque
Rue du Piano Unique
Rue des Moines Brasseurs
Av. des Grandes Beignes
Rue Tibidi
Rue Torteline

cause de l'Ogre et des regards envieux qu'il posait sur certains étalages de nourriture. Mais on voyait du monde par ici, beaucoup de monde, et du genre à casser les vertèbres d'un mammouth avec les dents. On n'avait pas peur d'une compagnie de niveau trois.

La Magicienne croisa plusieurs enchanteurs et sorciers, qui lui rendirent poliment son salut. Elle jubilait. Elle profita de sa connaissance de la ville pour entraîner le groupe vers une librairie proche, au milieu de la rue du Temple Sanglant. C'était là qu'elle avait rêvé de nombreuses fois, lorsqu'elle n'était qu'une étudiante fauchée, devant les livres rares et chers qui contenaient le savoir de plusieurs civilisations.

Ils entrèrent, et l'Ogre trop large fit tomber un vase en le heurtant avec son sac à dos, ce qui laissait augurer de quelques difficultés pour le marchandage. Un homme longiligne doté d'horribles moustaches et d'un costume noir, qui devait être le vendeur, se précipita pour faire disparaître les débris. L'érudite usa de toute sa persuasion pour obliger la grande créature à rester debout au milieu du magasin, et lui ordonna de ne plus bouger jusqu'à ce qu'ils aient terminé. Cela lui coûta la moitié d'un cornet de frites.

Puis ils se renseignèrent sur les catalogues d'évaluation des prix.

— Cinquante pièces d'or pour un bouquin ? s'indigna le Nain. Vous êtes malade ?

— Si vous n'avez pas d'argent, vous n'avez qu'à sortir, lui conseilla le marchand d'un air suffisant.

— Notre ami n'y connaît pas grand-chose en livres, s'excusa la Magicienne.

— Voici une bonne raison pour sortir du magasin, insista le moustachu.

Le courtaud vitupéra de plus belle :

— Vous vous rendez compte ? On peut avoir cent pintes de bonne bière avec ça !

— La bière ne nous empêchera pas de nous faire arnaquer, argumenta l'érudite. Ce livre par contre nous permettra de connaître la valeur des objets qu'on doit vendre, et de les céder à leur juste prix. Et on n'achètera pas n'importe quoi non plus.

Le montagnard se retourna pour bouder. Il n'avait trouvé aucune idée de réplique pour contrer ce raisonnement, mais il était hors de question pour lui de s'avouer vaincu. Il ronchonna de plus belle lorsqu'on lui demanda de participer à l'achat du livre, mais dans l'euphorie du passage de niveau, et la perspective d'acheter une hache neuve, il délia sa bourse.

Ils quittèrent l'échoppe en possession du précieux livre, avant qu'il n'arrive quelque chose de fâcheux. La Magicienne délestait d'habitude une partie de ses bouquins dans le sac à dos de l'Ogre, pour être plus à l'aise dans ses déplacements. Elle garda celui-ci en main, il allait se révéler très utile.

— Vous voyez, on ne m'entend pas marcher ! assura le Ranger.

Il avait décidé de tester sa nouvelle compétence dans la rue, en se déplaçant sur la pointe des pieds. Mais le vacarme était tel, avec le passage de deux chariots sur les pavés, que les autres lui répondirent d'un haussement d'épaules.

L'Elfe dérangea plusieurs passants dans la rue pour leur demander où elle pouvait trouver des toucans et des girafes, afin d'essayer de leur parler. Les gens la regardaient avec étonnement, sauf les hommes qui reluquaient son décolleté et n'écoutaient pas ce qu'elle disait. Puis ils s'éloignaient en marmonnant des considérations sur la santé mentale des elfes en milieu urbain.

BULLETIN CÉRÉBRAL DE LA MAGICIENNE

Tous ces livres, c'est magnifique ! Quand je pense que j'ai enfin les moyens de me les payer… Il y a le deuxième volume sur l'histoire des langages monstrueux, et puis le guide des souterrains, qui donne les localisations d'un tas de catacombes et de cimetières de sorciers à visiter pour trouver des objets. Il faudra aussi que je pense à prendre une actualisation du *Guide du pistard* de Glargh, la ville change assez vite ces temps-ci. Enfin, on reviendra quand on aura fait le tour des boutiques les plus intéressantes. Ah, et la poudre d'os de morshleg aussi !

L'étape suivante, un bazar gigantesque de la rue Tabasse, les délesta de leur collection de statuettes prophétiques dérobées chez Zangdar, qu'ils avaient confiée au Barbare depuis plus d'une semaine.

Le gros homme en charge des bibelots d'occasion fit une drôle de tête lorsqu'ils déballèrent pêle-mêle la *Statuette de Zpoulof*, la *Statuette de Ravzgavatt*, l'*Idole maudite du Temple de Houismal*, l'*Effigie de Gzor*, l'*Insigne du Grand Trilobique*, et cinq autres sculptures de petite taille et faites de matériaux divers, dont il fit l'expertise. Elles avaient en commun d'horribles formes et l'odeur d'un vieux grenier.

Néanmoins, l'homme était assez satisfait de l'originalité des produits et de leur état de conservation. Il commenta tout en dressant l'addition :

— Dites donc, vous n'avez pas chômé on dirait ! Vous avez collecté tout ça ces dernières années ?

— Ça faisait partie d'un lot, expliqua la Magicienne. On a tout pris.

L'homme leur jeta un regard entendu. Quand on travaille dans ce genre d'échoppe louche, on n'entre pas dans les détails concernant la *provenance* de la camelote.

— C'est ma journée, ajouta-t-il avec enthousiasme. Et la vôtre également !

La Magicienne vérifiait de son côté les prix de vente consignés dans son catalogue, mais il convenait de trouver des équivalents, car la plupart de ces reliques n'étaient pas mentionnées de façon précise. Elle fit équipe avec le Nain, qui assurait de son côté le calcul de la pondération découlant de l'état des statuettes et de la marge commerçante du bazar. On savait qu'on pouvait compter sur lui pour ce qui était du calcul de l'or.

Le gros homme considéra sa feuille de notes, et déclara :

— Bon, j'ai arrondi, et finalement je vous offre six mille trois cents pièces d'or pour le lot.

Ils acceptèrent le marché avec enthousiasme, après consultation du courtaud et prise en compte de ses propres estimations. Comme il est de coutume pour les grosses sommes, ils touchèrent le magot sous forme de lingots de Berylium, dont chacun valait cinq cents pièces d'or, et d'un peu de monnaie. Les yeux du Nain brillaient encore plus que les lingots.

Le manque d'expérience des aventuriers faisait heureusement la bonne fortune des marchands. Dans chaque lot de vieilleries récoltées se trouvait toujours une perle rare, en l'occurrence il s'agissait ici de l'Effigie de Gzor, objet unique qui valait à lui seul cinq mille pièces d'or. Le négociant salua ses clients, et se précipita vers ses associés pour fêter ça en ouvrant une bonne bouteille de vin aux épices.

La compagnie quitta le bazar en faisant l'éloge de cette magnifique journée. Ils avaient gagné plus avec les statuettes qu'avec le salaire de la quête, dont les bénéfices s'étaient trouvés réduits à peau de chagrin par la faute des racketteurs de Boulgourville, de la Caisse des Donjons et de cette fameuse guerrière.

— C'est ce que disait ma cousine, rappela l'érudite. Vous vous souvenez, la théorie sur les bénéfices annexes récupérés pendant les quêtes !

Mais ses acolytes étaient déjà sur une autre planète, celle des nouveaux riches.

Ils jetèrent dans la plus proche poubelle les trois parties d'une figurine en grès que le Barbare avait broyée pendant le voyage, et qui n'avait plus pour eux sa valeur commerciale. Ils ne s'en soucièrent pas, et c'était bien dommage, car il s'agissait de la quatrième *Vilorne de la Souffrance*, la partie manquante d'un puzzle donnant accès au temple perdu de Khornettoh, dans lequel se trouvait enfouie l'une des épées les plus meurtrières de toute la Terre de Fangh. De telles choses arrivent, il est préférable de ne pas le savoir, c'est moins déprimant. La Vilorne, même réparée à la mauvaise colle ou au ruban adhésif, se vendait sans doute trois mille pièces d'or à elle seule.

Ainsi donc, ils dépensèrent euphoriquement leurs gains et leurs économies dans un équipement digne de leur nouvelle condition d'aventuriers « intermédiaires ». C'est le terme politiquement correct employé par le manuel de l'expérience pour ne pas écrire « presque novices ».

BULLETIN CÉRÉBRAL DU BARBARE

Ouais, c'est cool, j'ai une nouvelle épée vachement grosse, à deux mains. Mon oncle Yor en avait une un peu comme ça, il l'avait piquée à des marchands. C'est bien, mais je peux pas prendre de bouclier avec. J'ai vendu l'épée que j'avais eue dans le donjon pour un petit tas de pièces, elle était bien, mais un peu légère sur le bout qui pique. Et puis j'ai gardé celle de la femme en armure, parce qu'on sait jamais, ça peut servir d'en avoir en plus, si on a des problèmes. J'aime bien mon nouveau casque avec les grosses cornes, on peut s'en servir aussi pour les coups de boule.

BULLETIN CÉRÉBRAL DU NAIN

Ouais, c'est cool, j'ai une nouvelle hache vachement bien, avec un côté spécial pour ouvrir les bouteilles de bière. Mon cousin Tulden en avait une un peu comme ça, il l'avait piquée à des marchands. Ce qui est dommage, c'est que c'est pas une Durandil, parce que là c'était vraiment trop cher, alors je vais attendre encore un peu, parce que mille pièces d'or, c'est pas rien quand même. C'est la faute des autres, ils n'ont pas voulu me donner leur part du trésor des statuettes. J'ai réussi à revendre mon vieux matériel et ma hache pour quatre-vingt-huit pièces d'or et sept pièces d'argent, c'est pénible, mais il fallait vraiment laisser derrière nous ces vieux trucs, ça nous rappelait quand on était des mauvais aventuriers. Elle était presque neuve, la hache. Sinon j'ai aussi une nouvelle bourse grande capacité, parce qu'on va avoir plein d'or maintenant qu'on a notre niveau trois. J'ai un nouveau pantalon, l'autre était tout déchiré à cause de cette connerie de téléportation qui m'avait donné des jambes en plus. Et puis un surcot en cuir, et un casque renforcé, il est mieux que l'ancien qui avait des bosses, et l'autre jour à la taverne y avait un gros con qui avait vomi dedans. Avec tout ça et ma hache de jet Durandil, j'ai vraiment l'air d'un tueur de trolls !

BULLETIN CÉRÉBRAL DU RANGER

Ouais, c'est cool, j'ai une nouvelle veste en cuir, avec des renforts sur les épaules. J'ai vu un type qui en portait une un jour dans mon village, on ne voyait pas souvent des aventuriers par chez nous. Il l'avait sans doute piquée à des marchands, il avait la tête à ça. C'est vrai que deux cents pièces d'or pour une veste, c'est pas rien, alors j'en ai profité pour changer aussi mes bottes pour cent pièces, et j'ai pris une paire de gants d'archer. Ils sont un peu comme ceux de l'Elfe, mais en marron, et puis c'est le modèle pour homme. De toute façon, le gantelet d'agilité devait être un faux, je n'ai jamais vu la différence quand je le portais. J'aimais bien ma vieille épée, fidèle amie qui a traversé avec moi de nombreux combats, mais je n'ai pas hésité à la revendre pour m'offrir un modèle d'artisan renommé. J'attendrai la prochaine fois pour Durandil, c'est vraiment hors de prix. J'ai aussi un médaillon de concentration qui va m'aider à garder les idées claires pendant les batailles, une nouvelle couverture de bivouac car on s'approche de l'hiver, et une ceinture neuve. Comme on a eu des problèmes avec les soins, j'ai aussi trouvé une potion de guérison des plaies majeures, qui peut même réparer les membres tranchés. En ce qui concerne l'achat d'un arc, je pense que ce n'était pas vraiment le moment, et si je trimbale des flèches ça va encore faire du bruit quand je marche. Et avec tout ça, j'ai encore des pièces d'or !

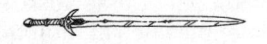

BULLETIN CÉRÉBRAL DE L'OGRE

Zogbaak ! Akoul a splati proulouk. Gof grudku eto clipa ! Akala miamiam.

BULLETIN CÉRÉBRAL DE L'ELFE

C'est génial, j'ai des nouvelles flèches, avec des pointes spéciales pour les différents monstres ! Mon cousin Legolas en avait aussi, et je pense qu'il les avait achetées au marchand itinérant dans la forêt. Il y a la flèche qui fait du feu, la flèche qui endort, et un assortiment de véritables flèches des Sylvains, qui vont plus vite que les autres, et quelques projectiles de base pour s'entraîner. J'ai aussi une dague elfique, avec un petit fourreau sur lequel l'artisan a gravé une tête de poney spécialement pour moi ! Mais la Magicienne dit que ce n'est pas une vraie dague elfique, c'est une imitation et que je dois faire attention à ne pas me couper avec. Nous avons visité tellement de rues à Glargh, je n'arrive pas à me souvenir de tout. C'est grand, c'est plein de monde, et parfois ça sent très mauvais, ça dépend des endroits, et il n'y a pas beaucoup d'arbres. On n'a pas pu rester trop longtemps dans le quartier Meuldor, parce que le nabot a décidé de faire ses besoins contre le mur d'un temple de la Lune, et que ce n'est pas tellement autorisé. Quel crevard celui-là ! J'ai quand même eu le temps d'acheter de magnifiques bottes avec un motif torsadé, un bandeau pour les cheveux, et deux nouvelles tuniques parce que j'étais serrée dans l'autre, à cause du niveau trois. La jupe est plus courte, alors j'ai moins chaud, c'est bien. Je crois que mes cheveux ont poussé aussi, et beaucoup de gens me regardent depuis que j'ai mon troisième niveau. Et puis j'ai les bracelets de dextérité, avec ça je vais pouvoir utiliser l'arc de Yemisold à partir du niveau cinq seulement !

BULLETIN CÉRÉBRAL DE LA MAGICIENNE

Super, c'est cool, j'ai un nouveau grimoire pour le niveau trois, avec des pages spéciales sur l'incidence des charges maximisées de bague de puissance dans l'augmentation des dégâts par tranche saltisique ! Notre professeur avait le même, mais je suppose qu'il l'avait volé dans la bibliothèque de l'université, c'était son genre. Nous avons perdu un temps fou à chercher des armes pour les bourrins du groupe, et des vêtements pour l'Elfe, j'ai bien cru qu'on n'arriverait jamais jusqu'aux boutiques de sorciers. Enfin voilà, c'est fait, j'ai acheté un nouveau bâton pour cinq cents pièces. C'est un *Romorfal 500* spécial niveau trois-cinq, avec lequel on augmente les dégâts sur le feu, la foudre et la glace. En plus, il résiste à l'eau, il est renforcé et on peut taper sur les monstres avec l'extrémité pointue quand on n'a plus de sorts disponibles. Du coup, ça faisait une grosse dépense alors j'ai revendu mon ancien bâton pour cent pièces, et puis j'ai pris aussi deux potions de guérison, une potion de vitesse, trois bagues de lumière pour utiliser avec la couronne de téléportation et un parchemin de protection aux sortilèges. C'est pas croyable ce que ça monte vite, avec les objets magiques. Heureusement, l'Ogre était là pour m'aider à obtenir des tarifs avantageux. Dans mon nouveau livre, j'ai de la chance, ils expliquent à quoi sert le sortilège *inversion des polarités flakiennes*. C'est vraiment tout bête, il s'agit de retourner l'attaque envoyée par un autre sorcier, avec une chance égale au triple du niveau sur une base de cent majorée par la moitié du niveau de l'ensorceleur adverse auquel on déduit le malus de son état de fatigue et la différence du niveau du sortilège et de son propre niveau. Mais il faut faire attention, ça ne fonctionne pas si la lune est pleine. J'ai aussi acheté à l'Ogre un gros sac, comme ça, il peut porter encore plus de livres pour moi, et il aura de la place pour ses provisions.

Ils firent également dans l'après-midi le plein de provisions séchées, de pain et de denrées diverses. Le rôdeur insista pour faire l'acquisition de deux belles cordes de vingt mètres pour remplacer l'inutile corde elfique qui était bien trop courte.

La compagnie rutilante et fière se retrouva ainsi dans la rue, face à la *Stipule de Falkor*, magasin renommé de matériel pour sorciers. Il était tard, et les commerçants fermaient boutique, c'était le moment rêvé pour se trouver une auberge et boire un coup pour fêter ça.

Le Nain observait la populace qui s'affairait dans l'avenue des Grandes Beignes, pour essayer d'y trouver un ennemi potentiel. Mais nul n'avait la peau verte.

— Y a personne à tabasser, c'est dommage, ronchonnat-il en tapotant sa hache.

La Magicienne gardait un œil sur lui, car il avait déjà essayé par deux fois de chercher des crosses à des types dont le seul défaut avait été de se trouver là au moment de son passage.

— Il est pas mal ton casque, observa le rôdeur en s'approchant du Barbare.

— Ouaip. Et ton épée elle a l'air solide.

L'intéressé défourailla pour la vingtième fois l'objet en question, et l'examina derechef avec une satisfaction proche de l'orgasme. C'était beau, il se demandait s'il oserait s'en servir, car il ne fallait pas l'abîmer.

— La compagnie des Fiers de Hache ressemble enfin à quelque chose, scanda le Nain. Surtout moi.

— Mais c'est pas le nom qu'on a choisi ! rétorqua l'Elfe.

— On ne s'appelle pas comme ça, confirma le Ranger.

Les autres approuvèrent, mais le courtaud s'entêta :

— C'est comme ça qu'on s'appelait sur le bateau ! Alors qu'est-ce que vous allez chouiner encore !

— Je répète que c'était un *accident* cette histoire sur le bateau ! martela le pseudo-chef du groupe.

Le barbu grimaça sous son nouveau casque :

— C'est ton cerveau qui est un accident ! C'est n'importe quoi cette manière de faire ! Un jour on est les Fiers de Hache, et puis après ça change, et comment on va faire pour qu'on nous connaisse maintenant ?

— Bah, je ne sais pas, bredouilla le Ranger.

L'érudite s'avança :

— Il faudrait se trouver un nom qui ne change pas, c'est tout.

De nouvelles propositions furent instantanément lancées, parmi lesquelles on trouvait les Féroces de Fangh, les Maîtres de la Forge, les Bidibulles, les Tarkevator, les Fieffés Rangers, les Trogokilleurs, les Massacreurs des Plaines, les Coupeurs de Bras, les Coupeurs de Jambes, les Coupeurs de Têtes, les Trancheurs d'Âmes, les Amis du Fléchier, les Coiffeurs Jolis, les Inverseurs de Polarités et les Grands Maîtres du Vent Rugissant.

Au bout de quinze minutes de dialogue stérile, ils regardèrent leurs chaussures.

— En tout cas, j'ai soif, marmonna le Nain.

— On pourrait remonter vers l'avenue de la Merguez Maudite, pour trouver une bonne auberge, suggéra l'érudite. C'est près du port et c'est un peu plus ventilé qu'ici.

Ils se rassemblèrent pour étudier le plan de Glargh une fois de plus.

L'Ogre chipa un fruit dans le panier d'une vieille qui le frôla d'un peu trop près. Voyant qui était l'auteur du larcin, elle s'enfuit en trottinant et disparut dans une ruelle perpendiculaire.

— Ah, vous voilà ! rouspéta une voix familière.

Ils se tournèrent vers celui qui les haranguait. C'était le vieux Tulgar.

— Je pensais bien que j'allais vous trouver dans le coin, ajouta-t-il.

Les aventuriers furent embarrassés, avec leurs mains pleines de paquets. Le Ranger tenait encore en main son épée chatoyante. Ils n'avaient pas le culot ni la possibilité de prétendre qu'ils s'occupaient du problème de la Couette de l'Oubli.

— Oui, oui, bonsoir, marmonna le rôdeur sans conviction.

— Salut, grogna le Barbare.

Il se souvenait que c'était le vieil homme qui parlait beaucoup, et qui donnait mal à la tête. Il aurait bien aimé ne pas le revoir.

— On allait justement se chercher une auberge, annonça la Magicienne.

— C'est pas trop le moment, objecta l'ancien. Vous avez du pain sur la planche si vous voulez voir le jour se lever !

— Mais... Comment vous nous avez retrouvés ? s'inquiéta l'Elfe.

Tulgar désigna l'échoppe :

— La *Stipule de Falkor*. Toutes les compagnies d'aventuriers qui viennent à Glargh et qui ont un mage dans l'équipe passent forcément par ici.

— Ah bon ?

— Il n'y a plus beaucoup de bonnes boutiques de magie, depuis la grande manifestation de 890. Je vous ai attendus en flânant dans le quartier.

— Alors ça veut dire qu'on est prévisibles... soliloqua le Ranger.

— Heureusement pour vous, vos ennemis n'y ont pas pensé !

Plusieurs aventuriers s'exclamèrent :

— Nos ennemis ?

L'ancien soupira, mais il était difficile de savoir si c'était de soulagement ou de découragement. Il s'approcha :

— La ville est pleine de gens qui veulent vous sacrifier pour venger leur dieu, vous n'étiez pas au courant ?

XI

Le Sanctuaire

Avant d'en venir aux explications, Tulgar poussa les aventuriers vers une ruelle sombre, dans laquelle ils seraient moins en vue. Ils en profitèrent pour ranger leurs achats dans leurs sacs. Trouvant un terrain favorable à l'exercice, le Nain propulsa sa hache de jet sur un rat, mais il ne toucha que la poubelle qui se trouvait à deux mètres. On lui indiqua que ce n'était pas le moment pour l'entraînement aux armes de jet.

L'ancien avait du mal à ne pas regarder le décolleté de l'Elfe, aussi cette dernière finit par dire qu'elle avait pris son troisième niveau. Il rougit et s'éclaircit la gorge, puis leur demanda quelques éclaircissements sur leur parcours.

Ils relatèrent au fonctionnaire toute la mission d'escorte du bateau depuis Tourneporc, avec des détails concernant les batailles qui avaient lieu sur les berges. C'était un récit complètement désordonné, car chacun voulait y ajouter des détails croustillants concernant ses propres aptitudes au combat ou à la stratélique.

Néanmoins, l'homme n'en perdait pas une bribe et parvint à reconstituer les faits, en recoupant avec ses propres informations. Il résuma ainsi :

— Je suppose que des oiseaux-espions vous ont vus embarquer à Tourneporc. Les temples avaient envoyé leurs troupes dans la région pour essayer de vous retrouver. Il n'y avait que quelques points connus pour les embuscades au bord de la rivière, alors quand les membres des sectes ont appris que vous alliez faire un voyage en bateau, ils ont dû se renseigner auprès des bandits pour savoir où ils pouvaient vous attendre... Et ils se sont donc tous retrouvés au même endroit.

— Ils étaient là pour nous tuer ? pleurnicha l'Elfe.

— Sans aucun doute, exposa Tulgar. Sans aucun doute.

— C'est dingue, s'esbaudit l'enchanteresse.

— J'en ai marre, ronchonna le Barbare.

Il commençait à se demander s'il ne pourrait pas lui aussi jouer avec ses nouvelles armes en frappant les poubelles, mais la Magicienne lui conseilla d'écouter un peu ce qui se passait, pour changer.

Le rôdeur respirait plus vite, et regardait autour de lui. Il gémit plus qu'il ne questionna :

— Mais tous ces gens des sectes, là, ils sont à Glargh aussi ?

Le vétéran s'emporta :

— Mais évidemment ! C'est pour ça que vous êtes là, vous n'avez rien compris ou quoi ?

— On doit se faire tuer ? bredouilla l'archère.

Un silence gêné s'installa. Le Ranger brisa le silence :

— Bah, en fait, on est là pour interroger des types, c'est ça ?

— Les gars qui s'occupent des affaires de Dlul, précisa l'érudite.

Le Nain se gratta la barbe :

— Ah bon ? Je croyais qu'on venait pour acheter des armes ?

L'ancien usa de patience pour leur dresser un tableau des derniers événements. Les cultistes étaient si occupés à essayer de comprendre ce qui se passait ces derniers temps, qu'ils avaient peut-être oublié de surveiller la ville.

Mais il suffirait aux aventuriers de mettre les pieds dans une auberge pour qu'aussitôt leur signalement traverse les souterrains comme une traînée de poudre, et qu'une horde de fous furieux débarque en hâte pour trouver le meilleur moyen de les faire disparaître, si possible dans la souffrance.

— Nous devons trouver la localisation du Sanctuaire de Swimaf, c'est la seule possibilité, exposa le fonctionnaire.

Le courtaud se renfrogna :

— Comment ça, nous ? Vous êtes dans la compagnie maintenant ?

— Du calme, lui souffla-t-il. C'était une façon de parler.

— J'en ai marre de tous ces gens qui nous prennent pour des cons !

Mais c'était trop tard, le vieil homme pinça les lèvres et grogna :

— Maître Nain, je vous rappelle que j'essaie ici de sauver la destinée de la Terre de Fangh, qui s'avère être coincée dans la trame d'une embrouille administrative à l'échelle quasiment cosmique, et j'essaie en même temps d'éviter que des tarés en soutane ne donnent vos yeux à bouffer à des corbeaux ! Mais si *vous* préférez que tout le monde crève, je peux aussi bien vous laisser pourrir ici !

— Holà, gémit la Magicienne. Faut pas vous en faire, il raconte toujours n'importe quoi.

— En plus, il est moche, compléta l'Elfe.

— Quelles sont les options qui s'offrent à nous ? s'enquit le Ranger pour faire diversion.

Tulgar récupéra son souffle, et énuméra quelques possibilités :

— Nous pouvons tenter d'obtenir une audience au palais pour lever une armée et retrouver Théogal, en espérant que quelqu'un va vouloir nous écouter, qu'ils ne sont pas corrompus par les dignitaires des temples, et qu'ils ne décident pas de vous mettre au cachot jusqu'à la prochaine glaciation.

Le rôdeur commenta :

— Ça fait beaucoup de chances de tout foirer, tout ça.

— J'aime pas trop l'idée, confirma l'érudite.

— C'est merdique, conclut le Nain.

— Deuxième choix, nous pouvons choisir de prévenir la Caisse des Donjons en leur donnant les informations qui sont en notre possession, pour qu'ils se débrouillent de leur côté, parce que c'est quand même assez grave pour mériter leur attention.

La Magicienne et le Ranger aimaient bien l'idée, mais Tulgar ajouta :

— Mais il faut savoir qu'ils vont passer une semaine à monter une réunion extraordinaire de conseil élargi en comité restreint, qu'ils vont ensuite passer une semaine supplémentaire à examiner les comptes rendus et tirer des conclusions, et une semaine à monter une expédition pour coffrer Théogal. Et d'ici là, vous servirez d'engrais quelque part dans un fossé, et l'autre aura probablement terminé son rituel.

— Mince, déglutit le rôdeur.

— C'est merdique aussi, bougonna le courtaud.

Le chevelu des steppes essayait de comprendre cette histoire de réunion, mais se contenta de manifester sa présence et son désaccord général pour les pratiques administratives complexes :

— Ouais.

— Le troisième choix serait de passer la nouvelle aux oracles, pour qu'ils annoncent à tous les aventuriers qualifiés du territoire qu'ils doivent trouver le Sanctuaire de Swimaf au lieu de glander dans les donjons.

L'Elfe croisa les bras, ce qui était fort agréable pour profiter de son troisième niveau. Elle semblait gênée :

— Ça veut dire qu'on donne la quête à des gens plus forts que nous ?

— En quelque sorte.

— Mais on n'aurait pas pu faire ça avant ? proposa le barbu. Comme ça, nous on allait boire un coup.

— C'est vrai ça, rouspéta le rôdeur sur le ton de la révolte.

— Ce n'est pas une si bonne idée, vous avez bien vu avec ce merdier autour d'Arghalion. Tous les bourrins se précipitent pour essayer de sauver la situation, et comme tout le monde est au courant, Gontran déménage et ça ne sert à rien. En plus, ça ne changera pas le fait que les cultistes voudront vous arracher les yeux.

— J'aime pas qu'on m'arrache les yeux, commenta le Barbare.

L'ancêtre baissa la voix, comme si les murs pouvaient l'entendre :

— Il reste aussi l'option de rétablir vous-mêmes la situation. On trouve le Sanctuaire, vous arrangez cette histoire, et vous disparaissez dans la nature pendant que les autres font la fête, en espérant qu'ils vous oublient.

— Ça a l'air facile comme ça, murmura l'érudite.

— Ouais, mais c'est casse-gueule, gronda le Nain.

Le Ranger marqua son inquiétude :

— Mais on n'a aucune idée de piste ! Et puis, on fera quoi quand on sera sur place ? Il est niveau douze, ce Gontran Machintruc.

— Il va nous griller sur place, confirma la Magicienne.

Les autres enchaînèrent :

— Il va nous faire pousser des tentacules !

— Il va nous transformer en zombis !

— On va nourrir son élevage de démons !

— Il va nous couper les cheveux !

— Il va nous piquer notre or !

Tulgar leva les mains pour se protéger de la véhémence des aventuriers. Il cligna de l'œil :

— Mais non, vous ferez comme d'habitude, avec un peu d'improvisation ça passera tout seul !

— Ah oui, moi j'aime bien ça, témoigna le Barbare.

Il avait improvisé plusieurs fois lors de l'aventure, et ordinairement à coups d'épées ou de mandales. Ses compagnons n'étaient pas toujours d'accord, mais il fallait bien reconnaître que ses plans avaient le mérite d'être simples et de faire gagner du temps.

— Vous allez venir avec moi chez un vieil homme, continua le fonctionnaire. Il habite la rue des Vandales Manchots, de l'autre côté de la ville.

— Encore un vieux ? grinça le Nain.

Un regard pénétrant lui conseilla de ne pas s'appesantir sur ce détail.

— Cet homme était l'ancien Ordonnateur de la Béatitude de Swimaf, avant que son poste ne soit brigué par Gontran Théogal. Ce serait bien curieux qu'il ne sache pas où se trouve le Sanctuaire.

— Ouah, s'esbaudit le rôdeur. Comment vous savez ça ?

— Il faut parler aux bonnes personnes. Mais je vous expliquerai tout ça quand…

Un cri venant de l'entrée de la ruelle le coupa dans ses explications :

— Là ! Ils sont là !

Un homme en soutane violette les montrait du doigt. Il fut immédiatement rejoint par quatre soudards armés, cuirassés de violet, qui semblaient s'interroger sur la suite des opérations. Des bruits de pas précipités indiquaient que d'autres guerriers s'approchaient.

— Ah merde ! brailla le Nain en levant sa hache.

— Par les Gorazules de Tzar ! s'embrouilla la Magicienne.

Le Barbare saisit une de ses lances. Le Ranger réfléchit à propos de son épée. L'Ogre grogna, cherchant des yeux quelle arme improvisée il pourrait utiliser. L'Elfe avait du mal à comprendre ce qui se passait.

Tulgar tomba sur les genoux et lança du coin des lèvres :

289

— Ils vous ont trouvés ! Fuyez ! Trouvez la rue des Vandales Manchots !

Puis il cria comme s'il venait de prendre un coup.

— Mais... s'indigna la Magicienne.

— Vous avez mal aux jambes ? s'inquiéta l'Elfe.

— Fuyez, pauvres fous ! Je vous retrouve là-bas !

Il cria de nouveau, jouant une incompréhensible comédie en ajoutant « non, non ! ». Il essayait de leur faire comprendre qu'il voulait feindre la victime afin de donner le change, mais ce plan était bien trop technique pour eux.

Voyant que deux guerriers pénétraient dans la ruelle, le musculeux bretteur propulsa dans leur direction l'une de ses lances de chasse, récemment taillées. Il n'était pas très au point, et concentra tant de force dans son jet que l'arme passa trois mètres au-dessus des cibles, en tournoyant. Il y avait déjà huit ennemis à l'entrée de la ruelle.

— Ah, bravo, gronda le barbu.

Il se demanda si c'était le moment d'utiliser sa formidable hache de lancer, mais trois canailles supplémentaires rejoignirent leurs belligérants.

— Bon, bah moi, j'y vais, décida le Ranger.

Il se mit à courir dans la direction opposée, tirant la Magicienne par la manche.

— Hé ! Mais j'ai le temps de leur envoyer une flèche d'acide ! protesta cette dernière en s'empêtrant dans sa robe.

Les membres du groupe, conditionnés par l'habitude de rencontrer des monstres trop puissants, tournèrent les talons et suivirent en hâte leurs compagnons dans le dédale des maisonnées. La fuite était une discipline qui leur était bien connue, malgré les habituels grognements du Barbare et du Nain qui préféraient en découdre. Derrière eux, des cris, des ordres fusaient. L'Elfe courait en pleurant, imaginant que leur vieux complice s'était suicidé pour les sauver.

— Le pauvre homme ! gémit-elle plusieurs fois de suite.

Les maisons rapprochées s'écartèrent comme par enchantement devant eux, alors qu'ils débouchaient sur une artère plus large, qui s'avéra être la rue des Talifurnes. Sans réfléchir ni prendre le temps de consulter le plan, ils continuèrent tout droit, provoquant l'étonnement d'un certain nombre de paisibles croquants. Le Nain bouscula une bourgeoise, qui décolla d'un bon mètre et se retrouva couchée dans le crottin.

— Fallait pas rester là ! hurla-t-il en accélérant.

Il vit du coin de l'œil trois gaillards se précipiter vers eux, venant par la droite. Ils portaient d'amples vêtements jaunes et des cuirasses de cuir bouilli, et semblaient heureusement gênés par leurs boucliers et leurs longs sabres recourbés. Ils étaient suivis, plus loin, d'une dizaine d'autres guerriers de la même trempe et d'un homme en soutane armé d'une masse.

— À droite ! hurla le courtaud. Y en a d'autres à droite !

Le Ranger glissa dans une flaque, mais se releva presque aussitôt, pour voir approcher les mécréants. Une lance de chasse fusa dans une direction approximative, et traversa le ballot de chiffons qu'un marchand chargeait sur une brouette, à plusieurs mètres de la cible.

— 'chier ! grogna le Barbare.

Une flèche d'Elfe Sylvain se planta dans un volet, au premier étage d'une maison.

— Flûte ! gémit l'Elfe.

L'Ogre venait de s'emparer d'une pelle qui traînait contre un muret, mais le rôdeur lui fit comprendre qu'il fallait détaler, quand il entendit le rugissement de la Magicienne :

— Cette fois, je les crame !

Elle dirigea son bâton et prononça les mots d'appel pour la formation de la boule de feu majeure. Les guerriers s'arrêtèrent, paniqués. La posture d'un pratiquant des Arcanes pointant son étrange bâton avait toujours le même effet, même sur les combattants bas-du-front. Dans sa précipitation, le bâton dévia de quelques centimètres, et la boule ignite bondit pour frapper de plein fouet la charrette d'un marchand qui avait la malchance de se trouver là. L'homme transformé en torche jaillit de son siège en hurlant, et s'écrasa au sol. Ses deux chevaux, pris de panique, s'emballèrent en traînant derrière eux le véhicule embrasé. Ils renversèrent les trois guerriers de l'avant-garde, une poignée de paisibles citoyens, et foncèrent droit sur le reste des troupes ennemies.

— Whou-hou ! glapit l'érudite en levant son poing vengeur.

— C'est de la chance ! grogna le Nain.

Un vacarme de cris, d'interjections et d'exclamations régnait dans la rue, alors qu'une panique venait de gagner la population.

— Sorcellerie ! cria une voix depuis une fenêtre. Sorcellerie à Glargh !

— Au feu ! Au feu !

— Les démons sont sur nous !

— Il est frais, mon poisson !

Les hommes en armure violette débouchèrent à ce moment sur la place, surgissant d'une venelle tordue. Ils émirent des cris de victoire en apercevant leurs proies.

— Cassons-nous ! hurla le Ranger en reprenant sa course dans la rue des Talifurnes.

Ses compagnons lui emboîtèrent le pas, non sans une certaine appréhension à la vue des visages haineux des habitants du coin qui se tournaient à présent vers eux.

Une pierre atteignit le Nain sur son nouveau couvre-chef, mais ne provoqua qu'un ricanement de sa part :

— Je m'en fous, c'est un casque Lebohaum !

Ils laissèrent en plan la scène d'apocalypse urbaine et le début d'incendie pour se concentrer sur leur but premier, la nécessité d'aller vite se cacher quelque part. Ils renversèrent d'autres innocents, pulvérisèrent l'étalage d'un marchand de perles, firent tomber la moitié d'un échafaudage et causèrent une collision entre une carriole de paille et la diligence d'un noble. Plus loin derrière eux se pressaient toujours les guerriers en armure violette, eux-mêmes suivis de leurs concurrents jaunes. L'Ogre profita de la confusion pour rafler un chapelet de saucisses, qu'il enroula autour de son cou comme une écharpe.

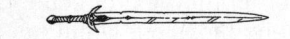

BULLETIN CÉRÉBRAL DU RANGER

Mais qu'est-ce que c'est que cette histoire encore ! On passait une bonne journée pour une fois ! On était peinards à faire nos courses, et nous voilà encore à courir avec des gens à nos basques ! Mais je vais faire semblant de fuir, comme ça pendant ce temps je peux réfléchir à un plan qui pourrait utiliser mes nouvelles compétences. Après tout, j'ai +1 en intelligence. Et si on était en forêt, ce serait mieux, parce que maintenant j'ai l'aptitude à la reconnaissance des traces d'animaux. En fait, je ne sais pas si c'est très utile quand on est poursuivi.

BULLETIN CÉRÉBRAL DE LA MAGICIENNE

Quelle classe ce nouveau bâton ! Avec le troisième niveau, c'est vraiment trop puissant sur les boules de feu ! La dépense de mana est réduite de quinze pour cent, et je suis sûre que les dégâts sont multipliés par deux ! Cet homme sur la charrette, on aurait dit qu'il venait de se prendre un Claptor de Mazrok dans la poire. Bon, c'est sûr, il avait rien demandé, mais le résultat est là. Je me demande ce que ça va faire avec l'éclair en chaîne, surtout si j'arrive à l'optimiser avec la bague de puissance.

BULLETIN CÉRÉBRAL DE L'ELFE

J'en ai marre ! On doit encore fuir parce que les méchants sont trop nombreux, et cette fois on n'a rien fait de mal ! Le vieux monsieur gentil qui nous aidait va mourir, et j'ai raté mon premier tir de flèche du niveau trois. Je me demande si mes nouveaux bracelets ne sont pas encore une arnaque. Et puis j'ai déchiré la manche de ma nouvelle tunique, c'est trop injuste !

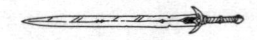

Les aventuriers tombèrent sur deux individus en robe noire, qui sortaient d'une étrange maison au toit pointu, et dont le porche orné de gargouilles rappelait l'étagère de Zangdar. Les hommes, équipés de bâtons identiques et tourmentés qui ne laissaient pas de doute sur leur fonction magique, les reconnurent et poussèrent un juron de surprise. Mais c'était un peu tard pour se défendre.

Comprenant qu'ils avaient encore affaire à des ennemis, ou poussés par la paranoïa, les membres de la compagnie les traversèrent sans freiner leur course. Le Nain qui avait son arme en main gratifia le premier d'un coup de hache au ventre, et l'Ogre qui le suivait l'assomma d'un formidable coup de pelle sur le crâne. La Magicienne paniquée dévia sa trajectoire pour éviter le second, et le loustic reçut de plein fouet la charge d'épaule du Barbare, et fut projeté contre un mur. Le Ranger, en passant, lui décocha un coup de pied dans le genou, pour la forme, et lui asséna une série d'insultes en s'éloignant.

— Mais c'est pas vrai ! cria le Nain sans cesser de trotter. Y en a combien qui veulent nous tuer ?
— Ceux-là c'était des sorciers ! brailla l'érudite.
— Vous croyez qu'on aura des points d'expérience ? gémit l'Elfe.
— Ils sont pas morts, maugréa le chevelu.

Ils décidèrent à l'initiative du rôdeur de s'engager sur la droite dans la rue Thlieu, et filèrent presque immédiatement dans une rue de moindre importance en direction d'un gros édifice aux murs teintés de rose. L'aventurier faisait toujours preuve d'ingéniosité lorsqu'il y avait besoin de se cacher, c'est ainsi qu'il les guida vers un pâté de maisons croulantes, dont l'agencement formait de sombres ruelles dans lesquelles il était possible de se dissimuler pour se réorganiser.

Ils arrêtèrent de courir, enfin.

— Je crois… qu'on a… semé tous ces crevards, bredouilla le pseudo-chef en soufflant comme une vieille mule.
— Grouf ! renifla l'Ogre.

Il examina le chapelet de saucisses qu'il avait dérobé, sans doute pour essayer d'en connaître la composition. Ses compagnons notèrent la présence de ces aliments suspects autour de son cou, mais ne firent aucun commentaire.

— Hé, vous avez vu comme je cours vite ! se vanta le Nain.

Mais cela n'intéressait personne, et surtout pas l'Elfe, qui semblait n'avoir fourni aucun effort, et qui se plaignait de sa flèche perdue, une flèche toute neuve.

— Je vais… regarder le plan, proposa l'érudite.

Elle extirpa de sa poche intérieure la carte de Glargh.

Le rôdeur approuva :
— Il faut… qu'on retrouve le vioque… pour tirer ça au clair !

— C'était quoi la rue ?

Ils se regardèrent un moment. Le Nain toussa. Le Barbare s'éloigna pour surveiller le périmètre, car des bruits de lutte filtraient entre deux maisons.

— Personne se souvient de la rue ? s'inquiéta le Ranger. Bordel !

Ils cherchèrent dans leur mémoire, ce qui équivalait à essayer de ranger le grenier d'une famille de gobelins.

— Et merde, c'est un coup à paumer le troisième niveau ! râla le courtaud.

— On ne perd jamais de niveau, expliqua la Magicienne. Enfin, sauf quand on meurt.

— Un niveau, c'est un niveau, confirma le Ranger.

— C'est… la rue des Méchants sur une Jambe, ou quelque chose comme ça, proposa l'archère.

Le barbu des montagnes s'éloigna et hocha la tête avec fatalisme :

— N'importe quoi…

— Jamais entendu parler, confirma la Magicienne. Mais c'est peut-être une piste.

— Y a du bruit par là ! gronda le Barbare. Il faut se barrer !

On lui fit signe que ce n'était pas encore le moment.

L'Elfe leur asséna ses suggestions :

— La rue des Vilains Maladroits ?

— Non !

— La rue des Crapules Estropiées ?

— Non !

— La rue des Vieux Scélérats Bancals ?

— C'est pas ça !

— La rue des Écorcheurs Boiteux ?

— Mais non !

La Magicienne posa triomphalement son doigt sur la carte :

— La rue des Vandales Manchots !

— Ouais ! s'exclama le Ranger.

— C'est bien ce que je disais ! crâna l'Elfe.

Le Nain urinait contre un mur, en sifflotant l'air d'une célèbre chanson naine, qui parlait bizarrement de forêt. Il fit mine de n'avoir rien entendu.

La spécialiste des cartes leur montra l'itinéraire d'un doigt fébrile :

— On sort par là, ensuite on tourne ici, on descend un peu là et on tourne après le mur, on passe entre les deux temples, et on devrait tomber dans la bonne rue.

Le quasi-dirigeant trépignait :

— Comme tu veux, mais foutons le camp !

— Hé, deux secondes, j'ai pas fini, brailla le courtaud.

En étudiant le voisinage de leur pâté de maisons, ils furent surpris de trouver deux troupes s'affrontant. Les guerriers à la cuirasse violette et leurs concurrents à dominante jaune avaient choisi de se battre entre eux, au beau milieu de la rue et sans souci des pauvres citoyens terrorisés. On y allait du sabre, du bouclier, de la lance, et de l'interjection guerrière. Le sang maculait le sol et les murs, et plusieurs avaient déjà mordu la poussière. Les civils du quartier s'attroupaient pour bénéficier du spectacle, crier à la garde et invectiver les combattants.

Les aventuriers, soulagés, profitèrent de la diversion pour se glisser discrètement dans une autre venelle, et s'éloignèrent en ricanant.

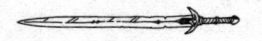

— Vous êtes sûr que ça va, monsieur ?

— Oui, ne vous inquiétez pas, souffla Tulgar. Je vous remercie.

L'homme usé s'appuyait contre un mur, feignant d'avoir été agressé par les aventuriers. Deux épéistes de la garde urbaine des Aruspices de Niourgl lui tenaient compagnie, abandonnés sur place par le reste de la troupe qui avait suivi les fuyards. Ils n'étaient pas trop abîmés pour des adeptes de Niourgl, visiblement des novices à qui l'on avait promis monts et merveilles. Les cultistes subissaient ordinairement des mutations, à mesure que leur carrière au sein de cette étrange congrégation se faisait plus longue.

— Ils ne vous ont pas violenté ?

— Je pense qu'ils voulaient me dérober ma bourse ! Mais vous êtes arrivés à temps, messieurs.

Le vieux fonctionnaire semblait avoir joué la comédie toute sa vie. C'était sans doute une aptitude que l'on travaillait en participant à de trop nombreuses réunions administratives, dans lesquelles on doit faire semblant de s'intéresser à des sujets sans intérêt pendant des heures.

Il ajouta :

— Ces aventuriers, ça se croit tout permis quand ils mettent les pieds dans les grandes villes !

Les deux soldats du culte opinèrent, et l'un d'eux enchaîna :

— Vous les connaissez, ces brutes ?

— Foutrepoil, non ! Et j'espère bien ne jamais les revoir ! De véritables sadiques !

Il y eut un moment de silence, et Tulgar demanda sur un ton désinvolte :

— Et vous les poursuivez pour quel motif ? Auraient-ils pillé votre temple ?

— Il paraît qu'ils essaient de provoquer la fin du monde, répondit le plus jeune.

L'autre bretteur considéra sa robe grise, et le questionna :

— Vous êtes de quelle Église ?

— Je suis fonctionnaire.

— Ah.

— Bientôt à la retraite.

— Ah, c'est bien ça.

Les deux guerriers échangèrent un regard, puis l'un d'eux plongea la main dans une poche de ses braies et en sortit un prospectus qu'il tendit au vétuste :

— Il n'est pas trop tard, mon brave.
— Rejoignez les Aruspices de Niourgl, sermonna son comparse.
— C'est l'espérance d'une vie meilleure.

La compagnie s'en tira bien pour se glisser subrepticement entre les bâtisses, jusqu'à ce qu'ils atteignent la rue du Ramponneau, que la Magicienne désigna sur le plan. Ils n'étaient plus très loin de la rue des Vandales Manchots, et ici le croisement de trois zones de circulation formait une place en forme de croissant.

— J'aime bien les noms des rues ici, commenta le chevelu.

— Moi je trouve que c'est un peu toujours pareil, marmotta le Ranger. Avenue des Grandes Beignes, rue des Taloches, rue des Cogneurs... On se demande à quoi pensent les dirigeants !

L'érudite ne perdit pas cette occasion de se faire mousser :

— La ville a été longtemps dirigée par les barbares Moriacs, et construite autour du temple de Crôm.

— Ah oui, ça explique.

— Crôm ! souffla la brute. Crôm est toujours avec nous !

— Hey, c'est pas tellement le moment de raconter ce genre de conneries, grinça le courtaud. On devrait plutôt se bouger le fion !

— Et d'ailleurs, j'ai l'impression qu'on a encore des ennemis, constata l'Elfe en tendant son doigt gracieux vers le milieu de la place.

— Rhaaa, c'est pas possible ! couina le rôdeur.

Elle désignait trois individus patibulaires, aux atours noirs et rouges d'une rare agressivité, qui discutaient en les regardant et portaient déjà les mains aux poignées de leurs armes. L'un d'eux avait le crâne chauve barbouillé d'écarlate, les deux autres des calottes de cuir ornées de dents d'animal. À voir leurs bracelets de force ornés de pointes, leurs protections de jambes hérissées d'arêtes pointues, et le reste de l'équipement constitué de fourreaux, il était clair qu'ils n'étaient pas là pour prendre une tasse de thé. Un philosophe charcutier bien connu en Terre de Fangh aurait certainement dit « ça sent le pâté, cette histoire ».

— Des gars du temple de Khornettoh, marmonna la Magicienne.

Se sachant découverts, les gaillards dégainèrent de longues lames et se séparèrent en une formation triangulaire d'attaque assez peu originale, pour jauger leurs adversaires. On la nomme dans le jargon militaire *formation de la baliste*, pour les elfes c'est la *technique de la feuille de saule*, les Nains l'appellent *charge aiguisée*, et les barbares considèrent que ça ne sert à rien. Mais pour beaucoup de gens, c'est efficace.

Le plus costaud des assassins éructa quelque chose, qui devait être une instruction guerrière. Il fit tournoyer son arme, et dégaina une dague énorme de sa main gauche.

— Ambidextre, commenta le Nain.

— J'ai compris, souffla l'érudite. Pas de malédiction du bras droit !

L'Elfe réfléchit au choix d'une flèche adaptée à la situation.

À cette heure-ci, de nombreux passants rentraient chez eux ou faisaient leurs dernières courses avant la fermeture des échoppes. Comprenant qu'il se préparait quelque chose de dangereux, les badauds s'écartèrent, s'accompagnant de murmures et de commentaires acerbes concernant l'insécurité dans une ville ouverte à tous les imbéciles armés.

Le quasi-dirigeant du groupe se retourna vers ses acolytes et prononça entre ses dents :

— On aura du mal à s'enfuir, là.

Dans cet espace aussi dégagé, c'était une évidence, mais ça valait la peine d'en parler.

L'affreux au crâne rouge avança de deux pas et leur cria :

— C'est vous la compagnie des Fiers de Hache ?

Le Nain répondit « ouais » en même temps que l'Elfe et la Magicienne clamaient un « non » catégorique.

— Ça dépend, proposa le Ranger après coup.

Il savait que c'était un commentaire stupide, mais n'avait pu s'en empêcher. Puis il y eut un instant de flottement.

— Pas la peine de faire les malins ! grogna finalement le balaise. On vous a reconnus !

— Moi j'aime bien ce nom, insista le barbu en ignorant la menace.

Les ennemis s'approchèrent.

BULLETIN CÉRÉBRAL DE L'ELFE

Bon, il faut réfléchir maintenant ma fille ! Les gens qui nous attaquent n'ont pas l'air d'une bande de rigolos comme on voit d'habitude. Je suis sûre qu'ils ont beaucoup de niveaux, même si ce n'est pas facile de savoir dans quelle discipline, c'est sans doute quelque chose qui fait mal. Et ils connaissent la stratélique. Alors il faut choisir la bonne flèche. Quelque chose qui fait du dégât ? Ou alors la flèche de sommeil ? Et si je rate mon coup, je vais la perdre ? Mais si j'en touche un avec une mauvaise flèche, il ne perdra pas tous ses points de vie, et ça ne changera pas le problème. Oh ! là, là ! c'est compliqué ! Et si je touche quelqu'un d'autre ? Avant c'était plus simple quand j'avais seulement des flèches de base. Et puis le nabot va encore se moquer de moi !

Voyant que l'Elfe rêvassait, le vilain au crâne rouge l'apostropha :

— Hey, la pétasse à gros nichons, t'as de l'air dans le cigare ?

— Tu vas voir !

Sous le coup de la colère, et sans avoir même compris l'insulte, elle saisit une flèche, l'encocha et visa le malpoli, sans que quiconque puisse réagir. Au moment choisi, fort de ses années d'entraînement, l'homme s'écarta d'un bond pour esquiver le projectile. Cela faisait partie d'une stratégie particulière, qui consistait à se débarrasser en premier des archers pour éviter les mauvaises surprises. Il ne savait pas cependant que la flèche avait adopté une trajectoire grotesque, et c'est ainsi qu'elle se planta dans l'épaule de son compère, lequel se trouvait à cinq mètres sur la gauche. Celui-ci recula d'un pas sous le choc, en grognant.

— Mince, s'exclama l'Elfe.

— Ouais ! s'exclamèrent en chœur les aventuriers qui croyaient à une ruse.

Puis ils se calmèrent aussitôt, car le soi-disant blessé ne semblait pas trop souffrir de l'attaque. Il regarda la flèche qui dépassait de son épaule, et cria en direction de l'archère :

— Il en faudra beaucoup plus que ça pour m'abattre, pouffiasse !

Il saisit la hampe du projectile pour l'extraire, alors que ses deux compagnons émettaient de sinistres ricanements.

— Damned, grogna la Magicienne.

— Et galère ! soliloqua le rôdeur en reculant d'un pas.

Mais à la surprise générale, l'Elfe rétorqua :

— C'est une flèche de feu, na-na-na !

À ce moment, la pointe de la flèche explosa dans l'épaule de l'homme, boutant le feu à son surcot. Il fit un bond d'un mètre et hurla, et entama la danse ridicule du *type qui a un truc enflammé dans l'épaule et qui veut que ça s'arrête*. Ses comparses étonnés reculèrent d'un pas, essayant de savoir s'il jouait la comédie.

C'était le moment rêvé pour agir inconsidérément. Le Barbare et le Nain se ruèrent en hurlant, l'arme à la main. L'Ogre fit entendre un véritable mugissement, et s'avança d'une démarche résolue, avec la ferme intention de stopper la *danse de l'enflammé* à l'aide de sa pelle.

Le Ranger glissa vers la Magicienne et lui prodigua le conseil stratégique suivant :

— C'est le moment pour ton sort qui fait des éclairs !

— Heu, oui ! bredouilla-t-elle en prenant position.

Elle prépara l'éclair en chaîne, sortilège de niveau deux, troisième arcane de magie, catégorie *électris*, ordre des *incantations spectaculaires*, sous-ordre des *sorts diffusés à dommages sélectifs*. Le but de la manœuvre était d'envoyer une décharge à tous les ennemis en même temps, ce qui leur causait des dégâts tout en les empêchant de se battre pendant quelques secondes, le temps qu'ils accusent le choc.

Le courtaud parvenait à portée de son ennemi, qui esquiva sans peine sa charge pataude. Le Barbare frappa deux coups, que son adversaire dévia d'un geste précis, avant de se préparer à riposter. Le chevelu l'insulta.

La jeteuse de sorts leva son bâton, se concentra sur sa bague de puissance et prononça la phrase rituelle, quelque chose qui ressemblait à « Tagh Him zapeliah ». La décharge de mana parcourut son corps, remonta dans l'anneau qui en doubla la charge, et l'ensemble fut relayé par le bâton Romorfal 500, qui projeta en l'air une boule de lumière bleue.

Les citoyens qui se trouvaient toujours sur la place levèrent les yeux. Les bretteurs de Khornettoh et les aventuriers en firent de même.

303

Une fraction de seconde plus tard, un déluge d'éclairs partant de la source lumineuse frappa la place dans un fracas de fin du monde, enveloppant chacun dans un voile de clarté fantomatique et provoquant les cris d'une dizaine de victimes.

Une dizaine, car ce n'étaient pas les opposants qui furent touchés, mais les quelques badauds qui s'étaient éloignés du centre de la place en croyant bien faire.

Ils se retrouvèrent à terre, soubresautant à la manière de carpes échouées, perdant de l'eau par les oreilles, pour certains la chevelure en feu, pour d'autres la langue sortant de la bouche, et d'autres encore qui griffaient le sol à la manière de déments.

Les aventuriers abasourdis se tournèrent vers leurs ennemis, qui riaient de façon malsaine. Le crâne rouge porta la main à son cou, et saisit un petit objet :

— On n'est pas cons nous ! On est protégés par des talismans !

— Mince, grimaça l'érudite.

— Ah, mais c'est quoi ce bordel ! vitupérait le rôdeur.

Le bretteur à l'épaule enflammée reçut à cet instant le plat de la pelle de l'Ogre en plein visage, et l'arme improvisée se brisa sous le choc.

Le plus balaise des vilains se campa sur ses deux jambes et fit face au Barbare :

— Maintenant, fini la rigolade ! Vous allez mourir !

— Ah, merde ! gronda l'un de ses comparses.

Il fixait l'espace derrière la compagnie. Ils suivirent tous son regard.

Un bataillon de gardes municipaux débouchait du coin de la rue au pas de course, l'ensemble étant précédé d'un *sargent* de ville. Personne ne les avait entendus venir, dans la fièvre et le vacarme du combat.

Le Nain et le Barbare en profitèrent pour reculer vers leurs alliés. L'Ogre jeta son manche de pelle en riant, tandis que son adversaire se tenait le nez pour endiguer le flot de bulles sanglantes qui en sortait.

Le sargent s'arrêta. Il vit ses bien-aimés contribuables se tordre au sol en hurlant, et ces gens suspects se tenant au milieu du carnage, avec leurs armes à la main. Son esprit fit immédiatement le rapprochement, et il cria d'un ton autoritaire à l'intention de sa troupe :
— Halte là ! Arrêtez ces hommes !

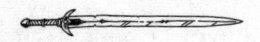

BULLETIN CÉRÉBRAL DU RANGER

C'est une catastrophe ! On ne va jamais réussir à sortir de ce piège à taupes. Il y a au moins une douzaine de gardes, et ces types sont carrément trop forts pour nous. Si on ne se fait pas tuer, on va terminer au cachot, à manger des bouts de pain farcis aux cafards, et ensuite on nous pendra par les pouces des pieds. Ils vont faire sécher nos carcasses au soleil, et les vautours mangeront nos organes. Et je ne ferai plus jamais de stratégie, et je ne pourrai plus voir les petites fesses de Codie qui... Bon sang, mais pourquoi je pense à elle maintenant ? Ce n'est vraiment pas le moment, il faudrait partir en courant, c'est plus sage. Et ils vont me rattraper de toute façon. Mais c'est dommage, alors que je venais seulement d'arriver au niveau trois ! Et mon intelligence décuplée n'aura servi à rien. Ah tiens... Mais si, j'ai une idée ! C'est incroyable ! C'est une idée de génie !

Voyant les premiers gardes arriver sur eux, le Ranger courut dans leur direction en prenant l'air effrayé :

— Ils essaient de tuer tout le monde ! Arrêtez-les !

— Le petit fumier ! hurla de loin l'homme au crâne rouge.

Les gardes, disciplinés, contournèrent l'aventurier pour se diriger vers les bretteurs de Khornettoh, dont l'attitude et l'apparence agressives étaient de toute façon bien plus suspectes que celles de cet avorton armé d'une épée neuve. Les civils encore conscients sur la place étaient dans un tel état de panique qu'ils ne pouvaient plus intervenir pour dénoncer le subterfuge.

La Magicienne ouvrit la bouche, mais elle comprit heureusement où voulait en venir leur pseudo-chef. Elle cacha son bâton dans un pli de sa robe et s'écarta du passage. Elle fit signe à l'Ogre de s'éloigner, car celui-ci semblait se trouver dans l'expectative.

L'Elfe se tourna vers le Barbare et lui demanda d'un air inquiet :

— J'ai rien compris.

— Bah, moi non plus, avoua la brute.

— Poussez-vous ! leur cria un garde en fonçant vers les bretteurs.

Ceux-ci amorçaient un repli vers l'autre bout de la place, en grognant.

— C'est même pas vrai ! tempêta le plus balaise. C'est eux les tueurs !

Mais il faut admettre qu'il n'était pas très crédible, avec son visage sombre, ses tatouages maudits, ses bracelets à pointes et ses armes acérées dépassant de partout.

Le guerrier à l'épaule enflammée n'avait pas réagi, car le sang bouchait sa vue et ses oreilles résonnaient encore du coup de pelle. Il fut plaqué au sol par deux soldats de ville sans comprendre de quoi il retournait.

Le Nain adressait des gestuelles impolies à l'intention des crapules.

Le sargent rejoignit le Ranger en couvant d'un œil ses troupes en action, et l'apostropha :

— Qu'est-ce que c'est que ce foutoir ?

Gardant son air apeuré, ce qui n'était pas une grande prouesse, le rôdeur balbutia :

— Ces types ont attaqué les passants ! On était là pour les défendre !

Le sous-officier l'écarta d'un revers du coude :

— Reculez, vous et vos bleusailles ! Vous allez nous gêner !

Puis il se dirigea vers ses hommes.

Ainsi la compagnie reflua vers une position plus sûre, se retrouvant alors dans la rue du Ramponneau.

— C'était encore de la ruse ? demanda le chevelu.

— Ouais, répondit crânement le quasi-dirigeant.

Ils tombèrent à leur grand étonnement sur le vieux Tulgar, qui arrivait de l'est en marchant aussi vite que le lui permettaient ses os usagés et son cœur fatigué.

— Hé ! cria l'Elfe. Vous êtes vivant !

— À peine, souffla l'ancêtre.

Elle voulut lui sauter au cou, mais pensa que ce n'était peut-être pas une coutume connue chez les humains. Elle sautilla donc sur place, ce qui provoqua un double tsunami mammaire du plus bel effet.

Le temps s'arrêta.

— Il faut se barrer ! conseilla le rôdeur en reprenant ses esprits.

— Crôm ! murmura le Barbare qui restait fixé sur l'Elfe.

Le fonctionnaire vit qu'une bataille rangée se déroulait derrière eux sur la place, mais il suivit sans discuter les aventuriers, en hochant latéralement la tête.

— C'est dommage, parvint-il à articuler entre deux halètements, la rue des Vandales Manchots est de l'autre côté !

BULLETIN CÉRÉBRAL DE LA MAGICIENNE

Ils auraient pu prévenir dans ce foutu bouquin. L'éclair en chaîne peut toucher les gens même s'ils ne sont pas nos ennemis ! C'est tout de même bizarre comme fonctionnement, vu qu'il ne cible pas les équipiers. Encore une histoire avec les interactions cognitives d'alliés recoupées dans l'influence de l'aura disjonctielle qui perturbe l'anti-réflexion du système de visée astrale postronée. Je dois relire le chapitre quatre, quelque chose m'a échappé. N'empêche… La bague de puissance au niveau trois, ça ne rigole pas !

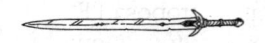

BULLETIN CÉRÉBRAL DU NAIN

On a pris un genre de chemin détourné pour arriver à l'adresse du vieux qu'on doit interroger. Il faut éviter les autres débiles qui se battent, d'après ce que j'ai compris. En tout cas, moi j'ai pas de chance aujourd'hui. J'ai pas réussi à porter un seul coup à ce gros con que j'ai attaqué ! Je vais voir si je peux trafiquer un peu la poignée de cette nouvelle hache, parce que j'ai l'impression qu'elle glisse. Et puis j'avais le soleil dans l'œil, et j'étais gêné par la poussière. Et en plus, j'ai pas eu ma bière. Ah zut, j'ai oublié ma hache de jet, j'aurais pu lui planter entre les deux yeux, bing ! Comme ça, c'était moi le sauveur de la bande. Quand je pense à l'autre quiche, elle a réussi à toucher un mec avec sa flèche de feu… Ça m'énerve… Faudra pas qu'elle s'habitue à se la jouer comme ça, parce que je vais la calmer vite fait !

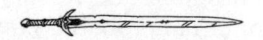

La compagnie, guidée par le défraîchi fonctionnaire, parvint au seuil d'une maison d'apparence honnête et moins branlante que la moyenne. De l'autre bout de la rue parvenaient encore des sons de bataille.

Une plaque minuscule, placée près de la porte de bois sculpté, donnait quelques indications sur le propriétaire des lieux :

Maître Neitsab Delaglande
Dignitaire d'Honneur de l'Ordre de la Béatitude de Swimaf Retraité

— Alors, on frappe ? proposa l'Elfe.
Le Barbare regarda autour d'eux, et se demanda de qui elle parlait.
— Moi j'ai l'habitude d'ouvrir les portes directement, rétorqua le Nain par esprit de contradiction.
— On n'entre pas chez les gens comme dans un donjon, rouspéta l'érudite.
— Je vais le faire, coupa le Ranger.
Il s'exécuta. Ils attendirent une trentaine de secondes, puis il frappa de nouveau, en utilisant cette fois le heurtoir. Mais une voix étouffée leur parvint de derrière l'huis :
— Voilà, voilà !
Le vantail entrouvert révéla le visage d'un homme très âgé, qui les toisa de sous ses gros sourcils blancs. Il soupira :
— Ah, c'est vous. C'est pas trop tôt.
Les aventuriers regardèrent aux alentours, pour s'assurer qu'il s'adressait à eux. Tulgar lui-même se gratta le menton, sans oser faire de commentaire.

L'ex-maître Neitsab ouvrit sa porte en grand, et passa la moitié de son corps à l'extérieur. Il portait une robe de chambre affreuse à motifs floraux, un pantalon de pyjama bleu rayé, des mules de velours marron au dessus élimé, et arborait l'improbable coupe de cheveux d'un homme qui aurait dormi pendant quarante ans. Sa silhouette avachie confirmait cette hypothèse. Il ausculta la rue, entendit probablement les bribes de fracas guerrier qui venaient de l'est, mais n'en fut pas choqué outre mesure. Glargh était une ville vivante.

Le vieillard bougonna, et fouilla dans une poche ventrale de sa robe de chambre. Sentant qu'il allait se passer quelque chose, personne n'intervint pendant ce temps.

Tulgar précisa tout de même :

— On aimerait vous parler, maître Delaglande.

— Voilà, souffla l'homme aux cheveux blancs en tendant au Ranger un morceau de parchemin froissé.

Celui-ci s'en empara et fronça les sourcils :

— Mais pourquoi vous me donnez ça ?

— On ne vous a pas encore posé de questions, précisa l'Elfe.

Le retraité considéra les avantages de la blondinette, et parut un moment perdre le fil de ses pensées. Puis il referma sa robe de chambre et répondit :

— C'est l'emplacement du Sanctuaire de Swimaf le Béat. C'est bien ce que vous cherchez ?

Ils restèrent sans voix quelques secondes.

— Effectivement, répliqua l'érudite sans laisser au Ranger le temps de raconter n'importe quoi. Mais comment le savez-vous ?

— Je lis le journal, et je n'ai pas envie de me faire torturer.

— Torturer ? gémit l'Elfe.

— Le journal ? s'inquiéta le rôdeur.

— Ils ont parlé de la prophétie de la porte de Zaral Bak, et d'une compagnie d'aventuriers redoutables qui sème la terreur un peu partout, dans le but d'accélérer la fin du monde.

Le pseudo-chef du groupe regarda la Magicienne avec stupéfaction. Tulgar se gratta le menton à nouveau.

— Je savais bien que ça finirait par arriver, continua l'ancêtre, avec cet imbécile de Théogal à la tête de l'Ordre. Vous lui avez livré la statuette, il vous a fait un sale coup, d'ailleurs c'est tout à fait son genre, et maintenant vous essayez de le retrouver pour régler toute cette affaire.

— Bah... commença le Nain. Disons que...

Neitsab le coupa :

— Je ne veux pas me fatiguer à lutter contre vos sortilèges de contrôle mental, ni subir de sévices corporels pour protéger cet ignoble individu. J'ai passé l'âge.

— À vrai dire, justifia le rôdeur, on pensait plutôt...

— Je ne veux pas connaître les détails de vos plans machiavéliques, s'énerva le patriarche. Ouvrez la porte de Zaral Bak si ça vous chante, mais arrangez-vous au moins pour que ça ne soit pas le fait de cet enfant de courge pourrie, cet intrigant bâtard qui a ruiné notre congrégation en plongeant nos bien-aimés disciples de Dlul dans la honte et les immondes relents de la corruption, pour la seule gloire de sa fortune personnelle et de ses ambitions démesurées de fils de chacal maudit qui...

— Merci, ça suffira, intervint Tulgar en s'approchant de l'excité.

Il pressa son bras et le regarda d'un air grave :

— Ne vous inquiétez pas, mon ami, vous avez fait quelque chose de bien.

Le vieillard retrouva son calme et hocha la tête. Puis il recula vers son couloir et referma lentement sa porte, sans quitter des yeux les aventuriers, de peur qu'ils ne se transforment en liches ou qu'ils ne s'embrasent.

— Eh ben, je vais me coucher, leur lança-t-il en guise d'adieu.

La porte claqua.

La compagnie stagna sur le perron, et le Ranger considéra le parchemin qu'il tenait entre les mains. L'érudite le lui rafla d'un geste rapide, et le déplia malgré ses protestations.

Le Nain observait la maison, et bougonna :

— Il est bizarre ce type !

— C'était un peu facile, grogna le Barbare.

La Magicienne étudia le parchemin, qui affichait une carte dans sa partie basse et un texte en lettres minuscules dans sa partie haute. Elle en fit la lecture suivante :

— Extrait des Tablettes Contondantes de Swimaf, acte 8 –
C'est en l'an 228 du premier âge qu'Il m'apparut, dans sa Torpeur Magnificente, faisant de moi l'homme au destin unique, porteur de Sa Bienfaisante Parole Anesthésiante. Notre bien-aimé Dlul s'appropria mes songes, dans l'arrière-cour de la ferme de mes parents, alors que j'étais sur le point de terminer ma troisième sieste de la journée. « Je viens à toi, enfant de l'inaction », proféra-t-il de Sa Chaleureuse Voix, « car il n'est pas d'autre feignasse plus apte au roupillon dans un rayon de mille jours de marche, et cela fait quand même une trotte. » Il me délivra en bâillant Son Unique Commandement, celui de l'éternelle fuite dans le sommeil bienfaiteur et l'oisiveté. Il me fit don d'une portion de Sa Couette, et d'un Sommier de Transport Avachi, avec lequel je pris la fuite pour m'installer dans un repaire secret qu'Il avait préparé à mon intention. Sa Somnolence m'en indiqua l'usage en ces termes : « Ceux qui te suivront, ceux qui emprunteront mon Chemin de Léthargie auront un Guide, et seul ce Guide connaîtra l'emplacement de ce Sanctuaire de la Dormition. »

— Eh ben, grinça le Nain, c'est palpitant tout ça.

— Mais ce n'est pas fini, protesta l'érudite.

Sa Molle Majesté usa d'une partie de son Divin Pouvoir pour entourer Son Sanctuaire d'une chape de torpeur astrale, qu'Elle me présenta en ces termes : « Et ainsi donc, jamais nulle magie autre que la mienne ne sera commise en ces lieux, car elle fatigue l'esprit et oblige mes fils à lire des livres, ce qui ne peut se faire qu'avec les yeux ouverts. »

— Voilà, conclut la Magicienne.
— Eh ben, c'est quand même assez chiant, insista le courtaud.
— En plus, tu n'as pas dit où ça se trouve, renchérit le rôdeur.

Tulgar les bouscula pour se pencher avec eux sur la carte. Il s'exclama :
— Les collines d'Altrouille ! Je m'en doutais !

Le courtaud fit un commentaire désobligeant sur les gens qui croyaient toujours tout savoir et qui faisaient les malins.

La spécialiste des cartes confirma :
— C'est assez proche de la tour d'Arghalion, effectivement.

Le Ranger et l'Elfe examinèrent le plan à leur tour :
— Il y a tout un bazar expliqué pour trouver l'entrée.
— C'est une grotte.
— Il faut compter les arbres à partir du gros rocher ?
— Et on doit descendre dans un ravin ?
— C'est super loin ! vitupéra le Nain qui avait réussi à jeter un œil malgré sa taille.

Tulgar attira leur attention sur la fin du texte, et c'était une bonne idée car il s'avéra que personne n'avait compris les propos relatés par la Magicienne un peu plus tôt.

— On ne peut pas pratiquer la magie dans le Sanctuaire de Swimaf. C'est une excellente nouvelle !
— Ah bon ? réagit le rôdeur en essayant de relire le texte.
— C'est chouette, approuva le Barbare qui n'avait jamais aimé tous ces trucs lumineux.

L'érudite faisait grise mine, et bougonna :

— Je ne vois pas ce qu'il y a d'intéressant.

— Mais si ! jubila le fonctionnaire. Gontran est un sorcier, il n'aura donc aucun pouvoir si vous le coincez sur place. Vous allez le descendre !

— Mais c'est génial ! gazouilla l'Elfe.

Ils s'auto-félicitèrent d'avance pour cette victoire facile et la perspective d'un banquet à l'issue duquel ils seraient tous ivres comme des étudiants. L'Ogre de son côté avait déjà mangé la moitié de son chapelet de saucisses, car il ne comprenait rien à la conversation et n'avait plus la patience d'attendre qu'on s'arrête pour dîner.

— Bon, maintenant, il faut quand même aller sur place, stipula le Ranger.

— C'est le moment d'utiliser la couronne de Pronfyo ! lança l'érudite.

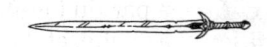

BULLETIN CÉRÉBRAL DU NAIN

Et voilà, ça recommence. On va poser sur nos têtes ces affreuses barrettes à cheveux en forme de lapin, et l'autre timbrée va marmonner des trucs avec sa couronne pourrie, et on va se retrouver au milieu de chaipasquoi. Et puis c'est pas comme si j'avais le choix ! J'ai dit que je ne voulais pas venir, parce que c'était dangereux et qu'ils n'imaginent pas comme on a l'air con quand on se retrouve avec neuf jambes à la suite d'un problème de transfert machin-chose. Et qu'est-ce qu'ils ont répondu ? T'as qu'à rester là pour te faire écarteler ! Merci, vraiment, c'est tout ce qu'on récolte comme considération après avoir été un camarade aussi sympa pendant plus d'une semaine d'aventures. Moi j'en ai marre, on n'a même pas le droit d'aller boire un coup dans une vraie taverne.

Y a trop de gens qui veulent nous tuer dans cette ville, ça devient pénible ! Vivement que je retourne à la mine.

Tulgar les guida à travers l'ouest de la ville, jusqu'à une auberge si minuscule qu'elle n'avait pas d'enseigne. Elle était tapie dans une ruelle qui n'avait pas de nom, qui se trouvait là uniquement parce qu'on avait ajouté des constructions dans un coin où il y avait de la place.

— Y a pas de problème ici, chuchota l'ancien. La patronne est à moitié givrée, et pratiquement jamais personne ne vient, donc on n'y trouve pas d'espions ni d'indicateurs. En plus, elle refuse de servir de l'alcool !

Ce dernier détail provoqua un concert de revendications de la part de certains membres du groupe.

Le Ranger conclut avec philosophie :

— Du moment que c'est pas du jus de pomme...

— On va rester là jusqu'à l'aube, et demain vous fichez le camp dans les collines pour régler tout ça.

— Pas de problème, affirma le rôdeur. J'en ai marre de cavaler !

Mais à voir la tête du Barbare et du Nain, ce n'était pas un résumé de l'avis général.

Ce soir-là, les cultistes faisaient grise mine. La nouvelle du passage des aventuriers en ville était désormais connue, on ne parlait que de ça dans le monde souterrain de Glargh. La population s'agitait également, car l'incendie de la rue des Talifurnes n'était pas encore maîtrisé, et le sang des soldats de Niourgl et de Slanoush maculait toujours les pavés. Le responsable de la sécurité au palais envoya des émissaires et des troupes chez les responsables religieux impliqués dans les échauffourées de cette fin d'après-midi, pour recevoir leurs excuses et l'habituel pot-de-vin nécessaire à l'étouffement des affaires les plus délicates. Les Pontifes de la Grande Boucherie de Khornettoh opposèrent une résistance farouche, et durent finalement se rendre à la menace de noyer leur temple dans des hectolitres de poix enflammée.

Une petite manifestation contre la Magie s'organisa sur la place Kjeukien pour soutenir les familles des victimes de la foudre, définie par le Gouverneur du quart sud-ouest comme un « accident climatique » alors qu'on n'avait pas vu un seul nuage de la journée. Cet impromptu rassemblement fut squatté par les Sorciers du Sanctuaire Magnifique de Tzinntch, qui prétendaient n'avoir rien fait de mal. Il y eut quelques échanges grossiers, et de sournois sortilèges furent lancés contre des innocents. Des philosophes et des politiciens se rassemblèrent à leur club de la rue du Grand Incendie, pour en discuter une partie de la nuit afin de « dénoncer fermement ces actes incompréhensibles ». Cela ne servait jamais à rien, mais ça soulageait le peuple.

Dans la nef du Temple du Grand Sommier, on discuta jusqu'à presque neuf heures trente du soir avant d'aller se coucher, ce qui était exceptionnellement tard. Il n'en jaillit rien de concret, si ce n'est qu'on attendait toujours des nouvelles des frères Danlgaz, Dupattai et Tairrinh, qui enquêtaient dans le nord avec Maître Nissok. Mais personne ne s'alarma, car c'était fatigant pour les nerfs.

Les adeptes du Culte Pygocole de Lafoune se rassemblèrent également dans leurs boudoirs, mais les lois concernant la protection des bonnes mœurs en Terre de Fangh interdisent en général d'en faire le moindre compte rendu, même à titre de résumé. Il en est de même pour les membres de la Confession Réformée de Slanoush, dont la grande prêtresse était dans un tel état de colère qu'elle passa ses nerfs toute la nuit sur sa garde rapprochée. L'usage du fouet était de rigueur.

Les Acharnés d'Oboulos fabriquèrent des boucliers pour s'occuper, tandis que les Héritiers de Braav' organisaient pour le lendemain une *marche silencieuse de protestation contre l'injustice*. Elle prendrait place dans une plaine à l'est de la ville, pour ne pas déranger les habitants. Quant aux Aruspices de Niourgl, ils sacrifièrent deux chèvres vierges sur l'Autel de la Grande Corruption, et invoquèrent le Grand Bacille Putréfiant afin de châtier deux adeptes qui « n'avaient sans doute pas rempli correctement leur mission ».

Pendant ce temps, les aventuriers s'occupaient dans leur minuscule auberge, qui se nommait bizarrement *La Fourchette Vaillante*. Il faut bien considérer qu'on n'y servait que de la soupe, et pas tous les jours. Cela dépendait du temps et de l'humeur de la patronne, et de la présence ou non d'un marché à légumes pas trop loin. Mais de toute façon, il n'y avait quasiment jamais de clients, cela ne changeait pas grand-chose et c'était la première fois qu'il y avait autant de couverts. Ils durent nettoyer eux-mêmes la salle à manger, aider la tenancière à récurer de vieilles assiettes de sa grand-mère qui avaient visiblement servi de mangeoires à poules, et découper les poireaux, les navets et les carottes. Le Nain précisa que ça lui rappelait une partie de l'aventure, quand ils avaient affronté les hommes-légumes. Mais personne ne voulait en parler. Le Ranger répara deux vieilles chaises, prouvant ainsi qu'il était effectivement très habile dans ce domaine. Il ignora comme un prince les quolibets dénonçant d'autres aptitudes.

La patronne de *La Fourchette Vaillante* n'était pas, comme l'avait précisé Tulgar, « à moitié givrée », mais complètement. Elle portait sur la tête une écumoire renversée attachée avec de la ficelle, et disait qu'ainsi, ces maudits magiciens ne pouvaient pas lire dans ses pensées pour l'obliger à offrir son corps aux démons lubriques. Elle portait un assemblage improbable de vêtements qui n'allaient pas ensemble, dont certains même n'étaient pas identiques entre la droite et la gauche. À titre d'exemple, son pied droit chaussait un escarpin vert, et son pied gauche une sandale plate. Cela lui conférait une démarche de boiteuse qui, il faut bien le dire, lui allait comme un gant. Elle avait également cousu par le milieu du dos une blouse de boucher et un chemisier de catin, ce qui donnait de face l'impression qu'elle était le résultat d'un hasardeux collage. Sa figure chafouine était mangée par une forêt de cheveux blonds piquetés de gris, et deux yeux de couleur différente qui tournaient en tous sens pour vérifier que rien ne pouvait échapper à sa paranoïa.

Pour finir, elle avait décoré l'intérieur de son établissement d'un grand nombre d'objets récupérés dans les décharges, et d'une impressionnante quantité de carcasses de potirons.

— C'est quand même prestigieux comme étape, pour des aventuriers de niveau trois, bougonna le Nain en mâchant son bout de pain rassis.

Ils touillèrent leur soupe trop poivrée, en se demandant quand ils oseraient en prendre une cuillerée supplémentaire.

— C'est nécessaire, expliqua Tulgar pour la quatrième fois. Sauf si vous avez envie de vous amuser encore comme cette après-midi.

— Ah non, merci, confirma le Ranger.

— Et puis j'aime bien la soupe aux légumes, revendiqua l'Elfe.

— M'en fous, j'ai du jambon dans mon sac, grogna le chevelu des steppes.

L'Ogre était satisfait, car il s'était accaparé l'unique morceau de gras qui donnait du goût à la soupe, dans laquelle il avait par ailleurs trempé ses saucisses rescapées.

— C'est quand même bien gentil à vous de nous prêter main-forte, s'excusa l'érudite à l'intention du fonctionnaire.

Elle avait un peu honte du comportement de ses camarades, parfois.

— Mais finalement, je ne comprends pas trop ce que ça vous apporte, questionna le rôdeur.

Les regards se tournèrent vers Tulgar, sauf celui de l'Ogre qui était fixé sur une saucisse.

L'intéressé essuya sa bouche d'un coin de serviette usée, et souffla :

— Je vous expliquerai demain matin, si vous y tenez. Pour le moment, je suis fatigué.

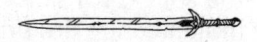

BULLETIN CÉRÉBRAL DU RANGER

Finalement, c'est sympa cette petite auberge. C'est sûr que le service laisse un peu à désirer, mais au moins c'est convivial. Ça me rappelle l'épicerie de Loubet, avec le vieux Jean-Jean qui ne sait jamais où il range ses articles. Et puis j'aime bien le poivre. De toute façon, je n'ai pas trop envie d'aller me promener dehors, c'est un peu surfait cette grande cité. Et ça n'a rien à voir avec le fait que tout le monde essaie de nous tuer. Ce qu'on pourra dire à la fin de cette journée, c'est que maintenant tout le monde a accepté l'évidence que j'étais le chef de la compagnie ! Le Nain n'a pas fait un commentaire sur ce sujet depuis des heures, et la Magicienne ne me jette plus ses regards où elle donne l'impression que je suis un imbécile. Quand j'ai guidé tout le monde à travers les embûches de la ville, j'ai prouvé que j'avais mérité ce poste. Il faut aller dormir maintenant, car demain, nous devrons vivre la dernière étape de cette grande mission. En plus, je suis niveau trois ! C'est dommage, j'aurais bien aimé en parler à Codie… Quand je lui racontais nos aventures, elle avait toujours les joues roses, c'était chouette.

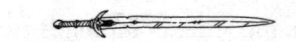

BULLETIN CÉRÉBRAL DU NAIN

C'est n'importe quoi cette auberge. C'est vraiment pas comme chez nous, parce que chez nous on a toujours de la bière et on n'aurait jamais l'idée de servir de la soupe aux gens ! Surtout avec des légumes ! Et puis j'ai horreur du poivre. Moi je pense qu'on serait mieux dehors pour passer la soirée, y a sans doute moyen de se faire une petite baston contre des brigands, et ramasser un peu d'or. Enfin, j'irais pas tout seul de toute façon. Avec ce qui s'est passé aujourd'hui, l'avantage c'est que l'autre ne se prend plus pour le chef de la compagnie ! On est sur deux pieds d'agilité, si je peux utiliser cette expression humaine. Il n'a pas parlé de ça depuis des heures, et la sorcière est certainement de mon avis. Et puis, quand j'ai guidé tout le monde à travers les embûches de la ville, j'ai prouvé que j'avais aussi les capacités pour diriger un groupe. Il faudrait aller dormir maintenant, parce que demain, ça va poutrer sa mère. En plus, j'ai mon troisième niveau ! Hé hé.

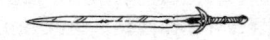

BULLETIN CÉRÉBRAL DE L'ELFE

Nous allons dormir dans des chambres séparées, c'est quand même plus agréable, même si cette fois les lits sont parfumés à la vanille. En fait j'aime bien la vanille, mais là c'est vraiment trop fort, ça donne envie de vomir. D'ailleurs, j'ai vomi. Il y a aussi le problème des toilettes, il n'y en a pas dans l'auberge ! On doit ouvrir une fenêtre et traverser le vide sur une planche, descendre une échelle et entrer par une autre fenêtre dans une maison en face, qui a des toilettes. Mais il ne faut pas faire de bruit parce que ça dérange les voisins. Pour la répartition c'était facile, l'Ogre a décidé de partager sa pièce avec la Magicienne, elle faisait une drôle de tête. Le Nain a dormi avec le Barbare, et moi j'étais toute seule ! Le Ranger voulait bien rester avec moi, mais finalement la Magicienne a dit que c'était pas une bonne idée, à cause du troisième niveau. Elle lui a donné des coups d'oreiller dans le visage pour qu'il se trouve une chambre pour lui tout seul. La gentille dame un peu bizarre qui s'occupe de l'auberge a dit qu'il y avait assez de pièces vides, puisque personne ne vient jamais la voir à cause des malédictions et des démons virils qui sortent par le plafond pour lutiner les gourbazes. Moi de toute façon, j'ai sommeil alors je m'en fiche, et puis ça ne veut rien dire.

Au matin, la compagnie déjeuna dans une ambiance nauséeuse, car tout le monde avait l'impression de respirer de la vanille. Mais le moral était bon malgré tout, et la motivation était là, les préparatifs ne furent pas longs.

Ils payèrent la tenancière, qui s'excusa du fait qu'un *Tirlipon Géant* avait fait un incroyable boucan toute la nuit dans la cave. Personne n'avait rien entendu, mais ils décidèrent de ne pas la vexer.

Ils se mirent d'accord pour pratiquer le rituel de téléportation depuis la salle à manger de l'auberge, pour ne pas se trouver aux prises avec des gêneurs en sortant au grand jour.

Puis ce fut le moment du briefing avec Tulgar :

— Je vais vous laisser maintenant, et cette fois vous n'allez pas me trouver sur votre chemin à l'arrivée. Vous avez tout ce qu'il faut pour vous en sortir !

— Ça va chier, commenta le Barbare.

L'ancien continua :

— Les collines d'Altrouille sont normalement paisibles, car on y trouvait jadis de terribles géants qui ont empêché toute construction dans les parages. Il n'en reste pas beaucoup, mais ils n'ont aucune discrétion, alors il est facile de les éviter.

Le Ranger s'imagina combattre un géant, et l'idée ne lui plaisait pas trop.

— Je vous souhaite bonne chance !

Le fonctionnaire serra sans effusion inutile les multiples mains qui se tendaient vers lui, et supporta sans broncher la poigne du Barbare et celle, plus huileuse, de l'Ogre.

— Mais finalement, dit l'Elfe, vous n'avez pas dit pourquoi vous nous aidez ?

— C'est vrai ça, confirma l'érudite.

Tulgar fit la grimace. Il inspira et considéra le rôdeur d'un air gêné.

— C'est un peu embarrassant, dévoila-t-il.

— Bah ! Mais ne vous en faites pas pour nous, claironna le Ranger. On en a vu, des trucs débiles !

— Et y en a ici qui n'ont aucune dignité, renchérit l'Elfe en désignant le Nain.

— Pétasse ! rétorqua le courtaud dans un fulgurant réflexe.

Ils furent tenus de cesser leurs jérémiades, car il y avait plus important sujet de discussion.

— C'est ta mère qui m'a demandé de faire attention à vous, avoua Tulgar en s'adressant au pseudo-chef du groupe.

— Hein ?

La révélation provoqua l'abasourdissement des membres de la compagnie. Mais pour certains d'entre eux, il se transforma rapidement en une irrépressible envie de rire.

— Mais comment… balbutia le Ranger.

— Je suis ton oncle Tulgar, le grand frère de ta mère ! Mais la dernière fois qu'on s'est vus, tu avais quatre ans… Et à cette époque… J'étais le vieux tonton Tutul !

— Tonton Tutul ? gazouilla l'Elfe.

— Oui, bon, je dois dire que je n'ai jamais aimé ce sobriquet, précisa l'ancien.

Le rôdeur bredouilla encore une fois, et il semblait vraiment perdu :

— C'était vous ? Heu… C'était toi ? Mais pourquoi…

Il voyait son aura de respectabilité fondre à la vitesse d'un glaçon plongé dans le soleil.

— Hilda m'a envoyé une lettre il y a trois semaines, quand elle a vu que tu ne revenais pas à la maison. Comme je travaille à la Caisse, elle voulait que j'utilise un peu de mon influence pour m'assurer que… Enfin, qu'il ne t'était rien arrivé.

Les aventuriers fixaient à présent leur quasi-dirigeant avec des expressions hilares. Mais c'était une si belle occasion de lancer des piques, il fallait prendre son temps pour trouver la bonne.

Le fonctionnaire soupira, pour conclure :

— Et puis voilà, quoi.

— Merci bien ! ronchonna le Ranger en lui serrant la main de nouveau. Vous pourrez lui dire que je vais très bien !

Il jeta son regard le plus intense à ses compagnons pour leur faire comprendre que ce n'était pas le moment d'en rajouter.

— J'avais dit que c'était un peu embarrassant, s'excusa le vétéran.

Son neveu lança sur un ton autoritaire :

— Nous allons nous téléporter maintenant, pour finir cette putain de mission !

La Magicienne distribua les barrettes-lapin à fixer sur les cheveux, avec un petit sourire au coin des lèvres. Le Ranger fusillait tout le monde du regard, à tour de rôle. Puis elle se coiffa de la couronne de Pronfyo, dont le ridicule achevé occasionna une heureuse diversion pour ce qui concernait la présente rigolade. C'était la troisième fois qu'on l'utilisait, mais il était difficile de s'y habituer, avec sa tête de lapin et ses pattes de crabe enroulées autour des carottes. Elle saisit une bague de lumière dans sa main gauche, objet magique à sacrifier pour assurer le bon fonctionnement du processus de transfert kiltonien.

Ils se rassemblèrent en cercle sous les yeux de la tenancière, qui prit peur et farfouilla dans une besace à la recherche d'un talisman de protection.

— Si jamais il m'arrive encore quelque chose, je te jure que je vais chier dans ton chapeau ! grogna le Nain à l'intention de l'érudite.

— Ça vibre ! gémit l'Elfe.

— Allez, bougonna le Ranger.

— *Tir nalock az hoo eth'skavo !* hurla la Magicienne en levant son bâton.

L'air sembla bouillonner, puis fut traversé par une pluie de taches de lumière et des zébrures multicolores accompagnées d'horribles sons électriques. Et ils furent gommés de la pièce avec armes et bagages.

Tulgar, qui s'était réfugié derrière une table, fit quelques pas dans la salle commune, et considéra l'air terrifié de la patronne.

Il commenta pour la rassurer :

— Y a pas à dire, la sorcellerie ça en jette grave.

Espace, frontière de l'infini à travers lequel voyagèrent nos aventuriers pendant quelques secondes. Puis ils se reconstituèrent, quelque part à cent douze kilomètres au nord-est de *La Fourchette Vaillante*.

Ils attendirent que les taches lumineuses disparaissent de leur champ de vision, et observèrent leur nouvel environnement.

Ils se trouvaient entre deux collines verdoyantes, le genre de relief qui hésite entre la pierre et la terre, et qui laisse dépasser des rocs de ses pentes herbues pour le grand bonheur des randonneurs. Le ciel était voilé, mais l'air était doux. Des bouquets de fleurettes blanches çà et là diffusaient une ambiance champêtre. L'endroit paisible pour un pique-nique.

Deux cabretins, qui les observaient d'un air bête depuis une arête rocheuse, décidèrent que c'était trop étrange, et disparurent en sautillant dans un concert de bêlements. Ces chèvres sauvages à grandes cornes n'appréciaient que leur propre compagnie.

— Eh ben voilà, claironna l'érudite. Nous y sommes !
— C'est trop mignon ! chantonna l'Elfe en bondissant dans la nature.

Le Nain grogna :

— Minute ! Si ça se trouve on va tous se transformer en pieuvres !
— Mais non, rouspéta le Ranger.

Il faut avouer qu'il n'y croyait qu'à moitié. Depuis l'épisode du Nain à neuf jambes, ils avaient tous une certaine dose de méfiance quant à l'utilisation de la couronne de téléportation. On la réservait donc pour les voyages importants. Mais il ne se passa rien dans l'immédiat.

— Au moins, c'est vrai que c'est tranquille, déclara la Magicienne.

— Et y a du gibier, observa le chevelu sans quitter des yeux la fuite des cabretins.

Il avait sélectionné l'une de ses lances, juste au cas où.

— Ça ne va pas nous servir à grand-chose de chasser, lui opposa le Ranger. Nos sacs sont bourrés de provisions !

— Ouais, mais ça m'occupe, rétorqua la brute.

— Ces animaux ne sont pas méchants, protesta l'archère.

— M'en fous.

Le courtaud fit quelques pas, en prenant garde à ce qu'aucun membre surnuméraire ne jaillisse de son fondement. Il désigna le plus proche bouquet de pâquerettes :

— C'est dommage quand même, ça aurait plu à tonton Tutul, tout ça.

Le Ranger fut sur lui en moins d'une seconde, et lui asséna un coup sur le casque. Mais il se fit mal car l'accessoire était robuste et ne provoqua qu'un ricanement de la part du nabot, qui s'éloigna pour prendre position sur un rocher.

— Je vais le dire à maman ! enchaîna-t-il en évitant un jet de pierre.

— Va te faire foutre, j'ai rien demandé à personne, fulmina le Ranger.

L'Elfe gazouilla :

— Moi je l'aimais bien, tonton Tutul. Il était sympa.

Le rôdeur la pointa d'un doigt rageur :

— Il ne s'appelle PAS tonton Tutul !

— C'est ce qu'il a dit pourtant, pimenta le Nain.

La Magicienne en rajouta d'une voix ironique :

— Y a pas de honte à recevoir un coup de main d'un gentil tonton.

— Mais merde, foutez-moi la paix !

Le rôdeur s'éloigna de quelques pas pour fixer l'horizon d'un air songeur, comme l'aurait fait un héros en ce genre d'occasion. Mais l'horizon se résumait à une pente herbue, et à une marmotte qui l'observait de derrière un gros caillou. Il décida de lui jeter une pierre, à elle aussi.

La Magicienne récupéra dans le sac de l'Ogre son GPS, le Géolocalisateur à Perception Subharmonique qui permettait de savoir avec précision où l'on se trouvait.

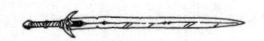

BULLETIN CÉRÉBRAL DU RANGER

Bordel, c'est foutu ! Qu'est-ce que ma mère vient faire dans cette histoire ? Et à quoi je ressemble maintenant ? Il ne manquerait plus qu'elle m'envoie un paquet avec une écharpe et des bonbons pour la toux. C'était trop beau, il faut qu'on se barre d'ici au plus vite pour qu'ils oublient cette histoire. Les aventuriers mystérieux n'ont pas d'oncle Tutul qui vient s'occuper de leurs affaires ! J'entends les autres qui se marrent derrière mon dos, c'est une catastrophe pour ma réputation. Et puis le Nain, si ça continue je vais lui casser la gueule, il est vraiment trop chiant. En tout cas, il faut éviter de frapper sur son nouveau casque, ça fait un mal de chien. J'aurais peut-être mieux fait de rester avec Codie.

Une fois l'emplacement exact de la compagnie bien établi, ils étudièrent la carte. Ils firent confirmer trois fois à la Magicienne leur localisation, car elle avait tendance à mélanger les points cardinaux. Le Barbare, qui s'ennuyait, grimpa au sommet de la plus proche colline pour essayer de trouver quelqu'un ou quelque chose à tabasser. Le Nain était perdu dans la contemplation des rocs dépassant de la végétation.

BULLETIN CÉRÉBRAL DU NAIN

Quand on y pense, les collines c'est rien que des montagnes qui n'ont pas grandi. Il paraît qu'il y a des Nains qui vivent par là, vers l'est d'après ce que disait mon oncle Extril, celui qui était borgne. La roche a l'air un peu dure par ici, mais je suis sûr qu'on pourrait y faire de belles galeries en suant un peu du front. Un de ces jours, j'irai me faire ma propre mine, quand j'en aurai marre de toutes ces aventures et que j'aurai gagné des milliers de pièces d'or. J'aurai une belle salle avec des piliers gravés, et des étagères de granite pour ma collection d'enclumes. Enfin, c'est pas trop mal par ici. C'est toujours mieux que ces conneries d'arbres, avec leurs saloperies de racines ! À chaque fois, on se prend les pieds dedans, et on se pète la gueule dans les végétaux piquants. Les chardons, je crois que ça s'appelle. Il faut vraiment être un elfe pour choisir de vivre au milieu des pièges ! Tiens, y a l'autre qui me fait signe, on doit y aller. C'est quand même le jour où on doit en finir avec tout ce bordel. N'empêche, la tronche qu'il fait depuis qu'on connaît l'histoire de tonton Tutul ! C'est vraiment trop marrant ça. Tiens, je vais prendre un Chiantos, et lui balancer deux ou trois vannes, ça va m'occuper.

Ils s'éloignèrent dans la prétendue direction du Sanctuaire de Swimaf en prenant garde de rester à couvert. Le Barbare était envoyé fréquemment au sommet des collines pour scruter le périmètre et détecter la présence d'éventuels géants. C'était sans doute inutile, mais il pouvait y aller en courant. Il dépensait ainsi son trop-plein d'énergie et ne passait plus son temps à râler. Il tenta plusieurs fois d'occire des chèvres sauvages, mais celles-ci étaient bien trop rapides et trop agiles. Elles devaient également flairer ses pieds à plusieurs centaines de mètres.

Le rôdeur se concentrait sur l'objectif de la mission, et cherchait à prévoir mille possibilités stratégiques. De temps à autre, il se baissait pour examiner les traces d'animaux, et ainsi utiliser sa nouvelle compétence. Mais ils n'étaient pas en forêt, et de toute façon c'était toujours le même genre de traces, vu que le territoire était essentiellement peuplé de cabretins.

Il s'avéra que l'Elfe marchait devant, et qu'en les précédant ainsi sur les pentes, la courtitude de sa nouvelle jupe laissait entrevoir par intermittence l'arrière de sa culotte elfique. Il n'était pas facile de s'intéresser à autre chose.

Ils découvrirent néanmoins deux traces d'un géant des collines, et furent troublés par leur taille. Un homme pouvait en effet se coucher dans l'empreinte.

— Faudrait pas qu'il nous colle une tarte, affirma l'avorton.

— C'est avec cette force que fut créé le sort de *Gifle de Namzar*, précisa l'érudite.

— Il faut *toujours* que tu ramènes tout à tes foutus bouquins !

— Mais c'est mon sort préféré !

La Magicienne leur démontra l'étendue de ses récents pouvoirs en utilisant le sortilège de « Contrôle mental des mammifères de moins de quarante-trois kilos ». Elle choisit pour cela une marmotte, qui exécuta sous son emprise un triple salto, plusieurs acrobaties et une série de gestes obscènes à destination du Ranger.

— Ha, ha, c'est drôle ! Qu'est-ce qu'on rigole, objecta mollement celui-ci.

— C'est un spectacle en l'honneur de tonton Tutul, précisa le Nain.

S'ensuivit une poursuite à travers les rochers, au terme de laquelle le rôdeur se blessa au genou.

Ainsi donc, ils arrivèrent en vue du « gros rocher » qui se trouvait près d'une « série d'arbres » marquant les premiers repères du chemin secret menant au Sanctuaire.

Ils décidèrent de profiter de l'occasion pour prendre le repas de midi.

— Eh ben tiens, proposa le Ranger, je vais voir si je peux vraiment faire du feu avec du bois humide !

Le mage serrait les poings, et les cernes sous ses yeux suffisaient à témoigner de son état psychologique. Il fut pris d'une envie folle de jeter à la tête de son corbeau-espion sa tasse de thé.

— Craaaâ, fit entendre le volatile.

La grotte du Sanctuaire disposait d'une grande cheminée à cet endroit, qui permettait à la fois d'aérer les lieux et de laisser circuler les oiseaux. C'est ainsi que la pièce avait été transformée en volière.

Gontran se fit à nouveau la lecture du minuscule message que l'un de ses contacts à Glargh venait de lui envoyer :

Cher Maître et Grand Ordonnateur
Je suis en mesure de dire après deux jours d'enquête minutieuse qu'il n'existe nulle trace d'un complot chez les adeptes de Dlul, que ce soit au Temple du Grand Sommier ou au sein de la Coterie des Pacificateurs du Bâillement, pour s'approprier l'un de vos biens. Je n'ai donc aucune piste à vous fournir. Par ailleurs, c'est un peu la panique en ce moment ici. Il semble qu'une compagnie de puissants aventuriers ait entrepris de semer la terreur en s'attaquant à plusieurs cultes à la fois. Je dois donc vous laisser car j'ai du travail. Merci pour les pièces d'or.

Le sorcier reflua vers le cœur de son repaire en traînant les pieds, une lampe à huile à la main et sa tasse de thé froid dans l'autre.

— Foutrache de turpitude !

Il n'aimait pas trop se trouver ainsi privé de l'usage de la magie, mais il fallait bien reconnaître qu'il était pour le moment hors de danger. Personne n'avait jamais découvert ce Sanctuaire. Il fallait disposer d'un plan d'accès, qui n'était transmis que par les plus importants dignitaires de l'Ordre. Et c'était lui qui le détenait.

— C'est le septième arbre, confirma l'érudite.
— Non, c'est le cinquième, dit l'Elfe.
— J'en ai compté sept !
— Ces deux-là c'était des arbustes, insista l'archère.
— Mais ils étaient énormes !
— Ce sont quand même des arbustes. Ils ont grandi, c'est tout.
— Ça compte quand même, bougonna le Ranger.
Le Nain donna son avis, bien que personne ne l'ait demandé :
— De toute façon, c'est pourri.

Le rôdeur fit quelques pas, scrutant les alentours de son air le plus concentré.

— On devrait trouver deux pierres en forme de mamelles, indiqua-t-il en positionnant sa main comme une visière.

Le Barbare désigna deux rocs protubérants, qui ressemblaient d'ailleurs à la poitrine de l'archère.

— Y a des cailloux comme des nichons, là-bas.

L'érudite leva les bras en signe de victoire :

— Parfait ! C'est sans doute ça !

— Mais c'était des arbustes, gémit l'Elfe.

Le Nain objecta :

— Pour les gens normaux, ce sont des arbres !

La compagnie suivit ainsi le plan pour trouver le prochain repère, la « colline quasi triangulaire » en bas de laquelle se trouvait l'entrée d'une petite crevasse.

Le Ranger fut heureux de leur montrer des restes de crottin séché, dans lesquels s'affairaient quelques scarabées. Il trouva également la trace de sabots non loin de là, et ne manqua pas de vanter les mérites de son troisième niveau.

— Des chevaux sont passés par ici, et ça ne fait pas si longtemps.

— C'est forcément le mage Théogal, précisa la Magicienne.

L'Elfe n'aimait pas trop quand les autres crânaient avec la nature. Elle préférait quand c'était elle, parce que c'était sa spécialité. Elle continua son chemin en lançant d'une voix négligente :

— C'est sympathique, cette compétence qui consiste à étudier les crottes !

Un peu plus loin, ils tombèrent sur le début de la crevasse. La pente était abrupte, et l'accès plutôt raide. Le rôdeur profita de l'occasion pour sortir l'une de ses cordes, et montrer à ses compagnons comment il fallait l'accrocher autour d'une énorme pierre pour descendre « en toute sécurité grâce à du matériel de qualité ». Il fut surpris de retrouver ses compagnons en bas, car ils avaient suivi les traces des chevaux pour découvrir un petit chemin latéral et sûr, qui descendait un peu plus loin.

— C'est bon, grogna-t-il. Vous pouvez faire les malins, mais ce n'est pas ce que j'appelle du travail d'équipe.

Puis il fut contraint de remonter pour détacher sa corde, et descendre lui-même à pied par le sentier, en supportant les regards éloquents du reste de la bande.

Le ravin était impressionnant, mais il faut reconnaître qu'il n'était pas facile à déceler dans ce paysage vallonné. Sans disposer du plan, c'était l'affaire de plusieurs jours d'exploration, et encore fallait-il savoir ce qu'on cherchait. Maintenant qu'ils étaient à sa naissance, il leur fallait suivre la pente douce de terre sèche et rocailleuse, qui s'enfonçait entre les parois de roche moussue. La lumière se faisait plus rare.

La Magicienne considéra les lieux et manifesta son soulagement :

— Déjà, c'est bien, on a trouvé le ravin…

Le rôdeur se baissa et vociféra :

— Là ! Des traces de chevaux !

— Ça suffit maintenant, protesta l'Elfe. Tout le monde peut les voir !

Ils avancèrent avec moult précautions, car selon le Nain c'était à cet endroit « qu'on devrait s'attendre à une embuscade ». Il développa ainsi ses propos :

— Je m'y connais en caillasse ! La configuration est parfaite ! Ils peuvent se planquer derrière les gros rochers en surplomb, et fabriquer des pièges qui nous tombent dessus. C'est facile de faire disparaître les gens sous des tonnes de roche, quand on sait comment faire pour provoquer un éboulement. Avec quelques coups de pioche bien placés, ça crée tout seul un genre de turbulence qui entraîne les autres morceaux, et puis personne n'a jamais réussi à éviter l'attaque d'une pierre de trois tonnes !

Mais nul ne se trouvait là pour empêcher leur progression et le barbu montagnard en fut vexé. Il décida que c'était sans doute le moment de se lancer dans sa bouderie quotidienne.

Ils parvinrent sans encombre à l'emplacement du « polochon de pierre », une curiosité géologique notifiée sur le plan. Derrière elle se cachait l'entrée d'une grotte, à l'abri d'un rideau de racines et finalement bouchée par une pierre plate.

— Fallait vraiment tomber dessus ! commenta l'érudite.

Le quasi-dirigeant bougonna :

— C'est pas pour rien que c'est un sanctuaire secret...

Au moment où ils allaient avancer, ils aperçurent un coyote qui les fixait, l'air curieux. L'animal se trouvait un peu plus loin dans la ravine, et sa présence déclencha la panique chez la Magicienne :

— C'est lui ! C'est le gardien du Sanctuaire !

Plusieurs aventuriers répliquèrent avec incrédulité :

— Le quoi ?

— C'est la créature qui garde le Sanctuaire ! Il fait croire que c'est un coyote, mais il va se changer en démon, et nous attaquer !

Le canidé avait bien la langue qui pendait sur le côté, mais ne présentait nulle autre particularité.

— C'est n'importe quoi, grogna le Nain.

— Tu nous as déjà fait le coup avec le poulet, confirma le Ranger.

— Et personne n'a jamais parlé d'un gardien du Sanctuaire, renchérit l'Elfe.

L'érudite s'était illustrée dans le Donjon de Naheulbeuk, en prétendant qu'un coq n'était autre qu'un sanguinaire changeur de forme qui se préparait à les dévorer. Elle décida qu'il serait sans doute mieux pour son image de marque de ne pas insister cette fois.

Le Barbare s'avança et fit voler sa dernière lance en direction de l'animal. Le coyote regarda le morceau de bois rebondir contre un rocher. Puis il s'en retourna vers sa tanière, en tirant la langue.

— 'tain de bestiole, bougonna le chevelu.

— Pas très au point cette histoire de lance, fit remarquer le Nain.

L'archère tenta pour la cinquantième fois de convaincre la brute qu'il ne servait à rien de tuer les animaux, qu'il ne fallait pas confondre avec des monstres, même si certains étaient parfois des monstres, mais ça dépendait.

— C'est pas tout ça, commanda le rôdeur, mais il faudrait quand même entrer là-dedans !

— C'est exact ! approuva la Magicienne. Allez, on y va !

Ils prononcèrent le mot qui permettait au bloc de pierre fermant l'entrée de glisser sur le côté. C'était plus une sécurité contre les installations de familles d'ours qu'un véritable dispositif de sauvegarde contre les intrus, car selon le Nain c'était « de la roche détritique sous forme de grès micacé, qui part en miettes en dix coups de pioche ».

— *Pastèque !* psalmodia l'érudite devant le rideau de racines.

La roche trembla, et s'effaça latéralement dans son logement. Ils pouvaient voir le corridor d'une ténébreuse noirceur obscure et sombre, en écartant les racines.

— C'est vraiment à chier ce mot de passe, s'écria le Nain.

— C'est sans doute une mauvaise traduction du mot *paltok*, explicita la Magicienne. Dans la langue ancienne, ça voulait dire heurtoir de porte, ou quelque chose comme ça. Il est aussi possible que ce soit dérivé du vontorzien supérieur, auquel cas...

— On s'en tape ! tranchèrent à l'unisson les hommes de la bande.
— Allez, on entre, grogna le Barbare.

Il s'avança, son épée à la main. Il fit quelques pas, et se rendit compte qu'il avait avancé seul, et qu'il faisait noir. Il rouscailla :
— Par Crôm ! On voit rien !
— Évidemment, soupira le Ranger dans un regain de lassitude. Il fallait attendre qu'on allume le bâton !

Puis il se tourna vers la Magicienne pour lui indiquer d'un signe de tête qu'il était temps de se mettre au boulot.

Elle leva son bras et prononça l'incantation pour le bâton lumineux. Il ne se passa rien.
— Je me disais aussi, je me sentais bizarre. C'est vrai que la magie ne fonctionne pas ici !
— Mince, mais comment on va faire ?
— On pourrait demander à tonton Tutul, plaisanta le Nain.

Il y eut ensuite le bruit étouffé d'un coup de pied au derrière, suivi d'une série d'insultes et d'un ricanement.

Ils perdirent quelques minutes à rechercher les composants à torches dans leur équipement, pour en fabriquer à l'aide de branches mortes qui traînaient au fond du ravin, de trois morceaux de chiffon et d'une huile spéciale. Depuis l'obtention du niveau deux de la Magicienne, ils avaient pris l'habitude de ne plus s'inquiéter à propos de l'obscurité. Il y avait bien sûr l'Elfe qui voyait dans le noir quasi complet, et le Nain qui prétendait en faire autant, mais en ce qui le concernait son aptitude était bien moindre. C'était d'ailleurs une curiosité biologique, puisque les elfes passaient leur temps dehors, et qu'on n'avait jamais compris pour quelle raison ils bénéficiaient de cette étonnante nyctalopie, au contraire des nains qui vivaient sous terre.

Ils furent enfin disposés à investir la grotte, mais le bloc de pierre s'était refermé, il fallut donc dire la formule à nouveau. Ils entrèrent en ronchonnant.

— Gluby, tu n'as pas entendu quelque chose ?

Le gnome se balançait à califourchon sur un dos de chaise. Il hocha la tête de manière affirmative. Il se posa ensuite en équilibre sur une main.

Gontran se releva péniblement de sa couche inclinée, et reposa son livre sur la table de chevet. Il faut bien avouer qu'il se moquait d'une bonne partie des préceptes de Dlul, ceux par exemple qui conseillaient de dormir au lieu de s'adonner à la lecture. Depuis que la divinité s'était exilée dans les limbes, on ne s'inquiétait plus trop de savoir ce qu'elle pensait. En revanche, le Sanctuaire était truffé d'emplacements facilitant l'allongeade, c'était un lieu de prédilection pour se relaxer.

Le repaire avait été aménagé par des générations de grands ordonnateurs de l'Ordre, et possédait un étonnant confort. Le dieu n'avait pas fait grand-chose de lui-même, à part l'enchantement de la pierre d'entrée, et celui qui consistait à bloquer les pratiques magiques. Les murs avaient été par la suite retaillés pour donner l'impression qu'ils étaient droits, on avait posé de lourds rideaux de séparation pour éviter les courants d'air, et le sol était à peu près de niveau, mais cela restait dans l'ensemble de la grotte naturelle de base. Et puis c'était calme, si calme. À la limite du déprimant.

Théogal enfila ses mules et grogna :

— C'est encore un hibou sauvage qui s'est perdu dans la cheminée ! Je vais finir par poser des pièges !

— Zouig zouig ! clabauda la petite créature en bondissant sur la table.

Son maître lui jeta une œillade mauvaise, et se dirigea vers la volière en balançant sa lampe à huile.

Il n'avait pas fait trois pas que le rideau de cuir menant au couloir principal s'écarta dans un mouvement violent, révélant le physique massif d'un sauvage hirsute, au faciès vindicatif et qui brandissait une torche de fortune.

Les deux hommes s'étudièrent. Les yeux du premier reflétaient l'animosité la plus totale, le deuxième se montrait à la fois perplexe et choqué.

— Alors, tu bouges ou quoi ? chuchota la voix familière d'un autre quidam derrière le rideau.

— On voit rien, grinça un timbre plus éraillé, qui tentait de parler bas.

— J'ai trouvé machin ! tonna le Barbare, brisant le silence monacal de la grotte.

Il fit deux pas en avant, son épée brandie. Le mage Théogal recula d'autant, la bouche ouverte, bloqué par le caractère invraisemblable de l'intrusion.

Les aventuriers pénétrèrent à la suite de leur compagnon, munis de leurs torches, et dévoilant une inquiétante expression de victoire mêlée de sadisme.

— Ha ha ! clabauda le rôdeur d'un air théâtral.

— Vous voilà bien niqué ! annonça le Nain comme s'il faisait partie d'une petite saynète.

Surmontant son ahurissement, Gontran souffla finalement :

— Vous ! C'est pas croyable !

XII

Réglons nos comptes

Le courtaud s'avança d'un pas supplémentaire, et menaça le mage :
— Alors, on a la pétoche ?
— C'est pas de bol hein ! crâna le Ranger en posant la main sur la poignée de son épée neuve.
Le Barbare trépignait, et balançait son arme de droite et de gauche. Il ne manquait pas grand-chose pour qu'il bondisse en avant et joue son rôle de bourreau. La Magicienne lui demanda de patienter.
Gontran posa lentement sa lampe à huile sur la table, et leva les mains comme pour entrer en négociations. Il n'en revenait toujours pas :
— Ce n'est pas possible… Personne n'a jamais trouvé l'emplacement du Sanctuaire !
L'avorton cuirassé riposta :
— Eh ben maintenant, c'est fait !
— Et puis, c'est *dommage* que la magie ne fonctionne pas, précisa l'érudite avec ironie.
Les aventuriers se déplaçaient, formant d'instinct une ligne de front pour faire face à leur victime. L'Ogre ne comprenait pas pourquoi on parlait à cet homme mais se rappelait l'avoir déjà vu quelque part, mais il ne savait plus où.

Le mage plissa les yeux, et les considéra d'un air dégoûté :

— Mais… Pourquoi *vous* ?

— Et pourquoi pas nous ? claironna l'Elfe. On n'est pas assez forts peut-être ?

— Et toc ! balança le rôdeur.

— Faudrait voir à pas nous prendre pour des aventuriers débiles, grinça le Nain.

Gontran se reprenait peu à peu :

— Mais… Comment êtes-vous arrivés ici ? J'ai effacé toutes mes traces !

— On avait la carte, rétorqua la Magicienne en brandissant le parchemin.

— Mais non ! C'est moi qui l'ai ! certifia le sorcier en fixant l'objet malgré tout.

Le Ranger s'avança d'un pas, ce qui était assez inhabituel face à un ennemi.

— Y a des gens qui n'aiment pas trop qu'on traficote avec les prophéties, vous savez !

Il aimait bien laisser planer le mystère, mais ce n'était pas trop l'avis du Nain, qui décida qu'il valait mieux préciser :

— C'est un retraité tout miteux du truc de Climaf qui nous l'a filée !

Gontran accusa le choc. Il serra les poings :

— Ce vieux fou de Neitsab ! On n'en avait plus entendu parler depuis dix ans !

— Faut toujours se méfier des vieux, grinça le barbu.

— Bon alors, j'attaque ? grogna le Barbare.

— Attends un peu, commanda la Magicienne. Il va répondre à quelques questions !

Mais pour le moment, c'était le mage qui avait besoin de réponses :

— Et… Comment avez-vous échappé à mes assassins ?

Les aventuriers furent un peu gênés par la question. Avec tout ce qui s'était passé, c'était un peu difficile de recoller les morceaux.

— Vous avez envoyé des assassins contre nous ? s'indigna l'Elfe.
— C'était lesquels ? questionna finalement le rôdeur. Parce qu'on en a vu un paquet !

Fronçant les sourcils, Théogal fit deux pas supplémentaires en arrière. Ces aventuriers n'étaient pas aussi nuls qu'il semblait. Ils avaient réussi à trouver le Sanctuaire, demeuré secret pendant des siècles. Ils avaient pu échapper à l'élite des spadassins, et tout ce qu'ils racontaient était troublant. Le mage savait qu'il ne pourrait s'en tirer avec de belles paroles, il s'approchait donc discrètement du placard dans lequel il avait caché l'unique arme qui pourrait lui permettre de sauver la situation.
— Pas la peine d'essayer de vous barrer ! grogna le Nain. Je vous ai à l'œil !
La Magicienne croisa les bras sur son bâton :
— Alors ? C'est quoi cette histoire d'assassins ?
Gagner du temps, pensa l'ordonnateur. Il bredouilla :
— J'avais décidé de me débarrasser de vous à Boulgourville, j'ai envoyé des tueurs à l'auberge pour en finir avec vous !
Les aventuriers échangèrent quelques regards étonnés. Le courtaud se gratta la barbe.
— Mais on n'a vu personne, gazouilla l'Elfe.
Il y eut comme un genre de pause pendant laquelle les esprits surchauffaient.
— À moins, postula le Ranger, que ça ne soit les baltringues qu'on a retrouvés crevés devant l'auberge.
— Ouais, je leur ai même piqué des étoiles de jet, précisa le courtaud pour qui le matériel avait de l'importance.
— Mais maintenant, vous allez payer pour tout ça ! tempêta le rôdeur qui voyait bien qu'on essayait de noyer le poisson.
— Vous devriez avoir honte ! gémit l'Elfe.
— Il s'en fout, c'est un méchant ! lui expliqua le Nain.

341

Le mage recula encore, et considéra qu'il ne restait qu'un mètre pour atteindre son placard.

La Magicienne s'avança devant le Barbare, et tous ses compagnons progressèrent à leur tour. Elle pointa du doigt le sorcier mécréant :

— Et maintenant vous allez nous dire à quoi ça vous avance de provoquer la fin du monde !

Gontran soupira. Gagner du temps, c'était tout ce qu'il voulait. Il choisit de redorer un peu son blason pour les impressionner :

— Mais c'est évident ! Je veux la puissance suprême ! Permettre le retour d'un dieu personnifié, vous vous rendez compte ? Il va me considérer comme son fils ! Il fera de moi son alter ego !

Comme personne ne savait ce que ça signifiait à part l'érudite, les aventuriers s'interrogèrent. L'Elfe demanda ce qu'il voulait faire avec tous ses legos.

La Magicienne continua l'interrogatoire :

— Et à quoi ça vous avancera d'avoir de la puissance, quand il n'y aura plus personne à qui la montrer ?

— Ouais, c'est vrai ça, ajouta le Ranger pour faire voir qu'il avait de l'autorité.

— Vous avez l'esprit si étroit ! Si je n'ai pas la Terre de Fangh, j'irai voir ailleurs pour utiliser mes pouvoirs ! Il y a d'autres continents, d'autres peuples, et même d'autres univers... Ce n'est pas très grave s'il faut sacrifier quelques bouseux au passage.

Gontran décida que c'était le moment de faire son rire de méchant, et en profita pour reculer d'un pas supplémentaire.

— On n'est pas des bouseux ! gronda le Barbare.

Il détestait les analogies paysannes concernant son peuple nomade. Et il détestait aussi qu'on l'empêche de frapper un type qu'on poursuivait depuis des jours.

— En plus, il vous manque toujours une statuette, lâcha l'Elfe. Alors pour la prophétie, vous l'avez dans le fût !

Certains membres de la compagnie furent surpris par cette intervention inhabituelle et pleine de justesse. Le Ranger lui en fit même la remarque en se tournant vers l'intéressée :

— Mais... Tu as compris ça, toi ? Le coup de la statuette et de la prophétie ?

— Mais oui, bien sûr, chantonna l'Elfe. J'ai une nouvelle compétence pour comprendre les choses non elfiques !

— C'est incroyable, commenta l'érudite.

Gontran profita de la diversion pour se ruer sur son placard, ouvrir la porte et saisir un objet qui se trouvait sur l'étagère.

— Il s'enfuit ! cria le Ranger.

— À l'assaut ! hurlèrent à l'unisson le Nain et le Barbare.

— Attendez ! cria la Magicienne encore plus fort.

Ils s'arrêtèrent.

Car le mage était toujours là, et brandissait au-dessus de sa tête une grosse boule qui semblait faite de terre cuite.

— Ha ha ! triompha-t-il. Votre magicienne est plus intelligente qu'il n'y paraît ! Vous pensiez que je n'avais aucune arme ? Mais vous aviez tout faux !

— Qu'est-ce que c'est que ce bidzouf ? s'inquiéta le Ranger.

— Parlez ! ordonna la Magicienne.

Elle se sentait de plus en plus agacée.

BULLETIN CÉRÉBRAL DE LA MAGICIENNE

Non mais c'est pas bientôt fini ? Voilà maintenant qu'il nous menace avec un truc bizarre... Est-ce qu'il aurait trouvé le moyen d'utiliser la magie finalement ? Il faut bien reconnaître qu'il est niveau douze, c'est pas rien pour un mage, et il ne doit pas être si facile que ça de s'en débarrasser. On aurait dû le capturer avant de lui poser des questions, c'est quand même pas pour rien si on se trimbale des bourrins dans l'équipe. Ça m'apprendra à faire dans la finesse. Zut alors, j'en ai ma claque de toutes ces pignouferies !

Gontran se déplaça latéralement, savourant son effet dramatique. Il expliqua :
— C'est une boule explosive et incendiaire ! Si je la laisse tomber, nous allons tous mourir et la grotte disparaîtra dans un tonnerre de flammes.
— Hey, vous nous prenez pour des cons ! ricana le Nain. On sait bien que la magie ne fonctionne pas ici !
— Ouais, maugréa le Barbare en lui lançant un regard fier.
— Mais ce n'est pas de la magie… C'est de l'alchimie !
— Merde ! s'exclama l'érudite.
— Bah quoi, c'est pas pareil ? s'inquiéta le rôdeur.
— Ben non… L'alchimie, c'est pas de la magie. C'est surtout de la physique !
L'Elfe et le Ranger se fendirent d'une exclamation d'incompréhension.
— C'est quoi cette connerie ? tempêta le Nain, qui en avait ras son casque.
— Eh oui, claironna Gontran, je suis bi-classé !
— Et moi, je suis un Barbare, grogna le chevelu.

Le sorcier leur commanda de s'écarter pour qu'il puisse sortir. Une veine battait sur sa tempe, et voyant son expression de démence, la Magicienne songea qu'il y avait matière à s'inquiéter. Elle avait déjà entendu parler de préparations alchimiques de ce genre, et indiqua au reste de l'équipe qu'il ne s'agissait sans doute pas d'une pitrerie. Mais ils restèrent sur place quand le Ranger désigna l'arme étrange d'un air goguenard :

— Et vous allez nous faire croire que vous allez brûler tout le monde, simplement parce que vous avez foiré une prophétie ridicule ? Ha ha, c'est n'importe quoi !

— Vous allez me tuer de toute façon ! mugit l'excité.

— Ah oui, c'est vrai ça, soliloqua le rôdeur. Bon, j'ai rien dit.

— Soyez raisonnable, et donnez-nous les statuettes ! clama l'érudite. On vous laissera partir.

— Vous mentez !

— En plus il en manque une, précisa l'Elfe avec assurance.

Le sorcier survolté ne tenait plus en place. Sa main tremblait en maintenant la boule incendiaire au-dessus de sa tête.

— Jamais ! Je retrouverai la statuette disparue ! *Personne* ne peut venir chez moi pour voler mes objets de collection, et s'en tirer comme ça ! C'est pas fini ! Alors poussez-vous, ou je vous jure que votre carrière de débiles va s'achever ici dans un abîme de souffrances, parce que je vais tout cramer !

La situation devenait de plus en plus critique.

C'est alors que survint l'improbable.

— Flibik ! couina une petite voix dans un coin de la pièce.

Les regards convergèrent vers le gnome des forêts du Nord, qui s'était juché sur un buffet, avec son baluchon à la main.

— Qu'est-ce qu'il fout là celui-là ? grinça le Nain.

— Gluby ! hurla son maître. Casse-toi, c'est pas le moment !

— Il essaie de dire quelque chose, déclara la Magicienne.

— Allez, ouste ! insista Gontran.

Mais la créature, satisfaite de l'attention qu'elle suscitait, tendit son pied à hauteur de sa tête, de sorte qu'elle se trouvait en équilibre sur une jambe. Elle désigna ladite jambe levée d'un index agité, et baragouina :

— Dlugik flibidi chaflob !

— On perd du temps, pesta le Ranger !

Le sorcier rabroua le gnome une nouvelle fois, mais l'érudite pointa sur l'homme un index rageur :

— Il dit que vous avez l'intention de lui couper la jambe !

— Mais c'est horrible ! s'exclama l'Elfe.

Gontran cessa brusquement de s'agiter et considéra la créature, puis la Magicienne. Il fronça les sourcils et ronchonna :

— Mais vous comprenez ce qu'il raconte ?

L'érudite approuva, et ajouta :

— J'ai une spécialité en langues de monstres.

— Gloukibudiba ! Flabodu glibik ! pépia la créature, visiblement fâchée.

— Il dit que vous voulez lui couper la jambe pour l'histoire de la prophétie !

— Mais on s'en tape ! grogna le Nain. Qu'on lui casse la gueule et qu'on en finisse !

— Ce n'est pas ma faute si cette prophétie nécessite un gnome des forêts du Nord unijambiste, rétorqua le sorcier en s'énervant de plus belle. Et puis, je pensais qu'il n'avait rien compris !

— Il faudrait s'intéresser un peu plus aux états d'âme des minorités ethniques, sermonna la Magicienne.

— Exactement ! s'indigna l'Elfe.

— Mais qu'est-ce que ça peut vous faire ? revendiqua le mage.

— Moi je m'en tape, insista le courtaud.

— Et moi aussi ! approuva le Barbare.

Gontran ajouta :

— En tout cas ça ne va pas régler vos problèmes !

— Rendez-vous maintenant, scanda le Ranger. Et qu'on oublie cette histoire de statuette !

Gluby sauta de son buffet, portant toujours son baluchon. Il s'approcha des aventuriers en dansant d'un pied sur l'autre.

— S'il s'approche trop près, je le dégomme ! menaça le chevelu.

— Mais bon sang, tu vas te casser ! hurla Gontran.

Le gnome lui adressa une grimace :

— Niglobada !

— Laissez-le approcher, conseilla la Magicienne.

Le mage trépignait sur place :

— Je vous préviens, je vais lâcher cette saloperie, et vous allez tous crever !

Le rôdeur n'aimait décidément pas la tournure que tout cela prenait. Il réfléchit.

BULLETIN CÉRÉBRAL DU RANGER

Je me demande s'il va le faire. Parce que mine de rien, on aura du mal à s'en sortir, si son machin est vraiment aussi dévastateur qu'il le prétend. Mais est-ce qu'il est vraiment assez fou ? Et puis j'ai plus de point de destin moi, c'est la misère. D'ailleurs, est-ce que les autres en ont encore ? Tiens, je ne me suis pas posé la question. J'aimerais bien trouver une idée géniale comme la dernière fois, mais là je ne vois pas trop. Peut-être que je peux lui jeter une chaise ? Non, ça ne va rien changer. Et si c'est l'Ogre qui la lui jette ? Ah, on pourrait peut-être lui raconter des histoires elfiques jusqu'à ce qu'il s'endorme ? Non, ça c'est nul, on va s'endormir aussi.

Gluby claudiqua jusqu'à l'érudite et leva les mains pour lui tendre un paquet qu'il venait de sortir de son baluchon.

— Hé ho ! s'égosilla le sorcier. Qu'est-ce que c'est ?

La Magicienne tira sur le cordon qui maintenait le chiffon, mais elle avait déjà compris, au poids, qu'il s'agissait de la douzième statuette. L'objet apparut aux yeux des autres.

Gontran devint tout rouge, et se fendit d'une dizaine d'insultes à destination du gnome. Les membres de la compagnie furent d'abord incrédules, puis fascinés, et enfin réjouis par ce nouveau rebondissement. Il termina ainsi :

— C'était toi qui l'avais, sale petite raclure !

— Pflooot, lança Gluby à son maître en tirant la langue.

Puis il baragouina quelque chose à la Magicienne, qui lui adressa un signe de tête et releva ses manches avant de rugir :

— Allez, y en a marre, on attaque !

Le sorcier, comme fou, attrapa sa boule incendiaire à deux mains, et la brandit au-dessus de sa tête, en s'égosillant :

— Mais vous n'aurez pas le temps ! Vous allez mourir avant même de pouvoir tirer une seule flèche !

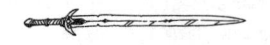

BULLETIN CÉRÉBRAL DE L'ELFE

Je me disais aussi, j'ai oublié quelque chose ! J'aurais dû préparer mon arc et mes flèches, depuis le temps… J'aurais pu lui tirer dessus, mais là j'ai beau réfléchir, je ne vois pas comment je vais pouvoir faire pour attraper l'arc, prendre une flèche, viser le magicien et tirer avant qu'il ne balance son machin qui fait du feu. Il faudra que j'y pense pour la prochaine fois ! Et puis, après il faut choisir la bonne flèche aussi.

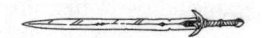

BULLETIN CÉRÉBRAL DU BARBARE

Et merde, j'ai plus de lance ! Quelle connerie, cette quête. C'est à cause des chèvres !

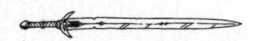

Au moment où le mage parlait de flèche, et pendant la fraction de seconde où les autres s'interrogeaient sur leurs possibilités d'action, le Nain fut frappé d'un genre d'illumination, et se sentit guidé par un instinct puissant qui résonnait sous son casque à la manière d'une marche guerrière. Il se rendit compte qu'il tenait sa hache de jet dans la main, et il ne savait plus trop depuis quand, mais ce n'était pas ça l'important. L'important, c'était qu'il avait trouvé le moment où il pourrait se servir de ce splendide produit des industries Durandil. C'était maintenant.

D'un geste souple et rageur à la fois, il fit voler sa hache en direction du mage, en invoquant toute la force de ses ancêtres. Le sorcier ne put l'éviter, étant donné qu'il surveillait l'autre côté du groupe où se tenait l'archère. Il reçut l'arme en plein torse, hurla et bascula en arrière en même temps que sa boule incendiaire.

— Ouais ! s'exclama le Nain.
— Haaaa ! s'écria le Ranger en fermant les yeux.
— Haaaa ! beuglèrent ses compagnons.

Le temps s'arrêta pendant qu'ils retenaient leur souffle.

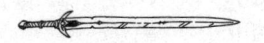

BULLETIN CÉRÉBRAL DU NAIN

Ah merde, j'avais oublié cette histoire de boule explosive. C'est malin !

Ils ne virent quasiment pas Gluby qui bondit, sauta par-dessus la table, exécuta une pirouette et atterrit à quelques mètres d'où il était parti. Il était trop rapide pour l'œil humain, et même pour l'œil elfique.

Il n'y eut pas d'explosion, car il avait intercepté la bombe alchimique, enroulant son corps souple autour de la sphère de terre cuite. Il se releva immédiatement et s'éloigna du sorcier en portant l'objet avec difficulté, pendant que les aventuriers constataient avec stupéfaction qu'ils étaient toujours en vie.

BULLETIN CÉRÉBRAL DU RANGER

Et alors, ça explose ? Quand est-ce que ça explose ? Je ne veux pas voir ça ! Bon sang, on y était presque ! Alors ? Et si j'ouvrais les yeux ? Il ne se passe rien ? C'est la flippe ! Allez, j'ouvre quand même, tant pis.

Gontran commençait à se relever, tenant d'une main la hache fichée dans son poumon droit, et laissant échapper des bulles sanglantes avec la bouche. Il grognait, cherchant des yeux de quelle manière il allait pouvoir riposter. Mais le Barbare s'avança, et poussa la table qui les séparait d'un geste rageur, envoyant valdinguer cette dernière contre un mur. L'Elfe chercha fébrilement à saisir son arc. La Magicienne s'avança, brandissant son bâton, l'Ogre sur ses talons. Le Nain était toujours bouche bée devant son propre exploit. Le Ranger essayait de comprendre ce qui s'était passé quand il avait fermé les yeux. Il vit le gnome, qui transportait avec peine la sphère incendiaire vers un coin de la pièce.

Le sorcier tenta d'atteindre son placard à malice dans un mouvement mal assuré, mais le Barbare fit « Han » et lui porta un coup puissant dans la partie dorsale. L'homme s'affala de nouveau dans un râle. La Magicienne arrivant par le flanc lui asséna un coup de bâton sur le crâne, et l'Ogre se précipita de l'autre côté pour lui briser une chaise sur les reins. Le chevelu donna un coup supplémentaire, parce qu'il en avait envie, et frappa si fort qu'il fit entendre un écœurant bruit de fruits écrasés. Les gens qui choisissaient de suivre une carrière dans la magie le faisaient au détriment de leur condition physique.

Le Nain s'approcha, mais il n'y avait plus de place autour du mage pour lui porter un coup. Il ricana comme s'il avait pu le frapper :

— Tu l'as pas volé !

Le rôdeur s'avança plus près de la scène, les bras ballants. Il n'avait pas eu le temps de dégainer son épée, et trouvait cela un peu dommage.

Ils attendirent quelques secondes dans un silence gênant, pour voir si le sorcier pouvait se relever encore une fois.

— Alors ? s'inquiéta l'Elfe. Vous l'avez eu ?

— Bah oui, je crois que c'est bon, soupira le quasi-dirigeant.

Il fut déçu de ne pas ressentir plus d'allégresse, mais c'était peut-être dû à la fatigue.

Ils se laissèrent tout de même aller à quelques effusions exultatoires, s'auto-congratulant sous les yeux vitreux du défunt mage Théogal. Selon les caractères, les commentaires différaient :

— Et hop, un sorcier niveau douze !
— Ouais !
— Trop classe la hache de jet !
— On est sauvés !
— J'arrive pas à croire qu'on est encore vivants !
— Golo ! Sprotch glokiti !

Ils virent que le gnome s'était approché du cadavre, et qu'il fixait son visage avec crainte. La Magicienne se pencha vers lui :

— Plus rien à craindre ! Lui mort ! Bruluk !
— Bruluk ? pépia la créature.
— Oui, bruluk !
— Trop classe la hache de jet, insista le Nain.

Ils décidèrent que c'était son tour de fouiller le corps. Déjà, parce que c'était toujours lui, en plus il devait récupérer son arme. Il réalisa l'extraction de cette dernière avec un certain respect, et l'essuya sur la robe du sorcier. Les Nains n'étaient pas considérés comme une race très sensible, et puis en général ils aimaient bien chercher les richesses, même dans les poches de leurs victimes. Mais il ne trouva rien d'intéressant dans ses vêtements, à part deux bagues et un pendentif que la Magicienne se promit d'examiner plus tard.

Le Ranger tournait en rond, et résuma finalement ses questionnements intérieurs :

— On ne devrait pas changer de niveau ?

— Bah je ne sais pas, dit la Magicienne. On a déjà changé de niveau hier !

— Mais là, c'est pas rien quand même ! On a sauvé le monde !

Ils étaient tous d'accord sur ce point.

— Et c'était grâce à Gluby, nota l'Elfe.

— C'est vrai, confirma l'érudite. Il m'a dit qu'il pourrait se charger de la boule incendiaire, et j'ai lancé l'attaque. Sinon, je ne sais pas ce qui aurait pu se passer !

— Zut alors, si ça se trouve il nous a piqué nos niveaux ! bougonna le Nain.

— Je ne pense pas, exposa la jeteuse de sorts. Il faut quand même savoir qu'on a besoin de plus en plus d'expérience pour passer aux niveaux supérieurs ! Les tranches sont pour ainsi dire exponentielles.

— Ah bon, lâcha le quasi-dirigeant pour se donner de la contenance.

Ses compagnons restèrent un moment les yeux dans le vague, puis décidèrent que le concept était trop tordu pour qu'on s'y intéresse plus longtemps. De toute façon, ils étaient quand même de niveau trois.

Le chevelu marmonna que c'était peut-être un peu facile, de sauver le monde en bastonnant un mec mou en robe et en pantoufles.

— Bon, alors il est où son trésor ? ronchonna le courtaud.

Ce fut le coup d'envoi de l'habituelle séquence de fouille mobilière, à laquelle s'adonnent avec joie les aventuriers de tous les univers connus. Une fois qu'on avait occis le propriétaire, on fouillait, c'était comme ça. Une loi universelle et immuable. Ils retournèrent sans vergogne les tiroirs, vidèrent les coffres, brisèrent les vases et arrachèrent les gravures des murs pour découvrir où un Grand Ordonnateur de la Béatitude de Swimaf pouvait cacher ses richesses.

N'ayant mis au jour qu'un fatras de bricoles et une sacoche de cuir pleine de statuettes, ils perdirent patience et recommencèrent à s'énerver.

Gluby s'approcha du Nain et le tira par la manche. Le courtaud réfréna son envie de lui botter le derrière, et le suivit vers une pièce qui semblait vide tandis que les autres s'escrimaient à dépouiller les locaux. Il rafla la lampe à huile au passage. Le petit être le guida vers une cache secrète, dissimulée derrière une tenture.
— Ouais, bah c'est facile quand on connaît ! rouspéta le barbu.
Le gnome mit au jour un coffret de bois et une bourse, qu'ils extrayèrent de l'habitacle. La bourse, plutôt maigre, disparut immédiatement dans une poche. Pour le coffre, il était fermé par une ridicule serrure qui sauta au premier coup de hache du courtaud, dont le sourire carnassier s'étalait en travers de sa barbe.

BULLETIN CÉRÉBRAL DU NAIN

Ha ha ha ! Trop fort ce gnome ! Je vais pouvoir récupérer le butin pour moi tout seul. Personne n'a rien vu, je vais coller tout ça dans mon sac, et hop, à moi les richesses. Ensuite j'irai à Glargh et j'achèterai toute la gamme Durandil, pour pouvoir tuer des tas de sorciers et récupérer encore plus d'or ! Enfin, je ne sais pas ce qu'il y a là-dedans, mais c'est vachement léger quand même. Bon, eh bien il faut ouvrir, pour voir. Youpi ! Hé hé ! Les Nains sont vraiment les meilleurs !

Il fit basculer le couvercle de la cassette.

Il y plongea les mains, pour en extraire le contenu, qu'il déversa sur le sol.

Il y avait quelque chose qui clochait. Il retourna le coffret, mais il était vide. Il considéra sa découverte : une dizaine de feuillets, recouverts de phrases et de sigles qui n'avaient pour lui aucune signification. Ils ne ressemblaient pas aux machins magiques de l'érudite, mais à des pages de livre. Et il ne s'agissait pas de runes naines. Il sauta dessus à pieds joints, et se mit à hurler de frustration. Des livres, toujours des livres ! Puis il attrapa les feuilles et les déchira, en insultant l'univers et tous ces dieux malveillants qui avaient inventé la malchance.

Le Ranger entra dans la pièce, alarmé par les cris, et suivi de la Magicienne. Ils stoppèrent l'effusion de violence.

— C'est rien que de la merde tout ça ! tempêta le courtaud. Des trucs à lire, encore et toujours ! Y a jamais de vrais trésors dans ces donjons pourris !

— Holà, s'interposa l'érudite.

— Mais c'est pas un donjon, précisa le rôdeur. C'est juste un sanctuaire !

Le Nain se retourna vers le mur, et gronda comme s'il pouvait faire sortir de la vapeur de ses oreilles :

— J'en ai marre ! Marre, marre, marre !

La Magicienne se baissa pour ramasser le quart d'une page en lambeaux, qu'elle examina à la lueur d'une bougie, juste avant de pâlir.

— Ah bah putain !

Le rôdeur s'approcha, soudain paniqué :

— C'est quoi ? Des trucs magiques ?

— Non ! Mais cet abruti a bousillé tous les bons au porteur de Théogal !

BULLETIN CÉRÉBRAL DU RANGER

Et voilà, c'est la misère. Je pensais qu'on en avait fini avec la guigne, mais c'était sans doute une ruse du destin. On a sauvé le monde, et personne n'en saura jamais rien. On n'a pas eu le quatrième niveau, et avec cette histoire de paperasse bancaire, on n'a pas plus d'or qu'en arrivant. La Magicienne a expliqué le truc au Nain. Les humains, quand ils sont trop riches, ils placent de l'or dans une banque, et ils utilisent ces bons pour retirer les sommes. Ce sont des papiers très importants qui comportent des tas de signatures et des tampons, et quand on les transforme en miettes, ça ne fonctionne plus, parce que c'est comme ça. Le nabot dit que c'est une coutume stupide, et qu'on ne verra jamais ça chez les Nains, transformer du beau métal brillant et solide en papier pourri qu'on peut détruire en trois secondes. Mais zut à la fin ! On a perdu vingt mille pièces d'or. Vingt mille ! Je crois que je vais pleurer. Avec ça, je pouvais m'acheter une cotte de mailles en acier carbone ! Et ça aurait été super pour aller voir Codie, et lui dire que j'avais mon troisième niveau.

Quelque part, y a sans doute encore des gens qui veulent nous massacrer, soi-disant parce qu'on voulait déclencher la fin du monde. J'en ai marre moi aussi.

Épilogue

Ils abandonnèrent le Sanctuaire dévasté, après avoir pris soin d'ouvrir les cages des oiseaux pour couper court aux jérémiades de l'Elfe. Le Nain proposa de faire cuire les corbeaux, mais le Ranger avait déjà goûté, et il déclara que ça ne valait pas le coup, c'était immangeable. L'Ogre trouvait ça dommage.

Dans leur ignorance, ils laissèrent ainsi derrière eux un stock important de reliques de Dlul, dont l'intérêt n'était pas décelable au premier abord, mais qui auraient pu se vendre une fortune aux adeptes. Il s'agissait de nobles coussins, d'oreillers ayant appartenu à de Grands Maîtres de la Sieste, et surtout du fameux Sommier de Transport Avachi qui datait de l'époque de Swimaf.

La collection enfin complète de statuettes fut emballée et confiée au Barbare, qui ne comprenait pas pourquoi c'était toujours lui qui promenait les bibelots. Ils décidèrent qu'il fallait les emmener dans un coin sauvage et les enterrer, afin que personne ne les retrouve jamais.

La Magicienne emportait un stock de livres incompréhensibles appartenant à Gontran, qui étaient pour elle d'un niveau bien trop élevé mais qui avaient sans aucun doute de la valeur. Elle confia à son compagnon de grande taille le transport de deux sphères incendiaires, dont ils pourraient tester les capacités si le besoin s'en faisait sentir.

La compagnie se retrouva dans le ravin. Le soleil était déjà bas, et la lumière leur parvenait avec difficulté.

Il était temps de décider du sort de Gluby. Le gnome semblait vouloir les suivre, car il se trouvait perdu au milieu de nulle part, et ne savait pas où aller. Cependant, personne n'avait jamais entendu parler d'une compagnie d'aventuriers comportant un gnome des forêts du Nord. La Magicienne pensait qu'il ferait une bonne mascotte, mais l'Ogre louchait sur lui d'un air un peu trop intéressé, peut-être considérait-il que la taille de la créature était un signe naturel indiquant qu'elle était consommable. Et puis on ne comprenait rien à ce qu'il disait, lui non plus.

Le Ranger avoua qu'il ne savait pas quoi faire, et qu'il en avait marre d'être le seul à prendre toujours les décisions importantes. Le Nain opposa son veto, car il trouvait que c'était dommage d'avoir quelqu'un dans l'équipe qui pouvait piquer les niveaux des autres. L'Elfe adorait bien sûr ce nouvel allié, et n'arrêtait pas de lui faire des signes pour qu'il se livre à des acrobaties. Quant au Barbare, il avait faim.

Dans le doute, et puisqu'il n'était pour le moment pas question d'aventures, le groupe décida qu'il pouvait rester. Puis le Nain posa la question que tout le monde avait en tête :

— Mais j'y pense, l'aventure est finie maintenant. On n'a plus besoin de rester ensemble !

— Eh oui, c'est vrai, confirma l'érudite.

— Ouaip ! maugréa le Barbare.

— Ah bon ? s'inquiéta l'Elfe.

Le rôdeur s'avança, ça ne lui plaisait qu'à moitié :

— Deux secondes, si vous voulez bien. Je vous rappelle que nous sommes en ce moment perdus au milieu d'une région collineuse infestée de géants maléfiques !

— Personne n'a dit qu'ils étaient maléfiques, trancha le courtaud.

— Oui, mais ils sont géants !

Les membres du groupe opinèrent. Le pseudo-chef enchaîna :

— Par conséquent, ce serait mieux d'aller ensemble jusqu'à un lieu sûr, où on pourrait se quitter sans risquer d'accident.

Les aventuriers se rangèrent à son avis, après avoir imaginé de quelle manière ils pourraient lutter seuls contre un géant.

Finalement, le barbu montagnard se souvint que la Magicienne transportait la couronne de machintruc, qui avait été payée avec l'argent de la compagnie, et qu'il fallait la vendre pour partager les bénéfices en comptant les parts au prorata des actions menées avec succès par chaque membre du groupe depuis l'obtention de la couronne, considérant bien sûr que son attaque à la hache de jet avait été la clé de leur victoire sur le sorcier, et qu'il fallait en tenir compte lorsqu'ils feraient l'addition. Il précisa que Gluby n'avait certainement pas besoin d'argent. Et il ne faisait pas vraiment partie du groupe.

Après une heure de discussion, ils convinrent qu'il était trop tard pour repartir dans la nature, et qu'ils feraient aussi bien de rentrer au Sanctuaire pour la nuit, et partir le lendemain matin. Et puis le Barbare avait faim.

La Magicienne clama d'une façon théâtrale, en se retournant vers la pierre plate qui fermait l'entrée :

— *Pastèque !*

La pierre glissa sur le côté dans son habituel raclement.

— Je ne m'en lasse pas, commenta l'érudite d'un air satisfait.

L'Elfe était déçue :

— C'est dommage… C'était confortable pour un abri souterrain, mais on a tout cassé.

— Allons-y, soupira le Ranger. On ne sait jamais, on pourrait gagner des points d'expérience en faisant le ménage !

Sur la grande digue du port de Glargh, Tulgar Iajnek profitait des rayons du soleil couchant qui se reflétait sur le fleuve Elibed.
Il observait les bateliers vaquer à leurs occupations dans la plus complète insouciance, et pensait à ces aventuriers perdus quelque part dans les collines.
Quelque chose dans l'air lui disait que la prochaine pleine lune ne serait pas la dernière, et qu'il pourrait profiter encore longtemps du port de Glargh.
Il marcha encore quelques minutes, puis rebroussa chemin pour se diriger vers la taverne du *Chapon Guerrier*, où il pourrait s'envoyer un gobelet de vin aux épices avant d'aller reposer ses vieux os.
— Je vais boire à leur santé, marmonna-t-il dans sa barbiche. On ne sait jamais !

Il y avait quelque chose de répétitif dans les fins du monde en Terre de Fangh : elles n'arrivaient jamais, finalement.

Annexes

Notes de voyage par Glibzergh Moudubras

J'ai pu voir au cours de mon périple d'étude en Terre de Fangh un certain nombre de faits, d'objets, de créatures ou de lieux qui peuvent sembler mystérieux au voyageur non averti. Voici quelques définitions pour aider les aventuriers les plus ~~abru~~ novices.

Apposition de la Main de l'école de Youclidh (sortilège, guérison)

Les prêtres de Youclidh, divinité de la bonne santé (ne pas confondre avec Picrate, déesse du vin pour laquelle on dit souvent « à votre santé »), sont les maîtres de cette discipline, qui permet de guérir et d'apaiser les victimes de chocs violents. Il leur suffit de se concentrer en posant le plat de la main sur la poitrine du blessé, et de leur transmettre une certaine quantité d'énergie bienfaisante. Il faudra noter que cette discipline est souvent à l'origine de dérives, on a raconté que des prêtres insistaient pour guérir les jeunes filles qui ne présentaient pas de symptômes, et utilisaient pour ce faire leurs deux mains en ajoutant au geste de base des mouvements rotatifs.

Armurerie rue des Cogneurs (Glargh)

L'une des meilleures boutiques de Glargh pour acheter des armes et protections. Ils ont un partenariat de vente avec les Nains, et proposent ainsi du matériel Durandil, mais attention, il vaut mieux avoir la bourse bien garnie.

Autel de la Somptueuse Corruption (équipement, Niourgl)

Une relique visible au temple de Niourgl, pour les curieux qui ont le cœur bien accroché. Il s'agit en effet d'un monument servant aux adeptes à célébrer divers rituels, mais l'ensemble est constitué de viscères et d'organes embaumés, et soutenu par les corps de douze pestiférés empaillés. Le personnel d'entretien n'est également pas très doué pour nettoyer les locaux après chaque office.

Broucar (nature, poisson)

Le broucar est un magnifique poisson essentiellement constitué d'une bouche, d'un millier de dents et d'un estomac. Il se trouve en eau douce, courante ou stagnante, et l'on peut s'amuser à le pêcher en agitant n'importe quel appât brillant d'une façon hystérique. Il faut tout de même avoir du talent et une bonne connaissance du poisson pour débusquer les gros spécimens qui présentent un intérêt pour la table, au contraire des petits qui regorgent d'arêtes.

Cauchemar Vivant de Khornettoh (combat, Khornettoh)

Lorsque les adeptes du dieu du sang et de la guerre atteignent le niveau cinq, ils peuvent développer la compétence de cauchemar vivant. Pour simplifier, c'est une danse de guerre qui permet de découper les gens, mais en ajoutant le sens du spectaculaire. Le guerrier virevolte, taillade, sautille, tournicote et pirouettise au milieu de ses victimes, s'octroyant par des mouvements imprévisibles un certain nombre de bonus à l'attaque et à la défense. Certains parmi les plus sadiques vont même jusqu'à chanter d'antiques versets barbares, ce qui est particulièrement agaçant.

Champignon Brouzerta (nature, mutation)
Ce champignon mutant pousse dans les donjons sous l'influence d'une décharge de puissance magique. Il est donc plus fréquent de le trouver dans les lieux fréquentés par des sorciers ou des magiciens. L'ingestion de ce champignon d'apparence anodine, au pied vert et au chapeau violet marbré de rouge, provoque après trois jours de maturation l'apparition de tentacules à la place des membres. Dans le cas d'une trop forte dose, c'est la tête qui est remplacée.

Charrette-Sommier de Combat Néfaste (Dlul, artefact)
Curiosité religieuse employée par les prêtres de Dlul. Elle porte un nom généreux et ampoulé, comme tous les objets religieux en Terre de Fangh. Il s'agit d'une charrette sur laquelle est fixé un sommier béni huit fois par trois dignitaires du culte, et qui se voit souvent améliorée par l'adjonction d'autres objets. Malgré toutes mes investigations, je n'ai pu comprendre à quoi pouvait servir ce véhicule dans le cadre d'un combat.

Code des Aventuriers de Graapilik (livre)
Le plus célèbre des manuels destinés aux aventuriers. Un véritable best-seller, qui fut également la cause de nombreux décès par erreur d'interprétation. Il fut écrit en l'an 432 du premier âge par Jiluz Graapilik, un baroudeur qui s'était trouvé en position de préretraite lors de la perte de son bras gauche dans un accident de catapulte. Il fut suivi de peu par le manuel de l'expérience de Graapilik, destiné plus précisément à faciliter les changements de niveau.

Coussin d'Arnhauk (relique, Dlul)
Une puissante relique du dieu du sommeil, provoquant l'ennui et l'endormissement avec un bonus de cinquante pour cent.

Démembreur d'Akutruss (sortilège, Tzinntch)
Ce sortilège vicieux, principalement utilisé par les adeptes du Sanctuaire Magnifique de Tzinntch, est d'une efficacité redoutable et demande beaucoup d'énergie astrale et de concentration. Il faut atteindre le niveau six au minimum pour pouvoir lancer ce sort. Jusqu'au niveau sept, il arrache les doigts d'une main. Au niveau huit et neuf, il arrache un bras. À partir du niveau dix, il peut aller jusqu'à l'ablation des deux jambes et des deux bras. Ensuite, il est évidemment difficile pour la victime de se défendre ou d'attraper du chocolat dans un placard.

Dislocation d'Arkoss (sortilège)
Il s'agit ici d'un sort plus principalement destiné à démonter des objets, mais il peut être utilisé contre des personnes physiques dans le cadre d'une bataille. Il consiste en une onde de choc de grande puissance, utilisant des fréquences d'ultra-basses. Ces fréquences provoquent des tremblements très intenses et des lésions, pouvant par exemple supprimer toutes les vis d'un buffet, arracher les clous d'une table, briser un miroir, ou fracturer les côtes. Dans certains cas, il peut avoir le même effet qu'un Démembreur d'Akutruss.

Édredon de Récupération (équipement, Dlul)
Matériel de pointe utilisé par les prêtres et les paladins de Dlul. Le moelleux exemplaire de cet édredon, utilisé aussi bien dans le cadre de la sieste que d'une longue nuit, assure une récupération supérieure à la moyenne de trente pour cent des points de vie.

Éventreur de Tlikar (sortilège, Tzinntch)

Ce n'est pas une légende, lorsqu'on raconte que les sorciers affiliés à Tzinntch sont les plus vicieux de la Terre de Fangh. Cette composition magique, lancée par un mage expérimenté, cause à sa victime l'ouverture de la partie basse de l'abdomen, et la perte d'une partie ou de la totalité de ses organes internes. Il n'existe aucun moyen magique de régler le problème, mais certains disent qu'on peut se soigner rapidement avec du ruban adhésif.

Flèches Barbelées de Poffidh (équipement, armes)

Ce sont des flèches très populaires chez les archers de haut niveau, car elles occasionnent des dégâts supplémentaires de par leur forme tourmentée et leurs lames inversées. Il est nécessaire de donner une grande vélocité au projectile pour pénétrer les armures ou les tissus, mais une fois en contact avec la chair, c'est un véritable désastre pour la cible. Les meilleurs chirurgiens sont souvent mandés pour réduire une plaie occasionnée par ce genre de flèche.

Flèches Serpentines de Malheur Adjacent (sortilège, Tzinntch)

Un autre sort spécifique aux écoles de Tzinntch. Le jeteur de sorts vise une cible vivante, et la voilà environnée d'une tornade de miasmes magiques prenant la forme de fléchettes, et véhiculant un acide empoisonné. Si l'on ne dispose pas rapidement d'un *dispel magic* ou de protections adaptées, les flèches serpentines tournent de plus en plus près de la victime et finissent par dissoudre une partie de sa chair et inoculer leur poison par voie aérienne, causant la plupart du temps la mort. Il est possible d'éviter l'assaut en plongeant dans une eau profonde, ou dans la lave. Dans ce dernier cas, il faut assumer les conséquences.

Forteresse de Xakal (histoire)

Les gens qui se souviennent de cet épisode historique se font rares, mais il en existe encore pour parler de cet incident. En l'an 1462 du deuxième âge (calendrier officiel de Waldorg), une erreur d'interprétation des oracles envoya une bonne partie des aventuriers de la Terre de Fangh appréhender un soi-disant « ange de la mort », sorcier demi-dieu qui devait se terrer dans la forteresse, monter une armée et causer la fin du monde à plus ou moins brève échéance. Des compagnies d'aventuriers s'y retrouvèrent donc et attaquèrent la forteresse de manière complètement désordonnée, pour finalement la raser en grande partie, payant cet assaut d'un grand nombre de vies. On retrouva trace de l'erreur, il s'agissait en fait de la visite de Solange Glamor, vendeuse de meubles qui devait s'y rendre pour monter une armoire. Elle décida de changer de métier.

Fourmis dévorag (nature, mutation)

La fourmi dévorag est une espèce rare de fourmi géante et particulièrement gourmande qu'on trouve uniquement dans la plaine de Kwzprtt. Elle semble ne pas avoir la possibilité de se reproduire et de creuser de galeries dans d'autres types de terrain, ce qui est une chance pour la population des régions adjacentes. Les Barbares qui vivent dans les plaines ont parfois des problèmes avec elles, quand elles ne trouvent pas de quoi subsister, car elles se mettent à marcher en colonies pour se ruer sans distinction sur tout ce qu'elles peuvent cisailler de leurs grosses mandibules. Des scientifiques pensent qu'elles n'épargnent, en fait, que le métal et la pierre. C'est pourquoi on pense qu'il faut essayer de ne pas croiser leur chemin, d'une manière générale.

Gambijama (équipement, Dlul)

Le paladin de Dlul qui souhaite disposer d'un vêtement à la fois confortable et protecteur se tourne habituellement vers le gambijama. Un gambison matelassé avec manches longues et caleçon intégré, qui peut faire office de duvet à l'intérieur même de l'armure, grâce à la fibre chauffante tirée d'une laine particulière. Ainsi, en l'absence de matelas, le paladin peut toujours profiter d'un bon repos.

Grand Bacille Putréfiant (Niourgl)

Les prêtres de Niourgl cultivent dans d'immondes bocaux ces bactéries possédant le pouvoir de corrompre les corps à une vitesse incroyable. Ils les vendent à des assassins comme poison, ou les utilisent eux-mêmes en enduisant les armes de leurs guerriers puruls, ou bien en y confrontant ceux de leurs adeptes qui méritent le châtiment. Appliqué sur une plaie d'un membre, le Bacille le transforme en quelques minutes en chair nécrosée, et l'ablation est obligatoire pour pouvoir s'en tirer vivant. S'il est ingéré, il s'attaque aux organes internes, et la victime peut ainsi dire adieu à ses projets de raclette, ainsi qu'à tous ses autres projets par la même occasion.

Grande Consécration du Trilobique (célébration, Tzinntch)

Une fête religieuse dédiée à la magie chaotique, pendant laquelle les cultistes de Tzinntch pratiquent douze rituels complexes, afin de satisfaire les désirs du Trilobique, un avatar de leur dieu. Il semble que ce soit l'une des plus longues et des plus pénibles cérémonies connues en Terre de Fangh, et personne n'a été encore en mesure d'en consigner l'intégralité. Des détracteurs appartenant à d'autres cultes n'hésitent pas à dire que, dans ces conditions, le Trilobique lui-même a certainement fichu le camp lorsqu'ils attaquent le quatrième rituel.

Grande Otarie (divinité)

La Grande Otarie serait un animal fabuleux ayant vécu à l'ère sans dieux dans la Mer d'Embarh. Elle aidait les hommes dans leurs tâches quotidiennes, comme la pêche et le commerce, en échange d'offrandes de poisson. Elle prenait parfois la forme d'une belle femme, se laissait courtiser par les marins, qu'elle attirait dans les jeux de l'amour. Elle donnait ensuite naissance à des fillettes dotées de pouvoirs particuliers, qu'elle abandonnait devant les chaumières pour en confier la garde à des paysans, des pêcheurs ou des marchands ne disposant pas de descendance. Elle fut tuée, selon la légende, par un sortilège de Slanoush, qui aimait bien faire ce genre de farce aux humains. Ce fut un deuil si triste qu'elle fut élevée au rang de déesse, et qu'on célèbre encore son culte, d'une façon personnelle, sur une grande partie du territoire.

Grimoire des Ordres Néfastes (livre de la Magicienne)

Derrière ce nom pompeux se cache un livre très répandu en Terre de Fangh, puisqu'il s'agit du manuel de troisième année des étudiants en magie de bataille, que ce soit à l'Université Réformée de Glargh ou dans les nombreuses écoles de Waldorg. On y trouve énormément d'informations, mais elles sont parfois mal organisées, et il manque souvent d'importants détails. Un ouvrage incontournable cependant, pour qui se lance dans l'utilisation de la sorcellerie dans une compagnie d'aventuriers.

Guide du pistard (livre)

Une collection d'ouvrages modernes, rédigés par d'éminents chroniqueurs, érudits et voyageurs. Vous pourrez y voir le nom de Glibzergh Moudubras, puisque je fais moi-même partie du comité de rédaction. On y trouve des informations sur tout ce qu'il faut voir et savoir dans les grandes cités, et certaines villes d'importance en Terre de Fangh. L'édition consacrée à Mliuej n'est toujours pas publiée, car la fréquentation de ses tavernes semble nuire gravement à la santé des rédacteurs. Deux d'entre eux ont déjà été enterrés, paix et félicité sur leur famille.

Gurstaker (équipement, armes)

Une arme légendaire que ce Gurstaker. Il a marqué l'histoire du peuple Nain, puisqu'on en parle dans de nombreux récits épiques à partir du début du premier âge, avant de disparaître mystérieusement vers l'an 1579 du deuxième âge. Il aurait été le fruit d'une rare collaboration entre un forgeron nain, un mage humain et un tourneur de manche elfe. Souvent, les Nains oublient volontairement de parler de ce troisième participant au projet. Il semblerait qu'il soit actuellement en possession d'un aventurier nain au caractère pénible.

Jurasque (expression, Par l'Œil de)

Les pratiquants des arcanes utilisent souvent cette expression pour manifester leur soulagement ou leur contentement. Il s'agit d'un hommage à Jurasque, éminent sorcier du premier âge, auteur d'un grand nombre de sortilèges de guérison. L'homme s'était consacré à cette noble tâche, depuis la perte d'un œil à l'âge de douze ans, alors qu'il réparait une fourchette en descendant l'escalier pour aller manger.

Katah Ul deh iä tahgu (sortilège, Tzinntch)

Un sortilège de très haut niveau, élaboré par un linguiste spécialisé en vontorzien supérieur. La signification du sort serait « cent-yeux-arrachés-par-des-pinces-coupantes », il paraît donc évident qu'il s'agit d'un sort de bataille destiné à une utilisation en milieu ouvert, et de préférence dans le cas où les ennemis sont nombreux. Le port de lunettes est conseillé pour les alliés du jeteur de sorts.

Lamantulhus (nature, mammifère)

Ces animaux placides sont de gros mammifères aquatiques, dont la bouche est ornée d'un grand nombre de tentacules, rappelant ceux du calamar. Ils se nourrissent de végétaux subaquatiques qu'ils arrachent à l'aide de ces appendices. Les humains utilisent depuis presque un millénaire la formidable force physique des lamantulhus et leur énorme nageoire caudale, pour tracter les gros bateaux quand ils veulent remonter le courant d'un fleuve ou d'une rivière. On leur installe pour cela un harnais spécial, qui se fixe à de robustes anneaux prévus à l'avant des embarcations.

Manuel de l'expérience de Graapilik (livre)

L'extension indispensable au Code des Aventuriers, décrit plus haut. Du même auteur, dans la même collection.

Marteaux d'Anesthésie de Skeloss (équipement, Dlul)

Ce sont des marteaux de guerre spécialement étudiés pour les prêtres de Dlul. La tête du marteau est moulée dans un acier très dense, et enrobée d'une couche de matière élastique récoltée sur certains arbres dans le sud du pays. Cette arme, toujours utilisée sur la tête, provoque de manière instantanée le sommeil, et ce même dans le cas où la victime porte un casque.

Ouklafs géants (nature, dinosaure)

Il subsisterait, dans la grande plaine sauvage de Kwzprtt, quelques couples d'ouklafs. Ce sont des dinosaures bipèdes à grosse mâchoire, rescapés d'une ère où les dieux avaient décidé de les remplacer par des créatures de plus petite taille, à la psychologie plus amusante, et qu'ils nommèrent les humains. Le nom « ouklaf », qui signifie « court vite, mange tout », a bien entendu été donné par les Barbares, qui vivent également sur ce territoire, et qui doivent partager avec ces grands prédateurs les Aurochs et le reste du gibier. D'une manière générale, l'ouklaf comprend qu'il ne faut pas attaquer les hordes et les villages barbares, mais n'hésite pas à s'en prendre à des individus en petits groupes, et ne parlons même pas des voyageurs inconscients qui croiseraient leur chemin, juchés sur de succulents chevaux.

Porte à Chompeur de Gorlak (donjon, outillage)

Voici un piège onéreux mais particulièrement efficace, fabriqué par les industries gobelines Gorlak. Deux robustes portes de métal, mues par de puissants mécanismes, se referment lorsqu'on essaie de les franchir. Elles peuvent être garnies, en option, de dards empoisonnés rétractables, de résistances, de lames, d'acide ou de produits malodorants. Un produit très à la mode, pour ceux qui en ont les moyens.

Razmor Wushrogg (personnalité)

Un puissant seigneur-liche ayant fait régner la terreur sur les montagnes du Nord pendant quelques années, autour de l'an 530 du deuxième âge. Il aurait été stoppé par quatre sorciers humains dépêchés en urgence, alors qu'il se livrait à un massacre de villageois. Il fut admis qu'il était visiblement parti en expédition punitive, suite à l'attaque de son château par un mystérieux aventurier, qui aurait écrit quelque chose sur son bouclier.

Romorfal (équipement, magie)

La compagnie Romorfal produit des bâtons de magiciens depuis l'an 834 du deuxième âge. Une société plutôt jeune, mais qui possède une certaine notoriété, de par la qualité de ses produits principalement destinés à une cible moyennement fortunée, et souvent jeune. L'originalité de leurs produits tient dans leur solidité, et les renforts spécifiquement adaptés à une frappe physique, qui peut survenir lorsque le jeteur de sorts ne peut pas utiliser la magie. C'est souvent le cas en fin de journée, lorsque l'aventurier a usé tout son quota d'énergie astrale.

Sargent, Capirol, Clipitaine (vie sociale)
Il s'agit des trois grades principaux donnés aux miliciens et aux soldats en Terre de Fangh. Le Capirol est le premier grade de responsabilité, qui permet de diriger un maximum de trois hommes. Le Sargent peut diriger jusqu'à dix Capirols, ainsi que ses troupes. Le Clipitaine quant à lui pourra prétendre à la responsabilité de dix Sargents et toutes les troupes représentées par ceux-ci. Le problème survient habituellement en zone rurale, dans laquelle les hommes désignés pour faire régner l'ordre mélangent les concepts et ne savent pas compter. On peut ainsi trouver des autoproclamés Clipitaines, n'ayant sous leur responsabilité que deux hommes, dont un à mi-temps.

Sceptre Libidineux (relique, Slanoush)
La grande prêtresse de la Confession Réformée de Slanoush est la seule à pouvoir utiliser cette relique. Les détails de son utilisation sont restés secrets, mais on lui prête de nombreuses vertus curatives, tant au niveau émotionnel que psychologique. Il semble qu'il soit aussi le réceptacle d'un charme de confusion, car tous ceux qui ont tenté de le décrire ont souvent balbutié des propos incompréhensibles, tout en subissant une poussée de rougeurs au visage.

Sieste Rituelle de Bienséance (rituel, Dlul)
J'ai suivi de nombreuses pistes, sans découvrir en quoi cette sieste rituelle était différente d'une sieste classique. C'est sans doute beaucoup trop technique.

Sombre Katatak (expression, par les Yeux du)
Les sorciers, le plus souvent affiliés au chaos ou bien nourrissant de noirs projets, rendent hommage par le

biais de cette expression au Sombre Katatak, une créature malsaine au corps arachnéen qui avait cinq cents yeux et qui fit partie de l'avant-garde des troupes de Gzor, au milieu de l'ère du Chaos. Ils s'en servaient visiblement pour détecter les ennemis.

Stéthoreille (donjon, outillage)

Une paire d'oreillettes de bois enduites de gomme, reliées par un cordon de cuivre tressé à un tube métallique. Les sorciers utilisent ce système, une fois correctement enchanté par une méthode particulière dont la recette est jalousement gardée. Il leur permet d'espionner à distance les échanges des aventuriers, pour prévoir une stratégie défensive.

Stipule de Falkor (Glargh)

La plus célèbre boutique de matériel magique en Terre de Fangh, actuellement sise avenue des Grandes Beignes, depuis sa troisième reconstruction. L'échoppe a été plusieurs fois dévastée par des accidents magiques, dus au manque de confiance des clients qui désiraient tester le matériel avant d'en faire l'acquisition.

Tirlipon Géant (démonologie)

Il s'agirait d'une catégorie de démons mineurs, probablement plus proches de l'esprit farceur selon les spécialistes, qui attaquent les femmes la nuit pour se livrer à des actes honteux. On les décrit comme disposant de plusieurs paires de mains et de nombreux *tentacules tripotatoires*. Pour le moment, personne n'a pu en étudier la morphologie ou les agissements de façon sérieuse, car il ne semble se manifester qu'en l'absence totale de témoins.

Procès-verbal de perception

Caisse des Donjons
Département : *Perception des Gains d'Aventure*

Année 1498 (CW),
septième jour de la Décade des Moissons Tardives.

Procès-verbal du dossier 143.254-ZT
Collecteur : Brodik Jeanfuret.

La compagnie d'aventuriers portant le nom de [pièce manquante au dossier, contacter les archives], et constituée de 6 aventuriers (après décès de deux membres et disparition d'un troisième, voir détail plus bas), est redevable au trésorier principal de la CDD de la somme de deux mille pièces d'or, soit vingt-cinq pour cent de la somme de huit mille pièces d'or, gains d'aventure estimés et contractuellement dus par Gontran Théogal, Mage de niveau douze, et commanditaire d'une mission de *larcin donjonnique d'un petit objet de collection*, sur l'établissement *Donjon de Naheulbeuk*, dont le propriétaire connu est le dénommé Zangdar, dossier 46, et dont l'adresse connue est sise au 46, route de Valtordu.

Le vol effectivement commis fut déclaré en date du troisième jour de la Décade des Moissons Tardives par l'assistant Reivax, collaborateur administratif de Zangdar.

Résumé de la mission donjonnique : ayant emprunté un chemin non prévu par l'architecte, les aventuriers collectèrent à travers le donjon plusieurs objets qui aboutirent à la capitulation du maître du donjon, selon la procédure habituelle et connue décrite à l'article soixante-sept du Code des Aventuriers de Graapilik, treizième édition. Les détails précis de cette partie de l'aventure n'ont pas été communiqués.

Annexe à la mission donjonnique : ayant le Donjon de Naheulbeuk en possession de la *Statuette de Gladeulfeurha* (objet prophétique répertorié sous les code 398-TK des dossiers CDD), les aventuriers bénéficièrent d'une *extension de campagne donjonnique en milieu rural*, suivant la procédure décrite à l'article cent douze du Code des Aventuriers. Ils traversèrent ainsi la Terre de Fangh pour rejoindre la cité perdue de Boulgourville, où doivent avoir lieu la livraison et la rencontre avec l'employeur. Il est à noter que le déplacement en territoire sauvage ne donna lieu à aucune quête rémunérée sur base de traitement-salaire.

Composition évolutive de la compagnie :
— un ranger sans spécialité niveau 2, natif de Loubet
— une magicienne niveau 2, titulaire d'un diplôme en magie de combat, native de Kjaniouf
— une elfe archère niveau 2, native de la forêt de Groinsale
— un nain guerrier niveau 2, natif de Jambfer
— un barbare guerrier niveau 2, nomade des steppes
— un ogre chasseur de niveau inconnu [contacter les archives]

— un voleur de niveau 1, natif de Noghall (décédé en milieu donjonnique, à la suite d'un échec critique sur détection de *Claptor de Mazrok*)

Membres ayant rejoint la compagnie sur candidature spontanée :
— un ménestrel de niveau 3 (décédé suite à ses blessures en affrontement contre une créature dite *troll des collines berserk*, sur faute grave d'utilisation d'instrument de musique en combat rapproché)
— un aspirant-paladin de niveau 2 affiliation Dlul (mystérieusement disparu en forêt de Schlipak)

La perception du gain d'aventure telle que décrite dans le présent procès-verbal aura lieu, selon les estimations, en l'établissement dénommé *Auberge du Poney Qui Tousse*, localisé en rue principale de Boulgourville.

Note concernant le dossier : s'assurer au département des soucis prophétiques des vérifications d'usage en regard des éventuelles suites à donner à la livraison de l'objet prophétique *Statuette de Gladeulfeurha* code 398-TK des dossiers CDD (répertorié dangereux).

Pour faire valoir ce que de droit.

Brodik Jeanfuret, collecteur.

9045

Composition NORD COMPO
Achevé d'imprimer en Slovaquie
par Novoprint SLK
le 15 mars 2011.
1er dépôt légal dans la collection : août 2009.
EAN 9782290014523

Éditions J'ai lu
87, quai Panhard-et-Levassor, 75013 Paris
Diffusion France et étranger : Flammarion